THE MISSING ONES

回不去的我们

〔爱尔兰〕帕特里夏·吉布尼 （Patricia Gibney） 著

吴建　张韵菲　译

中国出版集团　现代出版社

图书在版编目（CIP）数据

回不去的我们 /（爱尔兰）帕特里夏·吉布尼
(Patricia Gibney) 著；吴建，张韵菲译 . -- 北京：
现代出版社，2019.6
ISBN 978-7-5143-7739-2

Ⅰ．①回… Ⅱ．①帕… ②吴… ③张… Ⅲ．①长篇小
说—爱尔兰—现代 Ⅳ．① I562.45

中国版本图书馆 CIP 数据核字 (2019) 第 083278 号

版权登记号：01-2018-9110
Published by arrangement with Rights People, London,
through The Grayhawk Agency.
Copyright © Patricia Gibney 2017

回不去的我们

作　者：〔爱尔兰〕帕特里夏·吉布尼（Patricia Gibney）著
译　者：吴　建　张韵菲
选题策划：杨　静
责任编辑：杨　静　申　晶
出版发行：现代出版社
通信地址：北京市安定门外安华里 504 号
邮政编码：100011
电　话：010-64267325　64245264（传真）
网　址：www.1980xd.com
电子邮箱：xiandai@vip.sina.com
印　刷：三河市宏盛印务有限公司

开　本：880mm×1230mm　1/32
印　张：16.5　　　　　　　字　数：366 千字
版　次：2019 年 10 月第 1 版　印　次：2019 年 10 月第 1 次印刷
书　号：ISBN 978-7-5143-7739-2
定　价：52.00 元

给艾丝琳、奥拉和卡舍尔

我的生命，我的一切。

目　录

序章

他们挖的洞并不深，不到三英尺。那瘦小的身子被装在一个乳白色的面粉袋里，袋口处用脏兮兮的白围裙带子扎着。他们在地上往前滚那口袋，虽然不重，完全可以抬起来。对死者没有一丝一毫的尊重。其中一人一脚把口袋踢进洞里，又用靴子把它往土里踩了踩。没有祷告，没有最后的祈福，直接将潮湿的土块往里堆，那白色很快便消失在黑暗中，像夜晚蓦然降临，没有黄昏。苹果树下，如今有了两个土丘，一个已然紧实了，另一个还是蓬松的新土。苹果树每年照旧春天开出白色的花，夏天结出茂密的果。

三张小脸从三楼的窗户往下看，眼里满是恐惧。他们跪在一张床上，垫着羽毛填充的枕头。

下面的人捡起工具，转身离开。三个孩子依然盯着那苹果树看，这会儿天空爬上来一轮新月，幽幽地照着大地。年幼的心灵无法理解他们亲眼见证的这一切。他们战栗不已，却并不是因为寒冷。

中间的孩子开口说话。

"我们几个，谁会是下一个？"

第一天

2014 年 12 月 30 日

第一章

苏珊·莎莉文出门去见她最怕的那个人。

出去走走，是的。出去走走，会对身心有益。她走进了天光，离开了令她感到窒息的房子，离开她那些翻滚不息的思绪。她把iPod耳机塞进耳朵里，戴上一顶黑色羊毛帽，把粗花呢外套紧了紧，便一头扎进刺骨的风雪。

她的思绪在奔腾。她这是在骗谁呢？她是走不出来的，她是逃不出那梦魇般的过往的。那些事，每天只要她醒来，一分一秒都不放过她，然后又像敏捷的黑蝙蝠，随意入侵她的夜晚。她曾经试着联系过拉格穆林警局的一位探员，却没有得到回音。当时要是联系上了，或许就不至于走到今天这步。她太想知道真相了。当她尝试了所有正常渠道未果后，她决定亲入虎穴。这样或许能驱走她心头的魔鬼。想到这里，她颤抖了一下，一步一滑地走得更快了。她已经不再纠结了。她必须知道真相。是时候了。

她在风中把头压得低低的。镇上的路都上了冻，她艰难地往前走。她抬头看看教堂顶上的双子塔尖，迈步跨进铁门，情不自禁地在胸口画了个十字。教堂门口的水泥台阶上撒了盐巴，在她靴子下吱嘎作响。雪没那么紧了，冬日的太阳低低地在黑云背后闪出光芒。她推开巨大的门，在橡胶垫上跺了跺早已麻木的脚，迈步进去。关门的回响散去之后，四周一片寂静。

她把耳机取出来，挂在肩膀上，任其晃来晃去。走了半小时路，却还是冻得够呛。东风刺穿了她层层的衣物，她身体里那点不多的脂肪庇护不了那把五十一岁的骨头。她揉了揉脸，用一根指头绕深陷的眼周抹了一圈，眨了眨眼，挤掉眼中流出的泪水。教堂里半明半暗，她努力定了定思绪。侧面祭坛上的蜡烛，点亮了拼花图案装饰的墙壁下的影子。虚弱的阳光费力地穿过耶稣受难像上面肮脏的玻璃窗。苏珊缓步穿过深褐色的烟雾，吸了几口空气中弥漫的香气。

她垂着头，侧身走进前排，膝盖和木制的跪凳磕碰了几下。她又在胸前画了个十字。她也奇怪，自己经历了那么多，心中居然还留存着一丝宗教信仰。四周很寂静，她感到有些孤单。她觉得蛮可笑的，对方竟然提议在教堂见面。她之所以同意在这儿见面，是因为她觉得白天这个点儿教堂里应该有很多人，安全。但没想到却是空荡荡的。天气实在太糟糕了。

一扇门开了又关上，一阵风趁机呼呼地刮进了中间的过道。苏珊知道那人来了。恐惧麻木了她的身体。她无法回头去看，只能紧盯着前方的蜡烛，盯到视线都模糊起来。

一阵缓慢却坚定的脚步声在过道里回响。她身后的跪凳发出吱的一声，来人跪了下来。她身边起了一阵冷风。那人气味独特，连教堂里弥漫的香味都掩盖不住。她不再跪着，起身坐下来。除了那人急促的呼吸，她耳朵里什么都听不见。那人并未碰她，但她却感受到他的存在。她立刻就知道这次见面是个错误。那人不是来解答她的疑惑的。他不会给她一直想要的了结。

"你不应该多管闲事的。"那人厉声低语。

她无法出声应答。她的呼吸加快，心脏怦怦直跳，响声在耳鼓里震动。她捏紧了拳头，指关节在瘦薄的皮肤下变得惨白。她想跑，想逃，逃得远远的，但她已身心俱疲。她知道这次完了。

泪水聚在她的眼角，随时会夺眶而出。那人的手掐住了她的脖子，戴着手套的指头在她松弛的皮肉里摸索。她赶忙用手去抓对方的手，却被一把拍开。他的手指摸到了 iPod 耳机线。她感到他在捻耳机线，又把线套在自己脖子上。她闻到了那人身上酸臭的润肤液。她彻底明白了，她今天要死在这里，永远也无法得知真相了。

她的身子在坚硬的木凳子上扭来扭去，极力想摆脱开，她的手疯了似的撕扯着对方戴着手套的手指，但耳机线却在她皮肉里越勒越紧。她想吸口气，却无法呼吸。她尿了裤子，两腿间流出了温暖的液体。他勒得更紧了。她已虚脱，双臂垂落。那人太强壮了。

她在生命垂危之际，却心生奇怪的念头，觉得这肉体的痛苦，好过她这些年在精神上遭受的折磨。那人的手一次又一次地勒紧耳机线，她感到一片暗幕落下，烛光随之熄灭。她的身体松软下来，恐惧离她远去。

在最后的痛苦时刻，她由着那些阴影带她去了一个充满光明和舒适的地方，体验到了从未有过的安宁。一波黑暗占据她正在死去的身体，她眼中那些细小的星星灭了。

* * *

教堂的钟声敲响了十二下。那人松开手，把尸体推倒在地。他在寂静中迅速离开。又一阵刺骨的寒风穿越过道。

第二章

"十三。"洛蒂·帕克督察道。

"十二。"马克·博伊德探长道。

"不对,是十三个。看见杰克·丹尼后面那个伏特加瓶子了吗?那瓶子摆错了地方。"

她喜欢数东西。博伊德说这是癖好,洛蒂却说是因为无聊。但她知道这习惯是小时候养成的。洛蒂在孩提时代,遭遇了心灵创伤,无法化解,只得靠数东西让自己分心。她自己不明白为什么,但现在已经变成了习惯。

"你需要戴眼镜了。"博伊德道。

"三十四。"洛蒂道,"最底下那层。"

"我不数了。"博伊德说。

"屃货。"她大笑起来。

两人坐在丹尼酒吧的柜台前,此时是午饭时刻,店里人挺多。炭火从身后宽大的烟筒里呼啸而起,卷起了周边全部的热量,她感到一丝暖意。厨师站在操作台前,正在把托盘里肉汁上厚厚的一层油皮搅掉。旁边就摆着今日特色菜——干煸烤牛肉。洛蒂点了夏巴塔鸡，博伊德学她也点了一份。一位身材纤细的意大利姑娘背对着两个人懒懒地坐着，眼睛盯着面包在小吐司炉里变成褐色。

"烤三明治的时候，那帮人肯定正在拔鸡毛。"博伊德说。

"你搞得我没了食欲。"洛蒂说。

"你哪里有食物？"博伊德问。

酒吧顶上的圣诞装饰还在闪烁着，却早被人忘却了。墙上用胶带贴着一张海报，海报广告是本周末的乐队——余波乐队。洛蒂听自己十六岁的女儿克洛伊提过这支乐队。一面巨大而华丽的镜子上，用白色粉笔写着昨晚的优惠活动——十欧元三杯。

"这会儿我愿意花十欧元喝一杯。"洛蒂说。

博伊德还没开口说话，洛蒂放在吧台上的电话震动了起来。来电显示上闪着科旦根警司的名字。

"麻烦来了。"洛蒂说。

意大利姑娘转身把夏巴塔鸡端了上来。

两人却早已经不知去向。

＊　＊　＊

"有谁会想要这个女人死呢？"迈尔斯·科里根警司问站在教堂外的一干探员。

明显这是有人想让她死啊，洛蒂心里说。当然，这话她肯定不会说出口。她感到疲惫。一直都很疲惫。她讨厌这寒冷的天气，让她昏昏欲睡，提不走劲。她需要度个假。但绝无可能啊。她已经破产了。天啊，她痛恨圣诞节，节后一切都那么晦暗，越发令她讨厌。

她和博伊德饿着肚子冲到犯罪现场——雄伟的拉格穆林大教

堂。教堂建于三十年代。科里根警司站在上冻的台阶上向他们介绍案情。警局接到报案电话，说是教堂里发现一具尸体。他雷厉风行，立马行动，封锁了犯罪现场。洛蒂知道，如果调查结果显示这是一场谋杀，那他肯定会插手案件调查。洛蒂才是拉格穆林警局的督察，她应该负责案件调查，而不是科里根。但现在，她要搁置分歧，先搞清楚情况。

警司开始发号施令。洛蒂把齐肩的头发揉成团塞进外套的帽子里，拉上衣服拉链，冷冷地听着。她瞟了一眼站在科里根身后的马克·博伊德，见他在傻笑，便装作没看见。她希望这不是一宗谋杀案。或许只是个流浪的女人冻死了。最近实在太冷，她毫不怀疑会有人架不住大自然的考验。她注意到店铺旁边一些僻静的角落里堆放着的纸板箱，还有卷起来的睡袋。

科里根结束发言，意思是大家该干活了。

洛蒂绕过教堂门口的警员，大步穿过中间过道上设置的警戒线。她猫腰钻过警戒带，走近尸体察看。女尸穿一件粗花呢上衣，身子夹在前排的跪凳和座椅之间，尸体似乎在散发一股气味。她注意到那女人脖子上绕着的耳机线，地上还有一摊液体。

洛蒂突然想在尸体上盖块毯子。天啊，她想喊叫，这是个女人啊，又不是什么物件。她是谁呢？为什么来这里？家里还有人吗？她想俯身去把那女人瞪着的眼睛合起来，但忍住了。那不是她的工作。

阴冷的大教堂，这会儿沐浴在明亮的光线中。她没理会科里根，打了一通电话，叫了专家马上来现场。她封锁了靠内的区域，等犯罪现场调查员来。

"病理专家正在赶来的路上，"科里根说，"估计三十分钟能到吧，得看路况。看看她怎么说。"洛蒂看了他一眼。他显然很期待这是一宗谋杀案，这种期待让他感到愉悦。她可以想象，科里根脑子里正在准备发言稿，因为肯定会有记者招待会。但这是她的案子啊，他压根儿就不该来犯罪现场的。

祭坛栏杆后面，亖莉安·奥多诺休警员立在一个神父身旁。神父抱着一个女人，女人颤抖得很厉害。洛蒂穿过黄铜材质的门，走了过去。

"下午好。我是洛蒂·帕克督察。我有几个问题要问你们。"

女人呜咽起来。

"非得现在问吗？"神父问。

洛蒂看他或许比自己年纪稍轻。她明年六月就四十四了，这个神父也就三十大几。他下身穿黑裤子，上身穿羊毛衫，套在衬衫外面，脖子上戴了个白色硬领，一副标准的神父模样。

"我会很快的，"她说，"这会儿问最好，你们都还记得清楚。"

"明白，"他说，"但我们当下都很受惊，所以你不一定能问出什么有价值的线索来。"

他立起身，伸出手来。"乔·伯克神父。这位是加文太太，打扫教堂的。"

洛蒂很惊讶神父手上力道十足。她感受到他的手很温暖。神父是个高个子。她继续打量。他的眼睛是深蓝色的，在烛光的映照下熠熠生辉。

"加文太太先发现尸体。"他说。

洛蒂从外套的内口袋里拽出一个笔记本，啪地翻开。她通常会用手机记录，但教堂的神圣感让她不好意思掏手机。女清洁工抬起头，大声哭起来。

"好了，好了。"伯克神父像安慰孩子一样安慰她。他坐下来，轻轻摩挲着加文太太的肩膀。"这位好心的探长想听你说说事情发生的经过。"

好心？洛蒂心里说。她绝不会把这个词安到自己身上。她也面向二人轻轻坐下来，身子扭了扭，身上的棉外套有点碍事，牛仔裤把她腰上的肉吃得紧紧的。天啊，她心里说，我可真不能再吃那些垃圾食品了。

清洁工抬起头来。洛蒂觉得这女人六十上下。她因惊吓过度，面色惨白，脸上的每条纹路和缝隙都更显突兀了。

"加文太太，能不能请你说说，你自打今天进教堂之后发生的所有事情？"

问题简单明了，洛蒂心里想。但加文太太却不这么觉得，她哭出声来，并不作答。

洛蒂看到伯克神父脸上的同情。那表情好像在说，你今天竟然想从加文太太嘴里得到啥线索，真可怜。但这女人竟然压住悲伤，振作起来，开口说话了，好像要证明两人都看错了她。她的声音低沉，有些哆嗦。

"我今天十二点上班，因为十点钟有弥撒，要打扫。一般情况下，我从边上开始扫，"她说着，用手往右指了指，"但我看见中间过道前面的地上好像有一件外套。我心里想，就从那儿开始吧。我才知道那根本就不仅是一件外套。我的老天啊……"

她在胸口连画了三个十字，拿一团揉皱了的纸巾往眼上擦，不让眼泪掉下来。老天爷能帮上啥忙啊，洛蒂心里说。

"你碰尸体了吗？"

"妈呀，才没有。"加文太太叫道，"她眼睁得圆圆的……还有那东西……套在脖子上。我以前也见过死人，但从没见过这样的。但凭主之力，我猜到那是个死人。抱歉，神父。"

"然后你做了什么？"

"我就大叫啊。我扔了扫帚和水桶，往圣器室跑，然后就跟伯克神父撞了个正着。"

"我听见有人叫，就跑出来看看。"伯克神父说。

"你俩有见到别人在场吗？"

"连个人影都没见着。"他说。

加文太太的眼泪又一次夺眶而出。

"我知道你很难过，"洛蒂说，"吉莉安·奥多诺休警员会问一些其他细节，然后安排人送你回家。我们会跟你保持联络。好好休息吧。"

"我会照看好她的，督察。"伯克神父说。

"我现在要跟你聊聊。"

"我就住在教堂后面的神父房，你想找我随时都可以来。"

清洁工又把头埋进神父的肩膀。

"我该送加文太太回去。"他说。

"好吧，"洛蒂没有坚持。她觉得那可怜的女人每分钟都在变老，"我以后会联系你。"

伯克神父点了点头，挽着加文太太的胳膊穿过大理石地板，往祭坛后面的一扇门走去。奥多诺休也跟着出去了。

　　犯罪现场调查员走进来，一阵冷风紧随其后。科里根警司冲上去打招呼。现场调查组组长吉姆·麦格林象征性地握了握他的手，没有闲聊，径自开始安排手下人干活。

　　洛蒂在一旁看了几分钟，然后绕过长椅，尽可能走近尸体。麦格林不让她靠太近。

　　"应该是个中年妇女。御寒的衣服穿了不少。"洛蒂对博伊德说。博伊德紧靠她肩膀站着，像她身上长的一颗痣。她向祭坛的栏杆处退了几步，不仅是为了看得更仔细，主要也是想跟博伊德保持点距离。

　　"所以，不是体温过低致死。"他自顾自地做了一番谁都明白的说明。

　　现场动静越来越大，打破了教堂的宁静。洛蒂不禁一阵战栗。她继续看调查员们干活。

　　"这座教堂真是我们的噩梦，"吉姆·麦格林说，"天知道每天多少人进出教堂啊，每个人都会留下点踪迹。"

　　"凶犯很会挑地方。"科里根警司说。没人响应他。

　　主过道上响起高跟鞋敲击地面的声音，洛蒂不由得抬起头。一个小个子女人向他们快速走来，身后跟着一个身穿黑色滑雪外套的彪形大汉。那女人手里哐啷啷捏着一串车钥匙，又似乎想起这是什么地方，便把钥匙扔进胳膊上挎着的黑皮包里。她和警司握了握手，向警司做了自我介绍。

　　"病理专家，简·多尔。"她的言语清晰而专业。

　　"你认识洛蒂·帕克督察吗？"科里根问。

　　"认识。我会尽快完成工作。"病理专家转身对洛蒂说，"我会尽快做尸检。报告出来了你才好正式开始办案。"

洛蒂很欣赏这女人应付科里根的方式——让他知道自己是谁，根本不跟他啰唆。简·多尔身高顶多五尺二，往洛蒂身边一站，显得小巧玲珑。洛蒂光脚就有五尺八。洛蒂今天穿一双舒适的雪地靴，牛仔裤的裤脚胡乱塞在里边。

简·多尔戴上手套，穿上特氟龙连体工作服，又裹上鞋，便开始检查尸体。她用手指在女尸脖子下方摸索着，检查陷进喉咙的耳机线，又把她的头抬起来，仔细看了看眼睛、嘴巴和头部。现场调查员把尸体侧翻过来，空气中升起一股恶臭。洛蒂明白了地上那摊凝固的东西是尿液和粪便。受害人在生命的最后时刻大小便失禁了。

"能确定死亡时间吗？"洛蒂问。

"据我初步估计，死亡时间不超过两小时。等我完成尸检再确认。"简·多尔从纤小的手上扯下乳胶手套，"吉姆，你弄完了，尸体就可以放到塔拉莫尔太平间去了。"

洛蒂不止一次地想，卫生服务执行官要是没把太平间挪到塔拉莫尔医院去该多好。那地方离这里半小时车程。这等于在拉格穆林的棺材上又打下一颗钉子。

"一确认死因，请立马告诉我。"科里根说。

洛蒂忍住了，没翻白眼。谁都能看出来，死者是被勒死的。病理专家只是要正式宣布死亡性质为谋杀。这女人总不可能自己不小心把自己勒死吧。

简·多尔把工作服塞进一个纸袋子便离开了。来也匆匆，去也匆匆。高跟鞋在她身后发出回响。

"我现在回警局,"科里根说,"帕克督察,立刻成立专案组。"他踏着大理石地板,跟在病理专家身后,走了出去。

现场调查组在尸体上又花了个把小时,然后才把调查范围往外拓展。尸体被放入尸袋,拉上拉链,抬上等在一旁的轮床,然后又给尸体套上一个大橡皮袋。工作人员在做最后一项操作时,尽量显得不那么不雅。木门吱呀一声,轮床被推出去了。救护车蓦然拉响了警笛,其实多此一举,病人已死亡,并不着急赶路。

第三章

洛蒂把外套帽子戴起来，别到耳后。她站在白雪覆盖的教堂台阶上，将忙忙碌碌的嘈杂抛在身后。他们不会放过教堂的每个角落，每块大理石地板。

她吸了口凉丝丝的空气，抬头往天上看。天空飘起了一阵雪，几片雪花落在她鼻头上，旋即融化了。拉格穆林，这座内陆大镇，静静地矗立着，游离在被蓝白警戒带捆绑着的几扇铁门外。一度繁荣的工业镇，如今也像她一样，每个早晨都得挣扎一番才能清醒过来。镇上的居民浑浑噩噩地耗完白天的时光，等夜幕把门窗紧裹时，才得以休息，直至第二个平庸的黎明到来。在这样的镇上，人们能守护自己的隐私，这点让洛蒂喜欢。但她不知道，这座镇，也和很多别的镇一样，深藏着许多秘密。

拉格穆林的生活似乎已然随着经济一道死去。年轻人一批一批逃去了澳大利亚和加拿大的海岸。留守的父母们哀叹没有足够的收入维持日常开销，更不用提在圣诞节时买个新苹果手机了。不过，洛蒂心想，总算又熬过了一个圣诞节，如释重负。

环形公路上来往车辆嗡嗡不休，摇晃着周围的大地。那条路离镇子两英里开外，路过的旅客光顾不了镇上的店铺。她抬头看树，树枝在积雪的重压下喘息。她又低头看看脚下的地，直觉告诉她找不到什么线索。大地已经冻结，轻盈的雪花一落地便坚实起来。赶早去教堂的人们留下的脚印，很快便被另一层冰雪掩埋。警员们手握长柄钳，在地上四处搜寻线索。她只能祝他们好运。

"十四张。"博伊德说。

他刚点上的香烟喷出一团烟雾，笼罩在洛蒂周围。博伊德凑了上来。她走开了几步，他又不依不饶地占据了她刚退出的地盘，两人的袖子互相蹭着。博伊德又高又瘦。洛蒂母亲常常语带不屑地说他长着一副常年挨饿的模样。他淡褐色的眼睛下挂着一张有趣的脸庞，身材结实，皮肤光洁，耳朵显得有些突兀。一头短发正在迅速变得灰白。博伊德今年四十五岁，身穿一件一尘不染的白衬衫，灰西服，外面套一件帽子肥大的外套。

"十四张啥？"她问。

"耶稣受难像，"博伊德说，"我还以为你会数一数呢。这么说，我还抢先一步咯？"

"你真无聊啊。"洛蒂说。

两人有过一段历史。她害怕想起那些陈年往事。那段记忆经过酒精的洗刷、时间的稀释，却仍潜伏在她意识的边缘，时时威胁着她。两人之间生过芥蒂。洛蒂升任了博伊德一直惦记的督察职位。大多数时候，他是一副无所谓的样子，但她知道，像这次案件调查，他肯定是想当头儿的。难啊，博伊德。洛蒂升了职是很高兴的，因为这意味着她不用再每天跑六公里去阿斯隆了。那些年她被派在阿斯隆上班，让她很不爽。但她也不晓得，调回拉格穆林跟博伊德搭档会不会更让她生厌。但调回来也有好处，她不用再求她那多管闲事的母亲时不时去照看孩子了。

博伊德像个孩子般地吐起了烟圈，爱猎奇的鼻子下弯出一个微笑。洛蒂扭头不看他。

"是你自己先开始的啊。"他说。他吸了最后一口烟，走下台阶，迈步向马路对面的警局走去。

洛蒂不由笑了起来，也走下台阶。她跟在又瘦又高的博伊德后面，走得很小心，生怕在半个警局的人面前一屁股摔倒。

* * *

有几个人在爱行区排队，当班警长在维持秩序。洛蒂走了过去，匆匆迈上通向办公室的楼梯。

电话铃响得很大声。谁说好事传得快？那坏事呢？岂非按光年算？

办公室的空气有些污浊。她四周观察了一下。她的桌子一片狼藉，博伊德的桌子却整洁得像电视上大厨的厨房，连一点掉落的面粉都看不见。每一个文件，每一支笔，都井然有序。典型的强迫症。

"洁癖。"洛蒂咕哝了一句。

因为近期办公室一直在翻修，她暂时和其他三个探员共用一间办公室——马克·博伊德、玛利亚·林奇，还有拉里·柯比。座机、手机、复印机，叮当响的油加热器，再加上时不时去上厕所的看守走来走去，整个空间嘈杂不堪。她怀念她自己的办公室，她可以在安静中思考。翻修越早结束越好。

不过，至少这地方很热闹，她一边想着，一边在桌前坐下。教堂事件似乎剥去了人们身心的疲倦与无聊，大家打起了精神，准备战斗。很好。

"查清楚她是谁。"洛蒂对博伊德发出指示。

"受害人？"

"不是受害人，难道是教皇？"

博伊德自顾笑了笑。她知道他这次占了上风。

"看来你早知道她是谁咯。"她把办公桌上的文档从一侧搬到另一侧，找电脑键盘。

"苏珊·莎莉文。五十一岁。独自一人住草坪绿，离这里十分钟车程，看路况。走路半小时。生前最后两年在市政厅上班。规划部。高级行政主任，也不知道具体算啥职务。从都柏林调过来的。"

"你怎么这么快就查清楚了？"

"麦格林发现她在 iPad 背面用涂改液写了名字。"

"然后呢？"

"我就上谷歌搜了搜她。在市政厅网站上查到了信息，然后又在选民登记册上查到了她的住址。"

"她当时身上有手机吗？"洛蒂一边说，一边继续在桌子上翻来翻去。她觉得自己需要常备一张地图和罗盘。

"叫柯比和林奇去她家搜搜吧。我们的第一要务就是找到她的手机，还有证人，证实她今天的活动路线。"她终于在脚下的垃圾桶上发现了她的无线键盘。

"对。"他说。

"有什么直系亲属吗？"

"好像未婚。我会再查清楚些，看她父母是否还在，或者是否还有别的家人。"

她登录了电脑。她虽觉激动，但心里却在骂骂咧咧，办这个案子得费多少周折啊。他们本来就有的忙——久拖不决的庭审案，游居族群之间的宿仇，还有明天的新年夜也照常少不了麻烦。

她想到了家人。她的三个孩子又是独自在家。或许她该打个电话问问情况。娘的，她想起来还得去买菜，便在手机 App 上记了下来。她饿得要死，便在满满当当的抽屉里乱搜一通，找到一包过期饼干，递给博伊德。他谢绝了。她便一边啃饼干，一边把早上跟加文太太和伯克神父的问话记录敲进了电脑。

"你吃东西能不能闭着嘴啊？"博伊德说。

"博伊德。"

"啥？"

"闭嘴！"

她又往嘴里塞了一片饼干，很大声地嚼。

"拜托你！"博伊德说。

"帕克督察！到我办公室来！"

科里根警司雷鸣般的嗓音让洛蒂不由一惊，连博伊德也抬起头看。门咣的一声响，把复印机的盖子震得一晃。

"到底啥情况？"

洛蒂整了整上衣，卷起保暖内衣的一只袖子，又拍了拍牛仔裤上的饼干屑。她把散下来的一缕头发塞到耳后，便跟着上司穿越一堆梯子和颜料桶，简直像个障碍赛跑道。卫生和安全部门这下有乐子了。不过大家也没抱怨什么，因为总体说比以前的老办公室强。

她把身后的门关上。科里根的办公室是第一个翻修的。她能闻到新家具的气息，还有一股新油漆味儿。

"坐下。"他下达指令。

她坐下。

洛蒂瞧着年约五十的科里根，他稳坐办公桌后，摸着酒渣鼻，突兀的肚子顶着办公桌。她还记得他当年苗条健壮的时候，每天跟大伙卖弄各种健身理念。那时候他还在努力对抗生活。他俯身在一张表格上签字，圆脑门亮得发光。

"外面什么情况？"他抬起头来，厉声问。

你是老大啊，你该知道的。洛蒂心里想。她想知道这男人会不会用正常语气跟人说话。或许位子高了，嗓门就大了。

"我不明白，长官。"

她希望外套还穿在身上，可以将下巴埋起来。

"我不明白，长官，"他学她的样子说话，"你，还有该死的博伊德，你俩就不能文明相处五分钟？这件案子很快就会被定性为谋杀案，你俩还跟五岁娃娃似的互不相让。"

你才知道多少。洛蒂心里嘀咕。科里根要是知道真相，会不会很震惊。

"我俩相处挺文明啊。"

"摒弃前嫌，赶紧投入工作。现在进展如何？"

"我们查明了受害人的名字、住址和工作单位。正在查是否有直系亲属。"洛蒂说。

"还有呢？"

"她生前在市政厅上班。柯比和林奇探员正在封锁她家，等着现场调查组赶过去。"

他还是不依不饶地盯着她。

她叹了口气。

"就这些了，长官。等我弄完专案调查室，就去市政厅，建一份受害人档案。"

"我不要什么狗屁档案，"他咆哮起来，"我要你们搞定案子。迅速搞定。爱尔兰广播电视台的什么狗屁记者卡舍尔·莫罗纳一小时后要采访我。你竟然还要搞什么档案。"

科里根瞪着眼看她。洛蒂面无表情地看着他，让对方看不出她内心的真实想法。在警局干了二十四年，这个表情她已经练得炉火纯青。

"赶紧设立专案调查室，拉个专案组，找个人负责作业簿，然后把细节整理好发 E-mail 给我。明天一大早开个小组会，我会参加。"

"明早六点钟？"

他点了点头。"发现什么新情况，第一时间告诉我。去吧，督察，开始干活。"

她开始安排活儿。

一小时后，每个人都领了任务，各自去了。巡警开始挨家挨户盘问。这就算是有进展。该了解苏珊·莎莉文更多情况了。

她逃进了暴雪中。

第四章

市政厅办公区位于拉格穆林中心一幢崭新的大楼内，离警局步行五分钟路程。今天雪天路滑，洛蒂走了十分钟。

她打量了一下这座宏伟的玻璃建筑，活像一个装满了鱼的巨大水族馆。她抬头看了看三楼，有人坐在办公桌前，有人在过道上走来走去，如同在这个大玻璃碗里游来游去。她琢磨这大概就是所谓的政府公共机构要透明吧。她从旋转门走进去，里边温暖些。

接待员正拿着电话喋喋不休。洛蒂不知道该找谁，也不晓得市政厅的人有没有听说苏珊·莎莉文已然不在人世。

黑头发年轻姑娘挂断了电话，微微一笑。

"麻烦你，我找下苏珊·莎莉文女士的上司。"洛蒂不自觉地也笑了笑。

"是詹姆斯·布朗先生。请问您是哪位？"

"洛蒂·帕克督察。"她掏出证件。很显然，市政厅的消息传得慢。他们还没听闻莎莉文已经遭遇不幸。

姑娘打了个电话，然后告诉洛蒂电梯在哪儿。

"三楼。布朗先生会在门口等您。"

*　*　*

詹姆斯·布朗看上去一点也不像跟他同名的那位美国灵魂歌手。一来，那位歌手 2006 年就去世了；二来，人家是黑人。这位詹姆斯·布朗鲜活得很，面色灰白，大背头，一头红发，配上红色的领带。他身穿一套白色细条纹西服，一尘不染。个头不高，洛蒂估计有五尺三。

洛蒂自我介绍后，伸出了手。

布朗把粗短的小手塞进对方手中，用力摇了摇。他把洛蒂领进自己的办公室，从桌子后面拉出一把椅子，两人坐下。

"你找我有什么事儿吗，督察？"他问。

市政厅里的人想说"我一天到晚这么忙你他妈找我啥事"时，是不是都这么说？他表情不安，却硬抹上一层微笑。

"我想问你一些关于苏珊·莎莉文的事儿。"

他并不作答，只是扬了扬眉，一侧脸颊泛出一片红。

"她今天来上班了吗？"洛蒂问。

布朗从桌子上拿起一个 iPad，看了看。

"出什么事儿了吗，督察？"他一边问，一边轻触一个图标。

洛蒂没说话。

"她从 12 月 23 日开始休年假，"他说，"到 1 月 3 日才回来上班。我能问一下，这里有什么事儿吗？"布朗的声音流露出一丝惶恐。洛蒂还是没加理会。

"她的工作职责是什么？"她问。

对方做了详尽的解释。死者负责管理规划申请，并建议是否审批。

"有争议的申请则提交郡长审批。"他说。

洛蒂翻了翻笔记:"格里·邓恩?"

"对。"

"你知道她有什么家人或朋友吗?"

"我不记得她有什么家人,而且据我看,苏珊最好的朋友就是她自己了。她不太跟人往来,不和工作人员交往,在食堂也是独自吃饭,没啥社交。圣诞节员工晚会都不来参加。不怕你介意,她这个人很古怪,她自己也承认。但做起事来很不错。"

洛蒂注意到,布朗谈及苏珊,用的是现在时态。该把坏消息告诉他了。

"苏珊·莎莉文今天早些时候被发现死亡。"她说。她不知道她接下来要说的话他会如何反应,"死亡情形可疑。"

"死了?苏珊?我的天啊!可怕!太可怕了!"他额头冒出大颗大颗的汗珠,声音立马高了一个八度,整个身子都在颤抖。洛蒂真怕他昏倒。她可不想扶他起来。

"怎么回事?怎么死的?"

"这个我恐怕不能说。但你有没有理由相信有什么人会想要伤害莎莉文女士?"

"什么?没有啊!当然没有。"他双手像应力球一般绞在一起。

"我还能找认识苏珊的人谈谈吗?有谁能跟我讲讲她生前的生活情况?"

她想加上一句,比你讲得更详细些。她隐约觉得布朗没有跟自己兜底儿。

"我太吃惊了。我都无法思考。苏珊……生前是独来独往的。

或许你该找她的助理碧·沃尔什谈谈。"

"或许是该找她谈谈。"洛蒂说。

布朗脸色稍微恢复了些正常，声音也低沉了下来，身子也不抖了。他拿出一条白色棉手绢在额头上来回擦。

"我现在就找她谈，"洛蒂说，"你能安排一下吗？时间很重要，你明白的。"

他立起身来："我这就去找她。"

"谢谢。我还会再找你谈的。这是我的名片，有具体的联系方式，你要是想到什么我该知道的，就联系我。"

"肯定的，督察。"

"麻烦你告诉我怎么走。"她说，等着他带路。

他沿着走廊，走进另一间办公室，跟他自己的办公室一模一样。

"我去找碧。对了，这间是苏珊的办公室。"

布朗走后，洛蒂便在办公桌前坐下。她环视了一下办公室。跟博伊德的一样，很整洁。每一份文件，每一张纸片，都在该在的位置。桌子上只有电话和电脑。一个翻页日历定格在12月23日，上面还写着座右铭：此生的功过就是来世的命运。这会儿苏珊是不是正凭着这辈子的功过是非，接受命运的审判呢？洛蒂心里想。

一个女人敏捷地走了进来，脸上挂着泪痕，用颤抖的双手捋了捋身上那件全排扣的藏青色裙子。洛蒂示意她坐下。

"我是碧·沃尔什，莎莉文女士的助理。我真不敢相信她已经不在了。布朗先生把噩耗告诉了我。莎莉文女士手头还有很多工作要做呢。我今天才刚刚打扫了下她的办公室，把她的文档整理了下，等她回来呢。太糟糕了。”

她开始哭起来。

洛蒂估计这女人快到退休年龄了，六十出头，不到六十五，身材瘦弱。

“你能想到有什么人想伤害莎莉文女士吗？”

“我不知道。”

“我需要你帮忙，还有你能想到的人，只要能帮上忙的。我想建一个莎莉文女士的生平档案，尤其是近几年生活的档案。她认识的人、去过的地方、爱好、感情经历、仇敌或她得罪过的人。”

洛蒂顿了一会儿。碧抬头看她，等她继续说。

“你能帮我吗？”洛蒂问。

“我会尽我所能，督察，但我掌握的情况恐怕很少。她简直就是一本从不打开的书。我知道的很多事情也是道听途说的。”

洛蒂记了些笔记，其实也没有什么好写的。光是想搞清楚苏珊·莎莉文是什么人就够她喝一壶的，至于为何遇害、谁干的，就更是难上加难了。

* * *

詹姆斯·布朗揉了揉额头，擦掉了积在皱纹里的汗珠。他无法相信苏珊已经死了。从督察遮遮掩掩的言谈之间，他知道苏珊是遇害了。

“我的天啊！”他说。

他从未想过苏珊有一天会离去。二人共同经历的那些事儿，重重压在他的身上，当他屡屡不堪负担之时，苏珊总会帮他收拾残局。

"苏珊。"他对着墙喃喃自语。

他双眼盯着单调的乳白色墙壁，一会儿就失了神。他索性闭上眼睛。苏珊这次横死，难不成是因为两人想让那个埋藏的秘密重见天日？

他捋了捋思绪。他得保护好自己，既然发生了这样的事，他就得启动预案。他自己其实早已做好了最坏的打算，但苏珊恐怕没有。

他知道他和苏珊面对的是诡计多端的危险分子，所以打一开始就记录下一切经过。他打开一个抽屉的锁，抽出一份薄薄的文件夹，放进一个信封，附了一张便笺在上面。然后又将其放进一个更大的信封，写上地址，封好，塞进了邮政篮。收件人读了文件上的便签，就会知道，若非遇到需要打开的情况，便会寄回来。如果是需要打开的情况——不过，那样他就啥也不会知道了，不是吗？他稳了稳神，掏出了手机。

他除了打这通电话，别无选择。他拿起电话，用战栗的手指拨了一个号码。他开始说话，声音洪亮有力，胸中一颗饱受煎熬的心却怦怦直跳。即便在他说话时，那些记忆都不肯褪去。

* * *

1971 年

弥撒助祭们正在换回自己的衣服。此时，一个黑头发高个男子怒气冲冲地走进房间。助祭中最年幼的男孩皮肤最白皙，发色也最金黄，像只长了双腿的小灵狗。他抬头看，眼睛睁得圆圆的，好像在说，拜托他看的人千万不要是我。他在皱巴巴的变色白衬衫外套上一件破旧针织衫，纽扣一直扣到脖子。

一只瘦骨嶙峋、青筋暴露的手指向了他。

"你。"

男孩子突然觉得自己八岁的身躯缩得更小了。他的下嘴唇不停颤抖。

"你,来圣器室。我有活儿安排你做。"

"可是……我得回家了啊,"他哆哆嗦嗦地说,"姐姐会找我的。"

男孩的眼睛圆睁着,咸咸的泪水蜷缩在漂亮的睫毛边上。他心头的恐惧越发剧烈,而面前男子的身形又似乎暴涨了许多。他透过模糊的泪光,看见一根长长的手指弯曲着,叫他过去。他僵着身子没有动,脚上只穿了一只鞋,另一只还在身后的凳子下面。米黄色的袜子皱皱地裹着他的脚踝,因为洗刷太多,松紧带已经没有了弹性,突了出来,像白色的小棍子插在沙地上。男子一个大步走上前来,巨大的身影顿时把男孩塞进一片黑暗。

他一伸手捏住男孩的胳膊,拖着他在地板上走。男孩用眼神向同伴求助,但其他男孩只是哆哆嗦嗦拿起衣服,四散逃去了。

金色的天使装扮着天花板的角落,好像他们自个儿飞了上去,然后困在那里,再也下不来了。雪白的滴水兽之间点缀着小天使,个个面色疲倦,无精打采。男孩躲在屋子中央高大的红木桌后。黑色的木头沉沉地散发出一种压抑的气息,四处弥漫。

"你是个胆小鬼?你是小姑娘吗?没用的东西,只知道哭!"男子吼叫起来。他的嘴唇是淡粉色的。

男孩知道没人会听见屋里的动静,也不会有人来救他。他以前来过这间屋子。

男子走到角落,在一把椅子上坐下,黑色的神父袍卷过一股气流。他打量男孩，就像农民在市场上打量一头好牛。男孩哆嗦得更厉害了。

"过来。"

男孩没有动。

"我叫你过来。"

男孩没办法，只好往前走，一步一步走钢丝似的往前挪。脚上只有一只鞋，显得有些蹒跚。

那人猛地把男孩绝到两条光腿中间，掀开神父袍，双手把他摁住。

"闭嘴！只穿一只鞋的东西。乖乖听话，老子让你干啥就干啥。"

"求，求求你别伤害我。"男孩大哭起来，眼泪顺着面颊滚下来。他被黑袍蒙住，什么都看不见。

他的脑袋被塞进敞开的双腿间，他开始干呕。

男孩肠胃里早饭吃的鸡蛋汤开始和恐惧搏斗，像潮水往上涌，一股黄色黏液喷射而出。

男子跳了起来，手上还揪着男孩的头发，朝他胸口重重捶了一拳，男孩飞出了那片晃动的黑色。

男孩顺着远端的墙壁滑下来，瘫在地上，既困惑，又恐惧。

他已经听不见那些骂他的话。男子对着他一侧脑袋不停捶打，又快又狠，他的耳朵立马肿了起来。

他更大声地哭喊，抽泣。

然后他尿了裤子。

洁白天花板上的天使似乎也受了惊吓，往石膏的凹处陷得更深了。

第五章

　　监狱街上的卡弗蒂酒馆离市政厅办公楼只有两百米。洛蒂正喝着一碗浓汤，汤里浸着几块鸡肉和土豆，她觉得从头到脚都暖和起来了。博伊德正在和店家的特色三明治展开殊死搏斗，那块三明治足够塞饱两个普通人。但他不是普通人。他什么都吃，却一两体重都不长。浑蛋瘦子，洛蒂心里骂。

　　傍晚时分，几个顶风冒雪赶来的铁杆酒友坐在酒吧里，边品着黑啤，边浏览皱巴巴的报纸，在中意的马旁打上记号。墙上挂着一个宽屏电视，静着音，播着英格兰赛马节目。英格兰没下雪。

　　"碧·沃尔什说苏珊可能是同性恋。"洛蒂说。

　　"你自己试过女人吗？"博伊德问，没意识到上嘴唇还粘着一根凉拌菜丝，临时凑了一副胡子。

　　"我倒是想啊。要真是的话，我现在就不会后悔六个月前跟你上床了。"

　　"哈，好笑。"他说。可是却并没有笑。

　　洛蒂尽量不去想他们二人当时酒后寻欢的场景。她很不情愿地承认，那天晚上，躺在他身边，他的体温确实给了她欢愉。她现在只能记得那份温暖了。之后二人对那晚闭口不谈。

"说真的，亚当不会希望你一直单着。"他说。

"亚当会怎么想，你知道个啥。闭上嘴吧你。"洛蒂听到自己嗓门大了一些，后悔竟让博伊德戳到自己的痛处。

他闭上嘴，继续啃三明治，开玩笑地咕哝了一声"贱人"。

"我可听见了。"她说。

"就是要让你听见。"

"不过，碧说这事儿多半是餐厅流言，因为苏珊一直独来独往。人们喜欢给这样的人编故事。"

"什么意思？"

"就像只说不做的天主教徒？以前是，现在不是了？"

"你知道我不是同性恋，连只说不做的那种都不算。"

"亚当去世后，你啥都没试过？"

洛蒂知道博伊德这话一出口就后悔了。她默不作声，不想回嘴，就算想到什么犀利的话也不愿说了。

他算是逃过一劫。

"汤不错。"她说。

"转移话题。"

"博伊德，"洛蒂说，"苏珊的助理碧·沃尔什告诉我的刚才我都告诉你了。据她了解，苏珊原来就是拉格穆林人，在都柏林工作了几年，两年前又调回来工作。她还说没人能走进她的世界。她是个职业女强人。工作起来不分昼夜，工作就是她的丈夫。她也没办法，这是个男人的世界，不努力不行。这话不是我说的，是碧说的。"

"但工作之外总有业余生活啊！"博伊德说。

"那你呢？"

"我什么？"

"工作之外有业余生活吗？"洛蒂边问边喝完碗里的汤。

"没啥业余生活。你也一样。"

"我不说了。"

"你知道我的意思。"

"赶紧吃完你的三明治吧，神探。我们还得去草坪绿看看林奇和柯比在莎莉文家里有没有找到什么线索。"

"你要找市政厅的头儿谈谈吗？"

"谁？"洛蒂问。

"郡长啊。"

"格里·邓恩明天上午才有空。"

"我咋觉着你好像对他没什么兴趣？"

"随你怎么想。"

"那你对谁有兴趣？"

"你能不能不要这么幼稚？"洛蒂说。

但博伊德说得没错，她确实没什么兴趣。二人平分了账单，起身离开。

＊ ＊ ＊

他们在街上匆匆赶路。寒冷驱赶着二人往一块凑，两张嘴巴呼出的热气往上升起，合二为一。

街灯的光被地上的冰雪弹回来，又往店铺的门脸儿投下土黄色的影子。街上真冷，可谓严寒。那些竟敢出门的傻子们，狼狈地奔走着，把脸缩进围巾和帽子里，躲开那刀子般的风。

洛蒂和博伊德沿着滑溜溜的人行道往前奔，极地的风刺穿她的衣服。到了警局，博伊德发动了车子，洛蒂坐进去，使劲搓着已经失去血色的手指。

"打开暖气。"她说。

"别开。"他说着，便出发了，车子一滑，差点蹭到墙上。

他得亏有枚警徽，她想。她坐在车里，看着这座包裹在虚假纯洁中的小镇，陷入黑沉沉的暮色。

＊　＊　＊

苏珊·莎莉文生前住在一所独栋房子里，有三间卧室。房子位于镇上富人区边上一个僻静之处。现在不晓得还有没有富人区这种说法。

车驶近房子，周匝很僻静。几个小孩，骑着为过圣诞节才买的自行车在冰冻的路面来来去去，为了防寒，都戴着口罩，头上顶着五颜六色的帽子。他们好奇地瞧着莎莉文家门前停着的两辆警车。

两个身着制服的警员在门口站岗。车道上停着一辆白色轿车，车上的雪至少堆了一个星期。蓝白色的警戒线松松垮垮地拦在正门口，醒目地警示闲人莫近。虽然其他一切都跟往常没什么两样，但这些信号足以让外人明白，这家出事了。洛蒂突然就想钻回车子回家去。

玛利亚·林奇在门口迎接他们。

"有什么情况吗？"洛蒂问。

她有时候摸不透玛利亚·林奇。林奇长着一双好奇的眼睛，鼻子上有几片雀斑，一头长发像小姑娘一样扎成马尾，衣着一直很时尚。人看着像十八，其实已经在警局干了十五年，实际年龄快三十五了。她为人热情，但分寸却拿捏得很好。洛蒂知道林奇有大志向，但并不想刻意跟她较劲，女人何苦为难女人。林奇家庭生活一直顺风顺水，这点倒让她有些嫉妒。林奇有老公、孩子。洛蒂心里想，她的婚姻一定很幸福。据说她老公做饭扫地什么都干，每天早晨先把两个娃送上学再去上班，总之很顾家。

"里边简直是个小型垃圾场。我想不通这女人在这么乱糟糟的地方怎么能住得下去。"林奇一边说，一边擦去熨得很贴身的海军裤上落的灰尘。

洛蒂扬了扬眉："这不像她的风格啊。我见过她的办公室，也向她生前的同事了解了一些情况。"

她跟博伊德走进门厅。屋里很拥挤。

两名现场调查员正在忙活。柯比探员撅着浑圆的屁股在翻厨房的垃圾桶。

"里边全是垃圾。"柯比咕噜着嗓子说，嘴唇上还叼着一根没点着的雪茄，浓密的头发像天线一样矗立在脑袋上。

他朝洛蒂咧了咧嘴。洛蒂皱了皱眉。拉里·柯比离了婚，跟镇里的一个二十几岁的女演员厮混在一起。

祝他好运吧，洛蒂心里说。至少他不会再对自己瞎抛媚眼。尽管如此，警局里大伙儿都把他叫作可爱的混混。

"雪茄收起来。"她命令道。

柯比面色蓦地红了，把雪茄塞进胸前的口袋。他一边大声地哼哼，一边打开冰箱，翻看里边的东西。

"周围邻居每家每户都要上门问问，"洛蒂指示道，"我们需要知道莎莉文上次露面的时间。"

洛蒂现在明白了林奇刚才为什么那么说了。脏盘子高高地堆在洗碗池里，桌子上有一锅削了一半的土豆；一盘切片面包敞露着；一罐果酱里还插着一把刀子，四周已经生了一圈霉。乱糟糟的桌子中央还有一只碗，碗底的剩粥已经结了一层壳。不晓得这个女人是刚吃了晚饭，还是刚吃了早饭。或许是一并吃的。

地板很脏，到处是面包屑和灰尘。

"客厅更吓人，"林奇说，"去看看。"

洛蒂转身出了厨房，顺着林奇的手指，来到门口立住。

"见了鬼啊！"她叫道。

"天啊！"博伊德跟着附和。

"表示同意。"林奇说。

房间里散落着几百份报纸，堆在所有能想到的地方。地板上有，躺椅上有，沙发上有，就连电视机上面也有。有些已经泛了黄，有些似乎被老鼠撕咬过。整个房间蒙了一层灰。洛蒂从离自己最近的一摞报纸中捡走一张。12 月 29 日。日期越近的报纸越靠外。洛蒂开始在心里数报纸。

"真是垃圾如山啊，"她说，"这得好几年才能搞成这个样子。"

"这女人肯定有严重的精神问题。"林奇在她身后说。

洛蒂摇了摇头。

"她办公室怎么那么整洁呢，简直判若两人啊？"

"你们确定这是她家？"博伊德说。

两人同时瞪了他一眼。

"随口说说而已。"他说着，便懒懒地往楼梯上走，天花板不高，他得低着头。

"继续找，"洛蒂对林奇说，"我们得找到她的手机才行。有通信录，或许还能摸清谁要杀她。我看不到哪儿有笔记本或台式电脑啊？"

"我找找。现场调查员快弄完了。"林奇又钻进拥挤的厨房。

洛蒂跟着博伊德也上了楼。他进了卫生间。

"啥药都有啊。从治屁股痛的到治胳膊痛的，应有尽有啊。"他说。

他口气听着像她妈。洛蒂把他挤到一边，往药柜里瞧。莎莉文有自杀倾向，该监视啊，她心想，因为里边有不少袋百忧解、赞安诺、替马西泮。

"她似乎没服药啊。"她说着，按捺住想拿几片赞安诺揣进口袋的冲动。天啊，这么多药至少够她用三个月的。

"因为还剩这么多药？"

"对。还有奥斯康定。"

"是什么药？"

"吗啡。"洛蒂说。她想起自己当时的药柜，那时亚当还在世。她看了看处方信息，把药店的名字记在手机里，好以后去找。她环视一周，卫生间很脏，然后便从博伊德身边挤过去，进了卧室。

"快进来。"她叫道。

他赶了过来。"不可思议啊。"

"这女人脑子里在想什么呢？过着什么样的人生啊？"洛蒂问。

卧室里干净明亮，一尘不染。一切都井井有条。床上罩着干净的纯白亚麻布床单，如军营的床铺那般整齐。一个梳妆台，没有任何化妆品。木地板光亮洁净。此外什么都没有了。

"这地板简直都能当镜子照了。"她一边说一边打开梳妆台的抽屉。里边一切物品都摆放得妥妥当当，如军人般精确。

她推上抽屉。让其他人来亵渎死者的物品吧，她可不愿意碰。亚当走了之后，她再不会碰了。"这个女人内心很矛盾啊。"

"她一个人住？"博伊德看了看另一间卧室说。

洛蒂越过他的肩膀往里瞧。里边空空如也。只有木地板加四面白墙。她困惑地摇摇头。苏珊·莎莉文绝对是个谜。

她下楼又看了一圈。似乎有点不对。漏了什么呢？她一时没想明白。

她得离开这屋子。

* * *

博伊德跟她一起走了出来，手指夹着一根烟。

"去哪儿？"他问，深深吸了一口。洛蒂愉快地跟着吸了一口，打了个哈欠。

"我得回家把孩子喂饱。"

"都是大孩子了，早就能照顾自己了，"他说，"倒是你得照顾好你自己。"

这话不需要回答。因为是事实。

"我得好好消化这个案子。我想把目前掌握的情况好好串一串，看看能否拼出个子丑寅卯来。我需要点空间。"

"你在家能有空间？"

"别自作聪明。"

她感觉他在靠近，不只是身体上的距离，还有精神上的距离。博伊德令她不安。但她向往舒舒服服地躺在他臂弯的感觉。可是她又晓得自己会拒绝。欢迎来到洛蒂·帕克的冷漠世界。她的心情和这天气简直是绝配。

"今晚啥也做不了了。我走路回去。明早见，记得专案组六点开会。科里根也会在，所以不要迟到。"话有点多余，她知道博伊德从不迟到。

她独自一人在冰天雪地的人行道上艰难地往家走。

第六章

行政官住所是栋建于 19 世纪的建筑，连着新市政厅办公楼，以前是老镇监狱的一部分。那帮正在主楼周围布置警戒线的警员们，并不知道从这里能通到监狱。

房子里还保留着地牢，现在做会议室用。几乎没有员工会去那里。

有传言说，以前那些行将受死的犯人，在生命的最后几小时，都是在墙内待着的，所以那些墙也吸附了死刑犯的气息。

其中一个地牢里，这会儿正有几个人在碰头，他们也不了解这栋建筑的历史。他们站成一圈，如同等待被缓期执行死刑的囚犯。

"今天下午，规划部一名职员，苏珊·莎莉文遇害了，情形可疑，"官员开口说道，"很令人惋惜。说实在的，也很可怕。对我们而言，这是一个严峻的时刻。警方会非常仔细地翻阅她的档案。你们要清楚，你们的名字或许会在调查过程中被提及，并可能会被问话。"

他停了下来，看着眼前的三个人。

"如果我们的事情被公之于众，我们很可能会被视为杀人嫌疑犯。"他又说。

"至少，她知道的情况随她一起消失了，"其中那位开发商说，"但调查会让我们引来关注。"

银行职员颤抖得很厉害。自从几人来后，地牢的温度有所下降。黑色的夜晚似乎破墙而入。

"还有詹姆斯·布朗呢。"银行职员说。

"现在莎莉文不在了，就剩下他一个人和我们对证了。"官员说。

"不过，你说得对，我们得准备应急方案，以防警方问话。我们不能让人看出来我们是一伙儿的。他们说不定不会发现咱们的事情。"

他搓了搓手，想让手指热乎起来。

"别傻了，"开发商说，"他们又不笨，我们得更聪明点才行。如果这件案子是洛蒂·帕克督察负责，我们就得更加小心。"

"你认识她？"银行职员问。

"我听说过她。几年前，那起游民谋杀案就是她破的。她遭人威胁恐吓，但还是一直查了下去，最后抓到了犯人。她要是较真查起来，那就跟狗看见骨头似的，不会罢休的。"

神父什么也没说。但官员知道此人精明，心里在盘算。

几个人都往外套里缩了缩，彼此看着对方。

"先生们，这里涉及几百万欧元的金额。我们得非常小心，以后不能在这里见了。小心点。"官员结束了会议，打开了地牢的门。他朝外看了看，一盏孤灯照着废弃的私人停车场。

几人一个接一个地离开了。

大家都互相提防。

凶手可能就在他们中间。

第七章

詹姆斯·布朗把黑色的丰田艾云思停在别墅门外的院子里,熄了灯,拔出钥匙。他听着发动机停下来,车内灯光也暗了下来。

他平时下班回家时,心情是愉悦的,尤其在春季。感受乡间的宁静,听听树梢传来的响声,看看他家小花园后面一直往外延展的草坪,这一切都让他身心舒畅。他能感到一种别处无法感受到的自由。但现在不同了。今晚他既悲伤,又愤怒。悲伤是为了苏珊,而愤怒是因为今天电话上那人的粗暴回绝。他联系那人是想问问他对苏珊的死是否知道点什么。但他刚开口说话,那人就挂了电话。或许本就不该打电话给他。

他双手紧握在方向盘上,拿脑袋往手上撞。苏珊已经不在了。他得不时提醒自己。多年前是苏珊把他从魔鬼的手中拯救出来,如今他却辜负了她。

他不愿意下车。坐在车里,他有一种安全感。他想起小时候,他和苏珊经常相互依偎着,苏珊在他耳边轻轻告诉他要坚强,要骄傲地挺直腰板,而他却在她怀中呜咽着,像只迷途的小猫。他现在回想,还是孩子的时候,苏珊教会他如何把床铺得符合要求,如何叠衣服，如何在地板上捡毛发，让地板保持干净明亮。他很确定她后来的卧室洁癖是那时养成的习惯。谁能怪她呢？他想起两人一起目击过，却又绝口不提的那些事儿。回忆起往事，想起她对自己的好，他默默流下泪水。如今，他要独自承受一切，要坚强。就算为了苏珊。

最后，他逼着自己下了车，温度立马降到冰点。他从后座拿起公文包，踏上大雪掩盖下的庭院，嘀嗒一声锁上了车子。那轮下弦月正在为下一个轮回做准备，月光似乎并没有那么皎洁。

他眼前突然落下一个影子。他眯起眼往上看月亮是不是被云遮住了。但寒冷的夜空星光熠熠，并没有一朵云。一个身影高高地立在眼前，脸上蒙着滑雪面罩，只给夜色露出一双眼睛。

詹姆斯往后跳了一步，靠着车子，把公文包丢在地上，又突然想起来电话在包里。但太晚了。

"你，你，想，干什么？"他舌头发紧，说话也不利索了。恐惧的汗水顺着面颊大颗大颗往下流，流到鼻子下，像鼻涕似的。怎么办？他脑子一片混乱。

"你非得一直搅和。"那人拖着低沉的腔调，一副威胁的语气。

詹姆斯摇着脑袋四下看，心想之前停车时怎么没注意到那辆车呢？他刚刚才瞥到右手边橡树后面有一抹金属的光亮。这个人是谁？他怎么知道那棵树可以把车挡住？

"什么？为什么？"詹姆斯咕哝着，脚在冰雪上磨蹭着，抬头望向那巨大的身影。那人戴着手套的手里握着一个手电筒，强光刺得他睁不开眼。

"你，还有你那位朋友，真爱给人添麻烦。还三番五次的。"

"我哪位朋友？"詹姆斯问道，但他心里知道那人说的是苏珊。

那人大笑起来，一把抓住他的胳膊，推他往前走。詹姆斯感到喉咙里积了一团浓痰，令他窒息，他呼吸更加急促。天空被乌云盖住，开始飘起厚厚的雪片。

"你想怎样？"詹姆斯更加恐惧了，脑子像蜗牛一样缩进了壳子。他得快点思考，迅速想出对策。他想呼救，但声音却闷在胸腔里出不来。他也知道没人会听见。他家房子方圆两英里内都没有邻居。

或许他该逃跑？不行。此人比他高，肩膀也更宽，看着强壮得多，詹姆斯感觉自己就像落入苍蝇口中的飞虫。

一阵恐惧汹涌而来，把他的胸口塞得严严实实，没走几步就站住了。他走不下去了。他感觉自己好像只穿了一只鞋。那个人也停了下来，从口袋里掏出一截绳子。这下詹姆斯可不干了。

他往前一蹿。那人吓了一跳，抓着詹姆斯胳膊的手被甩掉了，人也摔倒在地，手电筒落在一堆雪里。詹姆斯脚下打着滑向门口跑，一只手伸进口袋找钥匙。身后的雪嘎吱嘎吱响了起来。他刚把钥匙塞进锁眼，一条胳膊就缠住了他的脖子，紧紧勒住，身后抵着一个结实的胸膛。

詹姆斯拼命反抗，虽然脖子上是松脱了些，但对方的手肘又顶住了他的后脑壳。他的脑袋疼痛难当。

"你竟然想跑！"

詹姆斯觉得这声音似曾相识，努力在记忆中搜寻，但没有成功。他迅速扭动身子，又想逃，但绳子已经套住了他的脖子，粗粝的尼龙绳剐蹭着他的皮肤。他错过了最后的逃命机会。

他缩回胳膊，往那人肚子上捶打，却弹了回来，一阵疼痛从手肘一直传递到肩膀。绳子松开了些，他瘫倒在地。他翻过身，爬起来，双膝着地。跑。他必须得跑。但他站不起来。他喊了起来。他惊恐的喉咙极力地大声叫喊。

"救救我！救命！"他的声音听上去倒像是树丛里传过来的别人的回音。

绳子又勒紧了。他双手往冻土里扣，不让自己被拽起来。他又开始喊，但紧绷的绳子咬住了他的皮肤，令他呼吸艰难。他该怎么办？跟他说话，他想。我得让他开口说话。他不再反抗，但那人却又紧了紧绳子。

"跟我来。"那人说。

他领着詹姆斯往橡树那边走。橡树的树枝在房屋的白墙上投下魔鬼般的影子。树下面放着两把铁椅，夏天乘凉用的，如今积满了白雪。

"你想干什么？"詹姆斯开口问。这会儿绳子稍松了些。

那人把绳子一头往空中一抛，套住了长满痂的树腰上伸出来的一根树枝。詹姆斯祈祷快来一朵云遮住月亮，让花园完全黑下来。他的眼睛已经适应了暮光，视线清楚了许多。他的脑子里塞满了各种胡思乱想，还有很多画面闪来闪去。其中一个画面是他的母亲。他不记得这辈子曾见过母亲。我要死了，他想。他要杀我，我却束手无策。他痉挛的身躯不停地颤抖。他需要苏珊。她总有办法。那人转过身来，詹姆斯看着那张蒙着面罩的脸，盯着那双眼睛。那双眼游移不定，似乎在和着无声的调子跳着邪恶的华尔兹。他突然认出那双眼。那是一双他永远不会忘却的眼睛。

"是你……苏珊……是被你……"他说，"我认识你。我记得……"詹姆斯虚弱地挣扎着，想逃开绳索，但每动一下，尼龙绳都会抽得更紧一些。但现在才想起来。为时过晚？他想说点什么来拖住那人。

"那……点了很多蜡烛的那晚……皮带……"

"你觉得你很聪明是吧。你也有蠢的时候，对吧？你那时候还有个女的为你撑腰，现在没了吧。"那声音很脆，几乎能划破冰块。那双眼不再转动，定了下来。

詹姆斯拼命扯绳子，又拉又拽，把手指塞进去，因为用力过猛，肚子剧烈起伏。他无法呼吸。他拼命想挣脱，双脚乱踢，地上的雪四处飞扬。他要活下去。他要找救兵。他还有半辈子要活呢。情急之中，为了不让仇人得逞，他干脆沉下身子放赖。看那人还能把他拽上去吗？

"站到椅子上去。"那人一边命令道，一边用手扫掉椅子上的雪。

詹姆斯站着不动，像被催了眠似的。绳子勒得他脖子上隆起了一圈，那人身体散出一股热，让他心智恍惚。他觉得喉咙深处有一丝咸味。两条胳膊环抱住他的身体，把他拽到一把椅子上。椅腿陷入了雪地，晃了晃，稳住了。詹姆斯想跳下来，但那人已经把绳子拉了上去。

雪下得更密、更厚了。那人站上另一把椅子，把绳子打上结，詹姆斯在绳子那头摇摇晃晃。

"其实苹果树更适合你，詹姆斯，但可惜苹果树枝不够结实。只好用这棵橡树了。"

绳子结结实实挂上了粗壮的树枝，正好在树腰的位置。月光在飘雪中显得暗淡，但那薄薄的光还是在院子里投下一抹黄。本已负重的树枝，又加了额外的重量，有些摇晃。詹姆斯还在央求，但只见嘴唇在动，发不出声音来。

他或许还想做点什么动作来，但那人早已一脚把椅子踹倒在雪地里。

他的胸脯不再起伏，紫黑的嘴唇外挂着舌头，眼白上爆出几滴鲜血。弥留之际，詹姆斯看见月亮沿着天空起舞，穿越成千上万道白光。当他的身体在无风的夜晚摇荡，他的肠胃打开，他觉得自己闻到了新鲜苹果的香味。他听到逐渐远去的嘎吱声，那白光红了，又黑了。

大团大团的风雪翻滚着涌向大地。这猛烈的暴风雪散发着末日的气息。尸体变得灰白，融入白色的背景，在死亡中冷却。

第八章

　　洛蒂推开门，轰鸣的说唱音乐迎面扑来。她怎么会让孩子们听这种垃圾？要是不让在家听，他们一样会跑到别的地方听。他们的 iPod、手机还有电脑上有成百上千首音乐，她也监督不过来。忍吧。

　　"我回家了。"她对着吵闹声叫了一嗓子。

　　没人回答。

　　厨房里是刚被青少年折腾过的典型场面。面锅空着，桌子上扔着黏糊糊的叉子，半瓶可口可乐敞开着。估摸是到了中午才吃的早饭。靴子、鞋子、运动鞋胡乱扔在门口。桌上堆着没打开的圣诞卡片，她开了封的那几张丢在厨房的窗户前。圣诞树在客厅里，不在她视线范围内。她本来不想装饰圣诞树。但肖恩非说要，现在他得负责拆掉那堆乱糟糟的金属丝和球球。很麻烦。

　　洛蒂很高兴，一切虚假的装饰很快都会堆进阁楼。亚当走后，她便开始讨厌，不，蔑视圣诞节。三年前，圣诞节还是美好家庭时光，如今她的家庭已不再完整。

　　但圣诞节还是给她留下了很多美好的回忆。比如，凌晨三点钟和亚当干掉一瓶百利甜，然后造一个玩具厨房；圣诞节早上等亚当从军营下班回家；亚当趁孩子们还在睡觉时偷偷溜进房间；她对着清单确保他们没在母亲的阁楼里落下任何东西。有一次，他们落下一个玩具兵，害得亚当半夜两点跑过去叫醒她母亲。他说洛蒂是个懦夫。她现在想起来不禁失笑。亚当不惧她母亲。洛蒂其实也不怕，但她母亲这颗炮弹本来引信就短，她不想凑上去点火。她反正是这么告诉亚当的。她有时候觉得，他比自己还爱母亲。亚当父母在他十八岁时就去世了，两人前后间隔不到一年，所以，他很感激罗丝为洛蒂和孩子们所做的一切。但洛蒂知道，罗丝是因为内心有愧，她再怎么努力，都弥补不了那份愧疚。自从亚当走后，她每次和母亲打交道都会以争吵收尾。出言残忍，翻旧账，摔门。自从上次发生口角之后，洛蒂已经好几个月没见她的母亲了，虽然她知道她不在家时，罗丝经常来看孩子们。

　　她很努力地照顾几个孩子，但很难全身心投入。其实有很多事情，她都无法再全身心投入。亚当去了，她半个人也跟着去了似的。可能说起来像陈词滥调，却是事实。要不是为了孩子们……她有三个啊。生活总得继续。她的人生还一直承受着别的缺憾，比如她父亲的神秘去世，以及随后她母亲的种种传闻逸事。她一辈子都觉得委屈，但失去亚当的悲痛，掩盖了其他的记忆。至少暂时如此。

　　肖恩溜达着进了厨房，手里拿着一根曲棍球棒，用球棒的一端掂着球。这孩子可喜欢曲棍球了。曲棍球算是比较激烈的全国性体育项目，但她担心对这孩子来说太危险了。肖恩只有十三岁半，却赶上亚当生前那么高了。一头桀骜不驯的金发，盖住了长长的睫毛。洛蒂太爱这个儿子了，有时候甚至想哭。亚当走后，她得保护好他，保护好三个孩子，这份责任有时重到她无法承受。

"晚饭吃啥，妈妈。"肖恩把球揣进兜里问道。

"天啊，肖恩，我这才刚进门。现在都七点了，你们几个难道不能自己做顿晚饭吗？"刚才还满满的爱意，迅速化为沮丧。

"我一直在做功课啊。"

"你才没有。你书包都没打开，还做功课呢。"

"但我们还在放假嘛。"儿子有点恼。

洛蒂一时糊涂了。学校上星期就开始放假，还有几天才开学。那他们整天都在干什么？算了，她也不真想知道。

毫不知情的克洛伊走进厨房。

"嘿，母亲，晚饭吃啥？"

克洛伊总是称呼她"母亲"。亚当生前当着孩子们的面也叫她"母亲"。估摸着女儿是通过这些小事留住对爸爸的记忆。

肖恩已经逃回楼上了，走一步敲一下球棍。一会儿又传来埃米纳姆的说唱曲，比刚才更吵。

克洛伊下身穿一条运动裤，上身是吊带上衣，紧裹在已经在发育的胸脯上（克洛伊感叹终于有了）。她难道不知道外面是零下好几度？这姑娘一头染过的金色长发揉在头顶上，别着一个毛线蝴蝶结，一双明亮的蓝眼睛跟她爸爸一个模子刻出来似的。让洛蒂当年坠入爱河的眼睛，又长在她这个漂亮女儿身上。克洛伊每次觉得姐姐和弟弟受宠了，就甩出"受气包老二"这话来。

"你都十六了，克洛伊。你在学校学了家政学这门课，就不晓得在家里做顿晚饭吗？"

"不啊，为啥要做？我要真做了，你回家一看又要说我哪儿哪儿都做得不行。"

有道理。

"凯蒂呢？"

"出去了。跟平常一样。"克洛伊打开橱柜看有什么能吃的。

洛蒂打开冰箱。没有酒了。靠。她现在已经不喝酒了，至少不像以前那么喝了，她这么提醒自己。在这种时候，她是最怀念酒精的，能帮她缓解一天的压力。她现在甚至都不抽烟了。好吧，有时会，喝酒时会点上一根。天啊，她真矛盾啊。她应该从苏珊·莎莉文的药柜里顺手拿几片赞安诺的。但她绝不会这么干。她也不愿意这么做。她自己在床头柜里藏了一些，办公室抽屉下面也用胶带粘了一粒。以备急用，她心里说。但她的存药消耗得很快。

"亲爱的，把水壶放上，我今天累惨了。"洛蒂说。

克洛伊一边嘎吱嚼着饼干，一边打开开关。水壶发出哐哐响。空的。

"我的老天啊。"洛蒂说。

但克洛伊已经不见踪影，门已摆动着关上了。

洛蒂把水壶灌上水，啪的一声打开电暖炉开关，在椅子里坐下，把椅子最大限度放平。她合上眼，深呼吸，想赶走脑子里的嗡嗡声。

第九章

"詹姆斯·布朗死了。"

"什么?"洛蒂冲着电话问。

洛蒂坐在厨房里,脚边的电暖炉喷着热气,她看了看厨房里的钟。8点30分。她睡了一个多小时了,直到被电话吵醒。

"詹姆斯·布朗死了,"博伊德说,"你最好赶回警局。科里根急得又蹦又跳的。据说天空新闻台的记者已经在来的路上。"

"我现在多想来个游民案啊。"洛蒂说。

"你得搭个便车,"博伊德说,"大雪已经下了好几个小时没停了。"

"我走路去。会清醒点。"

"随你。"

她挂了电话,四处找外套,却发现就穿在身上,便冲着楼上喊:"克洛伊、肖恩,我得回警局一趟。"

没人应。

"你俩得自己做晚饭了。"

楼上异口同声叫起来:"啊,妈妈!"

"留点钱给我们点外卖。"克洛伊叫道。

她留了点钱。真尿。

* * *

科里根警司正在过道里来回咚咚走得山响，不时低下头躲梯子，嘴里骂骂咧咧。脑袋红得跟甜菜根似的，他一遇到压力，就是这种面色。他转过身。洛蒂立刻停了下来。

"你去哪儿了？应该一直在局子里啊。"他说。

"长官，我值完十二小时班，回家去了。"

科里根转过身，怒气冲冲进了办公室。博伊德和林奇立在那里，外套还没脱。柯比人没见着。

"你们俩在看什么？"洛蒂问。她肚子里有火，但压住了，"跟我说说情况。"

"警局半小时前接到电话，"林奇说着，把头发盘到头上，戴上一顶针织帽，"詹姆斯·布朗在家门口的树上吊死了。制服警察报告说可能是自杀。"

"自杀个屁，"洛蒂说，"在同事被害同一天自杀？天啊，上一起谋杀案是啥时候啊？何况一下发生两起。"

记忆力超人的博伊德说："三年前。一起家族内部仇杀，吉姆·科因杀了提姆·科因。你破的案。"

"刚才又不是真问你。"洛蒂说，"拉里·柯比在哪儿？"

她四下瞄了一圈。专案室里热闹非凡。白墙上挂着五颜六色的镇地图，盒子里各种报告越堆越高，探员们都在电话上忙。

博伊德把外套扣了起来，说："柯比肯定在艺术中心后面跟他的演员女友混呢。"

"你嫉妒吗，博伊德？"洛蒂问。

林奇说："我去发动车子，说不定冻住了。"说着，便逃了出去。

"你今天状态很糟糕啊。"博伊德说。

洛蒂说："嗯，我也爱你。走吧。"

＊ ＊ ＊

拉格穆林镇往外六公里的森林公路，被闪着蓝灯的两辆警车照亮。路况很糟糕，雪还在下，圣诞节以来算今天雪下得最大，大片大片的雪花一落地就冻住了。

一辆救护车和一辆消防车，轮胎上都绑了链条，挡住了通往布朗家别墅的那条巷道。还有消防车？洛蒂摇了摇头，林奇也耸了耸肩。

博伊德扔下车子，几个人沿着其他车辆留下的辙走完剩下的路。他们在齐膝的雪中艰难前行。

警戒线外停着一辆警车，里边坐着两个制服警察，还有一位身材干瘦、面色苍白的男子。这些预防措施让洛蒂很满意。虽然怀疑是自杀，但也有可能是他杀。

"德里克·哈特，"吉莉安·奥多诺休警员指着车里的男子说，"是他发现的死者。现在精神状态很不好。"

"跟他谈谈，林奇。问清楚他是谁，为什么来这里。如果这不是自杀，他是我们的头号嫌疑犯。"洛蒂说。

"死者车旁地上发现一个公文包。"奥多诺休说。

"等现场调查员来了让他们查查，然后送去警局。"洛蒂走进院子，博伊德跟在旁边。

一个聚光灯把诡异的影子投向一棵树。洛蒂眼睛避开那里，看见一个医护人员立在一辆被大雪伪装了的车前。

"你没把他放下来？"她说。

"没有。我见他已经死了。发现他的那个人嘟囔着说这个受害人认识教堂里遇害的那个女的，所以我觉得最好打电话给你们。万一有什么情况呢。"

"你看《犯罪现场调查》电视剧吧？"洛蒂说。那人脸腾一下红了。"你不用回答我。"她接着说。

"我让消防员搭的聚光灯，树林子里漆黑一片。"

"为什么会有消防车？"

"不知道，"那医护人员说，"我能抽烟吗？"

"不能。"洛蒂和博伊德同声说。

洛蒂转身抬头去看树上挂着的詹姆斯·布朗，聚光灯照在他的身上。

"我今天就觉得布朗没有跟我全说实话。如果我当时逼问几句，说不定会发现什么线索，或许还能救他一命。"

"或许是他杀了莎莉文，事后悔恨，上吊自杀。"博伊德说。

"他杀了莎莉文？你没仔细瞧瞧他？身高只有五尺的瘦小个，他连感冒都杀不死。"

"或许是一时愤怒呢？"博伊德没有放弃。

洛蒂瞪着他："你有时候真是满嘴跑火车。"

布朗的身体在夹着雪的微风中轻轻摇摆。他的脑袋垂向一侧，对着洛蒂，眼睛圆睁着，望着虚无。洛蒂转身，艰难地走开。

"什么情况？"博伊德问，"你好像看见了鬼似的。"

"我说不定还真看见了。"她说。

她停下来，四处张望。一把椅子侧翻在地，几乎被大雪埋没，车旁地上的公文包，还有后面停着的另一辆车。然后她注意到门上的钥匙。奥多诺休警员在记录医护人员说的话。现场每个人都四处走动过，洛蒂觉得现场调查员发现不了什么有用的线索。

"有什么自杀遗言吗？"洛蒂问。

奥多诺休耸了耸肩："我来后就到处看过了。外面没看到什么，就算留言，也埋到雪里了。天啊，我这辈子没见过这么多雪。"

"那什么哈特进过屋子吗？"洛蒂指了指门上的钥匙问。

"据我所知没有。"奥多诺休说。

林奇把脑袋凑到洛蒂的肩上。

"哈特说他是布朗的朋友，听说苏珊·莎莉文遇害后，开车来看他。"

"他怎么知道苏珊遇害了？"

"布朗给他打了电话。他一到这里就发现了尸体，于是就叫了救护车。我们第一辆车到时，他就在这里，抬头盯着布朗看。没有走进房子。反正他是这么说的。"林奇掸了掸笔记本上的雪，墨汁印得到处都是，"他现在精神状况非常差。要不要我叫车送他回家，还是说你想晚上问他问题？"

"我现在太累了，问不出好问题。明早再带他来问吧。"洛蒂说。她发现门上方的墙上装了一个报警信号器。"问问他知不知道报警码。"

"要不要我早上也过来？"医护人员问，嘴快咧到了耳朵。

"奥多诺休警员已经录了你的口供，"洛蒂说，"感谢你的帮忙。"

"噢，我差点都忘了，"他说，"我发现这个插在门口的雪地里。"

洛蒂一看，他戴着手套的手里拿着一个小号绿色手电筒。

"你捡起来了？"

"当然咯，"他说。他眼睛睁得大大的，"噢，对不起，也许我不该捡起来。"

"你也许确实不该捡起来。"洛蒂把手电筒放进一个塑料证据收集袋，啪一声合上，"刚才是开着还是关着的？"

"我关掉的，省点电池。"

她真想揍他一顿，但转身走了。

等医护人员走了，博伊德低声骂了一句："猪头。"

"博伊德，你这样迟早会被人听见，然后你就等着被打断鼻子吧。叫现场调查员来。"

洛蒂的电话在震动。

"头儿要在十五分钟后见我们，"她说，"这老兄难道没看天气？"

* * *

几人回到镇上。博伊德立在警局外，点上了一根烟。雪落得稍缓了一些，烟雾遭到夜晚寒冷空气的劫持。洛蒂希望自己也能抽上一口，但怕停不下来。啥东西她都不会只来一次。她母亲很喜欢说她这是成瘾性人格障碍。谢了，老妈。

她走进温暖的接待区，看了下手机，没有消息，没有未接电话。她拨通了家里的电话。克洛伊接的。

"嘿，母亲。你快回家了吗？"

"还没呢，"洛蒂说，"我得和警司开个会，不知道要多久。"她心里一阵内疚。她也没办法。她既然要做这份工作，那就意味着上下班时间是由不得她的。

"别担心。我们会看好家的。"克洛伊说。

"凯蒂回家了吗？"洛蒂有点担心大女儿。

"我想应该在她房间吧。"

"去看看，确认下。"

"好。"

"叫肖恩把游戏机关掉。"

"没问题。回聊。"克洛伊挂了电话。

她到家时，孩子们肯定都已经上床睡了。他们都能照顾好自己了，没问题的，她暗自希望。她自己会咋样，她反而不晓得。

博伊德掸了掸肩上的雪，走上前来。

"快点，"他说，"警司在等着呢。我们迟到了。"

* * *

"你们还真不着急啊。"

科里根在办公室大步流星地来回踱，一副军官派头。

"是自杀还是什么？"他并没有等他们回答，"不要紧，先当自杀处理。一天一起谋杀就够对付的了。不管是啥，我们都要一查到底。我可不想都柏林邦边派个专家组过来抢我们的案子，所以你们要抓紧。挨户调查得加快了。还有很多人要盘问，很多电话要接打，新闻发布，媒体吹风会。"

你还真是在行啊，洛蒂心里说。

"我不认为詹姆斯·布朗是自杀。"她斗胆说道。

科里根哼了一声："你是怎么得出这个结论的呢？"

"我觉得……一切都太过巧合，你懂的。"

"我不懂，"他说，"请你赐教。"

　　洛蒂咬了咬嘴唇。她该怎么解释她的直觉呢？科里根很重视自己的前途，做什么都照章办事。他最爱念的一句咒是"要么按我说的做，要么拉倒"。可洛蒂有她自己的方式。不过，科里根没有等她回答。

　　"帕克督察，你是怎么想的不重要。要看证据，看具体情况的。他在他妈的这种暴风雪天气，吊死在他妈的那么偏远乡村的一棵树上。市政厅里要是有啥可疑情况，我在这儿都能闻到。他很可能因为一些工作上的冲突杀了苏珊·莎莉文，然后过于内疚，就……就往树上扔了根绳子把自己吊死了。现在我们来做行动计划。"

　　洛蒂忍着什么也没说。三个人开始大致地安排专案组任务。她太疲倦了，不想浪费口舌。

　　他们做了尽可能的妥善安排之后，科里根又强调了一遍："我不想都柏林派人来接手案子。我们可以搞定。我要苏珊·莎莉文的案子火速破掉。"

　　"但是，长官，"博伊德插了一嘴，"如果这里有两起谋杀，是不是需要上面帮忙？"

　　"博伊德探员！我要说的已经说了。讨论结束。截至目前，我们只有一起疑似谋杀案和一起疑似自杀案。"

　　科里根斜着眼，他们不敢争辩。洛蒂看了看他，披上了外套。

　　"抓紧睡几个小时觉。早上六点准时来局里。"他说。

　　两人离开警司办公室，走进过道。

　　"什么玩意儿？"博伊德猛地停住脚说。

　　洛蒂看着他。他早前撞了装修工的梯子，额头上划了一道。她大笑起来。

　　博伊德一边骂骂咧咧走出门，一边说："有什么好笑的。"

　　"我知道。"她说，但她依然忍不住大笑。

第十章

洛蒂打开家门之前，不由得笑了起来。肖恩的一捆球棒立在门廊的拐角处，冬青花环早已被风吹落在地，盖上了一层冻雪。墙上的门铃旁挂着一块木板，上面写着"便士巷"。亚当把整栋房子都起了名字。房子有四间卧室，每间都起了一个披头士歌手的名字。当时觉得好玩，现在却有些悲凉。

她家住在一片马蹄形的成熟小区，共三十栋联排别墅，她住中间的一栋。房子离灰狗体育馆很近，每周二和周四晚上都能听见喝彩声。虽然只有几百米的距离，她却从来没有去过。亚当带孩子们去过几次，但肥胖的训犬员和瘦小狗狗的画面，对他们没有吸引力。今晚四周却是静悄悄的。比赛需要等到场地修复之后才能进行。很好，洛蒂心里说。她需要这份安宁。

今天跟往常不同，迎接她的是一片寂静，肖恩没在听说唱，已经进入梦乡。她把外套挂起来。洛蒂连续工作了十八个小时，身子硬得嘎嘎作响，但她的脑子还处于高度紧张的状态。

厨房的一个盘子里留了两片比萨给她。克洛伊还写了个便笺："我们是爱你的哦。"

她把比萨扔进微波炉，倒了杯水。她爱孩子们，但经常忙到没时间告诉他们。她很少见到凯蒂。十九岁的大女儿每天都去都柏林上大学。即便是节假日，她也很少在家。凯蒂是亚当的掌上明珠，但自从她爸爸走了以后，这孩子就一直阴晴不定。洛蒂不晓得该拿她怎么办。

她几口吞下软塌塌的比萨，便爬楼梯去她的"约翰·列侬"卧室。克洛伊和肖恩已经睡了。她关上两人的房门，扫了一眼凯蒂的房间。或许她得跟这孩子好好聊聊了。

* * *

凯蒂·帕克又躺进她男朋友的怀里。

他的头发扫得她鼻子直痒痒，想打喷嚏，又想笑，都忍住了。他假装没注意，大口吸着夹在纤长手指间的大麻。他深吸了几口后，递给凯蒂。她本不该接，但她不想让杰森失望。十九岁了，按理应该知道好坏了。她母亲要是看见她现在这副样子，肯定会大发雷霆。活该啊，老妈。一天到晚自以为是地教导她喝酒嗑药有多危险。或许，她自己应该以身作则。

凯蒂把卷着的大麻送到嘴边，闻了闻刺鼻的气味，然后吸了一大口。她以为脑子里会产生一种愉悦，不过她从来没有体验过这种刺激的感觉。

"酷毙了。"她说。

"慢慢来。"杰森用手肘撑起身子，"我可不想你吐我一身。"

她眯缝着眼看天花板，看见上面画着小星星。她觉得是画上去的，除非她已经出现幻觉。

"天花板上画了小星星？"

"是的。以前喜欢哈利·波特。"

"我也很喜欢哈利·波特，"凯蒂说，"喜欢里边的神秘魔法。我曾经还渴望魔法能带我去另一个世界。我爸爸去世后，我更这么想了。"

杰森大笑起来。她斜眼看着他。他很帅，穿名牌牛仔裤，A&F牌子连帽衫。她真幸运。今天他请她来家里时，她高兴得要命。她家房子只有他家客厅那么大。她庆幸他父母不在家，因为说实话，真要见了面，她都不知道该鞠躬还是行屈膝礼。杰森的房间也超棒。她自己、克洛伊、肖恩，三个人的房间加一起才有这么大。

大学第一年很无聊，但他在众多女孩中看上了她。她觉得有点飘。

"来，给我吸点，别太贪婪啦。"他说。

她把大麻递过去。他的胳膊很硬，但她的头能感觉到枕头的柔软。她闭上眼睛。真的感觉在飘。

她妈妈要是看见她这个样子，会气爆的。

"我得回家了。都过了午夜了。"她说着要坐起来。

"你当自己是灰姑娘啊？"杰森哈哈大笑，"我要是不及时把你送回家会不会变成南瓜啊？"

"严肃点。"她坐起了身子，四处摸外套。

"好吧，扫兴鬼，我送你回家。"他说。

凯蒂在他嘴唇上亲了一下。她这会儿感觉像长了翅膀。

* * *

肖恩·帕克从卧室窗户里看见姐姐和男友在雪白的车道上搂在一起。他看见他们在路灯下接吻，看到了凯蒂脸上的微笑。他上次见她忧郁的姐姐这么开心是什么时候的事儿了？

他记不起来。

＊＊＊

洛蒂慢慢在床上躺下，手底下摸到一本 Argos 超市目录册，压羽绒被用的。这是她为了不让亚当扯太多被子想出来的妙招。她试过用黄页，但不如超市目录册好用。

她躺在床上，脑子里想着苏珊·莎莉文和詹姆斯·布朗，想弄清楚这两人到底卷入了什么事情，有人非得要他们的命。

她一听见凯蒂在门上转动钥匙的声音，就立马睡着了。

第十一章

男子很均匀地用力揉搓着全身皮肤。

他做了他不得不做的。秘密要保护。他自己要保护。其他人也要保护,虽然他们自己还蒙在鼓里。

他往全身涂上肥皂,想把死亡的气味彻底清洗掉。他动作缓慢,步骤分明。从头发的根部到修剪整齐的脚指甲。他走出浴室,用浴巾精确地擦拭每一寸皮肤。

身体彻底擦干后,他裸着身子慢慢走进卧室,躺在白色床单上,盯着天花板,整夜无眠。

* * *

1974 年

她知道他做的事情不对,却不敢告诉任何人。他有一个秘密所在,几乎每天放学后,都带她去那里。学校放假时,他让她每周至少给他打一次电话,有时候他来她家里。

有神父来家里,她妈妈激动万分。她会把上好的瓷器拿出来,端上茶和饼干招待他。她妈妈在碟碗间准备茶水时,他就抓住她的手,塞到他下面去。他逼她干这事儿,让她觉得恶心。这比他逼她干的其他事儿甚至还恶心。

有一次，她妈妈过来问他是不是要黑面包，不要饼干，差点撞个正着。他迅速转身看着前窗，说他在盯着车子，防止被小混混刮擦。

那次以后她有一个月没见着他。本以为这事儿就这么过去了，没想到那只是噩梦的开始。他告诉她妈妈说神父房傍晚有活儿让她做，打扫卫生之类的，他会付几个零花钱。她妈妈很高兴。

小姑娘明白，她每天都要生活在恐怖中了。

有时候她会偷喝几口她爸爸的威士忌，酒就放在电视机下面的橱柜里。很烧喉咙，但几分钟后，会觉得五脏六腑都很暖和，也会让她的世界变得模糊。她暴饮暴食。她妈妈天天说她太胖了。她想告诉她妈妈"滚犊子"，她听学校一个女同学说过这话，知道是句不好的话。有时神父进入她体内时，也会说一些不好的话。她恨他。她觉得疼，还出血。那事儿她一点也不喜欢。但她知道现在后悔太晚了。谁会信她呢？

学校的女同学都喊她"肥肥"。肥肥这，肥肥那。她在镜子里看见自己时，都不认识里边那个也在瞪着自己的人了。她看起来就像隔壁那个啤酒肚撑开脏衬衫的金德先生。

有时候她哭着入睡。但大多数时候，她只是恨自己，恨自己现在的样子，他把她变成的样子。她发誓总有一天她会让他偿还这一切。她不知道何时，也不知道如何做到，但她会时刻准备着那天的来临。他对她没有一丝怜悯，只有鄙视。她也会以牙还牙。

"该来的总会来。"她对着镜子里的身影说。

第二天

2014 年 12 月 31 日

第十二章

　　洛蒂拧了两下钥匙，车子竟然奇迹般地发动了。上面肯定有人眷顾我，她对着清晨昏暗的天空说。她需要清醒一下，便走了远路去上班。

　　车路过阿德泫乐路时，她在转弯处往左拐，驶过一度兴隆的烟草厂，如今厂房的烟筒已不再冒烟。她记得空气中常常弥漫着刺鼻的味道，直到后来厂子成了中转仓库。她想念那种气味；那气味清晰地宣告她所居住的是个什么地方。如今没有了，很多东西都没有了。

　　车子被都柏林桥上的交通灯拦下了。她环视了一圈这座冰雪覆盖的镇子。镇子坐落于两个内陆沼泽湖之间，最醒目的是两个大教堂。右手边是高耸着两个塔尖的天主教大教堂，左手边是只有一根塔尖的新教教堂。两座教堂中间，生硬地夹着一座在畸形的城市规划下拔地而起的四层公寓大楼，和周围的低矮建筑格格不入。

　　历史上，拉格穆林曾是一座城堡。闲置的贵族军营如今已成了破坏公物的温床，还有传言说会被改建成一个难民中心。军营建在镇上最高的一处地方，俯瞰远处的运河和铁道。11世纪定居于此的僧侣，如果看到今天的街道仍然保留着他们的名字，一定会很自豪。别的也没啥自豪的了，洛蒂想。

交通灯还没变。她又扫视了一下地平线，看了看周围树木掩映的那两根尖顶。她紧紧攥着方向盘，双手有些发白。她想到从前教会如何支配这里的生活，想到那些穿长袍的人对她自己的家庭产生的影响。其中一个尖顶里的铁钟，咣、咣敲了六下，浑厚的声音穿透她摇起的车窗玻璃，波及一切。教会和国家，拉格穆林历史上的两根芒刺，也是她个人历史上的两根芒刺。

洛蒂做了几口深呼吸。交通灯上的碎玻璃闪成了绿色。她踩下油门，车子滑了出去，差点蹭到前面那辆红色玛驰。路上总共就两辆车。她过了大桥，一路沿着坑坑洼洼上了冻的街道走，两边店铺黑着窗子，不见一个人影。她心里寻思，这些窗子背后该藏着多少秘密，有什么神秘往事等着大白于天下，以后还会不会有人愿意费心思去探寻这些往事？

* * *

三十名男男女女挤满了小小的专案室。

有的坐在摇椅里，有的扎着堆大声聊天，体味、香水、润肤液的气味，烧焦的咖啡味，混在一起。洛蒂想找地方坐，发现能坐的地方都坐满了，只得在屋子后墙上倚着。她看着科里根站在几名探员面前，手里翻着几页纸。她应该在那儿站着。

他见博伊德对她笑，也咧嘴笑了笑。他的笑有时让她不由自主，虽然她本来想着要皱眉。博伊德整洁得一如往常，一身灰西服，衬衫外套一件蓝毛衣，算是防寒。或许今天自己会对博伊德友善些，也许会，也许不会。

她大口喝完一杯浓咖啡，给疲倦的脑子补充点能量。科里根冲她点点头，她赶忙走到屋子前方，面朝队伍站着。柯比红着眼圈，或许威士忌喝高了。玛利亚·林奇却是很精神，活力四射。她就没有不精神的时候。博尹德收起笑容，面色又严肃起来。队伍已做好行动准备。她也准备好了。

"好，"科里根警司开口说话，屋子静了下来，"请帕克督察跟大家介绍案情最新进展。"

一张张面容满怀期待。她的团队很棒，很自信，也信任她。她不卖命不行。她也愿意卖命。

她把咖啡杯放到桌子上，把长袖衬衫的袖口放下来。这是她改不掉的一个习惯。她向探员们介绍了昨天白天和晚上的情况，并做了工作部署。

她讲完后，大伙儿便开始伸胳膊伸腿，动来动去，椅子吱吱响。起先只是嗡嗡的低声说话，很快就大起声来。

"大家各就各位。"科里根压着嘈杂声大声喊。

洛蒂发誓她听到博伊德咕哝了一句："好的，船长。"她推着他出了屋子，抓起外套，便步行去大教堂。她要去做个问话。

* * *

乔·伯克神父在门口等她。天空阴沉晦暗，洛蒂盼着冬天早点结束。

在纷飞的大雪中显得朦胧的教堂，如今成了被封锁的犯罪现场。大清早，有几个人顶着雪驻足观看，在胸前画十字，还有人放下几朵花。两名警卫在警戒线外侧站岗，不停跺脚，像要被冻僵了似的。洛蒂觉得自己也快被冻僵了。

洛蒂戴着厚厚的手套，和乔神父握了握手。

"来屋里喝杯热茶。"他热情地说。

"那好啊。"洛蒂说。神父穿一件宝蓝色的滑雪衫，戴一顶皮帽，盖到眼睛上沿。"你看着像克格勃。"她笑着说。

他领着她绕过教堂的一侧，往神父房走。

* * *

屋子里很暖和。老旧的暖气片汩汩地冒着气泡。高大的深色红木橱柜在过道的墙上投下阴影，过道铺着瓷砖。伯克神父领着洛蒂穿过去。

"茶还是咖啡？"他边问边打开一间屋子的门，里边的装饰风格和过道有点像。

"茶吧，谢谢。"她早上在办公室喝了咖啡，想冲一冲那股味道。

一个小个子修女从他们身后走过来，神父跟她说了几句。她叹了口气，拖着脚走开，去屋里什么地方烧水。

"那，帕克督察，我能帮上什么忙吗？"他坐进一个爪形扶手椅，问。

"我需要线索，伯克神父。"洛蒂说着，脱了外套，在他对面坐下来。

"就叫我乔吧。咱们之间不需要客套，对吧？"

"好吧。那你就叫我洛蒂吧。"

她知道她不该跟他这么熟络。他是嫌疑人。他是在加文太太之后，第二个到犯罪现场的，而且凶案发生的时候，他就一直在教堂里。不过，熟络有时会让人放松警惕。

"我注意到你们教堂内外都装了监控。我需要调看一下。"

"没问题，不过我觉得对你没什么用。外面的摄像头圣诞前大降温以来就一直是坏的，里边的摄像头是对着忏悔人士的。"

"为什么？"洛蒂问。她心里咒骂这又会是死路一条。

"科纳主教搞的。为了让神父看到谁会进来，预防被袭击。"

"有点讽刺啊，是吧？"她抬头看见修女用银盘端着一套瓷器走来，咔嗒咔嗒作响。

"直播摄像头当时也没在工作。正常情况下会在教区网站上直播祭坛情况。但当时放假，找不到人修。"

又一条没用的信息，洛蒂心里想。

乔神父接过盘子放到桌子上，谢了修女。修女转身就走了，没作一声。他倒了茶，洛蒂加了牛奶。两人端着精致瓷器小口抿茶。

"我要就昨天的事情问你几个问题。"洛蒂说。她耸了耸肩，马上进入工作模式。

"这算是正式问话吗？我要不要把我的律师找来？"他问。

她一惊，但他笑了起来。

"当前调查阶段不需要律师，神父……呃……乔，"她有点结巴，"我只是要搞清楚几个事实。"

"那来吧，我现在人是你的了。"

洛蒂觉得脸颊有点红。他这算是在调情吗？肯定不是。

他说："我主持完 10 点钟的弥撒，清理了祭坛，把圣餐杯和圣餐锁进圣龛。那时教堂已经空了。通常会有几个人留下来祷告，但估计天气太冷，也没心思祷告了。圣器守司大约十点四十五也做完了事，回家了。我回这边来喝了杯茶，又去了圣器室待了个把小时，要写下个礼拜日的布道词。加文太太随后就来了，开始日常打扫。我刚做完午间祈祷，就听到她尖叫，所以当时肯定过了中午12点。"神父停了下来，像是要祷告。

"然后你做了什么？"洛蒂问。她心里记着要派人找圣器守司问话。或许又是条没用的线索，因为他早在凶杀发生之前就已经离开教堂了。

"我就冲出去看是什么情况，和加文太太撞个正着。可怜的女人，她都快疯了。她抓着我的手，拖着我去前排长椅。我就看见那尸体……女人……瘫在那里。我弯下身子去听有没有呼吸，其实我已经能看出来她死了。我做了痛悔祷告，为她祈了福。然后就打电话给急救站，又把加文太太带到祭坛去坐着休息，后来警察就来了。"

他的脸在黑色羊毛衫映衬下显得苍白。

"你有碰受害人身边的任何东西吗？你碰过她吗？"她问。

"当然没有。我当时还想摸摸她的脉搏，但我看样子就知道她已经死了。"

"即便如此，你还是要去警局提供一份 DNA 样本分析。"她说，"证明你是否清白。"

"那我是嫌疑人咯？"他长长的手指绞成一座尖塔顶着下巴。

"调查清楚之前，每个人都有嫌疑。"洛蒂想在他的眼神里读出点什么，可什么都没有，"你认识苏珊·莎莉文吗？"

她仔细观察他的反应。

"是受害人吗？"

她点头。他表情很宁静。

"不认识。我不记得以前有见过她。"他想了一会儿，"来教堂的人有很多，但不一定都参加弥撒。他们也许就是来祷告一下，点个蜡烛什么的。你知道，拉格穆林教区有一万五千多人。"

"你上门拜访吗？"

"有人病了，要见神父，才上门。我会去医院。我也是女子中学的神父。我们做弥撒，听忏悔，只是现在忏悔的人不多了。"他摇了摇头，"还有洗礼、婚礼、葬礼、圣餐仪式、坚振礼。"

"有很多事情要做吗？"

"哪一个？还是全部一起？"他脸上绽出笑来。

洛蒂没说话。她记起曾有神父来家里为病中的亚当祈福。如果是乔·伯克神父，她肯定会记得的。不过，当时亚当已经病得很重了，她或许不会注意他。情况不同。

"我能问问你昨天下午都做了什么吗？"

"我陪加文太太回家，一直等到她丈夫回去。然后我就回来了，晚上就在屋里读书。这辈子都没见过这么大的雪。"

"所以你没出门？"

"没有，督察，没出门。怎么问这些？"

洛蒂想了想该说啥，还是决定讲实话："我们手上还有一桩可疑死亡案件。可能是自杀，但不能确定。"

"我昨晚没有当班，所以没有参与任何紧急事件。发生什么事了？那人我该认识吗？"

"詹姆斯·布朗。生前和苏珊·莎莉文是同事。"

"不认识。上帝啊，帮帮他可怜的家人吧。"乔神父双手合在一起，垂下头。

“我们也还没查到他有什么直系亲属。跟苏珊情况一样。好像这两人都是凭空来到拉格穆林一样。”

“我会打听一下。肯定是有亲人的。”

“谢谢。我很感激。”洛蒂叹了口气，一时想不到什么逗留下去的理由，就站起身来，“我会叫人来取监控光盘。今天就去一趟警局吧，我们会取一点口腔黏膜和指纹。我后面还会再找你了解情况的。”

她穿上外套。

“期待你再来。”他说着帮她把胳膊伸进袖子。这次她确定看到他眼里忽闪了一下。

她递过去一张名片，说：“你要是想起什么来，打我手机。”

“跟你聊得很愉快。可惜境况有点糟。”

“谢谢你的茶。”大雪在旋涡中飘舞，她拉起了帽子。

等他关上门后，洛蒂站了一会儿，适应了昏暗的眼睛一时适应不了屋外的白光。她在想她和乔·伯克神父之间刚才到底发生了什么事儿。

第十三章

博伊德长长地吸了一口烟，再吐出。

"我们现在什么线索都没有。"他说。

他们正在往市政厅大楼走。洛蒂真希望他能闭嘴。自己知道没线索就行了，不需要他提醒。

"我们要翻下他们的档案，"她说，"这跟两人的工作肯定有关联。两人生前都在规划部上班，这可是个很容易生事儿的部门。除此之外，两人没有什么共同之处。至少，暂时如此。"

博伊德深吸了一口，说："或许两人在偷情呢？"

洛蒂停下脚步，盯着他看。

然后重又开始走，摇了摇头说："那又怎样？根据我们掌握的情况，两个人都单身。"

"那肯定还是规划部里有事儿。"他说。

"唉，"洛蒂学荷马·辛普森的调调说，"去看看能发现什么。"

博伊德把烟头在雪地里摁灭，二人进入"玻璃水族馆"。

* * *

楼里出奇地安静。几个早上刚到单位的职员垂着脑袋走来走去，新年夜的高兴劲儿早没了踪影。玛利亚·林奇探员的小分队正在二楼的一间屋子里对所有的职员进行单独询问。洛蒂迫切想知道进展。

在莎莉文的办公室，一名技术员给电脑解了锁。洛蒂想，她自己也能来，因为她发现密码就用胶布贴在键盘背面。她坐了下来，翻阅着电子文档。鼠标在一个标着私人的文档上停了下来。她感到博伊德就俯在她肩膀上看。

"你怎么不去看看布朗的电脑。"她说。

她表现得不太友善，但他确实很惹她恼火。今天是没法对博伊德友善了。一个小时后，洛蒂抬头看见他站在门口摇头。

"电脑上没什么反常的东西，"她说，"她的私人文档里只是些纳税申报和医保的资料。不过有几个文件有点意思。比如，有一个会议纪要，是关于一个叫'反对"鬼宅"的居民'的群体的。文件时间跨度有一年左右。"洛蒂伸了伸腰，问，"布朗电脑上找到什么没？"

"都是些我不懂的。"

"我们得找个懂行的人来瞧瞧，看看有没有什么违法或可疑的东西，"洛蒂说，"我得去找郡长谈谈。"

"我一起去吗？"

"你负责把这些文档压缩下，或怎么着，发到警局。干点正事儿，好吧。"

她说着就出去了，不听博伊德抗议。

* * *

格里·邓恩四十五岁，是全国第二年轻的郡长。

他手里掌管着成百上千万欧元的岁入预算，此外还有资本预算。因为经济萎缩冲击了基础建设，资本预算在不断下滑。当年凯尔特虎时期，他曾监管成千上万亿欧元的基础建设，包括一条横穿全国的高速公路干道。但开车的人日子却不好过，洛蒂在他办公室门口一边翻着市政厅年度报告，一边心里说。人们加不起汽油，买不起车，交不起税，一些人连体面一些的一日三餐都顾不上。但这不影响格里·邓恩继续领几十万欧元的年薪，而且洛蒂相信，他肯定属于每年一月份都换新车的那类人。洛蒂在他办公室门口等待接见时饶有兴趣地读着他的人物介绍。她想到自己不断缩水的银行存款，不觉有些难堪。

一个秘书给她开了门。他的办公室有詹姆斯·布朗的办公室两个那么大。屋里有股寒意。窗台外积满了雪，风把雪花刮到玻璃上，印出神秘的图形。他的木制办公桌台面非常洁净，只有一台连着网线的笔记本和一部电话。

“我会尽我所能提供帮助的，督察。”邓恩说。他俊朗的面庞上已显出皱纹，嘴巴向下垂。一头黑短发，鬓角上有几缕已经变白。

“我们得知情况后都很震惊。”他说。他的眼睛似乎要穿透她的灵魂深处。他要是真能读懂洛蒂内心的想法，她倒要同情他。曾几何时，她对审什么问什么无动于衷，但时过境迁，她的人生也不同以往了。“我两个受人尊敬的下属，而且在同一天。简直不敢想。”

“有没有工作上的事可能会导致有人想杀害苏珊，或者詹姆斯？虽然詹姆斯的死因暂时定性为自杀。”

她仔细端详他的脸，没什么反应。

"两人都负责规划申请。有时候会承受一些政治上以及来自开发商的压力。督察，我敢保证我的下属都恪守着最高的道德标准。"

他的声音缓慢而慎重，像是准备好的演讲稿。

"两人有没有受到过什么威胁？"她问。

"哦，肯定有。其他职员也有过的。在凯尔特虎时期，开发商个个怀揣上千万欧元买地。拿到许可建商业住宅楼、购物中心、工业园区，就能挣到钱。下手晚的就啥也捞不着。进场早的就赚得盆满钵满。"

"具体怎么威胁？"

"电话、信件……"他耸耸肩，说，"我有一回还收到过一个迷你棺材，里边放了颗子弹。"

洛蒂记得那件事。

"这些威胁都会报警吗？"

"当然。你们应该有记录的。"

"肯定有。我会再查一下。"

"对，督察，你得再查一下。"邓恩说。他的嘴唇紧抿，表示这件事很重要。

他在责怪她吗？振作点，女人，她告诫自己。他城府很深。至少科里根会大吼大叫，她知道怎么应对。

"他们目前规划案的文档，我需要看看。我知道你会说是机密……"

"恰恰相反，"他打断了她，"所有的规划信息都是公开信息。我会确保你能拿到。就这些吗？"

"你昨天中午在哪里？"

"我和我妻子黑泽尔在兰瑟罗特岛度了几天假，昨天一大早回来的。好像因为天气原因，机场在我们那架航班之后就关闭了。我到家之后，就没出去了。"

"黑泽尔会证明吗？"

他笑了笑，露出一口整齐的白牙。但他的眼睛却没有动。

"肯定会的。"

天啊，简直是一条穿着细条纹西装的梭鱼。可怜了水族馆里的其他鱼们。洛蒂去找博伊德。

* * *

督察走后，格里·邓恩脸上的笑立马消失了。他看着办公室窗外那条冻住了的河。

他不笨。他知道，刚刚接触的那一会儿，她肯定已经对他做了性格鉴别。她很可能不喜欢他。他也无所谓。他自己也不喜欢自己。

两个下属死亡，吸引了不少注意力到他身上。可他如今想要的是低调，越没人关注越好。

他所擅长佩戴的面具从他的脸上渐渐瓦解，消失。他坐回办公桌后，努力保持平静。他用颤抖的双手托着脑袋，真希望自己还在兰瑟罗特岛度假。

第十四章

博伊德很吃力地让车子保持直行，洛蒂绷紧了身子，生怕撞进阴沟。他开车是行家，开得好。

"二十二。"洛蒂说。她用冰冷的手指在额头上揉擦，皱纹显得更深了。

"什么？"博伊德问。

"路左边的树。"

"具体……有什么意思吗？"博伊德一边问一边把车停下。

"观察而已。没别的意思。"洛蒂说。她为什么觉得有点焦虑？天还早。她下了车。

一辆技术侦查车、一辆警车，还有两辆小轿车停在詹姆斯·布朗屋前的院子里。洛蒂借着白天的光线仔细观察这所石屋，上面攀满了大雪覆盖的常春藤，把房子包得严严实实。一棵落光了叶子的树底下堆了一圈石头，矗立在铺满石子的院子的正中央。孤独的树，洛蒂想。她右手边是橡树，投下不祥的影子，昨夜树枝上摇摆的尸体不见了。病理专家来过了，又走了。

他们穿上防护服，戴上鞋套，进了屋子。过道的地上铺着黑白相间的六角形地砖。他们走进起居室。房顶横着木梁。四面是粉刷过的白墙。地板正中央摆着一张圆桌，四把椅子。一套米色布料沙发正对着一个敞开的壁炉。红砖沿着壁炉腔往上爬，往窗子的方向延伸。整个地方裸露在明亮之中。干净整洁，没有杂物。壁炉前的地上散放着白色的粗蜡烛，燃烧得长短不一。洛蒂只闻到蜡烛的气味，没有香草或茉莉花的香味。她推断，点这些蜡烛或许并非为了那份宁静的氛围，还有其他用处。

房间里挤了两组现场调查员，几个制服警察，还有她和博伊德。一切看上去井然有序，没有打斗的迹象。

"我们结束了。"吉姆·麦格林对博伊德说，压根儿没理会洛蒂。

"浑蛋。"她嘀咕了一句，她认为这是不尊重自己。

"我可听见了啊。"博伊德也压着嗓门说。

"有没有找到什么线索？"洛蒂问麦格林。

"我们取了指纹和一些样本做对比。不过也得你们找到对比的东西才行。没有自杀遗书。"

她点了点头，躬身进了厨房。厨房小而紧凑。她打开冰箱。她注意到那些一盒一盒的有机糊状食品，于是拿起来一个一个仔细看。关上冰箱门，又去看台面。水槽里是空的，滴水板上放着早餐碗、水杯、勺子，没有微波炉，厨房干净整洁。很显然，詹姆斯·布朗没有个青少年孩子天天在厨房里翻箱倒柜。

博伊德在卧室门口立住，往里看。洛蒂也靠上来看。

她倒吸了一口凉气："什么鬼？"

"是啊，什么鬼？"

"我昨天跟布朗谈话时，还以为他是个闷蛋呢。"

洛蒂在屋子里四处观察。里边很压抑。有一个自立式木质衣柜、一个五斗柜，还有一张四帷柱大床，盖着一床黑色蚕丝被。四面墙上贴满了各色真人大小，勃起程度不同的裸男海报。

"麦格林也不事先提个醒。"她说。

她抬头看了看，也示意博伊德抬头看。床上方的天花板上挂了一块正方形镜子，用链子吊在椽子上。

床上放了一台打开的笔记本电脑，半盖在黑色蚕丝被下。他们拿了他的办公室电脑，这个肯定是他个人用的。洛蒂用她笔记本上的笔敲了一下返回键，屏幕亮了起来，显出一个色情网站。布朗显然没想到会有别人看这台电脑。网站上画面丰富多彩，但只有成人，没有儿童。她以前办案时见过的比这糟糕的多了。

"你瞧那哥们儿的蛋蛋。"博伊德盯着墙上的照片。

洛蒂并不想侵犯一个死人的秘密，把笔记本电脑啪地合上，夹在腋下。技术侦查队可以查查访问历史。博伊德开始搜抽屉。她走进局促的卫生间。

洗手池上面的架子上放着一瓶香水、一管牙膏，玻璃杯里只有一支牙刷。她心里不禁对布朗生出些同情。她又回去找博伊德。

"找到什么没？"她问。

"很多啊。"他说，"但没啥能表明这里有什么谋杀动机啊，除非有人不喜欢他的性倾向。我还是认为他是自杀。"

"什么都没有。"洛蒂摇了摇头，"目前，两个受害人之间唯一的共同之处是工作单位。肯定还有点别的啥能把苏珊·莎莉文和詹姆斯·布朗联系在一起。"

博伊德耸耸肩。两人走了出去，脱掉了防护服。

"你要不要开车？"他一边问，一边忍住了哈欠。

"你觉得呢？"她忍着坐进了副驾驶座。

"打开暖气，我冻死了。"

"我就不冷啊？"

他发动引擎，倒车时把一辆巡逻车的翼子板给刮掉了。

"你什么情况？"洛蒂问，"是不是刚才看到啥让你兴奋的东西啊？"

他没理睬。

她闭上眼睛，头靠着车窗。或许该发个短信叫克洛伊把暖气打开。要不算了。他们要是真冷自己会打开的。要人提醒才晓得打开，那才成问题呢。

她的电话响了。

"督察，你知道我们在布朗的公文包里找到他的手机了吧？"

"是啊，接着说。"

"我们提取出了他最近的通话记录。"

"有什么新发现，还是平常的？"她希望有新线索。她迫切需要点抓手。

"这会儿正在分析呢。他死前最后一个拨打的号码是德里克·哈特的号，倒数第二个号倒是有些意思。"

"我听着呢。"

"通话时长三十七秒。"

"别跟我兜圈子，柯比。打给谁的？"

"汤姆·瑞卡德。"

洛蒂想了一会儿。

"瑞卡德建筑公司？我在苏珊·莎莉文电脑上那个'鬼宅'档案里看到过这个名字。我记得几年前，他获批推倒缅因街上的那家旧银行，盖了他自己那栋又大又丑的公司总部，当时动静很大。"

柯比说："督察，我们根据你的报告计算，布朗在跟你见面结束大约四分钟后打的那通电话。"

"谢谢你，柯比。"洛蒂挂了电话。

"我猜你下一站要去找汤姆·瑞卡德。"博伊德说。

"我自己一个人去对付他。"

"不要我跟你一起去吗？"

"我了解他这种人，相信我，我自己一个人去比较好。我还得去局里拿下那个电话记录打印单。"

能见度越来越差了。博伊德吃力地沿着路行驶。

"新年夜竟然是这样过的。"洛蒂感叹着，俯身往前打开车子的暖气。博伊德骂骂咧咧了一通，她却闭上了眼睛。

第十五章

"瑞卡德先生，希望能占用你几分钟时间。"

瑞卡德从洛蒂身边擦身而过，大步往玻璃电梯走，她跟了上去。

"你是汤姆·瑞卡德，对吧？"她和他并肩走进电梯。

"你怎么还跟着？"他问。

她抱着胳膊，一寸不让。

"你得预约。"他说，胖胖的手指按在按钮上，不让电梯门关上。

她在他面前闪了一下警徽。

瑞卡德看了一眼，假惺惺笑了笑。

"我应该认出你的，督察。但你跟报纸上的照片看着不一样啊。"

"我要问你几个问题。"

洛蒂走近前去。

"开了个玩笑，"他说，"我虽然很忙，但既然你来了，就给你两分钟时间吧。"

他按下三，电梯门缓缓关闭，开始快速上行。他的办公室似乎占满了三楼一整层。

尽管不情愿，洛蒂还是挺欣赏这个男人的品位的。整个地方既现代，又简约，明亮温暖的色调，跟眼前这个时髦男人很配。

瑞卡德脱下羊绒外套，挂在大理石衣架上，坐到桌子后头，指着一张椅子示意洛蒂坐下。她不懂名牌服装，但估摸他这件外套至少值她一星期工资。或许两星期。真不是一个世界的人。

他灰色西服的缝褶是手工缝的，肥肚腩收在双排纽扣的背心里。洛蒂想他大概有六尺二，五十多岁，一头黄褐色直发，梳得很整齐。牙齿非常白，肯定镶了饰面。蓝色衬衫，灰黑色领带。一副公司老总的形象。她不愿意承认，但他确实英俊。轮廓分明的下巴，明亮的眼睛，都让她想起罗伯特·莱德福德。

"我忙得要命。"他往前探着身子，两只手稳稳地放在桌上，"我能帮上什么忙吗？"

"瑞卡德先生。"洛蒂慢悠悠地说。她才不管他有多忙呢，"你知不知道昨天大教堂里发生了一起疑似谋杀案？"

"我昨晚看了新闻。很惨。"他往后坐了坐，跟她拉开距离，"跟我有什么关系呢？"

"你能说说你昨天上午 11 点左右一直到晚上 8 点之间的行程吗？"

她看着瑞卡德。他的表情像变色龙似的，刚刚还扬扬自得，夸夸其谈，这会儿却是又好奇又疑惑。

"我为什么要说？我又不认识受害人。"

"你确定吗？"

"不能百分之百确定。我每天见很多人，哪儿会每个都记得。"

"我再问你一次。你能否说出昨天的行程，尤其是上午 11 点到晚上 8 点之间？"

她开始享受这次交锋。或许是她想多了，但他肢体语言的变化告诉她要果断出击。

"我得查查我的记事簿。"他显得很不情愿。

"我说的是昨天，又不是去年。你当然知道你昨天去了哪儿，做了什么，和谁一起的。"

"我每天全国、全世界到处跑。我昨天去了纽约，去了华尔街也不一定啊。"

编故事拖延时间？洛蒂并不怀疑他在华尔街也能吃得开。

"咱们不要浪费彼此的时间了，"她说，"都柏林机场昨天因为大雪一大早就关闭了。再编一个吧。"

他打开 iPad，敲了下记事簿图标，然后用食指点了日期。她想隔着桌子倒着看上面的字。

他们同时抬起头，四目相撞，挑战意味十足。

"我外出了。我让助理取消了都柏林的一个会——因为天不好。去了几个地方实地考察。"

她觉察到他的声音又有了一丝傲慢。

"有人证明吗？"

"证明？"他大笑起来。

"有什么好笑的？"

"没什么，督察。我是嫌疑人吗？"

"我想确认你是否有可信的不在场证明。"

"呃……那几处地方都没有旁人在。天气糟，你知道的。证明？"他重复一句，"我估计没有。"

"我需要那几个地方的清单。"

他耸了耸肩："还有别的事吗？"

"你昨天接到一个电话。临近傍晚的时候。"洛蒂换了个话题。

瑞卡德在椅子里扭了扭身子。

"什么电话？"

"詹姆斯·布朗死前不久打给你的电话。"

"他死了？"瑞卡德睁大了眼睛。他似乎在整理思绪，"我不认识什么詹姆斯·布朗，也没有接到过他的电话。"

"别装了。"

洛蒂从口袋里抽出一张揉皱了的纸，摊在桌子上，用手指抹平。她慢慢捡起他的银笔，在倒数第二行的数字下面画了一条线。纸上其余部分都涂黑了。

她回过身，问他："这是你的号码吗？"

"看着像是。"

"就是你的号码。你知道是你的号码。詹姆斯·布朗往脖子上套根绳子吊死自己之前打电话给你干什么？"

瑞卡德不动声色。

"我不否认我过去跟布朗或许有打过交道。他死了我很遗憾。但你不能把这个算我头上吧，督察。"

"我不是想算在谁头上。我只是问了个简单的问题而已。"

"他也许拨错了电话呢。我不知道啊。"他耸耸肩。

"电话时长三十七秒。"

"所以呢？"

"我会申请授权调查你的通话记录。"

"那你调查就是了。今儿就到这儿吧。我还有重要的工作要做。"

洛蒂见瑞卡德开始把桌子底下的抽屉拉开又推上，显然是下了逐客令。她站起身。

"我还会再来的，瑞卡德先生。"

"我不怀疑你会再来，"他说，"一点都不怀疑。"

"新年快乐。"洛蒂说完，不等他回答，转身走出门。她一边走进电梯，一边想，她这是和汤姆·瑞卡德杠上了。很可能不是什么好事儿。

* * *

汤姆·瑞卡德瞪着关上的门，沉默不语。他又把那张涂黑的纸拿到眼前，那张布朗生命最后一天的通话记录。他盯着自己的号码，下面歪歪扭扭画了一条线。

白纸黑字。日期、时间、通话时长。

他哼了一声，把纸揉了揉扔进垃圾桶。

他担的风险太大了。就让他们证明他和布朗通过话吧。

汤姆·瑞卡德会一直否认，否认，否认。

他拿起电话，点了一个快速拨号。

"我们得再见一次。"

第十六章

"布朗卧室整了那些玩意儿，很容易遭到勒索。"洛蒂一回到办公室，博伊德便对她说。

她很兴奋，根本坐不住，便索性站着。

"你是说卧室墙上的裸男照片？得了吧，博伊德，这有什么好勒索的。"她在狭小的办公室里走来走去。这个习惯越来越像科里根了。

她已经把布朗的手提电脑送交技术部处理，又叫一个探员去查看规划部收到过的威胁。她还是得去盘问一下发现詹姆斯·布朗尸体的德里克·哈特。她在想这个人是谁，去布朗家做什么。他十点钟没按约来局里，于是她又叫林奇去找他。

"你们谁，随便谁，准备一份第十款搜查令，查一查汤姆·瑞卡德的电话记录，"洛蒂说，"再查查下一次区法院开庭是什么时候。我们得抓紧了。"

"坐下吧，你搞得我很紧张。"博伊德说。

她坐了下来。

桌上电话响了。

"下午好，督察。"是病理专家简·多尔。

"你能不能来塔拉莫尔一趟？我知道天气很糟糕，不过我这儿有些东西，该给你瞧瞧。"

"好。"

"初步尸检报告也弄完了。"

"能电邮发给我吗？"

"我要给你看些东西。"

"我半小时就到。"

"有消息？"博伊德问。

"自己找点事做。"洛蒂说。刚才通话内容他全听到了，"我真想要回我自己的办公室。"她边说边套上外套。

"做梦呢吧你。"他说。

天啊，他是一天比一天像她母亲。洛蒂猛地拉起拉链，差点刮到喉咙。

"你去哪儿？"

她并不理睬，咣的一声关上门。

"女人啊。"他说。

"我听见了。"她回头吼了一嗓子。

一分钟后，她又回来了。她刚看了一眼外面的路况。

"博伊德？"

"到，督察。"

"开车送我去塔拉莫尔好吗？"

第十七章

　　在回办公室的路上，他看见一个男孩进了丹尼酒吧。他忍不住，跟着进去了。酒吧里黑乎乎的，在昏暗的掩护下，他和木质装饰融为一体。他看着男孩探身吻了一下一个姑娘，然后脱下外套。

　　男人点了一杯黑啤，在吧台的凳子上坐下，选好角度，观察这对年轻的恋人。那男孩抖了抖肩，外套顺着一条胳膊滑下，另一条胳膊搂住姑娘的细腰。但这人对那女孩并不感兴趣。他松了松衬衫的领子，继续瞧。

　　"您这杯还准备喝吗？"酒吧服务员咧着嘴冲他笑。

　　男子皱了皱眉，端起杯子，抿了一口，目光重又回到男孩精致的外表。他把腿在吧台下伸了伸，掩住裤子拉链里越来越硬的肌肉。他其实很忙，但眼下，他只想坐在这里看，想象把那年轻的身体拥在怀中的感觉。

第十八章

病理专家简·多尔跟洛蒂和博伊德打了招呼。古板的鼻梁上架着一副小巧的眼镜，一双墨绿色的眼睛隔着镜片察人观事。一身时髦的藏青色裙装，裹着纤细的身躯，里边一件蓝衬衫，从领口探出来。脚蹬一双鞋跟很高的鞋。洛蒂却穿着保暖外套、牛仔裤、长袖上衣，里边还有一件保暖背心。相比之下，她觉得自己穿得不够正式。来塔拉莫尔共四十公里车程，她一路上沉默不言。博伊德却跟着电台跑着调唱了一路。她觉得很烦，但什么也没说。有时候沉默是对付他的最好武器。

"欢迎来到太平间。"简·多尔说着，向洛蒂伸出一只小手。

洛蒂跟她握了握手。

"感觉像回到以前了。来吧。"简领着他们走过长长的走廊。

洛蒂跟在后面，希望刺鼻的消毒剂气味能盖住死亡的气息。她怀疑不能。博伊德紧紧跟着两人。

病理专家推开一扇转门，进了一间屋子，屋子从地板到天花板贴满了白瓷砖。中间摆了三张不锈钢桌子，其中两张桌子上躺着两具尸体，盖着洁白的棉被单布。苏珊·莎莉文和詹姆斯·布朗，洛蒂猜。她能从不锈钢橱柜上看见影子。当她看到自己扭曲的影子时，吓了一跳。

简·多尔坐上墙角的一张高凳，启动一台电脑。

"这玩意儿启动要好久。"她说。

"这里也只有这玩意儿能启动了。"洛蒂想活跃一下氛围。博伊德扬了扬眉，抱起胳膊，啥也没说。

病理专家涂红了的指甲不停地敲着工作台。洛蒂拉过一个凳子，一声不吭地坐着，等电脑启动那个虚拟世界。

"有什么意外的发现吗？"简一边输入密码，一边问。这个女人不需要在键盘下面贴便笺。

"两个案子的死亡原因都是被勒到窒息致死，"她回答，"莎莉文的身体几乎没有防卫伤的迹象。布朗的手指有擦伤，脖子的绳结处有瘀伤，像在拼命拽绳子时留下的。我还发现他手指甲里有蓝色的尼龙纤维。我把所有的纤维和头发都送去法医实验室，绳子也送去了。他头颅的底部有轻微挫伤。我不知道是什么造成的。在法医鉴定结果出来之前，我不能认定他是自杀。"

洛蒂恭喜自己的直觉是对的。她仍然有可能被证明是错的，但她几乎确信布朗不是自杀。他脑后的包让她觉得昨晚另有人在场。

"莎莉文情况比较糟……"病理专家欲言又止，把眼镜往上推了推。

"她或许生过孩子。我不是百分之百确定，我提取了一些细胞组织，要进一步测试后才知道。"

"为什么不能确定？"洛蒂问。

"她的生殖系统一团糟。她死前已经是卵巢癌晚期。两个卵巢都有橘子大小的肿瘤，子宫里还有一个。"

"我有想过她或许得了癌症。"洛蒂想起受害人药柜里的奥斯康定。

"她有可能误以为是更年期症状。"简说。

"她清楚的。"洛蒂很确定地说。

"卵巢癌早期没什么症状，症状出现时一般已经是晚期了。莎莉文本就没几个星期好活了，不过有人先下了手。"

洛蒂回想起那天亚当得知诊断时的情形。苏珊是否也和医生之间经历了一场天崩地裂的场景？她反应如何？平静、有尊严地接受宣判，像亚当一样；还是像她洛蒂那样冲着医生大吼大叫？

"你还好吗？"简·多尔扬起眉毛，拧起的眉宇间有些担心。

"我还好。只是想起了点别的事儿。"洛蒂很快平复了情绪，职业精神压住了个人情感。她简直想用手指头狠敲电脑，简直太慢了。但她的指甲参差不齐。还是算了，她心里说。

"终于好了。"病理专家说。程序开始运行，屏幕变绿。

她把苏珊·莎莉文的名字敲进去，出来无数行文字和图标。她点击了一下，莎莉文的尸体填满了整个屏幕。

"这里，你可以看见绳索的印子，细胞组织上有一道深槽。是一种非常纤细的塑料线材，与受害人脖子周围发现的 iPod 耳机线相符。实验室正在分析，确认耳机线是否为凶器。只要猛一拉，勒住十五到二十秒，受害人就没命了。"

"得是男的才能得手吗？"

"不一定。在合适的位置，用合适的力道，男女都能做到。脖颈上瘀伤不重，所以她没怎么反抗就死了。"

洛蒂在一边看着，病理专家又把鼠标往下移，在受害人的大腿根部晃了晃。

"那是什么？"洛蒂边问边眯缝起眼睛看。

"我认为是自己在家文的文身。把墨汁反复往皮肤上抹，然后用针头反复戳。像是围成一圈的线条。不是很清晰。或许是先用刀刻，然后再涂上墨汁。我给你们看看，"她说，"戴上这个。"

她从膝盖位置的抽屉里取出乳胶手套，递给洛蒂和博伊德。她跳下高凳，姿势优雅地小步走向最近的那张桌子，拉起被面，露出苏珊·莎莉文裸露的尸体。那女人胸口赫然显着一个不规整的 Y 形切口，用粗线粗糙地缝合在一起。

洛蒂浑身一颤。他们也是这么对待她的亚当的吗？亚当当时死在家里，所以殡仪人员就把他放在一个不锈钢箱子里，带到医院做尸检。她当时沉浸在悲伤之中，无暇反对。她不愿意多想，所以强迫自己集中注意力听病理专家解释。

简·多尔把受害人的一条腿移开，用手指头触碰其大腿内侧。"看见没？"她指了指那里的一个标记。

洛蒂把身体重心换到另一只脚上，想缓解内心的不安。她弯下腰去看。那女人的耻骨几乎贴到她脸上了。

"对，我看见了。"她轻声说。博伊德还在洛蒂的影子里低头看。

"再看看这个。"

简又来到第二张桌子，掀开尸体上的被面。詹姆斯·布朗看着比活着时更白，胸口也是针线纵横。病理专家把他双腿分开。

洛蒂盯着标记看，和苏珊·莎莉文大腿内侧的标记很像。两个标记都在差不多的位置，不过这个更偏椭圆形状，似乎画标记的手滑了一下。

"我已经把墨汁样本送到实验室分析了。请耐心等结果。"

"肯定不是啥郡议会成人礼。"博伊德说。

"现如今什么都不会让我惊讶。"洛蒂说。

"我认为，这些标记是三四十年前留下的。因为后来又长出表皮，墨汁也淡了。"

洛蒂张嘴想说点啥，又改变了主意。工作单位除外，这可是苏珊·莎莉文和詹姆斯·布朗之间一个很重要的关联。

简·多尔把文身图像打印了出来。

"好好查查吧。"她递给了博伊德。

洛蒂往鼻孔里吹了一口气，想把尸体腐烂的气味冲走。她摘掉手套，丢进凳子下的元菌箱里。病理专家又把屏幕上的滚动条往下拉，把初步尸检报告打印出来。

她把报告交给洛蒂后，重又回到桌子边处理尸体，完成她的尸检工作。洛蒂不想再看。她手里翻着报告，晃到博伊德身后，心里不禁想，苏珊·莎莉文是否还有个孩子？

"查下莎莉文的医生叫什么名字。"她对博伊德说。她听到咔嗒咔嗒的高跟鞋声，转身见简·多尔已经站在身后。靠得太近了。洛蒂后脊梁一阵发麻。她跟活人在一起还不如跟死人在一起自在。控制住你自己，帕克。

"我去弄点吃的，你俩要一起吗？"

"抱歉，"洛蒂说，"博伊德探员和我要马上回拉格穆林。下回吧。"

"希望没下回。你懂吧。"

洛蒂笑了。这女人终于幽默了一回。

第十九章

灯亮着，难辨白天还是黑夜。洛蒂觉得应该是刚过中午，因为她肚子在咕噜咕噜叫。他们争分夺秒地从塔拉莫尔赶回来。她在太平间里一分钟也不想多待。

德里克·哈特坐在没有窗子、密不透风的问询室里。詹姆斯·布朗死亡那晚，他到过他家。他打电话叫急救，然后便等在那里。他四十不到，一头棕色的直发，剪到耳朵边上，胡子刮得很干净。一双绿色的眼睛，毫无生气地嵌在苍白的脸上，像两堆余烬。他身上散发出一股男性气味。洛蒂觉得他喷香水是为掩饰阴柔的外表。他身上的香水似乎是为别人准备的。北脸牌黑色棉夹克下，露出了红汗衫的帽子，围着他厚实的脖子。

墙上嵌有摄像头和麦克风。DVD录音机也开着。一段例行公事的交流之后，哈特开口说话。"詹姆斯和我是去年6月认识的。"他闭上眼睛回想往事，一丝笑意弄皱了他薄薄的嘴唇。

洛蒂能理解他的心情。瞬间的记忆，便会牵出一个神秘的微笑，引出不由自主的眼泪，哪怕是在最不合时宜的时候。她太清楚不过了。

"你在哪儿认识他的？"

"事情有点微妙。"他抬起眼睛看她。

"你说的任何事情绝不会泄露出去。"她说。她自己都不太相信自己说的话。

"我是在网上认识他的。我上一家约会网站有一段时间了，但一直没有勇气去约谁。然后我就遇到詹姆斯。他人看上去很好，没有威胁性，如果你懂我意思的话。"

洛蒂点了点头，不想打断他。多年的问询已让她技艺纯熟。

"他外表一般。没有架子，也没啥魅力。我从他的照片和介绍就能看出来。我就决定发邮件给他，怕自己后悔，赶紧点了发送。他给我回了邮件，说想见面。我不敢相信他对我有兴趣。"

哈特看了看洛蒂，继续说，"我在离这儿六十公里的一所学校工作。"

"哪里？"

"阿斯隆。"

"你们是在那儿见的面吗？"

"我觉得我们该谨慎些，所以在塔拉莫尔的一家宾馆见的面。"

"你们聊了什么？"

"主要是各自的工作。说压力有多大，怎样应对等。我们没有谈到性的话题。前几次都没有。我想大概也可以叫约会吧，但就像两个朋友一起在酒吧喝酒看足球。不过我们从没看过球赛。"

"关系后来发展如何？"洛蒂见他没有继续，便追问了一句。

"詹姆斯邀请我去他的别墅。我们过了一个非常美妙的夜晚。他在餐桌上摆了红玫瑰，点了蜡烛。我以前从没有过这样的体验。

他极讲求细节。然后我们关系就近了一步。"

"怎样进了一步?"洛蒂继续追问,不让他停。

"我们成了情人。我们开始憧憬美好的未来。"哈特停了下来,闭上眼睛,然后用笃定的语气继续说,"詹姆斯是个极安静,绝没有攻击性的人。我无法理解为什么会有人这么对他。他们毁了他的未来,毁了我们的未来。"

"哈特先生,目前我们对他的死仍然定性为自杀。"

"詹姆斯没有理由自杀。"

"说说他卧室里那些照片吧。"洛蒂说。

"只是些海报而已,"他耸了耸肩,"异性恋男人也喜欢贴一些露奶子女人的挂历。"他红了脸,"抱歉,但确实如此。詹姆斯喜欢他的海报。没有哪条法律规定不行吧?"

"据我所知没有。"

"我们只是两个有关系的男人而已。"他的肩膀塌了下来。

"你注意过詹姆斯大腿上的文身吗?"

"注意过。"他说。

"问过他吗?"

"他戒心很强,叫我不要多问。说是上辈子留下来的。他就是这么说的。上辈子。"

"就说了这些?"洛蒂问。

"这段记忆,具体是啥我不知道,但好像会给他带来很大的痛苦,所以我再也没提起过。"

哈特闭上眼,深呼吸。

"你还好吗?要不要喝点什么?水?咖啡?"

"我没事。"

"圣诞节你和詹姆斯在一起过的吗？"洛蒂继续话题。

"对。他圣诞夜那天冒雪开车来找我。但有些焦躁。他很懊恼那天晚上赶不回来赴一个约，因为天气太糟糕了。他只好留下来。"

"他圣诞夜会有什么约？"

"我不知道。但我们能在一起过圣诞了。"哈特笑了笑，"自从我不信圣诞老人以来，那是我最开心的一天了。"

"你上次见他是什么时候？"

"圣斯蒂芬日。那天他回家了。我12月27日要回去上班。"

"你有他别墅的钥匙吗？"

"没有。但他会把钥匙放在一个地方。"

"什么地方？"

"一块石头下。院子里的苹果树边上。"

洛蒂叹了口气。家庭安防方面大家难道都跟她一样德行吗？

"有人可能知道钥匙在哪儿吗？"

"我不知道。"

"昨晚门上的钥匙是詹姆斯的吗？"

"我想是的。我没凑近看，"他说。过了一会儿，他哭丧着声音继续说，"我车一停到他的车后，就看见了他。挂在那里。"

"你看见有别人在吗？别的车呢？去的路上有没有在小道或主路上看见谁？"

"没有。我啥都没看见，督察。只有詹姆斯，挂在那里。像……像……哦天啊。"他用手捂住嘴，胳膊肘架在桌上，吞下了一声呜咽。

洛蒂在笔记本上写了点什么。他们的对话有录音，但她需要理一理思路。

"他是不是有一个绿色小手电筒？"

哈特摇了摇头："不知道。"

"你昨晚为什么去他家？"

"我们说好要今晚见面的……一起过新年夜，后来他打电话给我说苏珊·莎莉文死了。他非常难过。"

"所以你就决定冒着暴风雪开车过来看他？"

"是的，督察。"

洛蒂盯着他看。他看上去挺诚恳的。

"他最近情绪有什么变化吗？"她问。

哈特想了一会儿。

"詹姆斯几个月前告诉我说苏珊被诊断出癌症。他俩好像认识了很长时间，不过我从没见过她。有一回我问他能不能介绍我俩认识，他没答应。"

"他跟你说过苏珊的其他事吗？"

"只说过她一生很坎坷。听他说话似乎很同情她。詹姆斯是这种人，非常善良。我现在想想，他似乎总爱说她。"

"知道原因吗？"

"我猜跟他们的工作有关。"

"具体可能是什么呢？"

"议会有一个开发规划投票，让他很生气。一直说他不敢相信他们会对什么什么要搞重新规划。我不懂，但我相信你们要查很容易。只是先要知道找什么。"

"这就是问题的症结了。"洛蒂说。她想到柯比得知要查阅一大堆规划材料时气鼓鼓的样子。

"你知道这是什么时候的规划吗？"

"不确定。可能六七月份。我确实不知道。不一定有什么线索，督察。"

"那得我们说了算。"她说。他们现在也没有线索。再多做些无用功有什么要紧的。

"我真是有太多后悔了。"

"我知道这种感觉。"洛蒂说。她想到自己随着亚当一起埋葬的一切，那些她无法面对的情感。

"谢谢你，哈特先生。你可以走了，"她说着，合上了笔记本，"不过我还会再找你谈的。"

"随时恭候。"哈特说。他站起身走出门去，他的外套似乎重重地压在肩膀上。

他人走了，气味还在，和洛蒂周围的空气较着劲。一种刻骨之痛的气味。她记得这种气味，她希望哈特能把悲痛抒发出来，然后抛在身后。她怀疑他可能做不到。

但不知道什么原因，她一直觉得他并没有对自己做到十分坦诚。

第二十章

"你坐下行不行，汤姆？你快把我搞疯了。"

地产开发商汤姆·瑞卡德在铺着大理石地板的厨房里不停地走来走去，偶尔瞧一眼他妻子梅兰妮。他很懊恼自己竟然愚蠢地和詹姆斯·布朗通了电话。更让他懊恼的是那个多管闲事的督察。梅兰妮·瑞卡德倒掉解百纳的渣滓，在水槽中冲洗杯子。她明明喜欢白葡萄酒，为什么开他的红酒？她是故意这么耍蛮，因为他没跟她商量就取消了新年夜的活动安排。

有的是让他踱步的空间。厨房的面积比得上一般房子的大小。他们的房子可不一般。只要沾上梅兰妮·瑞卡德，他这位结婚二十一年的妻子，就没有一般的事儿。

"你到底有啥烦心事？"她背对着他，擦干杯子。

他没搭腔。他知道她并不想知道答案。梅兰妮问别人长短，不是因为她关心人，而是因为她觉得应该问。好多年前她就不再关心他了。他明白得很。

夜晚在墙上挂钟的嘀嗒声中流逝，他的脑子越来越乱。梅兰妮想要办个派对。她想再去度个假。她的衣橱已经被昂贵的名牌衣服塞得满满当当。她什么都想要。她也什么都得到了。他满足她的每一个任性要求。现在不能了。他所有家当都扔进了新项目，而项目却如同建在流沙上一般，迅速下陷，他也跟着往下沉。他债台高筑，被压得喘不过气来，现在又出了两起命案。

他不晓得该怎么办，就一直走来走去，脚底下是进口意大利绿色大理石。

他需要找人说说话。他想找他的灵魂伴侣，在缠绕在他身上的胳膊和大腿中寻求安慰。

而他的灵魂伴侣并非梅兰妮。

瑞卡德穿上外套，把手机塞进口袋，在脖子上裹了一条羊绒围巾，离开温暖的厨房，走进了夜晚寒冷的空气。

第二十一章

　　洛蒂站在苏珊·莎莉文房子的外面。警戒线在北极的寒风中飘舞。她冲几个坐在警车里的制服警察点了点头。这将是一个漫长的寒夜。她希望他们都备了热的饮食。她之前有要求派人在房子周围监视几天，说不定会有什么人露面。

　　黑暗像斗篷一样把这所房子裹得严严实实。周围的人家都沐浴在明亮的灯光下，一些人家里还闪烁着摆放了一个礼拜的圣诞装饰。别人家都冷藏着香槟酒准备迎新年，莎莉文的房子悲伤地独自立着，漆黑的窗户上映着窗台上冻雪的光亮。

　　离开警局之前，洛蒂把病理专家的报告以及对德里克·哈特的问询情况向专案组做了介绍。她让博伊德负责整理作业簿，柯比忙着比对入户问询的记录。目前为止，什么线索都没有。没人说看见过什么。拉格穆林人难道都聋了、瞎了、哑了吗？以前人们多喜欢扒开窗子探头探脑啊。也没有什么丈夫、男友，甚至女友现身，他们到现在还是没找她的手机和笔记本电脑。

　　专案组手上堆了太多文书工作，大伙儿都在抱怨新年夜还要加班，不能去参加什么什么派对。她干脆逃了出来。她需要新鲜空气。她在逼人的寒气中，漫步在冰冻的人行道上，不自觉地往苏珊的住处走。经验告诉她，房子里有线索。她还没找到。

她弯腰钻过警戒线，打开门，拨开过道的灯。她感到房子在吱吱作响，楼上某处的暖气片发出咔嗒咔嗒的声音，随后又静了下来。房子很暖和。她判断暖气是定时开关的。她走进厨房，冰箱嗡地响了一下，又回归寂静。

洛蒂四下环顾，不明白为什么楼上卧室那么洁净，而其他地方却如此邋遢。就好像房子里住着截然不同的两个人。苏珊有双相型障碍，或精神分裂，还是什么？会不会跟她的童年有关呢？

她打开冰箱，冰箱灯亮了起来，照亮了厨房。她拉开顶部那个小冷冻抽屉，露出几盒宾杰利冰激凌，摆得很整齐。不会再有人吃了。

她关上抽屉，又看其他地方。半块红奶酪，四边很坚硬。牛奶，以及剩下的红洋葱。一袋还没打开的切片火腿，还有两条巧克力。牛奶后面有一盒橘子汁。底部的托盘里有青辣椒，还有半个卷心菜。

她关门前又打开了冷冻抽屉。她把冰激凌盒拿起来，发现一包冰，是个塑料冷冻袋，里边有纸。她戴上乳胶手套，把塑料袋取了出来。冻得结结实实。透过冰霜一看，原来是现金。最上面是张五十欧元的。天啊。如果全是五十欧元的，这里边至少有两千欧元，甚至更多。苏珊·莎莉文在冰箱里藏这么多钱干什么呢？留着度假用的？但她人都要死了，度什么假呢？洛蒂想数数多少钱，但得等到化冻才行。

柯比和林奇！两人怎么没发现这个呢？还漏了别的什么吗？她

到处找东西装那个冷冻袋，但又觉得最好还是放回原位。法医需要做检查。

洛蒂把钱放回冰箱里，关上门。她走到窗前，拉下百叶窗，打开灯，把所有橱柜都看了个遍。橱柜是老式风格的柚木，上了油。没找到什么不同寻常的东西，便关上灯，带上厨房门。

她看着客厅里那些一沓沓发黄的报纸，压住了想要翻阅的冲动。很可能没什么有价值的线索，仅是一堆杂物而已，只是房屋主人强迫心理作祟。她又四下打量房间里的其他物件。一台电视、两张扶手椅、一个壁炉。她突然想起了点什么，她第一次来时就隐约生出的一个念头。

这间屋子就像是一张空白的明信片。只有一面有图画，另一面却空无一物。这房子里找不到有人味儿的东西，没有经年累月积攒下来，作为人生写照的物件。那些物件会告诉你这房子的主人是什么人，有着什么过往，如今过得怎么样。没有书，所以无法得知苏珊平时读什么；没有照片，所以不知道她有什么熟人，去过什么地方；没有 CD，所以没人晓得她有什么音乐品位；没有 DVD，所以不清楚她喜欢什么电影；也没有香水，所以闻不到一丝女人的味道。苏珊的家就是一张空白的画布，没有一笔对她性格、情感或人生的描绘。她的房子就是一面镜子，折射出他们对这个女人的一无所知。

洛蒂不用再上楼去看了。拉里·柯比和玛利亚·林奇探员还得再回来一趟。他们必须彻底搜查一番。她不能容忍属下的无能。她的探员必须优秀。必须。莎莉文的手机还下落不明。他们的 GPS 追踪系统没能找出来。

她拉开前门，咣当一声关上，便往家走去。

* * *

北极的微风此刻已经猛烈地呼啸起来。大雪围着洛蒂飞舞，她小心翼翼地加快脚步。她想打电话给博伊德来接她，但又一想，算了。天色太晚了，他这会儿很可能在哪儿辞旧迎新呢。她抄了一条近道，穿过灯光昏暗的工业园区，躲开酒吧里出来的醉醺醺的狂欢者，这帮人攥着酒瓶，夹着香烟，在雪地里东倒西歪。

高大空旷的厂房和着呼啸的风声，电缆在低空中摇晃，离地面近得有些危险。她顶着风雪，快速前行，嘴里诅咒着恶劣的天气。

第一拳击在她肋骨上，打得她站立不稳双膝跪地，大口喘气。她努力想稳住，但肋上的疼痛顷刻传遍全身。怎么回事？风声很大，她没有听见有人靠近。

第二拳捶在后背上，直接把她打趴在地，四肢摊开，拼命想找抓手。她的脸被按在地上，身上压了重量。她外套帽中的绳子突然被拉紧，她喉咙猛觉一缩。她挣扎着呼吸。逐渐窒息。那人把她压在下面。她脑海中闪现出孩子们的模样，情急之下，反抗的本能以及平素的训练开始发挥作用。

她拼命往上抬胳膊，想支起来，但袭击者太重了。她嘴里含着一汪血，有一股金属的味道，让她作呕。越来越剧烈的疼痛，令她怒火中烧。袭击者把绳子拉得越来越紧。她咬着牙，将一只胳膊塞到身子底下，猛地将另一只胳膊肘往后一摆。脖子松快了些，她大口大口地吞吸着冷冽的空气。

她看到远处有灯光。她想是汽车灯光。那人又压了上来，把她按倒在染了血渍的冰面。那人将嘴巴凑近她的耳朵，她能闻到他的汗味。

"想想你的孩子吧，督察。"他的声音高高地随着风声飘扬。又一拳击在她头部侧面。

她想翻身。他跟着又一拳。

车灯闪了一下，接着又闪了两下。她感到身子突然轻松了，压在身上的重量消失了。她听见车子停下，门打开。

"你还好吧，女士？我应该把他吓跑了。"

"送我回家。"她呻吟着说。

第二十二章

"她没接电话。"克洛伊说。

"我要是知道她会工作到这么晚，就去参加派对了。"凯蒂很生气，"你也只不过是想跟她要叫外卖的钱。"

"不是，你知道个屁，"克洛伊说，"我是希望咱们今晚能一家人在一起。"

"打局里电话试试，"肖恩说，"别再吵了，不然我就去睡觉了。"他说着关上电视。

"嘿，我还在看呢。"凯蒂抬起头嚷道。

"闭上嘴行不行"克洛伊说，"肖恩，回来。"

洛蒂立在过道里，盯着儿子看。三个都在家。新年夜。连凯蒂都在。

"妈妈！你怎么了？"

肖恩冲了过去。洛蒂捏着儿子的胳膊，跟着进了客厅。她坐进扶手椅，旁边的火没有点上。暖气似乎开到了最大。可她并不在意。

"母亲，我刚还要打电话到你单位呢。"克洛伊说。她和凯蒂都站在一边盯着看。

"没什么好担心的。在工业园被人袭击了。"洛蒂抬手揉了揉鼻子。手指上沾了血。

"我叫医生去。"克洛伊说，全身上下都写着担心。

洛蒂用颤抖的手指抹去脸上的血迹。

"没事儿。应该没断什么。"她希望鼻子没有断，不然疼起来会很要命。

三张担心的面孔都在盯着她。

"没事，真的，我洗洗就好了。"

她不敢想当时要是那辆出租车没来，会发生什么事情。司机说只看见袭击者的背影，沿着废弃的铁道往旧车厢方向跑去。他想追上去。但她只想回家，看看孩子，确保他们没事。出租车司机只好依她。

"我给你倒杯茶。"克洛伊说。

"我也去。"凯蒂说。

肖恩坐到椅子的扶手上。

她很欣慰孩子们都在身边。他们没事儿，自己也没事儿。至少暂时没事儿。

"不喝茶，"洛蒂说，"我需要上床去休息。等下叫个外卖吧。"

她四下看了看，手提包不见了。抢劫犯听见出租车的刹车声就跑了，但没空着手走。拿了她包里那点东西也发不了财。谢天谢地，她没傻乎乎地拿苏珊·莎莉文冰箱里的钱。这是上苍示下的小恩惠啊，她心里想。

"厨房罐子里或许有足够的零钱。"她边说边小心翼翼地从椅子里站起来。

她慢慢地爬着楼梯，去自己的房间。地板上凌乱地扔了衣服，衣柜的门开着，门上也挂着衣服，但她没有心思理会。她试着脱了衣服，走进浴室，任由热水稍稍缓解疼痛，清洗身上的伤口。

她一边用浴巾擦拭暖和了的身子，一边查看伤口。最坏也就断了一根肋骨，最乐观的情况是肋骨擦伤。鼻梁上划了很深的一道口子。没断。左眼下方也有一道稍轻的口子。她心想明天伤口瘀伤显出来，她可有的瞧了。

她胳膊疼，喉咙也有点发炎，身上的皮肤和脖子已经开始变紫了。他差一点就把她勒死了。她至少反抗了，拼命反抗，她安慰自己道。为什么苏珊·莎莉文不反抗呢？简·多尔说她身上很少，甚至没有防卫伤。什么样的人没有求生本能呢？洛蒂无法理解。

她把衣服从床上扔到地上，慢慢把脑袋挪到枕头上。她想找人说说话，除博伊德之外的其他人。于是在手机上翻通信录，找她那位认识多年，但联系不多的朋友。她最近很少见到安娜贝尔·奥谢。安娜贝尔是她认识较久的朋友之一，跟洛蒂属于截然不同的两种人。健身房、瑜伽，你能想到的所有花哨运动，她都练。洛蒂不想在自己身上浪费这么多时间。语音信箱叫她留信息。她没留，挂了。她盖上羽绒被，希望能睡着。

她躺了很久都没睡着，将一只手搭在那本超市目录上。她在想詹姆斯·布朗卧室里满墙的色情图片，苏珊·莎莉文客厅里到处堆放的报纸，冰箱里冷冻的现金，以及她那座似乎跟她人生无关的房子。还有今晚那个没有露脸的袭击者。整整一晚上，她脑子里都在回响那句话："想想你的孩子。"这分明是冲着她来的啊。为什么？

这么多年来，洛蒂头一次感到如此恐惧，她感到皮下的肉都在作痒。

＊　＊　＊

博伊德工作到很晚，埋头看病理专家的报告，一直到大教堂的钟敲响了新年的来临。

他打开网上的规划文件，开始把各种细节对照"鬼宅"的文档看。这可是苦活儿，要干得有条不紊。他擅长这样的活儿，也省得他去想别的事儿、别的人，尤其是某一个人。

他什么也没找着，便回家了。他拼命踩他那辆健身自行车，出了一身汗。沮丧转化成了肾上腺素，累得他感到胸口都快爆了。

他停了下来，坐在车上，点上一根烟，吸了起来。夜空中喜庆的烟花亮了。他孤身一人。

＊　＊　＊

凌晨四点钟，洛蒂的手机响了起来。她眯着眼往储物柜上看，陌生号码。

是一条短信。愿你在新的一年生活安宁。

她回了一条。你是哪位？

几秒钟后，来了短信。

乔神父。

她笑了笑，然后就坠入断断续续的睡眠。她梦见一双蓝色的眼睛，围成圈的十字架，还有一根绳子勒住她的脖子，然后就惊醒了，全身冷汗淋漓。她又拖着身子去浴室，站在热水里冲。洗完后松松地裹了浴巾，又躺下了。

她再也没睡着。

* * *

1975 年 1 月 1 日

女孩在下腹部一阵剧烈的疼痛中醒来。

她拖着身子下了床，一波又一波剧痛袭来，她不住尖叫。

"圣母马利亚啊。哦，主耶稣啊。"她哭喊着。

她母亲冲进房间。

"怎么这么闹腾？"

她看见女孩两腿间涌出的血水，猛地停下。她突然意识到是怎么回事。她在胸口画了个十字，走到女儿身边，扶她躺到床上去。

"你都干了些什么啊？"

女孩一声尖叫。又一声尖叫。

她母亲在一旁惊恐万分，看女儿用力推挤，也就一次，她的外孙便来到了世上。

婴儿大声地哭。

母女二人也跟着一起哭。

两人都不知道该怎么办。

只是一直哭。

"我去找个接生婆，"她母亲说，"还有神父。他知道怎么做。"

"不要！"

女孩发出一声刺耳、恐惧的哀号。

第三天

2015 年 1 月 1 日

第二十三章

"祝我新年快乐。"洛蒂自言自语着拉开厨房的百叶窗。

窗外还是黑的，她盯着窗玻璃里的瘀伤。她边用手指梳理着头发，边在心里想着要剪个发，再染一下。之前染的棕色慢慢变得稀疏，头顶上开始冒出一条细细的灰白线，跟獾毛似的，但她没时间操心这个。妈的，她看着像刚和镇上的奥运会拳击手打了十个来回似的。

她掏出手机，又看到乔·伯克神父夜里发的那条短信。她还没回呢。不回也好。他是嫌疑人呢，她心里说。

她忙活着清理了一下厨房，把空可乐瓶子压扁，又把比萨包装盒折起来，统统塞进垃圾箱。她的几个孩子已经连着吃了两晚垃圾食品了。这不行啊。她得去趟超市。不过今天是欧元旦，她希望特易购还开着门。她打开橱柜门，心里记下要买什么。什么都要买。

然后她才想起来，钱包没了，卡没了，什么都没有了。她把最后两袋维他麦倒进碗里，在桌边坐下，开始想昨晚那个袭击者。跟杀害莎莉文和布朗的是不是同一人呢？他是想杀了自己？她赶紧甩掉这个念头。她得为孩子们考虑。

她的孩子们。克洛伊学业压力挺大的。凯蒂学校的课程作业也是一个接一个，应付得很艰苦。自从亚当去世后，她就把自己锁在她一个人的精神世界里。肖恩一天到晚玩游戏机。洛蒂很绝望。她不晓得怎么同时应付孩子和工作。或许她该找她母亲来帮忙照看孩子。但两人上次的吵架还记忆犹新呢。

她叹了口气，倒了杯咖啡，又在麦片上加了牛奶，麦片从碗里一团一团冒出来。那股馊味让她想呕，她赶紧抿了口咖啡。她脑袋上的疼有些加剧。能抽上一口烟就好了，她心里想。她在一个抽屉里翻找止痛药，只有一粒赞安诺，她吞了下去。两边肋上也疼，她双手抱着身子，真希望疼痛赶紧走开。

孩子们很可能会睡到中午。他们的好梦下周就要到头了，要回校上学了。

而她也要上班。

* * *

她走到局里时，心情寒冷得如一路上拍在她脸上的风。

"柯比、林奇。"她走进拥挤的办公室，一边脱下外套，一边用命令的口吻叫起来。

两个人在各自椅子里扭了扭，互相对视一眼，又看着洛蒂。

"到我办公室！"妈的，现在这就是我办公室啊，她心里暗骂。

博伊德坐在桌前，正在讲电话。他抬头看了她一眼，然后又看了看柯比和林奇摆着立正的姿势。柯比隔着口袋拍了拍里边的雪茄，但楼里不许抽烟。他看着头儿脸肿的，估计昨晚喝多了。林奇的头发梳成了清爽的马尾辫。洛蒂点头示意博伊德走开。他匆忙挂了电话。

"天啊，你出了什么事？"他问。

"没什么事。"洛蒂把外套扔到椅背上，不看他紧盯过来的眼神。

"看着不像没事儿啊，你不是撞上过道里那几个梯子了吧？"

"我回头告诉你。"

"那家伙情况肯定更糟吧？"

"行了，博伊德。在工业园里遭了抢，老粮店过去一点。估计是哪个在铁路上混的瘾君子缺钱了，抢了我的包。"

"那你还好吗？报警了吗？"他问，"估计你没报。"

"也不是什么大不了的事儿。"

"告诉我具体在哪儿，我找人去帮你找包。"博伊德坐在他桌子的边沿上说。

洛蒂拗不过："昨晚，我又去苏珊·莎莉文的房子里转了转。这事儿我等下要跟这两位说说。之后穿过工业园回家，就被袭了。"

"当时为啥不报警？"

"我现在不就在报吗？"

她把能记得的细节都说给博伊德听。还把出租车司机的名片给了他，可以找那司机再问问，说不定他还看到了什么。

"再去找监视苏珊·莎莉文房子的制服警察问问，看昨晚有没有见到什么人。"

"我一会儿就回。"博伊德说着，拿起外套。

"伤口很深啊。你确定没事儿吗？"林奇问。她眼里满是担忧。

"我没事。"洛蒂抱着胳膊，直直站在两人面前，"你们二位对苏珊·莎莉文的住所搜查得如何？"

"彻底搜查过了。"二人异口同声地回答。

洛蒂看看这个，又看看那个。

"不够彻底。谁查的冰箱？"

"我查的。"柯比主动说。担忧在他额头犁出一道槽，昨晚的威士忌变成了汗珠，渗到脑门上。他口气酸臭。洛蒂往后退了一步。

林奇的肩膀耷拉下来，嘴巴抿成一条直线。

"猜猜看？算了，不用猜了。"柯比刚要张嘴说，洛蒂便打断了他，"我找到一小捆钱，还挺多的，冻在一个袋子里。在冷冻抽屉里。你俩怎么说？"

"肯定是我们搜完之后有人放进去的，"柯比耸耸肩说，"我当时就只看到冰激凌。"

"你有看冰激凌后面吗？有把冰激凌拿出来吗？"

"没有。"

柯比用脏脏的黑皮鞋在地上画了一条看不见的线。

"我对你们很失望，"洛蒂说，"你们两个。"

一阵剧痛钳住她的肋骨，逼着她坐了下来。她的怒气退了些。她身上痛得懒得发火。

"以后我不想再看到这样的事情发生。不用我说你们也知道，局里决不容许拙劣的搜查工作。"

"明白，督察。"林奇说。她咬着嘴唇，眼里燃烧着怒火。

洛蒂知道林奇探员可不想因这次污点影响她的完美记录。这可能会影响到她的前途，但洛蒂作为直接上司，遇到工作不力的情况，就是要骂人的。眼下有更重要的事情要做，相比之下，玛利亚·林奇的野心算得了什么。

　　柯比什么也没说，只是羞愧地垂着脑袋。洛蒂现在才有些明白，为什么一个二十几岁的姑娘能看上他，或许只是可怜他。等她说完了，两人连忙各自回座位去了。

　　博伊德回来了，往她桌子上扔了一个药店的纸袋子。

　　"别一下全吃完，"他说，"算你走运，今天博姿药店还开门。"他说着，打开复印机，然后在桌后坐下。

　　"你真是个救星。"她立刻吞下三粒止痛药，"你没工作要做？"她问，顺手打开电脑。

　　"有啊。"他说完就开始很大声地敲起了键盘。洛蒂把下巴垫在手上，一边看着博伊德，一边听着复印机的声音。她突然想要有个人拥抱她，紧紧抱住她，缓解她的疼痛。她几乎伸出手去要抓住博伊德，但终究没有伸。

第二十四章

　　拉格穆林谣言满天飞，但爱尔兰广播电视台记者卡舍尔·莫罗纳却找不到什么值得报道的。他的笔记本上什么也没记下来。

　　他渴望对那起谋杀案和疑似自杀案做一些视角新颖的报道。他采访了受害人的一些同事，但他们什么也不知道。他想要一个有人情味的报道，一个能让心生厌倦的观众为之一振的故事。他想要一个千载难逢的独家新闻。

　　他不停地问自己那个大家都在疑惑的问题。两桩命案是否都和市政府规划部有关？布朗之死是否他杀？如果是两宗谋杀案，那么是否意味着，这个了无生气的中部城镇窝藏了一个连环杀人犯？这个想法让他直冒冷汗。真这样的话，这故事可就有看头了。

　　他一边用清晨的咖啡暖手，一边听着麦当劳里的各种流言蜚语。大家看法不一而衷，都在鬼扯一通。

　　他注意到厕所旁边角落的一张桌子围坐着几个警察，大家都认识卡舍尔·莫罗纳，唯独这桌人沉浸在自己的圈子里，没注意到他。他偷偷溜到昏暗的角落，坐到他们身后，一边抿着咖啡，一边偷听。他还真听到一些料。

新料。或许正是他想要的。他只是需要一个正式的评论。

他翻着手机，开始联系他的消息来源。

* * *

洛蒂两脚搁在办公桌上，双手交叉在脑袋后。吃了止痛药，肋间已经不再一跳一跳地疼了，鼻子上也贴了张创可贴。

初步尸检报告没有给他们太多希望。他们提取了莎莉文尸体附近的 DNA。大量皮肤细胞和毛发，都已经被载入记录，准备对照检验。即使有结果，也可能要等好几个星期。

詹姆斯·布朗的法医报告还没出来，她只能看初步尸检报告。或许他真是自杀，她打着哈欠想，但手指上的擦伤，还有头后部的撞伤是怎么回事？

她的下巴疼，膝盖也疼得发软，她把脚拖着放到地上，站起身来，想舒展一下身子。她觉得饿。或许柯比能帮忙去买一个快乐套餐。柯比气鼓鼓地坐在屋子那头。还是算了吧。

她电话响了起来。

"督察？"

"什么事，唐？"是前台警员。

"爱尔兰广播电视台的卡舍尔·莫罗纳过来采访。科里根警司今天早上晚到，他说要你去跟他谈。他已经和新闻处说了。我让莫罗纳去了会议室。你去谈吧？"

不，我不去，她想说。

"我马上过来。"她叹了口气，下了楼。

* * *

"督察。"莫罗纳脸上立马露出一副超级上镜的笑容，"我很高兴你能抽出几分钟宝贵的时间来接受采访。"

"我也就只有几分钟时间，莫罗纳先生。"

"叫我卡舍尔吧。"他说着不由分说抓起洛蒂的手握了握。摄像师就站在莫罗纳身后，他调整镜头，对准洛蒂。

"我能帮上什么忙吗？"洛蒂迅速抽出手，但尽量表现得不唐突。她很想把手在牛仔裤上蹭一蹭，但忍住了。尽管他脸上挂着迷人的微笑，也摆出见面熟的架势，但她总觉得这人什么地方招人烦，不过一时说不上来。

"帕克督察，有传言说詹姆斯·布朗是个恋童癖，你如何评论？"

洛蒂毫无防备。她困惑地眨了眨眼："我……你说什么？"

"有传言说他参与某些仪式性的性心理虐待……"

"够了，"洛蒂怒声说，"你把摄像机关掉，马上。"

"或许你能评论下那笔数额不小的钱，就是……"

"关掉。这是命令。"

"好吧。"那人放下摄像机。

"我不晓得你在玩什么把戏，莫罗纳先生，"洛蒂用一根手指戳着莫罗纳得意扬扬的脸说，"但从现在开始，你只能等新闻处的消息发布，和其他人一样。"

她转身往门口走。

"哦，督察？"

她停下脚步，手指停在门把手上。

"什么？"

"你的脸，有什么话说吗？"

"有。"洛蒂转过来对着他，"你最近不会想见到这张脸。你最好相信我。"

　　她走出屋子，快步离去。她怒不可遏，既气自己，也气科里根和莫罗纳。莫罗纳的消息虽然完全歪曲了事实，但有人跟他泄密了，这是绝不允许的。内鬼，她心里说，真行！竟然他妈的出了内鬼。

第二十五章

　　洛蒂走进专案室，只听见骂骂咧咧，哼哼唧唧，一片嘈杂。休假全取消了，大伙似乎都来上班了。

　　有探员在低声讲电话，有些在忙着聊天，根本没意识到已然侵犯了别人的空间。这些人似乎互不相干地游弋在同一片混沌之中。这就是她的团队，被共同的目标拢在一起，收集信息、搜寻线索。这么多人，难免会在闲聊时泄露点什么机密信息，被媒体扭曲放大。她做了简短的讲话，告诫大家要管好嘴巴。

　　"钱的事儿有什么进展吗？"她问柯比。

　　"法医在检验。共两千五百欧元。放在他妈的冷冻抽屉里！"

　　"我们要查一下莎莉文和布朗的银行记录。或许涉及数额不止两千五百欧元。"

　　"我这里有一些在两处住所找到的文件。"玛利亚·林奇说。她拽下一个文件，开始翻找，"这是一份詹姆斯·布朗的银行结单。等一下。"她又拿出另一份文件，抽出一张纸在空中晃，"这是苏珊·莎莉文的。"她颇有成就感地把两张单子摆在洛蒂的桌上。

　　"同一家银行。"洛蒂一边说，一边翻看文件。博伊德也看了一眼。

"我打电话问问银行的迈克·奥布莱恩，我算是认识他，"博伊德说，"他是本地区银行经理。"

"很好，"洛蒂说，"柯比，再查一下詹姆斯·布朗的电话。看看他在其他时候有没有给开发商汤姆·瑞卡德打过电话。我不喜欢那个浮夸的浑蛋。瑞卡德的电话记录搜查授权令申请下来没？"

"我们需要充分的理由。"

"布朗在疑似自杀前给他打了电话。在我看来理由很充分。"

"好吧。"柯比有些怀疑。

"瑞卡德在忙着搞什么事情，"洛蒂说，"就算不是杀人，我敢保证他锅里煮的也不是什么好东西，我得在他开锅之前阻止他。"

"把食谱吞了？"

洛蒂没理他，径自问林奇："文身呢？什么进展？"

"我已经把图像扫描到数据库里，在谷歌上查了。目前没什么收获。明天镇上的店家都开门了，我会去文身店看看。"

"詹姆斯·布朗的笔记本电脑呢？"

"色情网址，"柯比抢着说，"没有恋童癖证据。我们在记录他的电子邮件。目前还没找到莎莉文的笔记本电脑或手机。谁知道是不是被扔到运河里去了。"

"继续找。"洛蒂说。

她看了看博伊德，"药店有苏珊医生的信息吗？"

"我现在去跟。"他边说边低声骂了一句。

"我需要知道那钱是怎么回事。"

"我们现在手头压了太多文件工作，你知道吗？"博伊德咕哝道。

"我知道啊，我还知道我们现在什么线索都没有，"洛蒂说，"一无所有。"

她皱眉看着三个探员冲出专案室。她需要空间来消消火。去他的卡舍尔·莫罗纳，还有他那些低级趣味的新闻报道。或许这话有点不公平，但这是她自己的家乡啊，她反而有很多事情还蒙在鼓里。

她站在警局的台阶上，呼吸着一月寒冷的空气。白雪覆盖的马路对面高高矗立着雄伟的大教堂，如今却是禁区。洛蒂又深深吸了一口气，觉得肋骨疼，转身进了楼，把肩上的雪花连同疲惫一起抖掉。

她需要咖啡。

* * *

科里根警司在走廊里一边大步流星，一边躲着建筑用梯，脚步声山响。他闯进办公室，手里拿着手机。

"帕克督察，立马去一趟科纳主教家。"

科里根吐沫横飞。洛蒂稳了稳咖啡杯。又有什么屁事？

"是，长官。"她说。她觉得自己一点也不像负责谋杀案的首席探员。

"莫罗纳那事儿怎么样？"他问。

"挺好的，长官。很简短。"

"很好。"他又瞄了瞄她，"你的脸是怎么回事？"

"抢劫，长官。"

"需要缝针吗？"他瞧见斜在她鼻子上的创可贴。

"不用，我没事。"

"我看你不像没事。"科里根转身要走。

"长官，我去找科纳主教干什么？"她吃力地穿上外套。

"他会解释的。"

科里根不见了。

"没事？你等他晓得真相试试。"博伊德嘻嘻一笑。

"车到山前必有路。快点，我要搭便车。"

"我现在算啥？你的司机？"

"行，博伊德，你可以滚了。"洛蒂昂首阔步走出办公室。

"我说啥啦？"博伊德冲着她后背大喊。

第二十六章

主教的房子位于淑女镇湖的边上，拉格穆林镇外六公里处，八年前建的。这事儿不合常理。他怎么在这么风景如画的地方拿下规划许可的？

洛蒂仔细端详着白色大理石壁炉上挂着的一幅毕加索。她觉得像真迹。好多钱啊。谁的钱呢？

她不耐烦地等了 10 分钟，终于跟着一位沉默寡言的年轻神父，沿着大理石过道走到一扇装有金质把手的门前。他打开门。洛蒂走上厚厚的淡黄色羊毛地毯。神父在身后关上门。

"帕克督察，是吧？"科纳主教并没有抬起他那头短黑卷发。他坐在桌前，在一张纸上写着什么，长长的手指间夹着一支金笔。他染发了吗？她心里嘀咕。她觉得他六十五岁上下，但看着非常健康壮实。

"是。"她双手插在口袋里。他继续写。

"你可以坐下，"他居高临下地说，"稍等我一会儿。"

她坐下，短指甲紧扣着手掌，努力按住情绪。

"我认识你母亲。有趣的女人。"他翻过一页，把笔放在纸上。

洛蒂一点也不怀疑。每个人都认识罗丝·菲茨帕特里克。

"多年前那件事真是不幸，你父亲自杀……"

"是的，确实。"洛蒂打断了他。

"后来有弄清楚他为什么……"

"没有。"

"还有你哥哥。有消息了吗？"

"你不是要找我吗？"她并不理会他打探人家事的闲谈。她的奇葩家族史不关他的事。

"我和迈尔斯·科里根警司常一起打高尔夫。天气好的时候。"

她不说话。他又在找话说？

"谢谢你能这么快赶过来。"他说。

"科里根警司说事情很紧急。我能帮上什么忙吗？"

"安杰洛提神父恐怕失踪了。"他的脸毫无表情。

"谁？"

"一位来访的神父。"

"来访？哪儿来的？"

"罗马。12 月来的。"

"现在失踪了？"

"是的，督察。"他往后一靠，抱起胳膊，"失踪了。"

"能请你说说失踪的具体情形吗？"

"没什么好说的。他现在不在这里，也没回到罗马。"

"你什么时候知道他失踪的？"洛蒂不知道该怎么理解这件事。她从外套口袋的深处掏出笔记本，却找不到笔。

"圣诞节前到现在我都没再见过他。"

洛蒂扬了扬眉："你们现在才报警？"

"我不知道他失踪了。我们这里的一位神父到处找他没找到，有点担心，自己就直接报警了。换作我很可能是不会报警的。但报了就报了吧。"

"你们有个神父失踪了，你却不准备报警？"

"安杰洛提神父的失踪对我来说是一个很大的震撼。"

"我不晓得我能分出多少精力来查一个失踪的人。我们眼下很忙。"洛蒂脑子里立马闪现出数不清的事务。

"迈尔斯会确保这个案子受到重视的。"他加重了语气说。

"我会尽力。"

"我相信你会的。我表示感激。谢谢你，督察。"他朝门点了点头，下了逐客令。

洛蒂没有要走的意思。她拿起他的笔，在笔记本里写下失踪神父的名字。

"我有一些事情要问你。"她说。

"请问。"

"你认识苏珊·莎莉文吗？"

"谁？"

"那个在教堂被谋杀的女人。"

科纳主教顿住了，两只眼睛像绿色大理石那般冷漠。

"很悲惨，"他说，"可怜的女人。不，督察，我不认识她。我管的教区这么大。拉格穆林教区有一万五千多人，你肯定知道的。我也就认识一小拨。"

一小拨？高尔夫球友吧？

"我还想……或许她也打高尔夫啥的呢。"洛蒂说。

"是吗？跟我抖机灵？"他说。

"当然不是，"她撒谎道，"我只是找不到认识她的人。她在你的教堂遇害，你也刚好失踪了一个神父，我就突然想到，或许有什么关联。"

"我不觉得那起凶杀和我这里失踪的神父之间能有什么关联。"

"跟我说说安杰洛提神父吧。他为什么来这里？"

"罗马那边送他来这里休假。个人方面的问题。"

"问题？"

"身份危机什么的。我没打听细节。"

"这人之前和拉格穆林有什么渊源吗？"她用笔敲了敲桌子。不过既然名字叫安杰洛提，估计也没啥关联。

"我不知道，督察。"

"那为什么送到这里来？"

"也许教皇随便在地图上戳了个针？"

洛蒂垂着下巴，看着他，眼睛睁得圆圆的。

"我道歉，"他说，"不该这么说。安杰洛提神父被托付给我，而现在我却找不到他。"

"我先得需要他的个人特征，然后再想办法。"

"他三十七岁。爱尔兰血统，常年在罗马，在罗马天主教爱尔兰学院攻读博士学位。不过近几个月，他似乎开始怀疑他的职业和性取向。诸如此类。他的上司觉得他需要休息休息，就送他来这里了。"

洛蒂用她自己的速写方法迅速记下，又抬起头。"什么时候到的？”

“12 月 25 日。”

“当时是什么精神状态？”

“很少说话。据我所知，大多数时间都待在房间里。”

“我能去看看吗？”

“哪里？”

“他的房间。”

“那有什么用？”主教眼神警惕，皱起眉头。

“这是失踪案的办案程序。”洛蒂注意到他脸上表情的变化。

“必须得现在吗？”

“现在看最合适。”

他拿起电话，敲了一个数字。刚才那个年轻神父进来了。

“欧因神父，带帕克督察去安杰洛提神父的房间。”

“谢谢。”洛蒂说着，从椅子上起身。

“你能尽最大的谨慎处理这件案子吗？”

“我一直恪守职业操守。你不需要担心。”

除了上次卡舍尔·莫罗纳趁我不备，洛蒂心里责怪自己。

“我一有消息，马上第一时间告诉你。”洛蒂说。话里讽刺意味十足。

＊＊＊

安杰洛提神父的房间东西很少，但很实用；奶白色的墙，一盏红灯在一幅画下面亮着。画里是表情痛苦的耶稣和他那颗燃烧的心。

洛蒂戴上乳胶手套，开始搜查房屋。一张单人床，棕色盖被。

一个衣柜和梳妆台。浴室里有梳妆袋、剃须刀、牙刷、牙膏、沐浴露、洗发水、梳子。衣柜里挂着一件外套、五件黑衬衫、两件毛衣、两条裤子。他没打算待很久，她心想。梳妆台的抽屉里有内裤，样式普普通通。空气中残留着一丝难闻的烟味。桌子上只有一台笔记本电脑。关了机。

年轻神父就在门口站着。她感觉他的眼睛紧跟着她的每一个动作。

"欧因神父？"

"什么？"

"你认识安杰洛提神父吗？"她边问边把梳子包了起来。或许要做 DNA 检测。事已至此，她不能排除任何可能。

"不太认识。他不怎么说话，喜欢独处，大多数时候都待在屋子里。"

"他有手机吗？"

"有。"

"手机不在。你上次见他是什么时候？"

"我不太记得了。他不用值班。我们当时忙着准备圣诞仪式，所以没时间跟他打交道。"

"你不知道他可能会去哪里？"洛蒂追着问。

"根本不知道。"

"他失踪是你报的警吧？"

他脸略微红了一下。

"我只是觉得奇怪，"他说，"没别的。我跟科纳主教说起这事儿，他好像不太关心。"

"那你为什么会觉得奇怪？"

"因为之前那个女人遇害了，苏珊·莎莉文……我就有点疑惑他可能会去哪儿，"他说着打开了门，"你看完了吗？我还有事情要做。"

"我觉得你有事情想告诉我？"

"我只是着急，没别的。"

洛蒂拿起笔记本电脑："我能把这个带走吧？"

"当然。"他说着，便把她带出了房间。

第二十七章

回到局里，洛蒂令人对安杰洛提神父的电脑进行彻底检验，并对梳子做 DNA 分析。为最坏情况做准备。

她在桌后坐下，打开最下面一层抽屉，从一堆乱糟糟的文件下面，抽出一份已破损泛黄的牛皮纸文件夹。她深吸一口气，打开文件夹，端详着一张褪色的照片。照片里的人面颊上有一对明显的酒窝，两眼大大的，头发竖着。她每次看这张照片，心里都会想这男孩头发该剪了。照片是在学校拍的，虽然男孩总共也没上几天学。

"你在看啥？"博伊德把一杯咖啡放在她肘边，问道。

洛蒂猛地合起文件夹，拿起咖啡压在上面。

"你还没回答我的问题呢。"他把屁股搭在她拥挤的办公桌的边缘。

两支笔被挤落地上。她把文件塞回原处，哐的一声推上抽屉，开始抿咖啡。

博伊德捡起笔，把它们整齐地摆在她的键盘边。

"是 70 年代那个失踪的男孩，对吧？"

"你有很多事要做，不要一天到晚盯着我。"

"你也有很多事做啊，怎么还有时间翻旧案子啊。为啥总惦记这个？"

"关你什么事。"洛蒂说着把笔往桌子上一扔。

她注意到其中一支笔是主教的。

"那份文件应该交给博物馆修复啊。你看被你翻成那个鬼样子。"

"走开。"她拧着眉厌烦地瞪了他一眼。

博伊德慢悠悠地晃到自己整洁的桌子边。洛蒂也连忙收拾了下自己的桌子，把文件叠成一摞，废纸扔进垃圾桶。她在电脑上把跟科纳主教见面的情况敲了一份报告，还做了一份安杰洛提神父的失踪人员档案，然后复制到莎莉文凶杀案的数据库里。或许有关联。她必须要考虑全面。她把安杰洛提神父的事告诉了博伊德。

"你觉得他和受害人有关系？"他问。

"我们最好查查。"她说。她认识一个人，或许能提供一些信息。

"忘了告诉你，"博伊德说，"奥多诺休警员发现了这个。"他的手里举着她那个磨损的皮包。

"在哪儿找到的？"洛蒂一把抓过皮包，翻开里边看。

"扔在隧道里，在轮胎回收仓库那边，离你被袭击的地方不远，"他说，"钱包和银行卡都还在，现金估计被偷了。"

"本来就没现金。"

"我怎么一点都不惊讶啊。"

"你太了解我了。"洛蒂翻了翻眼。

她抓起外套便出去了，也没告诉博伊德她去哪里。

* * *

火红的碳火两边各摆了一把扶手椅。洛蒂坐在乔神父边上，觉得放松了一些。

"我不太常见到安杰洛提神父。他说话轻声细语的，英语很好。希望他没事。他好像很迷茫。"

"要是科纳主教所说的话可信，他现在就不只是迷茫了，而是压根儿就失踪了。"

"为什么这么说？"

"我跟你们主教聊了几分钟，大概有了点看法。或许我搞错了，但我不喜欢这个人。"

"说句公道话，这是一个狗咬狗的社会，要跻身高位，有些人心不狠一点不行。人情味儿也就慢慢丢了。"乔神父顿了顿，眼睛直直地盯着她看，"我也不是很喜欢他。"

"你这算亵渎吗？"她大笑起来。

"算吧。但我这人好实话实说。"他把额头上的一缕头发掸开，"据我所知，安杰洛提神父被遣来这里'找回自我'，换句话说，就是让他想清楚是不是丕想继续当神父。我每天都会有这些思想斗争，所以我不难理解他为什么来。除非还有别的原因。"

"可能还有什么原因？"

"我不晓得。"他的蓝眼睛在火光中闪烁，"我可以试着打探打探。"

"你能？"她向他靠了靠。

"教会很忌讳这些，所以我也不能保证。"

"请试试看。"洛蒂说。

他的嘴唇弯成一个会意的微笑。"你要是不想说，就不必说。"他说。

"说什么？"她涨红了脸，有点慌乱。

"你的脸啊。"

"我昨晚遭抢了。这些事难免。"

"确实难免，"他说，"你是个很有趣的女人，帕克督察。脸上挂点彩倒让你更有魅力。希望你别介意我这话啊。"

一片潮红爬上她的脸。

"你确实说过你好实话实说。"她笑着说。

她的电话响了。是科里根。笑容从她的脸上跌了下去。真他娘的。

"我得走了。"她说。

"你不接？"

"相信我，不是什么好事。"

＊＊＊

"你是个弱智。你知道吧？"

科里根警司并没有大喊大叫。他声音很轻，语气异常地平静。糟了。

"卡舍尔·莫罗纳故意扭曲消息。"洛蒂说。

"那他的消息是从哪儿来的呢？回答我这个。"

"队伍人多，很难防范消息泄露，不管是有意还是无意泄露的。"

"借口真烂，督察。"

"是，长官。"

"这他妈是你的团队啊。莫罗纳的消息源是谁？"

"我会查出来。"

"必须查。"

"是的，长官。我团队的问题我承担全部责任，不过，我们压力实在很大。"

"我们都有很多压力，但在这种时候，我们必须全力以赴。"

"是的，长官。你不用提醒我，我知道我或许搞砸了。"

"不能有'或许'。你要再加把劲儿。我们需要媒体说我们好话。我们要利用媒体——何时用，如何用，得我们说了算。不要再中莫罗纳的圈套了。以后所有的媒体事务都必须向我汇报。"

"不，长官，"她说，"我的意思是说，是，长官。"她有点口不择言。批得并不重，她反而更难受，她倒宁愿科里根冲着她大吼大叫。他的冷静让她不知所措。

洛蒂·帕克讨厌不知所措。

内鬼可能是谁呢？她的脑子里闪出了玛利亚·林奇。因为苏珊·莎莉文住所搜查不力的事，洛蒂曾骂过她。林奇对此耿耿于怀。她是想要取代自己吗？

＊　＊　＊

她临回家前，又去了一趟专案室。

"电脑被清空了。"柯比说。

"什么电脑？"洛蒂问。

"失踪神父的电脑啊。彻底清空了。"

"有个技术人员大概看了下。说里边什么都没有，连操作系统都没有。他说肯定有人下载了那种新的啥非法软件。里边啥都没了，连根毛……"柯比还在勤奋地思考更多的词语。

"好了，我明白你的意思了。"洛蒂说。

"我不懂为啥会是空白呢？"

"安杰洛提神父失踪了，他的电脑一片空白。或许等我们找到他时，就能解开谜底了。"

"这事儿跟苏珊·莎莉文还有詹姆斯·布朗有什么关系吗？"柯比问。

"我不知道。"她想了一会儿，"但我认为有机会动电脑的人应该就在主教家里啊。这么推下去挺吓人的。"

"我去找他们问问？"

"先不管了。"洛蒂转身要走，脚后跟又打了个转，"柯比？"

"啥事，头儿？"

"谢谢。"

"没问题。"

"现在过七点了，我快累散架了，现在回家。你也该回家了。"

她走了，留下柯比独自站在那里，挠着头，有点不知所措。她知道他是什么感受。

第二十八章

天才刚黑，派对却早已震耳欲聋了。男男女女搂抱在一起，一股大麻的香味在空气中游荡。凯蒂·帕克用舌头舔着杰森脖子上细长的文字文身。她没赶上新年夜的派对，要在这里尽情找补。

我陷入爱河了，她心想。他扶起她的脑袋，往她嘴里塞了一根细长的大麻烟卷。她吸了一口，他又放回自己嘴里吸。她觉得他俩好像在彼此的怀抱中漂着，听不见乐队，他们在奏着自己的专属音乐。

"等下去我家吗？"杰森问。

凯蒂透过烟雾看他。

"我得回家。我妈昨晚被袭击了。她会担心我的。"

"求你了。"

"不管了。"凯蒂大笑起来。她现在飘飘欲仙，才不管她母亲是死是活。

* * *

洛蒂终于坐了下来，手里端着一杯茶，闭上眼睛，不去看柜台上堆得高高的碗碟。刚坐下，她的电话就响了。

"洛蒂？"

"我在家，博伊德，什么事？"

"猜猜看？"

"我很累了。"

"我查到苏珊·莎莉文的医生是谁了。"

"怎么查的？谁啊？"

"我打了电话给处方上写着的药店。"

"是该打。"

"你绝对猜不到。"

"告诉我。"

"继续猜。"

"我挂电话了，博伊德。"

"相当暴躁啊你。"

"挂了啊……"

"安娜贝尔·奥谢医生。"

洛蒂把杯子放到地上。她朋友。安娜贝尔。

"还在吗，洛蒂？你想跟她……"

"跟她聊吗？你说呢？"

"随你吧。晚安。"

"博伊德？"

"什么？"

"谢谢。"

洛蒂挂了电话，看了看钟。8 点 45 分。不算太晚。

＊＊＊

安娜贝尔·奥谢医生坐在布鲁克宾馆酒吧的一角，呷着红酒。

她一副潇洒自在的样子，让洛蒂觉得自己落伍了。一股难以抑制的嫉妒让她面颊泛红。她脱下外套，暗自希望衬衫是干净的。她一声叹息。这件衬衫是跟肖恩的黑牛仔裤一起洗的。

"你怎么了？"安娜贝尔睁大了眼睛，脑袋探到洛蒂的脸上问。

"是我自己蠢，被小流氓抢了。"洛蒂把外套叠好放在旁边的椅子上，"谢谢你能出来见我。"

"不好意思，昨晚没接到你的电话。"安娜贝尔的声音和她的外表很配，靓丽而精练，"你喝什么？"

"汽水。你还是那么光彩夺目啊。"

安娜贝尔向服务员示意。

她的蓝色裤装很合身地罩着一件白色丝质衬衫，脖子上挂着一个银色吊坠，引人注目。双腿交叉在脚踝处，脚上竟是一双 Jimmy Choo 靴子。安娜贝尔本可以当模特的。一头金发高高盘在头上，看上去很自然，不过洛蒂知道不是真的。

"聪明鬼，"安娜贝尔说，"你咋弄成这副德行？"

"谢谢你啊。你知道我为什么找你。"她喝着刚端上来的水。

"过去几个月一直放我鸽子，现在感到内疚？"安娜贝尔玩笑着说。

"面面俱到很难啊。"

"孩子们怎么样？"

"挺好的。你家的双胞胎呢？"洛蒂很讨厌拉家常。

"他们圣诞节在家待着准备毕业考。"

　　洛蒂叹了口气。怎么人家的孩子都那么认真聪明，她家孩子要不就躺着听音乐，要不就捏着游戏机不放呢？

　　"超级奶爸还是一样给力吧。"洛蒂知道是个女人都想要奇安·奥谢当老公。不过，她觉得安娜贝尔不一定这么想。

　　"奇安还是老样子。上帝的馈赠啊。"安娜贝尔说，明显是挖苦的语气。

　　"开心点吧。要不是他在家上班，替你管家，你会蒙掉的。"

　　"问题就在这儿啊。他一天到晚在家，我一分钟安宁都没有。我只要在家休息，就见他要么拍枕头，要么拖着吸尘器到处转。他要是不在搞卫生，就是在电脑上设计天知道是什么的鬼游戏，脑袋上还盖着消音耳机，超大声地唱歌。"

　　洛蒂只是苦笑。她多想还能听听亚当的声音，哪怕只有一分钟。

　　"别总说我了。你怎么样？"安娜贝尔也不拐弯抹角。

　　"我想弄张处方开点镇静剂。"

　　"洛蒂，是时候面对现实了。"

　　一股热血涌上洛蒂的面颊。她不想听人说教。

　　"我想聊聊苏珊·莎莉文。"

　　"不急。"安娜贝尔说着，扭着身子把脸冲着洛蒂。

　　"我现在顾不上说这个。"洛蒂说。

　　"你现在的心态会影响工作吗？"安娜贝尔不依不饶。

　　"不会。"

　　"我倒觉得会有影响。"

　　"咱问问观众吧。"洛蒂蹩脚地打趣道。

　　"说真的，我不知道。"她加了一句。

"我以前跟你说过。你需要做悲痛咨询。"

"滚开。"洛蒂半开玩笑地说。

"就算你不为自己着想，也得想想孩子们。你需要摆正心态，才能处理他们的事。"

"他们没问题。"洛蒂强调说。什么问题呢？她闭了一会儿眼睛。"唉，他们其实不好，我不好，家里不好，我和我母亲也吵架了。"

安娜贝尔大笑起来："又吵架了？好啊。我总说她就是个没有茶会的疯帽子。"

"啊，别这么残忍啊。"

"她掌控你，一直都是这样。"

"我现在占上风。她几个月都没跟我说话了。"

"你现在是占上风。问题是，能占多久？"

"我不想说她。"

"还有她埋葬的那些往事。你爸爸，你哥哥……"

"我们今天是来谈苏珊·莎莉文的。"洛蒂打断了她。她不想挖陈年秘事。

"亚当死后，你就一直不太好。"

"精神上？"

"情感上。"安娜贝尔呷了一口酒。

洛蒂放下杯子，又端起来："所以，我抑郁了吗？"

"悲痛。悲痛会妨碍你对生和死的判断。你需要休息一段时间。"

"都三年了，大家都觉得我已经过了亚当这个坎儿了。"

"你过了吗？"安娜贝尔扬了扬眉，"你永远也不会彻底过了他这个坎儿的。但你会学会应对，你也需要能够全心投入工作。你能做到吗？"

"我就算在地狱门前晃悠，也能百分之百地投入工作。"

安娜贝尔叹了口气："好吧，我给你开处方。找个工作日去我办公室取。我其实不该开这个处方，但有个条件，你要做个全面体检，并且少用麻醉药物。"

"加几片安眠药呗。"洛蒂厚着脸皮说。

"这可有点过了啊。"

"等这个案子结束了，我就去做个全面体检。"

"还有咨询？"

"我只需要药就好了。"洛蒂说。她什么时候需要咨询，自己晓得。她想要药物，让头脑保持清醒。一天一天来，药也是一片一片吃。只要能把日子混过去就可以。

"好吧。"安娜贝尔说。

洛蒂这下放了心，便转向这次会面的正题。

"跟我说说苏珊·莎莉文吧。"

"天啊，我不敢相信她竟然遇害了。而且就在拉格穆林！为什么啊？到底是怎么回事？"

"我不就正想弄清楚这个嘛。"

"我跟你说的估计帮不上你的忙。"

"我想搞清楚她是个什么样的人。现阶段我不晓得该从哪里下手。"

"现在既然她死了，我就不算违反医患保密协议了吧？"安娜贝尔说。

"她是什么时候被诊断出癌症的？"洛蒂问。她其实很恐惧那两个字勾起的那些回忆。

"去年一年她一直是我的病人。找我说腹部疼，我就让她去做CT。结果显示两边卵巢都有异常，卵巢癌活检呈阳性。晚期。我去年六月告知了她。"

"她什么反应？"

"可怜的女人。她只是接受了现实。"

跟亚当一样，洛蒂想。她紧紧抓住杯子，不让手发抖。

"我很同情她，她一辈子都很苦。"安娜贝尔说，慢慢抿了一口酒。

"哦？"

"我建议她去找个治疗专家看看，但她拒绝了。我鼓励她跟我多说说话，她倒是说了一些。"

"告诉我她说了什么。"

"她说她自己还是孩子时就生了一个孩子。她母亲是个很恶劣的女人，逼着她把孩子放弃了。苏珊一辈子都放不下，一直惦记着要找孩子。她甚至……"安娜贝尔转过脸，咬着嘴唇。

"甚至什么？继续说。"洛蒂催她。

"好吧，既然苏珊已经死了，我想应该可以说吧……她甚至去找了你母亲。"

"我母亲？"洛蒂惊呆了。她四个月没见过她母亲了。她最不想谈的话题就是她母亲。"到底为什么要去找她？"

"因为当年是你母亲帮忙接生的。"

洛蒂往后坐了坐，觉得脑子有点木。没错啊。她母亲是接生婆，虽然现在退休了，但拉格穆林以及周围很多孩子都是她接生的。她现在知道苏珊是在拉格穆林长大的。

"有点意思，"洛蒂说，"那你知道她找了我母亲之后如何？"

"你该自己问问你母亲。"

"说不定我还真得问问，"洛蒂说，"苏珊有没有直系亲属？"

"她母亲几年前去世了。我不知道还有没有别人了。"

洛蒂陷入沉思。电视在播放一场足球赛，静了音。像她的脑子。

"苏珊有没有说她是怎么怀上的？孩子父亲是谁？"

安娜贝尔没吭声。

"到底告不告诉我？"洛蒂追着问，手里揪着啤酒杯垫子，心里并没有抱多少希望，"这和她遇害或许有关联。"

"她当时还只是个孩子，或许只有十二岁。她只愿意告诉我她从很小的时候开始就被长期强奸。"

"她父亲？有可能是她父亲吗？"

"洛蒂，我不知道谁强奸的她。她不肯说。"

"你建议她报警了吗？"

"建议了，但她坚决不肯。说是很久以前的事情了，而且她如今时日无多，还有很多事情要处理。我说服不了她。"

"我真不敢想象苏珊这么多年是怎么过来的。"

"她以前的名字不叫苏珊·莎莉文。"安娜贝尔说。

"什么？"洛蒂重重地放下杯子，"谁……怎么回事？"

"我不知道她以前叫什么。我只是猜测她改名字是想抹去早年的阴影。"安娜贝尔苦笑了一下，"但就算改了名字也改变不了内心的伤啊。苏珊终其一生都背负着这份痛苦，没有一天不如此。她得知自己得了癌症时，说不定还觉得是一种解脱呢。"

"有人却等不及要让她早点去另一个世界报到。"洛蒂说。她突然觉得有点太暖和了。

"确实。"

"现在我的工作就是要查清楚这个人是谁，为什么这么干。"洛蒂在脑子里翻来覆去掂量这个新情况。

"你可以的，神探南茜。你知道在学校的时候，我背地里叫你神探南茜吗？"

"我知道。"洛蒂倒真希望能聊聊往事，她们记忆中的美好往事。记忆真是个奇怪的东西，能扭曲过去。她对此有亲身体会。

"抱歉，我只能帮到这么多。"安娜贝尔说。

"你已经给了我一个抓手了。"洛蒂放下杯子，直直地看着女友，"奇安你打算怎么办？"

"他简直快把我逼疯了。"

"不是吧，安娜贝尔！为什么？"

"靠，我哪儿知道。"安娜贝尔说。她很少讲脏话，讲了也没人怪她。洛蒂知道安娜贝尔·奥谢做什么都没人怪的。

"我说，是不是跟你的神秘男人有关啊？"

"自从我认识……"安娜贝尔顿了顿，"自从我认识那个人以后，我就感觉自己变了个人似的。我爱上他了。"

"你不是一直是一会儿爱这个，一会儿爱那个嘛。他是谁啊？"

"虽然我们是朋友，但我觉得你还是不知道为好。"

"我是不知道多少啊。不过恐怕比你那个白马王子还是知道得多些。"

第二十九章

凯蒂用胳膊挂住杰森的脖子，把他拽向自己。

"我冷死了。"

"我会让你暖和的。等我把你弄到床上就知道了。"

"你个讨厌鬼。"她玩笑着说。他把她搂得更紧，用嘴唇在她脖子上蹭，她感到肚子里一阵轻轻的颤动。

她越过他的肩膀打量身后排队等出租车的闹哄哄的人群。

"别回头看。你还记得那天晚上酒吧里老盯着我俩瞅的那怪家伙吗？"

"他怎么了？"他咕哝着说。

"他也在排队。"

"这可是个讲自由的国家。"杰森转过身，在寒冷的空气中探身去看，"那个人在哪儿？"

"不是叫你不要看嘛！"凯蒂把他往回拖，"这会儿人不见了。"

"原来是个隐形人。"杰森大笑起来。

"一点都不好笑好不好。我好怕他。"

"你要再看见他，就跟我说。"

凯蒂往他怀里钻得更深了，两人一起耐心地等总也不来的出租车。她隐约中觉得并不安全。

* * *

那个人转过拐角便加快了脚步。刚才很惊险，他确定那女孩子看见他了。他以后得多加小心了。但冒险也值得，为了见到那男孩。

* * *

洛蒂又睡不着了。

安娜贝尔的话一直在她脑子里转，搅成一团。她母亲。那个能揭开她痛苦记忆的女人。

洛蒂紧闭双眼。但罗丝·菲茨帕特里克的形象始终无法从脑海中淡去。明天她不得不去见她。

她往床边探了探，把电热毯温度调高了一些，身子往羽绒被里缩得更深了，暖暖地蜷着，慢慢滑入并不踏实的睡眠。

十分钟后，她醒了。肋骨一阵痛疼，额头热得跟火一样。她吞下两粒止痛药。疼痛还是不依不饶。

她需要来一杯。

她真的需要来一杯。

她需要来一杯猛的。

被子被洛蒂揉成了一团。她不想变回亚当死后那个连她自己都不认识的人，不想回到因为酗酒差点报废的日子。她一年前才戒了酒。她有时候还是渴望那种断片儿的感觉。那种渴望碾压所有理性，她挣扎着让自己像个正常人。她现在就在苦苦挣扎，拼命抵抗，她在床上扭来扭去，翻来覆去，终于输掉了战斗。

她跳下床。

洛蒂在睡衣上套了一件连帽衫，光脚塞进雪地靴，轻手轻脚下楼。厨房里的钟显示凌晨一点半。她从后门门后的钩子上取下钥匙，走进雪白的花园，往储物棚方向走。她把一簇一簇的白色从锁上擦掉，发现里边已经冻住了。这是暗示她回头吗？她往锁孔的铜上哈暖气，哈了一会儿没用，差点放弃了。但她又试了一下，开了。

她打开灯，取下亚当的工具箱，打开。她盯着里边那瓶伏特加瞅着一会儿，又合上盖子，坐在冰冷的地上。喝一口肯定就停不下来了。她咬着拇指指甲。

她痛苦地盯了一会儿工具箱，再次打开，取出伏特加，合上盖子。她把瓶子夹在腋下，匆匆走回屋里，留下棚门在寒冷的夜风中摇曳。

1975 年 1 月 1 日

她不敢相信。

他在她家客厅里，坐在她家的花饰沙发上，盯着她看。她妈妈忙着弄瓷杯和饼干。她爸爸大声抽着烟斗，刺鼻的烟雾迅速填充了他和神父之间的空间。

她瞪着眼睛表示抗议。他们在讨论她的"问题"，完全当她不在场。她短裤里的毛巾慢慢积满了血和黏稠的液体，她怀里抱着孩子，不懂自己为什么一直都不知道肚子里有个孩子在一天天长大。她笑了，心想这孩子是天底下最漂亮的，可那神父却说是"长了胳膊腿的肥肥的罪恶"。这种话他也能说得出口。

她太想告诉他们真相，告诉他们这一切都是神父的错。而她妈妈端着金边茶壶立在一边，爸爸像个白痴一样还在拿着小刀削烟上的鳞片，完全蒙在鼓里。

可她什么也没说。她的心已碎了。她怀里的孩子全身只包着一条毛巾当尿布。

她本想告诉那个女人——接生婆。她面色光亮，头发卷曲，剪了脐带，摸了摸孩子的心脏，低声叫她母亲不要再大喊大叫了。她来也匆匆，去也匆匆。

而现在，他们当着面说她的事儿，当她不存在。孩子在哭。她小小的乳头漏出乳汁，弄湿了衬衫。她开始哭泣。他们却只是呆望着她。

她把孩子紧贴在胸口。恐惧浸透她全身每一个血管，为她自己，也为孩子。

"送去圣安吉拉吧，"神父说，"到那儿保准能学会做人。"

第四天

2015 年 1 月 2 日

第三十章

一个男人的腿横在她身上，把她钉在床上。

他是谁？她在哪儿？洛蒂尽量扭动身子去看，却看不见那人的脸。他趴在床上。她用肘支起身子，疼得直咧嘴，蓦然回想起来了。

妈的妈的妈的。她一直在喝酒。

她觉察到自己眼角往外渗着小滴的泪水，胃里腐烂的胆汁往上涌，内心升起对自己的憎恶。

她要吐。

她两腿一阵乱动，把那人的腿踢开，滑下床，奔向敞开的门。刚到厕所就吐了起来。

一股酒精的酸腐味塞满了卫生间。她又是一阵吐，吐完一屁股坐到地上。她身上只穿着上下不搭的内衣，她也无所谓，只是坐在地上双手抱着突突直跳的脑袋。她只希望，她在最需要自控的关键时刻没有失控。

一个影子横在门口，灯光啪的一声亮了，照得她睁不开眼。

"想来根烟吗？"

博伊德。

她突然很动情地哭了起来。她控制不住自己。她恨自己。

"我都干了什么？"她不敢看他的眼睛。

他松了松纤长的身体，在她身边冰冷的地砖上坐下。他身上也只有一条四角内裤。

"你喝醉了，打电话给我，叫我去接你。我就去了。你求我带你来这里，然后要跟我做那事儿。"

他点了两根烟，把一根塞到她颤抖的唇间。

"我硬忍着，顶住了你的诱惑。后来你睡着了，啥也干不了。不过，还是成功地把我的衣服硬生生地给脱了。"

她深深地吸了口气，羞愧得全身泛红。

"洛蒂，到底怎么回事？"博伊德问。他往冰冷的空气里吐着烟圈。

"我不知道。"

"你需要有人帮帮你。"

"我需要把控好我的人生。"

"你一个人做不到的。"

"等着瞧。"

"我是在瞧啊，但我看到的情况不理想啊。"

"什么意思？"

他吸了一口烟。两人裹在一片沉寂中。

"你睡着了还在哭。"他终于还是说了出口。

"我没事的。"她说。

他们坐在地上抽烟，听着马桶滴水的声音。他把两个烟头伸到水龙头下弄灭，扔到水槽下亮闪闪的垃圾桶里。他领着她回到床上，帮她盖好被子，吻了吻她的额头，又用手梳理了一下她的头发。然后他在她身边躺了下来。洛蒂尽量往床边靠，在两人中间画了一条看不见的线，很快就进入了柔软的梦乡。

* * *

她睡醒了，坐起身子。就她一个人。她把闹钟转过来看时间。

早晨6点38分。她又躺下，依偎在舒服的枕头里。洛蒂心里很庆幸，她醉酒后找了博伊德，而不是在酒吧里随便拉了个路人甲。孩子们呢！妈的。她跳了起来。她得在他们醒来之前赶回家。

博伊德走了进来，递给她一杯咖啡。他穿得整整齐齐，黑裤子、白衬衫。一股香味撩拨着她的鼻子。她看着他的眼睛，似乎在默默地问他。

"不用担心。我不会乱说的。喝了吧。今天任务还很重。"

"你是个好人，"她说，"谢谢你。"

"给你五分钟时间梳洗。"他说着走出房间。

"虐待狂啊。"她说。

"只有虐待狂才懂虐待狂。"博伊德的声音传了回来。

她只好笑了笑。

她穿上昨天的衣服。至少她昨晚没穿着睡衣到处跑。她在牛仔裤屁股兜里摸到了一粒压碎了的赞安诺，塞到嘴里，两口咖啡灌了下去。她需要药物镇静帮她把夜晚抹去，面对白天。

她拿起那包烟，悄悄塞进口袋。她只在喝醉时才抽烟。别再喝了，她心里警告自己，然后走出房间。

她脸上的伤口遭到雨夹雪的突袭，她赶紧猫腰钻进车里。

"送我回家，"她说，"我得看看孩子们，然后换身衣服。"

车里只有雨刮器呼哧呼哧的声音。两人都无话可说，心里想什么，也都不好说出口。

博伊德在她家门口靠边停车。她拖着两条大长腿下了车。

"谢谢，博伊德。"

"要是科里根找你我咋说？"

"就说我在跟一条线索。"

"什么线索？"

"我搞清楚再告诉你。"

她轻轻关上门。坚强版洛蒂该重新出场了。不然就来不及了。

第三十一章

克洛伊·帕克坐在桌边，睫毛膏弄花了湿润的面颊。洛蒂在门口停了下来。是进去还是逃跑？

"对不起，克洛伊。"她还是走进了厨房。

女孩没理她，走到垃圾桶边，捡起空了三分之二的伏特加瓶子，拧开盖子，把剩下的三分之一倒进水槽，把空瓶子又扔进垃圾桶，跑上楼去了。

洛蒂重重坐进椅子里。回头她得和克洛伊谈谈。

她拨电话给她母亲。她知道罗丝会很得意的，因为是她先伸的橄榄枝。她告诉自己，她这会儿宿醉得厉害，等下摊牌的时候，说不定能起到点缓冲的作用。

* * *

罗丝·菲茨帕特里克不用十分钟就驱车赶了过来。现在她已身处厨房正中央，立在熨衣板前，手里拿着熨斗。

"洛蒂·帕克，你该多花点时间在家里待着。几个可怜的孩子一天从早饿到晚，连件干净的衣服也没得穿。"她一边说，一边叠肖恩的训练球服。

洛蒂很想告诉罗丝运动上衣不需要熨，但忍住了。她母亲从进门那一刻起就控制了局面，问都没问一句，跟她设想的一样。亚当死后，罗丝就试图取代他的角色，干涉她的家庭生活。洛蒂觉得这一切可能源自她母亲对外孙外孙女们的爱，一心想护着几个孩子。但两人上次闹得很僵，洛蒂直接告诉她母亲哪儿凉快哪儿待着去，或说了差不多性质的话。

罗丝·菲茨帕特里克拿着熨斗来回熨着衣服。她个头高挑，面色红润，只是眼睛边上蔓延着几条线，像是枯萎的常春藤。一头时髦的银白短发。她以前头发每个月都要染，五年前过了七十之后，就不再坚持了，不过现在还是每周去趟美发沙龙做一次洗吹。

"我要不要泡杯茶？"洛蒂礼貌地问。

"这是你家厨房。"罗丝一边熨一条牛仔裤一边说。裤子被熨得跟纸板箱似的。

"你要不要来一杯？"洛蒂给壶子加上水。

"你赶紧去洗个澡。"罗丝把熨斗线折起来，"你知道你身上味儿难闻吧。然后你再来问今天找我来想问的事儿。"

洛蒂冲出了厨房。她母亲连她脸上的伤怎么回事都不问一句。她扯掉衣服，站到热水下面，水流冲得伤口有点疼。她肋部发紫，头也疼，但至少觉得身子干净了。她穿上牛仔裤，又套了件保暖内衣和长袖 T 恤。她现在感觉准备好面对她母亲了。

下楼前，她偷眼瞧了瞧克洛伊的房间。女儿躺在床上，脑袋上捂着一个硕大的耳机，看见洛蒂，故意往墙一侧转过去。

她又瞄了一眼凯蒂的房间，空的。她想问问克洛伊她姐姐在哪儿，想想算了。肖恩在房间，在网络游戏上跟人聊天。他说不定一宿没睡。

罗丝坐在厨房餐桌边，手里端着杯咖啡。熨板不见了，衣服叠得整整齐齐，土豆在灶台上的锅里咝咝作响，炉子里烤着一只鸡。这会儿还没到八点。圣诞节。他们最后一次正经在家做饭吃是圣诞节那天。她母亲这次来是成心让她负疚的吧？洛蒂挤出一个笑来。

"谢谢……"洛蒂用手对着整洁的厨房画了一圈。

"当妈的不就是干这活儿的吗？"罗丝说，"跟在孩子屁股后头拾掇。"

洛蒂嘴唇上的笑立刻消失了。

"说吧，找我什么事？"罗丝问。

"苏珊·莎莉文。"洛蒂直切主题。她给自己倒了杯茶。

"那个遇害的女的？她怎么样？"

"我跟安娜贝尔聊过，她说苏珊跟你联系过。"

"是联系过。"

"你见她了吗？"

"见了，几个月前。10月，11月，差不多。我不太确定。"

"接着说。"

"她想找当年从她身边被带走的孩子……"

"这跟你有什么关系？"洛蒂打断了她。

"你想听还是不想听？"

"抱歉，继续。"

"苏珊的母亲拒绝告诉她任何关于孩子的事情。但临死前，也就两年前吧，她提到了我的名字。"

"然后呢？"

"她说是我当年接的生。这话其实不对，因为孩子生出来一会儿我才到。我当时帮不了她，她联系我时我同样还是帮不上忙。"

洛蒂转着茶里的汤匙。

"至少有二十五年了吧，自从……"

"自从我不干接生婆？对，但这是更久远之前的事。七十年代。那女孩只有十一二岁。只是个孩子。她那时的名字叫莎莉·斯坦尼斯。"

"真的？多说点。"洛蒂停住手下不经意的搅拌。知道了旧名字，或许能查出更多新线索。

"没什么好说的。"

"那孩子怎么样了呢？"

"她来找我时，翻起了很多往事。"罗丝说。她皱着眉，额头上横出一条线，"她母亲找来一个神父，当地的助理神父。他建议把这女孩和孩子一起送到圣安吉拉去。你知道离墓地不远的那栋老房子吧？现在关掉了。"

洛蒂点了点头。圣安吉拉。她怎么会忘记呢？她们从来不提这茬儿。但今天罗丝开了口。

"早先是修女办的孤儿院，后来收一些未婚女孩。很显然，那儿养了一些没人要的孩子。修女们也会收一些难管教的男孩子。"

"收一些难管教的男孩子，"洛蒂低语道，"什么叫难管教啊，母亲？"

罗丝假装没听见这话。

"苏珊来找我时，已经知道圣安吉拉的事了，也知道孩子很可能被人领养走了。她记得在那儿待过。但她无法从教堂方面获得孩子的任何消息。不幸的是，我也不了解情况。"

罗丝一副很决绝的样子。

"你知道孩子的父亲是谁吗？"

"不知道。我当时帮忙料理产后的一些事情，她母亲冲着女孩子大喊大叫，说她是个小婊子。一家人都很难过。不过，如果女孩真有乱来，那孩子的父亲是谁可就说不清了。"罗丝紧紧抱着胳膊。

母亲的无情让洛蒂很惊讶。她心里掂量她刚才说的这些情况。她希望能找到更多关于苏珊或莎莉·斯坦尼斯的线索。她母亲了解这些信息算是碰巧。但小镇上居民就这样，一辈子藏着掖着很多这样的秘密。碰巧也是必然。不过话说回来，她母亲什么人都认识，也自鸣得意地觉得自己什么事都知道。洛蒂啜了口茶。她脑海中一段深埋的记忆蠢蠢欲动。

"你现在还惦记艾迪的事吗？"洛蒂鼓起勇气问起她的哥哥。

罗丝站起身来，洗茶杯，擦干，放回橱柜。

"艾迪走了。别再说他了。"她说。

拒不承认，洛蒂心里说。但她不放弃："还有爸爸，能说说爸爸吗？"

"鸡肉再过半小时就好。看着点锅里的水，不要煮太干了。"罗丝穿上外套，戴上帽子，"晚饭用微波炉把这些东西热热就可以。"

"就是不能说起他们，是吧？"洛蒂苦笑一下。

"你需要找个男人，洛蒂·帕克。"罗丝一边拉门一边说。

"什么？"洛蒂问。这话让她猝不及防。

"博伊德？是叫这名字吗？就瘦高瘦高的那个？人不错。"

"你什么意思？"

"你明明知道我什么意思。早点带孩子们过来玩。"

其实洛蒂并没有不让孩子们去——是他们自己觉得外婆太爱管事儿，不愿去。

罗丝在台阶上说："对了，我在新闻里看到你的采访了。"

"然后呢？"

"不咋样，警官。"她用帽子盖住耳朵，"你至少可以化化妆盖一盖脸上的伤。"

她母亲每次都要争着说最后一句。

洛蒂砰地关上门。她关掉灶火，沥干水，把土豆一股脑儿倒进脚踏式垃圾桶。她把鸡肉也扔了。她要是吃一口她霸道母亲做的饭她就该死。她宁愿饿着。

她这会儿还有些阵阵作呕，但她得去上班了。

第三十二章

早晨的雨雪放缓了一些，温度竟然意外地有所回升。

"听。"吉莉安·奥多诺休警员说。

"听什么？"汤姆·蒂尔尼说。

"雪融化的声音。"

冰雪在剧烈地融化，那声音就像一整个森林的峰鸟在叫。两人站在詹姆斯·布朗屋子的门前。

"真是温暖舒适啊，"蒂尔尼说，"新年前夜，零上一摄氏度可比零下十摄氏度强多了。"

"我去花园走会儿。我的脚已经处于永冻状态了。"吉莉安·奥多诺休说。

"那算啥词儿啊。"

"管他呢？"她大笑着，沿着通往后花园的路走，一路欣赏从松动的冰雪中慢慢冒出来的绿色。冰雪美人只是在刚开始几天很迷人，到后来就成了无法承受的负担了。她呼吸着料峭的空气，听着雪融化的声音。

在她拐弯的当口，一棵树下的一截颜色吸引了她的目光。她走过去一瞧，便急忙往后退，口中大喊："汤姆！汤姆！"

一只手，黑色的袖口，从雪地里伸出来。

* * *

洛蒂和博伊德赶到时，花园里的人在井然有序地忙碌着。

洛蒂叹了口气。三天出的事儿比过去两年出的事儿还多。她还没来得及琢磨清楚她母亲提供的那些线索。她在警局的台阶上撞到博伊德和玛利亚·林奇，得知消息后，几个人在雪泥里驱车匆匆赶到詹姆斯·布朗的房子。

她和林奇在房子后面四下查看，睁大了眼睛找证据。博伊德在和制服警察聊。

洛蒂瞧见现场调查组组长吉姆·麦格林。他嘿嘿一笑。

"浑蛋。"洛蒂说。

"谁？"林奇问。

"麦格林。"

他是在笑她。可惜他不是她的下属。不然她会叫他一辈子筛猪粪，让他找人眼看不见的二噁英。

园子里人很挤。后门左手边有一个储物棚、一张木桌，还有几张椅子靠在桌子上。后院两侧种有常青树，前端尽头是一堵墙，外面就是雪地了。麦格林在现场忙活，费力地除雪，把受害人扒出来。

洛蒂在一边等。尸体终于被挖出来了。男性，脸朝下，身上是黑外套和裤子。最先露出的那只手似乎没有皱纹，戴着一枚银戒指。尸体上以及四周散落着碎玻璃和黑色塑料。麦格林用镊子一个一个捡起来，放进证物袋。

"有电话吗？"洛蒂问。

"碎成渣了，"他说，"我怀疑局里最牛的技术人员也无法复原出任何信息。"

"尸体在这儿多久了？"

"我在等病理专家来。"麦格林大声说。

"鸟人。"洛蒂低声骂了一句。

简·多尔到了，一身防护服，脚步轻快。她快速握了握洛蒂的手。

"有人肯定以为我没事做吧，怎么总给我提供尸体啊。"

"同意。"洛蒂站在一边说。病理专家开始初检。

"看着像勒死的，"简说，"脖子上有绳索的印记。据初步观察，我能看到尸体下面有东雪。很可能是上周遇害的。寒冷的气温把他保存得很完好。"

很完好，可惜是死人，洛蒂心里说。她想吐，宿醉还在折腾她。

"你觉得这是犯罪现场吗？"她问。她意识到，如果尸体已经在这里放了一个星期，那就意味着他是先于莎莉文和布朗遇害的。

"尸体摆到台子上我才能了解更多情况。"

"他要是也有文身，麻烦你告诉我好吗？"

"当然。"病理专家说着，小心翼翼地走了。

洛蒂的头痛加剧了。遇害人数又多了一个。科里根已经怒火中烧，媒体也铺天盖地，公众已陷入恐慌，而他的刑侦队却对这一起起的谋杀案依然没有任何解释。欢迎来到梦幻之城，帕克督察。她挠挠头。

"你还好吧？"博伊德站到她身旁。

"这个人是谁？"

"我怎么知道？"

她忍住骂人的话，看着博伊德。他的脸好像瘦了些，但想想似乎不太可能。"我又不是真问你。受害人很可能是在莎莉文和布朗之前遇害的。"

尸体现在被翻了过来。洛蒂看到那张浮肿变黑的脸。

"我猜三十五岁左右。"她说。现场调查组正在把尸体装进袋子运离现场。

麦格林举起一个小塑料证物袋。

"蓝色纤维。"洛蒂说。

"绕在脖子上的。"

"感谢。"洛蒂说。和詹姆斯·布朗脖子上缠的绳索相似。

"没有钱包或身份证件，但找到两个烟头。"麦格林说着用镊子夹起一个。

"受害人的？"

"也许。也可能是凶犯的。"他又把烟头放进证物袋。

洛蒂又看着麦格林忙活了几分钟，便走进了房子。

"这具尸体和我们所掌握的安杰洛提神父的样子不算是八竿子打不着哈。"博伊德跟在她屁股后头进来。

"脸部已经无法识别了，我们也不晓得有什么特殊标记可以对照看，"洛蒂说，"我们得等正式的身份鉴定。要不然，就只能靠DNA分析了。"

"不管是谁，肯定有人在找他啊。"

"没有车。"洛蒂看着前窗说。

"他怎么来的呢？"

"或许凶手开车带过来的，或者他自己搭计程车来的，"博伊德说，"但他为什么要来？这是另一个问题。"

"还有，布朗认识他吗？"

"我们有太多问题没有答案。"博伊德说。

"能查到什么就查什么。"

"他可能是布朗的情人呢。他开车带他来，然后因为嫉妒一怒之下把他杀了。"博伊德假想道。

"你现在是不是觉得是布朗杀了这个人，又勒死了莎莉文，然后又吊死了自己？"洛蒂懊恼地摇摇头。

博伊德没搭腔，又抽出一根烟，走出门去点烟。洛蒂跟着走出去，院子里全是雪泥。她脑子一团糨糊。

她需要来一杯。

她跟博伊德要了一根烟，把自己和安娜贝尔·奥谢医生以及她母亲的谈话内容告诉了他。

第三十三章

　　他们回到警局，把无名遇害人以及现场获得的细节加到案情分析板上。洛蒂相信通过视觉可见的方式分析数据比从数据库里调信息更有效果，因为数据库的信息易被错过或忘记。其实他们手上能分析的东西并不多。

　　她交代一名探员去搜苏珊·莎莉文曾用身份莎莉·斯坦尼斯的相关信息。她在想上哪儿能查到圣安吉拉的档案。要是能多挖到一些这家福利机构的信息，苏珊·莎莉文的身世也就能更加清晰。洛蒂转而又去想最后这名遇害者。

　　"要是没下这么大的雪，"她说，"尸体或许……"

　　"一周前就被发现。"博伊德插话说。

　　"对。除非凶手也关注了天气预报，他想要尸体被发现。"

　　"凶手并没有企图藏尸。"

　　"只有雪。"

　　"如果没有下雪……"博伊德说。

　　"但下了雪。凶手是不是想把注意力转到……"

　　"詹姆斯·布朗身上？尸体没被发现之前，凶手出于某些原因不得不杀死莎莉文和布朗。"博伊德顿了顿，又接着说，"但布朗仍有可能实施这起谋杀。"

"行了，这种推测没有意义。"洛蒂恼怒地叹了口气。

她看了看案情分析板，注意到他们手头没有安杰洛提神父的照片。她立刻打了一通电话，抓起外套，绕过博伊德匆匆往外走去。

* * *

"你好，修女。我找伯克神父。他在等我。"

那修女带她去了他们之前坐着喝茶的那间屋子。洛蒂绕过红木家具，看着墙上那些早已不在人世的主教们的画像。正是他们让人们对上帝心生恐惧，她心里想。

"他们会让你对上帝心生恐惧吧。"乔神父在她身后走了进来。

"跟我刚才的想法一模一样。"她咧嘴冲他笑了笑。心有灵犀？

"茶？安娜修女会帮忙的。"

"不用了，谢谢。"

"有什么需要我帮忙的？电话上听起来很紧急。"

"我需要安杰洛提神父的一张照片。"洛蒂说。她其实不是真需要，因为他们已经拿了梳子做 DNA 对比。

"你们还没找到他？"他走到拐角的电脑旁，打印了一张照片。她本可以自己打印的。是在找借口见他吗？她本不该来。她的逻辑和感情是互相矛盾的。她自己也很矛盾。

她皱起鼻子仔细研究照片。布朗花园里的那具尸体有可能便是他。

"安杰洛提神父抽烟吗？"她想起神父房间里那股难闻的烟草味，以及犯罪现场的烟头。

"我不知道，"他说，"等等。"他打了一个电话，听完后挂了。

"科纳主教的秘书欧因神父，说他确实抽烟。你们为什么需要知道？"

"收集尽可能多的信息。"她转移开话题，"你了解圣安吉拉吗？"

"圣安吉拉？不是很了解。80年代前是儿童收养中心，我记得后来做了修女退休的地方，后来就永久性关闭了。几年前卖掉了。"

"以前的档案呢？"

"我想可能都封存起来了。"他说，"为什么又问起圣安吉拉来？"

"我要怎么才能查到档案在哪里？"洛蒂没理会他的疑问。

"很神秘啊，督察，不过交给我吧。我可以为你做点业余侦探的活儿。"

洛蒂觉察到他眼角闪过一丝调皮。她似乎又看到那个曾经的男孩，但罗马教廷的白领子给他套上了枷锁，过上了简朴的成年生活。她起身要走，伸出手去。他握手的时间似乎有些长，或者这只是她的想象？

"你有我的电话号码。查到什么请马上告诉我。"她说。

"当然，我会的。"

＊　＊　＊

乔神父用他的个人密码在局域网里搜教区档案。他敲了圣安吉拉几个字。

无法进入。

奇怪。

他打电话给欧因神父。

"我好像无法进入教区的档案数据库啊。"他说。

"科纳主教请了一个顾问重整了一下局域网。他想加强安保。"

"但这些档案应该对神父开放啊。"

"你用我的密码试试吧，看能不能登录进去。我想科纳主教不会介意的。"

"你真是救世主啊。"

他挂了电话，输入新密码。

进去了。

他看着鼠标在空白的屏幕上闪着。

没有任何跟圣安吉拉相关的档案。

他又拿起电话。

第三十四章

"你干什么去了？"洛蒂刚一告诉博伊德她去了哪里，博伊德就炸了。"你疯了吗？"

"你有毛病？他肯定有我们不知道的门路啊。"她为什么要跟博伊德解释呢。

"你还没醒酒吧，"他说，"那只是逻辑上的推论。"

"小声点。"洛蒂说着，看看四周有没有人在听他们说话。林奇和柯比都在低头忙着。

"他可是莎莉文凶案的嫌疑人。"博伊德踱着步，他的大长腿三步就从一面墙跨到另一面墙。

他的脚步每一次重捶在地板上，她头痛都加剧了一些。

"我又没告诉他我为什么需要这些档案，也没说我要找什么档案。我只想知道这些档案是否存在，在什么地方。"

"咱就当是抬杠吧。如果他是凶手，他就知道，要么这些档案里有你想要的东西，便就会将其摧毁。或者，他之前还不知道，现在知道了，还是会将档案摧毁。"

"你说的都是屁话，博伊德。"她拉出一把椅子，重重坐下。

"你要这些档案究竟想干啥？"他站到她面前问。

"我不知道。"

她真希望有自己独立的办公室。至少思考问题时不会有观众。

"这些档案或许跟我们的案子没什么关系。只是当下一个直觉，一一排除。"她说。

"对了，你今早拿了我剩下的那包烟没？"博伊德把一个空烟盒子扔进垃圾桶。

洛蒂从口袋里摸出那包烟，扔给他。他接过去，便大步往门外走去。

"林奇？"

"督察？"

"我出去一会儿。"

* * *

洛蒂坚信拉格穆尔公墓是全爱尔兰最冷的地方。凛冽的风在她身边打转，冷冷的太阳在墓碑间笼着一层迷蒙的微光。那些怪异的石块矗立在巨大的松树下，往墓地上投下深沉的影子，阻挡冰雪的融化。结晶的雪凝结在圣诞花环上，平添了一种吊诡而神秘的氛围。

风突然猛烈起来，一盆圣诞红植物上的塑料包装发出沙沙的声响。那植物的红冠已经枯萎发黑，在雪的重压下提醒着人们，有人来过，留下一个什物，纪念那些已不在人世、只在记忆中存活的人们。

一个高高的大理石十字架，标志着亚当在世上走过的短短四十年。她有一段时间没来了，圣诞节也没来。现在，墓地的孤独像破旧的肩包裹着她。她感不到一丝安慰。她向亚当道歉。

"这里太孤独了，"她对着十字架说，"我会永远把你放在心上。"

她眯眼环顾四周，看其他墓碑，每一块粗削的大理石下都深埋着一个故事。寂静中传来一声钟响，一股寒意爬上她的脊梁骨。该走了。她还有秘密要挖，还有凶手要抓捕。

洛蒂走出敞开的大门，瞧见圣安吉拉的剪影，就在隔着田野一里地开外的地方，轻轻笼着一层灰雾。那里埋藏着多少秘密？伤害了多少条生命？她想到苏珊和她的孩子。又想到那个很早以前失踪的孩子。他死了吗？他会不会永远都无法在公墓里安歇？那男孩该不会是她想看旧档案的真正原因吧？她也不清楚自己的动机。但她知道她永远也不会忘记那个男孩。他失踪太长时间了，其他人都忘了，可她没有。她时常把他的案件调出来看，不仅是为了缅怀，也是为了不让自己忘记。她步着已故父亲的足迹，第一天加入爱尔兰警局时，就对自己许诺一定要找到他。这个诺言迄今还没兑现。

过往的亡灵越来越沉重地压在她的肩上，她匆忙赶回车子。

第三十五章

洛蒂和博伊德一道坐在银行经理迈克·奥布莱恩对面。对方刚在桌子后坐下，招呼都还没打，洛蒂便立刻心生厌恶。但博伊德跟他认识，两人在同一家健身房锻炼，又都是拉格穆林少年曲棍球队的教练。洛蒂不知道奥布莱恩有没有教过肖恩，但她知道博伊德教过。

"布朗和莎莉文的银行结单你们已经有了，"奥布莱恩说，"还有别的需要帮忙吗？"

他的一对小眼睛让洛蒂想起她的儿子曾经想带回家当宠物养的一只白鼬。黑乎乎的，动作敏捷。她感觉奥布莱恩在猜她的心思，他胸挺得鼓鼓的，想摆出一副很重要的样子，却很不成功。灰白的头发太久没有修剪，黑西服的肩上散落着头皮屑。手腕上闪着镶钻的袖口链扣，在荧光灯的照耀下光彩夺目。这个人拼命想显得年轻，却适得其反，看上去更老。不容易啊，奥布莱恩。不过，他刚才领他们进办公室时，她注意到他步伐很矫健。经常去健身房还是有收获的。你要是有时间就好了，她对自己说。

"博伊德探长分析了受害人的银行结单。"洛蒂说。

"我们需要知道钱的来源。"博伊德说。

"什么意思？"奥布莱恩的目光在两位便衣警察之间扫来扫去。

"过去六个月，经常会有高达五千欧元的数目打入两人的账户。"博伊德说。

"几乎是每人有三千欧元，"洛蒂说，"是谁打的钱？"

"这跟你们没有关系啊。"奥布莱恩说，语气显得有些傲慢。

"有没有关系得由我说了算，"洛蒂说，"两人都遇害了，而这些钱由同一个账户汇入两人的账户。我需要你告诉我是谁打的钱。"

"不行。"奥布莱恩说着，把镶钻往袖口上拧了拧。

"为什么不行？"洛蒂提高了嗓门。

"不行，我不能告诉你们。"奥布莱恩捋了捋领带。他肩膀上的头皮屑似乎多了起来，胳肢窝里散发出一股汗味。

"这些人可是遇害了，"洛蒂敲着桌子说，"把信息交出来，不然……"

"不然怎么样，督察？"奥布莱恩脸上闪过一丝得意的笑。

"不然我就申请授权令。"洛蒂站了起来。

"那就申请吧。"奥布莱恩把椅子往后一推，也站起身子。她比洛蒂矮半尺，年长十到十五岁。

"记住我的话，奥布莱恩先生，我们还会回来的。"她警告道。

"你已经拿到了他们的银行结单。其他事我无法办到。这不违反法律。"

"别跟我谈法律。"

"讲真的，我说的也不是法律。"

洛蒂往前走近一步，居高临下地看着他。

"我真觉得这座镇上到处是妨碍司法的狗屎橛子。"她怒声道。

"回头健身房见。"奥布莱恩不理睬洛蒂，对博伊德简单挥了挥手。

"有时间的话。"博伊德说着转身离开。

"有汗臭的混账矮子。"洛蒂嘟囔了一句，跟着博伊德走出办公室。

"注意用词，督察。"博伊德说。

"我真不敢相信你竟然和这种人去一家健身房。"

"他还执教拉格穆林十二岁以下少年曲棍球队。"

"谢天谢地肖恩现在在十六岁以下少年队。"

"奥布莱恩没那么坏。"博伊德大笑着说。

"我没看出来。"

洛蒂甩起胳膊，大步走在博伊德前面。

第三十六章

天昏暗了起来，冰雪又停止了融化，来也匆匆，去也匆匆。天空降下寒冷的雾气，本已晦涩的天空越发显得灰暗。

博伊德开始准备授权令申请文件。洛蒂大步走到街尽头的商店。她买了一份报纸和一包薯片。

报纸头条写着"恋童癖遇害"。旁边还配了她一张分辨率很粗糙的照片。

莫罗纳的采访又上了报纸，以飨那些没有看到那次电视采访的读者。她拒绝看，但博伊德跟她说了情况，短短五秒钟便让她出了恶名。用科里根的话说，这是一次公关灾难，他到现在还总骂骂咧咧地提起这件事。博伊德也把这个情况转告给了洛蒂。他们在詹姆斯·布朗家中以及他的电脑上到目前为止只发现了色情照片和图片，没有任何证据表明他可能是恋童癖。所以，最有可能的情况是，莫罗纳听到了一些闲谈，便加以扭曲，以达到他自己的目的。让他去死吧，她心里咒骂。

她需要有所突破。手里得有点跟科里根讲和的东西。但是什么呢？或许简·多尔有了什么发现？她希望如此。

她从当班警长手中拿了钥匙，从警局院子里开了一辆车，驶入大雾。

*　*　*

在太平间里，简·多尔烧开一壶水，冲了两杯甘菊茶。

"拜托你告诉我有了重大发现。"洛蒂一边说，一边享受着茶水的温暖。她驱车四十公里赶到塔拉莫尔，一路上怒气虽已经消了，但脑袋里还在咚咚作响。

"花园里那具尸体我还没做尸检呢。不过初步检测显示现场取回来的纤维跟詹姆斯·布朗脖子上的绳子相符。"

"太好了。这个证据可以把两起谋杀案串起来。还有吗？"

"他戒指内侧刻了'Pax'，拉丁文，意思是'和平'。"

"婚戒吗？"

"不是戴婚戒的手指，但不能就说明是或者不是。"

"婚戒可以刻'爱'，甚至配偶的名字。"洛蒂转了转她自己手上的金镯子，内侧刻了亚当的名字。他的戒指上也刻了她的名字，如今带到棺材里去了。她当时没想起来留着。又一个遗憾。

简说："我没结过婚，所以我懂个啥呢？"她笑里略带伤感，"不是我不想，是没能遇上谁愿意迁就我恶劣的工作时间，何况还有我的工作性质。"

"他很可能就是我们要找的神父。"洛蒂把茶杯放在桌子上。她把安杰洛提的照片拿出来，给病理专家看。

"骨架一样。"简说着，带洛蒂去看尸体。她们比较了一下死者肿胀的脸和照片里那张青春洋溢的面庞。

"可能是他。"洛蒂转身走开。

"我觉得是，"病理专家说，"但这也只是我的意见。"

"神父的梳子送去了实验室。DNA 检测会确认的。"洛蒂说。

"那得需要点时间，不过结果一出来我就会告诉你。"

"死亡时间有估计吗？"

"根据气象预报还有尸体保存程度，我估计是圣诞夜或之前。不会是之后，因为冰雪在圣诞之后才开始真正严重起来。"

"这是个抓手。"

洛蒂伸手去摸咕噜噜的肚子，"我得回拉格穆林了，我需要吃点东西。"

"最能治宿醉的就是吃饱肚子了。"病理专家呷了口茶说。

"我看上去有那么糟吗？"

"有啊，"简大笑着说，"我本可以跟你一起吃饭，但我得赶紧开始动刀子了。你的科里根警司已经等不及了。"

"我现在躲着他呢。"洛蒂说完，离开了停尸房。雾散了，驱车回拉格穆林的路上到处暗影绰绰。车灯所过之处，路边草地上的银霜熠熠发光。气温又降到零摄氏度以下。

她用免提拨通了科纳主教的电话。

"我可能找到你那位神父了。"她说。

"感谢上帝。他还好吗？"主教问。

"死了。"洛蒂说。她的手指交叉在方向盘上。撒个小谎或许能把他惹怒。

"什么……太糟糕了。哪里……怎么死的？"

"你是否知道会有人想杀害安杰洛提神父？"

"杀害？你在说什么啊？"

"我还以为你能告诉我一些情况呢。他来爱尔兰的真正原因是什么？"

"督察，这事很让我震惊。你言语之间暗示我没有说出实情，我表示不能理解。"

"我没有暗示什么啊。"洛蒂听主教的嗓门升高了八度，暗自笑了。是恐惧吗？

"我听着就是在暗示，"他说，"我会跟你的警司说说你的事。"

"那你得排队啊。"洛蒂说完就挂了电话。

* * *

特伦斯·科纳主教闭上眼睛，听着电话里的拨号声。他现在要处理的麻烦可多了。

他睁开眼，走到窗边，眯眼看着外面的黑暗。打场高尔夫挺好，但可能需要好几个礼拜草地才适合打球。打高尔夫是他逃避现实的方式。走在草地上，挥杆击球，计算平均成绩，他可以沉浸其中。他还可以开车去国家美术馆看特纳展。他珍爱绘画艺术。他喜欢好酒和美食。他是个有昂贵品位的人。他能负担得起。

安杰洛提死了，他的尸体被找到了。这是件好事，不是吗？那个神父从来的第一天起就是个麻烦。科纳主教知道罗马在干预他的事情。说什么让这个年轻神父来寻回自我，竟然使这种障眼法。他又不是傻子。安杰洛提是带着任务来的。

他现在意识到，因为过去几天发生的一连串事情，现在安杰洛提的死会给他造成很多麻烦，要比教区资金缩水和虐待赔偿的案子来得更糟糕。他不希望洛蒂督察到处挖跟她无关的事情。

他需要跟科里根警司谈谈。

第三十七章

洛蒂晚上七点多到家，厨房很干净。

肖恩慢悠悠走进来。

"你还好吗，妈妈？"他双臂很温柔地圈住她，一改平日风格。

"工作上有点压力。"洛蒂也抱着儿子。

"克洛伊这一整天都跟个小婊子似的。"他说。

"别理她，"她说，"我会跟她谈谈。"

"你以后还会再做饭吗？跟以前一样？"

"什么意思？"她儿子想说什么。

"你知道的，正经的饭菜。像爸爸活着的时候一样。"

洛蒂胸口一阵发闷："为什么这么说？"

"我喜欢吃那时候的晚饭。我现在就他妈的饿得要死。"

"在家里别说脏话。"

"你就说啊。"肖恩把胳膊撤回来。

"我知道我说，但我不该说，你也不该。"

"对不起。"

"我也不对。"

"我的意思是说，我不该提起爸爸。"

"哦，肖恩，千万别这么想。"洛蒂感到眼泪在戳眼角，"我们该多说说爸爸。"她咽下喉咙里的一块疙瘩，"我有时候很难过，所以想逃避过去。"

"我知道。但我每天都想到他。"

"这是好事啊。"

"我想念他。"

儿子的眼里噙着泪水。洛蒂拧了他一下，亲他的额头。他没躲开。

"你跟他很像。"她亲着他的头发低声说。

"像吗？"

她把儿子推开一点仔细看："真他妈简直一个模子刻出来的。"

"看现在谁在讲脏话。"

两个人都大笑起来。

"好。我来做饭。"她说完就后悔自己一时冲动倒掉了母亲那天早晨做的食物。

"太棒了！"肖恩跟他妈妈击掌庆祝。

洛蒂又笑了。他能把他妈妈玩弄于股掌之间，跟亚当一样。

"凯蒂在哪儿？"她问，"克洛伊生气了，凯蒂可以来帮忙。"

"在客厅。跟她男朋友在一起。"

"男朋友？"

肖恩没回答便逃了，跑上楼回到他的游戏世界。

洛蒂走进客厅，门关得很严实。她听了一会儿，没有声音。打开门，黑乎乎一片。她打开灯。

凯蒂的声音吼了起来："我警告过你，肖恩。出去！"

"凯蒂·帕克！"

"哦，是你啊，妈。"凯蒂赶紧从一个男孩的怀里挣脱出来。

洛蒂闻出了空气中那股刺鼻的味道。

"你在抽大麻？"

"别这么大惊小怪嘛，妈妈。"

"在这个家，不行！"

洛蒂简直不敢相信。她女儿到底要干什么？

"这位是谁？不准备介绍下吗？"她紧抱着胳膊，勒得肋骨都有点疼。

"这位是杰森。"凯蒂说着把毛衣往下拽了拽。她在沙发上坐直了身子，把头发在纤细的脖子上打了个结。男孩跳起来，腿有点站不稳，Calvin Klein 牌四角短裤在磨破的牛仔裤腰上探出头来。

"你好，帕克太太。"

他跟凯蒂一般高，头发及肩，结实的胸膛上撑着一件黑色的 Nirvana T 恤衫。一只耳朵上戳了根木钉。一副不修边幅的样子。

"凯蒂，到厨房来帮忙。"洛蒂没等凯蒂反对便转身走开。她该怎么应对这种场景？谨慎些，她警告自己。要非常谨慎。

凯蒂懒懒地走进厨房，脚步飘忽。

"我不想听你说教。"她说。

"你已经不小了，应该知道那东西对你有什么伤害。而且还是非法的。我可以拘捕你的。"

凯蒂咯咯笑了起来，放大的瞳孔呆滞无神。

"他是谁啊？"洛蒂一边问，一边把土豆扔进水槽里冲水。下水道飘出一丝伏特加的气味。她开始拼命削皮。

"杰森。"

"我知道叫杰森。是什么人？"

"你又不认识。"

"他父母是谁？或许我认得。"

"你也不会认识他父母的。"凯蒂忍住了哈欠。

"哪儿来的毒品？"洛蒂把土豆哗啦一声扔到锅里。

"只是一点大麻而已。"

洛蒂转过身。

"大麻就是毒品。会让你大脑缩成花生粒儿那么大。你到最后会被关进精神病院，天天拿头撞墙。我现在就告诉你，小姐，最好扔掉。马上。"

"又不是我的，是杰森的，我又扔不掉。"

"那就把他扔掉。"洛蒂说完便意识到这话不理智。

"他是我的朋友。"

凯蒂的头发盖住了眼睛，她父亲的眼睛。孩子们都遗传了他的眼睛。亚当已经在洛蒂的脑海中萦绕一整天了。

"我担心你。"洛蒂说。

"没必要，妈妈。我很好。我大多数朋友都会吸一点。我又不傻。"

洛蒂看出女儿很疲惫，知道现在谈这些时机不当。但什么时候才是恰当的时机呢？不过，她肯定要处理这大麻的源头。

"来，把这些剁一下。"她从橱柜里拿出三个辣椒。

"你做什么？"

"我也不知道。"洛蒂说。

* * *

饭还没做好，凯蒂便跟杰森走了。

"我们吃过晚饭了。"凯蒂说。

"你们去哪儿？"洛蒂说。

"外面。"

话音刚落，门就啪的一声关上了。洛蒂一边在客厅喷了一圈空气清新剂，把大麻的气味盖住，一边感叹，孩子们个个都不听话了。有一件事儿毋庸置疑，她现在要对凯蒂和她的朋友们看得更紧些。一想到这个她就觉得累得慌。

她很想睡觉，但因为昨晚的事，她有点害怕上床。她倒了杯水，在厨房的扶手椅上坐下，腿盘在身子下面。她打开 iPod，登录脸书。上次登录已经是几周前了。

"我的天啊！"她嘟囔了一声。好多条消息蹦了出来。一百一十四条通知。估计都是"圣诞节快乐""新年快乐"啥狗屁玩意儿。她连十四个朋友都没有，更不用说一百多了。有一封个人邮件，还有一个添加朋友请求的小红旗标记。她先点了添加朋友请求。

"什么？"洛蒂眨了眨眼，把水杯放到地上，伸出大长腿，坐直了身子。苏珊·莎莉文。只有名字，没有照片。苏珊·莎莉文为什么给她发送朋友添加请求？她看了一眼请求发送的日期。12 月 15 日。是不是那个遇害的女人？

她不认识苏珊·莎莉文，在她遇害前也从没听说这个人，但苏珊跟她母亲见过面。罗丝提了她吗？很可能。但这女人为什么不来局里找她？

她点击"接受"，看了看她的账号，显示还是活跃的。

　　页面上什么都没有，跟这个遇害女人在局里的案件档案一样空白。她是 12 月 1 日注册脸书的。洛蒂点进去，想看看苏珊有什么朋友。

　　一个都没有。

　　没有状态更新，没有关注，没有分享。那她为什么要注册呢？洛蒂捡起杯子，慢慢喝着水。真想来口伏特加。或许能跑去水槽边闻闻？

　　她点开了私信。苏珊·莎莉文。又是她。她读着这个遇害女人写给她的信。

　　督察，你不认识我，也不了解我的任何情况，但我记得在报纸上读过你的事情。我和你母亲谈过。我想见见你。我有些信息，你会感兴趣的。

　　期待收到你的回复。

　　就这些。

　　洛蒂盯着 iPad 看了好几分钟，伸手拿起电话，打给博伊德。

　　"我收到苏珊·莎莉文发给我的一条信息。"她说。

　　"你喝醉了吧？"

　　"我清醒得很。"

　　"死人又不会说话。"

　　"相信我，博伊德。这个死人说话了。"

　　"你肯定醉了。"他说。

　　"你就过来吧，赶紧的。我向你保证我现在很清醒。"

第三十八章

博伊德在洛蒂家厨房里坐着，一手拿勺子把方便面往嘴里送，一手放在 iPad 上。

"我很奇怪她为什么不继续联系你呢？"他问，"或者到局里来找你？"

"确实很奇怪。我想知道她到底有什么信息要告诉我。"洛蒂头探在博伊德的肩膀上，"面条味儿真难闻。"

"太难吃了。"他把空盒子推到一边，说，"你母亲没提过莎莉文所说的信息吗？"

"没有。"

"或许我们可以查下詹姆斯·布朗在不在脸书上。"

"查了。"洛蒂巡视着她的厨房，"你知道有多少人叫詹姆斯·布朗吗？"

"太多了？"

"是啊。"

"那干脆再查查别的人。"她说。

"谁？安杰洛提神父？那个失踪的神父？"他把名字敲进去。

还是没有。

洛蒂在他身边坐下，从他手里拿过 iPad，问："你在上面吗？"

"老天啊，"他说，'别跟我来这套。"

"我打赌你肯定还在跟踪你的漂亮前妻还有她男朋友。"

"他是个罪犯。而且，从法律上讲，她还是我的妻子。"

"你肯定还对她有感觉，因为你还没跟她离婚。为什么没离？"

"她是派对动物啊，我不是。但我爱她，我的意思是我爱过她。我想我不是杰姬想要的那种人吧。"

"她想要杰米·麦格雷戈？全爱尔兰最混账的玩意儿？他们现在在哪儿？"

"最近一次听说是在太阳海岸。"

"你还是在关注她嘛。"洛蒂拍了拍他的肩膀，他打开她的手。

"我没关注。"

"好多年了，博伊德。忘了她吧。"

"别提这茬儿。"

"行，"洛蒂说，"我查查白鼬先生。"

"迈克·奥布莱恩？啊，算了，我了解他。"

"又怎样？"她扬起一只眉毛，"他偷偷摸摸用眼神脱我衣服。"

"他肯定没我昨晚看得清楚。"

"闭嘴。"她输入奥布莱恩的名字，"没有。"

"我今晚在健身房瞧见他了。特能聊。他人很结实，只是看着不像。"

"你在我脑子里塞了一幅下流的画面。"

"啥画面？"

"穿莱卡紧身衣的奥布莱恩。"

"恶心，"博伊德说，"试试汤姆·瑞卡德。"

洛蒂敲入名字："名字太普通了，得一个星期才能找到他。"

"试试瑞卡德建筑？"

"对，这里有。"她往下翻页面，"主要是广告，这是他企业的网页。"

"有人关注吗？"

"天啊，几百个关注。他那些'鬼宅'房子肯定有特价吧？"她一路往下翻名字。

"我要宰了她。"洛蒂说。

"谁？"

"凯蒂。"

"你家的凯蒂？"

"对，我家的凯蒂。"洛蒂指着一幅照片，"杰森·瑞卡德。"

"这小孩不咋样，对吧，"博伊德说，"肯定是他儿子，还是继承人。他和凯蒂有什么关系？"

"他是我亲爱女儿的男朋友！那个小崽子今天晚上还在我家客厅呢，抽大麻。"

"别忽悠我了。"博伊德扬起一只眉毛。

洛蒂瞪着他："我没开玩笑。"

"那就把那小东西逮起来。"

"他也没那么小，而且还是我们关注的人物的儿子。"她一想到凯蒂跟瑞卡德的儿子谈恋爱就浑身难受。

"你总喋喋不休地说小城镇如何如何，洛蒂，结果到头来，每个人都彼此认识，知道彼此的底细。"

她知道这话没错。她不晓得她女儿现在跟那男孩是什么情况，总之她不喜欢他们之间有任何关联。"为什么我们总是最后才知情？"

"作为父母还是警察？"

"都是。"

"你累了。明天再说这事儿吧。"博伊德伸了伸腰，打了个哈欠。

"我不想上床睡觉，脑子太兴奋了。"她瞧了瞧他，"不许说你知道怎么让我精疲力竭。"

"我们可以明天再查这件事。"

"我们是处处碰壁啊。"

"我回家了，"博伊德说，"除非你想让我留下来。"

"走吧。"洛蒂说。

她没看他。她不需要看他受伤的眼神。

他轻轻地在身后带上门。

她又重去看苏珊·莎莉文的脸书短信。

"你到底想告诉我什么？"洛蒂问。

* * *

1975 年 1 月 2 日。

他从窗里看。过道里冰冷的气流在他身边低吟着。

他看见那女孩从车里下来，后面还跟着一个瘦高个子妇女，一只胳膊抱着一个包裹。女孩面色苍白，满面倦容。她往上看了看白纱窗，他赶紧低头躲开。她的眼神呆呆的，让他想起以前见过的一个男孩，挨了一顿打之后，惊惧万分。女孩就是那副模样，走路很恍惚，好像后面有一股看不见的力量在推她向前。黄色的科迪纳车里还坐着一个男的，车子的引擎还在响着。

伊玛·库拉塔修女忙走下楼梯。她接过裹着毯子的包裹，领着那女孩在她身边走。那高个子女人——他猜是她母亲——连个拥抱或亲吻也没有给女孩，便仓促回到车里，走了。

他站在那里，听着风的哀嚎。那声音曾让他如此害怕，可他后来才知道，在圣安吉拉，狂风呼啸的过道算不上可怖。他想知道这个新来的姑娘和她的包裹会怎么样。他知道那包裹是个孩子，她的孩子。

他见证了太多新人刚来的场景，但这个女孩呆滞的眼神让他很不安。有些人只待很短的时间，不像他。他感觉自己在这里待了一辈子。他想，很多年前，他就像那个包裹——藏在襁褓中的秘密，不可告人。他的母亲也像这个女孩吗？他通常不允许自己想这些事情，但这女孩脸上的恐惧和迷茫，触动了他。这里是他的家。是他所知道的唯一的家。这里也会成为她的家吗？她的故事是什么？会在哪里终结？

"帕特里克，别在窗子那儿待着。我得告诉你多少次？会感冒的。"特丽莎修女从他旁边走过时说。

十二岁的他把腿探下来，站到地板上，修女苍老的手在他脑袋上拍了拍。他喜欢特丽莎修女，但不喜欢别的修女。自从那个神父来了之后，她们都变了。那个黑眼睛的家伙。帕特里克一点也不喜欢他，修女们也变得谨小慎微。害怕吗？他反正不在乎。他沿着黑白镶嵌图案，走向雕有石刻的楼梯。伊玛·库拉塔在他面前站着。她刚从婴儿室过来。

"茶点时间到了，帕特里克。"她说。她的前额在长长的黑面纱下鼓着。他耸了耸肩。

　　她走在他前头，黑裙子一摆，走下楼梯。他闻到一股樟脑丸的味道，一声不吭地跟着下楼。

　　要是把她绊倒，她屁股底下会是啥样子呢？他不是第一次这么想了。他暗自笑了笑，便去洗手，准备吃茶点。

第五天

2015 年 1 月 3 日

第三十九章

　　拉格穆林的居民开始睡不着觉了，个个提心吊胆。街头巷尾都在议论镇上又出了一桩命案，大家都在传死了一个神父。洛蒂听了这话直皱眉。小道消息很灵通啊，天这么冷，消息还传这么快。

　　温度在艰难地回升，排水管上的冰锥开始慢慢滴水。清晨笼罩在一片灰蒙蒙的雾中。洛蒂从专案室的窗户往外看。这么大张旗鼓地搜查，到现在苏珊·莎莉文的手机和电脑还是没找到。

　　"她可能在网吧上的网。"博伊德说。

　　"她也可能在火星上上的网啊。"洛蒂很不耐烦。

　　她有点撑得慌。她在来上班的路上吞了一份麦当劳早餐。垃圾食品。她每次想喝酒忍不住时，就暴饮暴食。这些调查任务会逼得圣人都忍不住要去喝祭坛上的酒。洛蒂知道自己不是什么圣人，但她昨晚忍住没喝酒，不过也没睡成什么觉。

　　技术侦查队搜了相关的脸书网页，啥也没找到。这有点像在一座陌生的城市开车，没有 GPS，也不懂当地方言。他们迷路了。

　　她又往窗外看，注意到有十几个穿着厚外套的记者，扛着摄像机，捏着笔记本，在楼下扎成几堆。她转向那块信息寥寥的案情分析板。她感觉这个杀人犯像个隐形人，但他就在那里。她转身对博伊德说："我们得把这些信息抓紧串起来。一旦串起来，整个案情就会变得更加复杂。"

"现在就够复杂了。"他说。

"我们需要突破，不然咱俩就得办一辈子冷案子了。这个算最冷的一个。"

"你有时候讲话跟埃及神明一样难懂。"博伊德说。

"埃及神明？"洛蒂在研究案情分析板上的打印文件。

"跟象形文字似的。你知道，那种象征符号型的语言。"他解释道。

洛蒂叹了口气。到了这个阶段，她多希望哪怕有一个什么符号，告诉她应该往哪个方向去，能让她在那些咄咄逼人的空白处填一填。她又在研究苏珊·莎莉文和詹姆斯·布朗身上文身的影印件。

"我在想这些有没有可能是古代符号。"她来回比较两个文身。

"就是圈圈里边有个十字架。"博伊德说。

"不是，里边不是十字架。"她说，"或许跟什么仪式或宗派有关。我在想三号受害人，其实是一号受害人，是不是身上也有？"

她拨通了简·多尔的私人专线。病理专家立刻就接了。

"最新受害人估计没有文身吧？"洛蒂问。

"我做了彻底检查，尚未发现，"简·多尔的语气很严肃，"我很快做尸检，结束后把初检报告发给你。"

"DNA 分析有结果吗？"洛蒂问，"我需要确认受害人是不是安杰洛提神父。"

"我跟你说了，DNA 比对可能要花几个星期时间。别太指望这个。直接找人来辨认尸体吧。"

又一条死胡同。她希望是，不然她麻烦可就大了，她已经告诉主教死者就是那位失踪神父了。

她又看了一眼文身。或许乔神父能更懂些。找潜在嫌疑人帮忙破案，真够离经叛道的。不过管他呢，反正坑已经够深了。

＊　＊　＊

她又按了门铃。那个面目可憎的小个子修女终于来开门了。

"我想找乔神父，谢谢。"洛蒂不自觉地弯下腰说。

"我又不是聋子，"修女说，"还有，他叫伯克神父。"

洛蒂想象着老修女年轻时的样子，年轻学生见了她肯定闻风丧胆。

修女一直堵着门。

"对不起，我该说伯克神父。"洛蒂忙说，"他在吗？"

"不在了。"那女人隔着面纱说。她说着就要关门。

洛蒂伸出一只穿着靴子的脚挡在缝里，真怕骨头被夹碎。

"不在了是什么意思？我昨天还跟他说话了呢。"

"说了不在，人走了。"修女冷冷地宣布。

"我能找谁了解下他为什么要走吗？"一阵恐惧爬上洛蒂的心头。乔神父是他们关注对象之一啊，虽然她自己不认为他做了什么坏事。

"我帮不上这个忙，你得找科纳主教问。"

木板门硬生生地关上了，洛蒂赶紧跳开，只听里边上了门闩。她走进刺骨的寒风，离了那干巴老修女而去。

博伊德今天要跑跑路到处打听一下，她想。他肯定会说乔神父跑路了。直觉告诉洛蒂这事儿很复杂。她拨打乔神父的手机，关机了。她必须得找到他。

她往冰冷的手上哈热气，真想抽根烟。便又想到凯蒂抽大麻的事。她需要做一些有建设性的事，比如解决她女儿这事。

第四十章

四个男人围着一张长桌子坐着，手里端着咖啡，个个面色凝重，相互猜疑，担惊受怕。

汤姆·瑞卡德先开了口："怎么说？"

"我们不能老这么见啊，会被人发现的，"迈克·奥布莱恩紧张地掸了掸肩上的头皮屑，"我还得赶紧回银行，免得有人找我找不到。"

"大限马上就到了。我们得确定是不是要这么做，"格里·邓恩说，"这个在议会不会获得支持的。"

"我需要明确知道你们会批准这个规划许可，"瑞卡德指着邓恩说，"我要这个项目继续推进下去，不然我就破产了。"

邓恩直了直身子，抹了抹白色细条纹裤子上的褶子："我知道这对我们所有人都很重要。"

瑞卡德端详着几个人，心里第无数次犯嘀咕，自己怎么会被哄上这条贼船呢。格里·邓恩郡长手里掌握着规划许可的生杀大权，奥布莱恩可以操纵银行资金，而科纳主教在项目售后会拿一份股权。

"我今天早上听到一个传言，说有个神父死了，怎么回事？在詹姆斯·布朗的后花园里发现的，真是巧。"瑞卡德向主教点了点头，"你知道什么情况吗？"

"这跟我们没有关系。"科纳主教说。

"希望真没有关系，这关乎在座所有人的命运，"瑞卡德说，"已经出了两起命案，现在又生了这么个枝节。"

"越早结束越好。"奥布莱恩说。

"我们都指望你的资金。"瑞卡德说。他注意到奥布莱恩的手在抖。

奥布莱恩端起杯子，一饮而尽，忍不住一阵咳嗽："我还要水。"他呛着嗓子说。

"我还要度假呢。"邓恩不小心打翻了咖啡。

"你们都得冷静点。"科纳主教看着桌面上四下流淌的黑色液体说。

＊ ＊ ＊

洛蒂把车停在一栋有很多窗户的红砖楼房前，熄灭引擎。

她每次想厘清思路专心想一个问题时，脑子里就蹦出大女儿跟她抽大麻的男朋友混在一起的画面。她不想一整天都心神不宁，也为了不去想乔神父匆匆离开拉格穆林的事，她决定找瑞卡德夫妇谈谈他们儿子的不法嗜好，以及毒品的来源。

她不容自己多想，便下车去按响那个风格华丽的门铃。门铃声在屋里回响，她看到水汪汪的太阳已经从房子的侧面绕了过来。房子四周围着高大的树木，如同一把把巨大的伞。第一批水莲花已经冲破了冰床，逆着严寒顽强生长。一大片草地在雪地里忽隐忽现。开春后有人要有的忙了，但肯定不会是那个不肖的儿子，洛蒂心里说。

门后响起了轻轻的脚步声。杰森·瑞卡德开了门。

"哦！帕克太太。"他惊得往后一跳。他光脚站在大理石过道上，身上还穿着昨天的衣服。

"你父母在家吗？"她的目光被盘在他脖子后面的文身字吸引了。

他上前一步，靠着门框，抱着胳膊说："不在家。"

"真的？那外面的车都是谁的？"

"我家的。"

"乖乖，你家有多少辆车？"洛蒂脱口问道。她注意到她身后有四辆轿车，还有一辆沙滩车，整整齐齐地停在一个三门库前。

"沙滩车和宝马是我的，其他两个是我爸妈的。"男孩守着门口，一副轻狂的模样。

宝马？她原本还以为他就是个无业小混混呢。判断失误啊，督察。

"你不是说你父母不在家吗？"她说。

"他们还有别的车啊。"他说。

洛蒂盯着他。

"你多大了，杰森？"

"十九。"

"那行，你如果要跟我女儿一起玩，最好不要让我逮你现行。"

"跟你女儿现行？"

"听着，别自作聪明，我瞧不上你，我也不明白凯蒂看上你哪点，但我今天来算是给你一个警告，下次我就带搜查令上门。"

洛蒂朝门缝走近一步，杰森挑衅地眯起眼睛。有其父必有其子，她心里嘀咕。

"凯蒂是成年人了，她知道自己想要什么。"他说着把门又合上一点。

"那你知道你想要什么吗？我表示严重怀疑。"洛蒂说，"我还会再来找你父母的。"

门关上了。

洛蒂气鼓鼓地大步走开，今天上午已经吃了两个闭门羹了。她是不是脑子不好使了？那么多车。需要查查。她用手机拍了照。

说不定那个小狗东西撒了谎呢。

* * *

杰森晃晃悠悠地走进屋后的厨房，倒了杯水，看着窗外。

他父亲的一辆白色奥迪、一辆深蓝色宝马，还有两辆黑色奔驰都停在院子里。他爸告诉他不能打扰到客人，所以他守着门。

他真希望能换辆新车，他也希望凯蒂的母亲不这么难缠。

他转过身。他父亲的一位朋友站在门口。

"桌子上洒了东西，我找点东西擦一下，"那人说，"还要一壶水。"

"用这个吧。"杰森递给他一块茶巾。他敢发誓那男的手指头在他手上多停了一两秒。他匆忙缩回手，在牛仔裤上蹭了蹭。他在橱柜里翻了翻，找到一个壶，倒满了水。那男的拿过壶，嘴唇慢慢弯出一个笑来，眼睛迅速地上下打量杰森的身体。

"你已经长成一个帅小伙了。"他说着走了出去，门在他身后摇摆着。

　　杰森呆站着一动不动，就好像有人穿过他的皮肤，在他心上拧了一把。

　　他突然觉得自己好像一丝不挂。

* * *

　　那男人走出厨房，深深地呼吸了几下，把茶巾揉成一团，想止住那只握着水壶的颤抖的手。他闭上眼睛，把那男孩纤细的身体印到脑海中。他还能闻到那男孩身上青春的气息，柔软而甜蜜。真好。

　　他已经很多年没有这种感觉了，为什么最近几个月又重被燃起了呢？肯定是因为这个项目给他的压力太大了，他想。或者，难道是圣安吉拉的过往又从记忆深处浮现出来了吗？他一度以为他早已不再是那个曾经的男孩了，以为没有任何事情能唤醒过去。但现在他每天都魂牵梦萦。每一天。曾经压抑的那些情感也死灰复燃。他不禁颤抖着，水洒出了水壶。他忘了手里还握着水壶呢。他一时忘了身在何处，忘了自己是谁。

　　他又深呼吸一下，用茶巾在裤子上沾了沾，重新回到会议中。那男孩的样子早已深深刻在了他的脑海中。

第四十一章

　　碧·沃尔什在市政厅办公室里仔细地一一查找苏珊·莎莉文的文件。规划审批是有时间期限的，如果一项申请在八周期限内没有定论，则自动视为通过审批。她很清楚这项规定。她正在对照数据库，把她桌上的文件和电脑上的清单匹配起来。屏幕显示她应该有十个文件，可她只找到九个。

　　她又浏览了一遍詹姆斯·布朗的清单，或许是混在哪里了。她是个做事认真高效的人，知道自己绝无可能出错。虽然两个同事遇害给她心灵造成创伤，但她还是毫不含糊地完成了各项工作。那份文件肯定是丢了。

　　她又看了一遍屏幕。最后决定期限是 1 月 6 日。她虽然知道文件可能在好几个地方，但所有的数据库选项都打了钩啊。这意味着，工程师和规划人员辛苦准备并签了字的必需文件都找不到了。她想起来最后一次见到这份文件的情形。苏珊·莎莉文和詹姆斯·布朗两人在布朗的办公室很激烈地争吵，文件就放在两人之间的桌子上。那是莎莉文女士休圣诞节假期的前一天。

　　碧取下阅读眼镜，揉了揉眼睛。

她自那之后再没见过那份文件了。

＊＊＊

洛蒂把手机连上电脑，把在瑞卡德家门口拍的汽车照片传上去。她把车牌号码输入警用数据库。

所有的车子都登记在瑞卡德家名下。有钱的浑蛋。博伊德在她身后看着屏幕。

"你想找啥？"他问。

"我不知道。找到什么算什么。"她盼着屏幕上能蹦出什么线索来。

接着她告诉博伊德乔神父离开的事。

"他跑路了。"博伊德说。

洛蒂叹了口气。博伊德真是风格依旧啊。她的电话响了。

"我想和你谈谈，督察。"碧·沃尔什声音有些颤抖。

洛蒂很惊讶苏珊·莎莉文的助理会打电话给她。

"没问题。我来你办公室吗？"

"别来这里。卡弗蒂酒馆？下班后，可以吗？"

"当然。"

"我五点到那儿。"碧说完就挂了。

"她能有什么事呢？"洛蒂对博伊德说。

他哼了一声。

她又看了看汤姆·瑞卡德家车子的照片，摸了摸她T恤衫镶边上漏出来的一个洞。

林奇的脑袋从门外探进来。"德里克·哈特在楼下。你要找他再谈一次？"

"对，没错。"洛蒂说。

第四十二章

"詹姆斯抽烟吗？"洛蒂为了留记录先例行说了几句后便问道。玛利亚·林奇故作端庄地坐在一边，手边放着笔记本。詹姆斯·布朗的情人德里克·哈特笔直地坐在对面的椅子里。

"他不抽，但我抽，"哈特说，"万宝路。我试过戒烟。现在肯定是戒不了了。"

"你愿意提供一份 DNA 样本吗？"

"为什么？"他往后靠了靠。

"排除你的嫌疑。标准程序。"洛蒂说。她心里希望能找到另一个烟头的 DNA 匹配。

哈特点了头，似乎知道没的选择："那好吧。"

"你之前告诉我，你和詹姆斯圣诞夜没在他家过。是真的吗？"

"当然是真的。雪下得跟雪崩似的。那晚什么地方也去不了的。你想说什么？"

"你觉得詹姆斯可能和其他人有关系吗？"

哈特大笑起来："你是指你们找到的那具尸体吗？"

"我在问你问题。"洛蒂说。

哈特耸了耸肩："没有，督察，詹姆斯没和其他人有关系。他跟我属于唯一关系。我也省得你问了，我不知道为什么会有具尸体。"

"你有听他提过一个叫安杰洛提神父的人吗？"

"没有。"他立刻回答。

"你好像很确信。"洛蒂说。

"这种名字我肯定会记得的。"哈特又往硬椅背上靠了靠。他的态度越来越招洛蒂烦了。

"那为什么一个神父会跑他家里去？"她问。

"不知道。"

"詹姆斯有说过任何话，表明他和什么神父有往来吗？"洛蒂绕着弯子问，但感觉表达得很吃力。

"没有。"

"说过苏珊·莎莉文什么没有？"

"没有，我要是想起什么来，会告诉你。"他用腿推开椅子，站了起来，"还有别的吗，督察？"

"林奇探员会安排你提取 DNA 样本，然后你就可以走了。"洛蒂说。

洛蒂知道他没有说实话，但他既然愿意提供 DNA 样本，还会藏什么呢？

* * *

她在博伊德电脑旁放了一杯咖啡。

"什么意思？"他问。

"让你喝啊。"

　　洛蒂走到自己桌前去写哈特的问询。她这一天下来稍一得闲就重读一下案件详情，但杀人动机是什么或凶手可能是谁，她依然没有任何头绪。

　　博伊德端起杯子，擦干杯子下沿的水，置了一个杯垫，才又把杯子放上去。

　　"这个德里克·哈特看上去很诚恳。"她用笔搅拌着咖啡。

　　"但？"

　　"但我觉得他不诚恳。"

　　"他的情人死了，我们又在他这位情人的花园里发现了一个失踪神父的尸体，他肯定有忧虑的。"博伊德说。

　　"如果还没查他的背景，赶紧查下。他第一次来时为什么没取他的 DNA ？"

　　"当时理由不充分，"林奇说，"我们当时把布朗的死亡定性为自杀。"

　　"我敢肯定是谋杀，做成自杀的样子，所以赶紧做 DNA 检验，"洛蒂说，"到这个阶段，我们不能放过一切可能。"

* * *

　　柯比信步走进办公室，怀里夹着一大沓报纸。

　　"有好消息吗？"洛蒂问。

　　"媒体现在把我们说成坏人了，"他说，"不作为，行动迟缓，调查丝毫没有进展，杀人犯还逍遥法外。"

　　"布朗花园里发现的烟头 DNA 检测结果出来没？"她问。

　　"还没有，"柯比快速翻阅着报纸，"你知道，可能要花……"

　　"好几周。对，我知道，"洛蒂摊开双手，"有人在那儿抽了两根烟，说明待的时间够久。他们在等什么或盯什么呢？"

"很可能是盯詹姆斯·布朗。"

"他没有出现，因为他当时被大雪困在六十公里以外的阿斯隆。"洛蒂说。

"那得假定德里克·哈特说的话可信。"博伊德说。

"还有别的消息吗，柯比？"洛蒂问。

他把报纸扔到地上，对着电脑屏幕开始读。

"你已经知道了，苏珊·莎莉文的母亲斯坦尼斯夫人两年前在都柏林去世了。她的丈夫前一年也过世了。没有别的亲属，至少我们没找到。"

洛蒂叹了口气："父亲死了，母亲死了，之后苏珊回到拉格穆林。然后她也死了。死胡同啊。"

他们还能不能走出这条死胡同呢？她查了电子邮件。简·多尔发来了安杰洛提神父的初步尸检报告。

"我爱你，简！"洛蒂对着屏幕大喊。

"我就知道。"博伊德说。

"闭嘴，博伊德。"

"你这到底是激动啥？"

"简托了个大人情，法医实验室的前男友，加快了尸体DNA检验，"洛蒂对着屏幕说，"和我们从安杰洛提神父房间里带回来的梳子上的头发相吻合。"

"我们找到了失踪神父。"博伊德说。

"你确定是他的梳子？"柯比头也没抬地问。他那被烟熏黄了手指头在键盘上敲着。局里有人传言说柯比的演员女朋友跑回都柏林了，深夜坐火车离开的拉格穆林，空留下柯比独自一人借烟酒浇愁。

"柯比，"洛蒂说，"你到底在干什么？"

"没什么。"柯比说。

"我就知道。"

"手机碎得太狠了，法医无能为力。"柯比从屏幕上抬起头来说。

"就知道会这样。"洛蒂说。

她脑子里蹦出德里克·哈特。经过两次问询，冥冥中她总感觉她漏了什么。他会是凶手吗？

"终于有好消息了，"林奇高声说，"搜查受害人银行账户的授权令获批了。"

"我们有了他们的账户，"洛蒂说，"不过，我们用授权令给那个小人一点压力试试。"

* * *

"钻石恒久远。"洛蒂对博伊德低声说。

奥布莱恩在电脑上调银行账户时，袖口的宝石闪闪发光。

"也是女孩最好的朋友。"博伊德手掩着嘴说。

奥布莱恩把一张打印单递过来。

"这是什么？"洛蒂抖了抖纸上的头皮屑问。

纸上有一个号码以及钱的数额。数字和他们在布朗和莎莉文的银行账户上看到的一模一样。

"这是账户号码，"他说，"开户行是泽西的一家银行。"

"保密法很严苛。所以，不能出现名字。抱歉。"

"你肯定很抱歉。"洛蒂说。

"啊，得啦，迈克，"博伊德说，"你不能只给这么点料。"

奥布莱恩摇摇头："就这些。你们可以自己去泽西那家银行试试。但你知道的，他们的银行法规很严，几乎不可能给你们想要的信息。"

洛蒂站起来，浑身汗毛都气得竖起来。又一个死胡同。她瞪着奥布莱恩，发现他耳朵上有个凹痕。

"你知道，奥布莱恩先生，钻石从外面看确实亮闪闪的，但里边只是黑碳。你是哪个呢？"

"我不晓得你在说什么。"奥布莱恩有些尴尬地揉了揉耳朵，"我觉得你们该走了。"他站起身来，一迈步头上的头皮屑就开始往肩上落。

"我们走。"博伊德说着，推着洛蒂出门去。

* * *

来到街上，博伊德说："你怎么是个人都得罪？"

"戴上警徽就成这样了。"洛蒂说。

"你自己本身是这样。"博伊德说。

"泽西。怎么偏偏是泽西呢。"洛蒂开始甩开博伊德，"我得去趟卡弗蒂酒馆。"

"现在开喝有点早了吧。"博伊德看了看手机上的时间。

"我能一起吗？"

洛蒂已经转过了街角，走上了监狱街，只留下他在后面目送她而去。

第四十三章

碧·沃尔什坐在酒吧门内的雅座里，面前放着一杯热威士忌。洛蒂点了一杯咖啡。

"抱歉，我迟到了些。"洛蒂看了看表说。现在是五点四十五分，她觉得并不太晚。

"谢谢你出来见我。"碧说。

"没什么。"洛蒂坐了下来。

碧四周弥漫着三叶草和威士忌的味道。酒吧很黑，除了她俩，洛蒂只看到三位顾客。酒吧服务生达伦·赫加蒂端来咖啡。

"抓凶手进展如何啊？"他问。

"正在努力。"洛蒂说着转身看着碧。达伦擦了下桌子，便回到寂寞的吧台。

"莎莉文女士经常哭，"碧拿一张皱纸巾擦了擦鼻子，"我的意思是，背地里哭，她以为没人能看到。我知道她心里肯定有苦情。"

碧开始哭泣。

"你还好吗？"洛蒂问。

"只是有些伤感。"碧轻擦了下眼睛，"大约一个月之前，我走进女卫生间，正巧撞见莎莉文女士也在。她在里边哭。她看见我，很尴尬。我就问她有没有什么忙我可以帮。她就说现在别人帮什么忙也没用了，事情已然失控了。她是这么说的。事情已然失控了。"碧闭上了眼睛。

"你知道她指的是什么吗？"

"我问她了，但她只是擦了擦眼睛，叫我就当没这事，"碧喝了一小口酒，三叶草的气味往洛蒂这边飘来，"莎莉文工作上的压力非常大。"

"有什么具体的事情我应该知情吗？"

碧犹豫了一下，张开嘴要说话，但还是忍住了。

"什么事？"洛蒂追问道。

"没什么。"

"你确定？我还以为你要说点什么呢。"

"没有，督察，我没要说什么。"

洛蒂决定姑且不再纠缠。

"苏珊有笔记本电脑吗？"

"没有。她说她不需要。"

"她有没有现代一点的手机？能上网的？"洛蒂不懂自己为什么没在第一天就问这个问题。

"有，苹果手机，我记得。"

"你知道她手机现在在哪儿吗？"洛蒂手指交叉暗暗祈祷。

"不知道，抱歉。"

洛蒂蔫了。苏珊的手机仍然不知所踪。不过现在应该可以拿到运营商的电话记录了。得提醒自己跟进。

"我有注意到她电脑里有一些文件跟'鬼宅'有关。她在这里扮演了什么角色？"

碧又喝了一口，她苍白的面颊这会儿已经被威士忌暖得红润起来。

"那件事布朗先生参与得多些。开发商中途丢下的烂尾工程，简直是犯罪。工作人员们都在想办法尽早解决这些问题，而不是任由其盖了一半扔在那里。"

洛蒂喜欢这个女人，很会说话，虽然看上去有些懦弱。

碧继续说："督察，更糟糕的是，这些开发商竟能半道儿丢下跟太平间似的狗屁工程，又去盖更多的类似建筑。"

"谁该负责呢？"洛蒂真希望自己这些年多关心一些时事。

"没人想担这个责任。有人说这些工程的规划审批一开始就不应该下发。我认为是贪婪使然。"

洛蒂想了一会儿："你了解拉格穆林在规划审批方面有什么不法行为吗？"

碧犹豫了一会儿，好像在心里掂量着该怎么说："莎莉文女士和布朗先生的事情发生后，我就不确定了。之前我还会以为事情都很光明正大的。现在呢，我有些怀疑。"她的声音拖了很长，像一只逃离冬天的椋鸟。

"你能告诉我有什么具体的文件值得查吗？我们目前线索很少，你所说的，不管你认为多微不足道，都有可能帮上忙。我并不是说两人的死一定和工作有关，但眼下我只能先这么去想。"

这个像小鸟一样的女人终于开始和盘托出了。

"这也是我想找你谈的原因，我不晓得该怎么办。我的工作性质是保密的，但在当前情况下，我觉得我有义务告诉你。"她顿了顿，眼眶含着泪，又继续说，"有一份文件找不到了。莎莉文女士经过手，布朗先生也经过手。文件就在数据库里走流程，等着签字。决定期限过几天就要到了，但我到处都找不到这份文件。"这个小女人往后靠了靠，显得很疲倦。

"文件有争议吗？"洛蒂问。

"我觉得有。但我的工作就是检查数据库，确保报告都按时完成，如果没有按时，请相关人员予以跟进。我只负责跟踪文件处理情况，不查看内容。但我前几个月偶然听说这块地产售价特别便宜，开发规划也饱受争议。"

"什么文件？"

"我觉得我不该说。我这会儿觉得我有点傻。"

洛蒂从包里搜出一支笔和便笺簿，推到碧面前："你能把细节写在这里吗？"

碧又开始犹豫了。

"拜托了。"洛蒂说。

"不一定有什么情况。"碧写了下来。

肯定有情况，洛蒂心里说，不然碧·沃尔什不会特意跑来跟她说。

她看了一眼便笺上的内容。终于有点东西值得挖一挖了。

她抬头看碧，用眼神请她确认她写的东西。

女人点了点头。

地产项目——圣安吉拉。

开发商——汤姆·瑞卡德。

第四十四章

"你看上去很开心啊。"博伊德说。

洛蒂在电脑前坐下，直咧嘴笑。

"什么事儿，告诉我。"他哄她说。

"布朗和莎莉文都经手过圣安吉拉的规划申请案。猜猜看老板是谁？"

"难道不是汤姆·瑞卡德？"

"对，就是汤姆·瑞卡德。"洛蒂边说边迅速登录电脑。

"所以这几件凶杀都很可能跟当前情况有关，而不是过去？"博伊德说。

"我还不知道，"她说，"柯比，你检查市政厅规划文件的时候，有没有看到跟圣安吉拉地产有关的文件？"她抬眼看了看柯比的桌子，对着那堆乱七八糟的东西翻了翻白眼。

柯比赶紧把一个快乐套餐饭盒塞到脚底下，嘴上挂着一丝内疚。

"我还没来得及查呢。"他赶紧又说，"要我找什么？"

"我如果知道要找什么，还会叫你查吗？"

"给个线索吧？"

"你不是侦探吗？侦查啊。"

柯比闷着嗓子诅咒他认识的所有女人。

"好吧，"洛蒂有些于心不忍，"尽量找出汤姆·瑞卡德和圣安吉拉之间的所有牵连。"

她又花了两小时查了一遍迄今所有的报告，什么都没发现，但她没有灰心。她感觉她正在接近案子的要害了。

她在谷歌上搜了一下圣安吉拉，去年 2 月的《米德兰考察家报》里有一张照片吸引了她的注意。照片上特伦斯·科纳主教把一串钥匙交给瑞卡德建筑公司的汤姆·瑞卡德，图片说明表示该地产开发项目为宾馆和高尔夫球场，正在等待规划审批。

她一下蹦了起来，跑去找博伊德，发现他在咖啡间煮咖啡。

"要不要出去兜个风？"她问。

"去哪儿？"

"你的问题太多了。快点。"

＊＊＊

漫长的一天已迎来夜色，月亮在天空中弯出一轮微光，博伊德驾车前行。洛蒂感到疲惫不堪。她为博伊德指了一条出城的老路。

"你别指望我黑灯瞎火地往公墓开啊。"博伊德说。

"胆小鬼。这里往左。"

他拐上了一条窄窄的林荫小路，在圣安吉拉的门口停下。

"这地方看着挺瘆人的。"博伊德说着，关了引擎。

洛蒂下了车。大门是开着的，但她想四下转转。黄色的霓虹路灯发出昏暗的光。这是一栋四层楼建筑，月光衬托出模糊的轮廓，立在一条两百多码长的蜿蜒林荫小路的尽头。洛蒂抬头往上看，后脊梁不禁觉得一阵冷飕飕的。她以前在远处不止一次眺望过这个地方，从墓地就可以看见。但现在她心绪不宁，无法自已。她想平静下来，便开始数窗户。最高那层有十六扇。

博伊德站在她身边。

"黑灯瞎火的站在这里盯着这栋楼看啥呢？"

"我们现在知道，圣安吉拉就是汤姆·瑞卡德规划申请的项目。"洛蒂说着，绕到博伊德身后，想躲开头顶上树枝间凛冽的风。

"詹姆斯·布朗被害当晚打了电话给汤姆·瑞卡德，而瑞卡德到现在为止也没有提供可靠的不在场证明。"她顿了顿，心里盘算着瑞卡德如果杀人会得到什么好处，"碧·沃尔什说布朗和莎莉文生前都有经手这个项目的规划文件，而这份文件现在消失了。瑞卡德是从科纳主教手里买下的圣安吉拉，而科纳的一个神父也遇害了。这里，这个福利机构，也是苏珊年轻的时候，当时叫莎莉，还有她的新生婴儿，被遗弃的地方。"

博伊德没说话。

"你说呢？"洛蒂问。

"我不喜欢汤姆·瑞卡德这家伙。"他把双手深深插进外套的口袋。

"没别的话说？"

"目前没有。我冻得要死，快走吧，疯女人。"他转身朝车子走去。

她往前走了几步。一阵风在她身边呼啸而过，她又一个寒战。那些黑暗的陈年往事让她不安，她努力不去多想。她紧跟在博伊德后面，整个身体都在发抖。

"怎么了？"博伊德回头问她。

"没什么，快去开车。"

博伊德跳上车，发动了引擎。她又转头愣愣地去看这栋建筑。圣安吉拉跟那两起杀人案，甚至是三起杀人案，有什么关联呢？她注意到屋顶中央有一个圆形凹室，里边有一尊水泥雕像。她眯着眼看，但天太黑，看不清楚。她得白天来瞧瞧。她走到车前，离开圣安吉拉，还有那些躲在影子里的鬼魂们。

"明天还得再去会一会汤姆·瑞卡德，"她坐进车子，"把暖气打高点儿。"

第四十五章

"要去吃点东西吗？"博伊德在警局门口停下车，并没熄火。

"不用了，谢谢。"洛蒂说。

"拜托。现在都晚上九点多了，我上一顿都不记得是什么时候吃的了。我要去吃印度菜。"他掉转车头，沿着缅因街行驶。街上已经空无一人了。

"天啊，博伊德，要是科里根看见你刚才干的事儿，你就惨了。"

"他不可能看见的。"

"为什么？"

"他这会儿正在帕克宾馆参加一个慈善舞会。高尔夫慈善晚会。"

"你开玩笑呢？"

"我很严肃的。"

"他胆子不小啊。"

"为什么？"

"我们有三件重大案件要破，他却跑去参加什么舞会。媒体会很热闹的。"

博伊德把车停在萨加尔印度餐厅门口的双黄线上。雪又开始下了。

"我应该回家把娃儿们喂饱，或者至少带点外卖回去啊。"洛蒂抗议道。

"他们又不是小猫咪，自己会找食吃的。他们到现在不也没饿死吗。"博伊德说。

他说的不无道理，她想。他们下了车，爬楼梯来到位于二楼的餐馆。

餐馆里就他们两位顾客。宁静的气氛点缀着柔和的音乐。绯红的装饰风格在昏暗的壁灯下减了几分艳丽。有些人可能觉得很浪漫，洛蒂却只想到万圣节的鬼屋。

她挑了一个临窗的桌子，这样她可以绕开博伊德的眼睛，往外看下面的街景。有那么一会儿，她无所事事地看着雪花在窗玻璃上融化。

"我得去趟洗手间，"她说着站起身来，"你替我点吧。"

她小便完，洗了手，匆忙用凯蒂的口红在噘着的嘴唇上抹了抹。凯蒂。她还得去查清这孩子的大麻是从哪儿来的。但手头上的事越攒越多。她又瞅了瞅衬衫是否干净，以决定是否脱外套。反正就这样吧。

"我已经点好了。"她坐下时，博伊德说。

"不好意思。"

"为啥不好意思？"

"你知道的。前几天晚上我喝多了打电话给你。"

"我不介意啊。"他忙着看酒单。

"我知道你不介意。问题就在这儿。"洛蒂说。

"我不觉得是问题啊，"博伊德说，"不过……"

"不过什么？"

"我希望你哪天晚上清醒时给我打电话。"

服务员拿了一瓶汽水，倒进大玻璃杯。

"你点了酒自己喝吧，"洛蒂说，"我开你车送你回家。"

"你确定？"

"我说了就会做到。"

博伊德示意服务员拿一瓶餐馆专卖红酒。

"你倒真点了哈。"洛蒂说。两人都望着窗外，又一阵沉默。

她转过头，端详他。他正注目于街上来往的车辆。她得承认他还算帅。下腭轮廓分明，一双褐色的眼睛更显突出，那双眼睛在光线下闪动着微光。她有那么一点渴望了解博伊德的喜怒哀乐，但心里又害怕，不知道自己如果离他太近，会变成什么样。

开胃菜上来了。

"希望不会太辣。"博伊德说。

"我倒希望生活中多些辣味。"洛蒂闻着香味说。

"我主动给你了啊。"

"我知道。"

"你拒绝了。"

"我知道。"洛蒂用勺子往薄饼上浇薄荷汁。

两人默默地吃着。

"你是想谈谈案子，还是咱就享受这份无声胜有声的情调？"博伊德问。服务生撤下了盘子。

"汤姆·瑞卡德肯定难逃干系。"

"你说这话的唯一证据就是詹姆斯·布朗那一通电话。就这点他还否认呢。"

"我们能证明他接过电话。"

"同意啊，但我们永远也不会知道他们谈了什么。"

"布朗可能是告诉他苏珊·莎莉文死了，"洛蒂说，"这两个人在市政厅，瑞卡德肯定认识他们。他搞规划申请时很可能还和他们打过交道。"

"好吧，"博伊德说，"理论上讲，我们能推断出他认识布朗和莎莉文。但为什么要杀人呢？"

"我不知道，但他是个亿万富翁，光车就至少有四辆，受害人账户上的钱可能就是他打的。"她盯着博伊德，"但问题是，为什么呢？"

"也可能不是他。的确，他要申请开发圣安吉拉这块地产，但估计他在全国至少提交过几十份规划申请啊。这个有什么不一样吗？有什么杀人动机吗？"

"我们重新捋一捋，"洛蒂说，"前两个受害人都有秘密。詹姆斯·布朗跟一个比他年轻点儿的男人乱搞关系。苏珊·莎莉文得了癌症命不久矣，而且十一二岁时生过孩子，被关在圣安吉拉；另外，还更了名改了姓。她这是在断绝过去吧？这块地产是汤姆·瑞卡德从科纳主教手上买的，现在他提出规划申请，要投资成百上千万欧元建宾馆、高尔夫球场什么的。"洛蒂喝了口水，继续说，"两个受害人都经手过这份申请文件，腿上都有类似的文身，还有苏珊冰箱里藏着的那两千多块钱，以及家里堆了满地的报纸。我们目前只有这些线索。"洛蒂缓了口气。她语速飞快，因为博伊德也知道这些。

"还有布朗花园里那个受害的神父，别忘了他。"他说。

"我们有几具尸体，一大堆问题，就是他妈的没答案，"洛蒂说。她扯了扯衬衫的袖口，揪出一根散落的线头，"我感觉自己一天到晚在说同样的话。"

服务员端来用银碗盛着的主菜，放在桌上。咖喱鸡的香味弥漫开来，浓浓的椰子味。

"开吃。"洛蒂说。

她放松了下来。盘子收走后，她点了一杯绿茶，博伊德倒干剩下的酒，往外看。

"喝干吧，"洛蒂说，"明天一大早还跟科里根警司碰头讨论案子呢。"

"他该头大了。"

"五十步笑一百步啊。"洛蒂笑着说。

"对啦，"他说，"你漂亮的嘴唇一往上扬，脸上立马光彩照人。"

她大笑起来，有点眩晕的感觉。

他喝干了酒。

两人平分了账单，便离开了。

* * *

洛蒂开车送博伊德到他公寓，停下车，把钥匙交给他，陪他走到门口。大雪这会儿变得轻盈起来。

"感谢邀我共进晚餐。我也需要放松放松。"洛蒂说。

"进来喝杯咖啡吗？"

"我喝咖啡一晚上都会睡不着。"

"好事啊。"博伊德坏笑着说。

"我得回家了。"

她流连了一会儿。他抚摩她的脸，目光从她的眼睛移到她的嘴唇。

"别。"洛蒂说。

"为什么不？那晚上你不是喜欢吗？还记得吗？"

"我不记得我在没有记忆的状态下干的事，不喜欢别人提醒我。"洛蒂把头扭开。

"这是啥话啊？"

"我不管。"

"你那晚也是这么说的。"

"你真是浑蛋虐待狂，马克·博伊德。"她大笑起来。

"我想要你。"他说着把手移到她脖子后面，又往上插进头发里。

"我知道你想。"

他用手指在她的发际线下画着小圈圈，低头去吻她的嘴唇。

她尝到了红酒和辣椒的味道，心里怦怦乱跳。她的手插在口袋里，任凭自己享受这一时刻。

然后她打断了他。

"对不起。"她说着低下头。

"别。天啊，洛蒂，别说对不起。"他用一根手指抬起她的下巴。

"我得走了。"她说。

"我明白。"他在她的唇上轻轻吻了一下，"你鼻子上该缝线的，会留伤疤的。"

他的嘴唇最后一次在她面颊上移动，轻吻她眼睛下方的瘀伤，她的头发感受到他的叹息。他用钥匙打开锁，进屋，关上门。

她知道他就站在门后。

等她去按门铃。

但她没有按。

她戴上外套的帽子，往家走去。她仰着脸，迎接温柔的雪花。

第四十六章

他驱车回家的路上，整个镇子寂静无声。他惊讶地发现一个女人在雪中独自行走。他差点停下来捎她一程，街灯突然照亮了她的脸。洛蒂·帕克督察。

他继续往前行驶了几分钟，停在一个已经关了门的修车铺前。他并没有喝很多酒，但要是遇到警车盘查，他肯定是超标了。他从后视镜看见她转进一条僻静的林荫道。原来你住这里啊，他心里说。

"知道你住哪儿也好。谁知道什么时候我要来拜访拜访你呢。"他突然意识到自己在大声说话。他这是怎么了？回家好好喝上一口，他对自己说。再好好回想一下他早上见到的那个漂亮的男孩。

他发动引擎，挂挡，退到正路上。他不晓得就这么光是想想还能满足他多久。

第四十七章

"她就是吗？"

梅兰妮·瑞卡德醉了。她踢掉了高跟鞋。汤姆·瑞卡德看着那双鞋在厨房的大理石地板上滑行。

"是什么？"他问。

"你的那个婊子。"

"你在说什么？"他平静地问。梅兰妮大喊大叫的时候，千万别跟着也大声。

"别跟我装，"她讥讽道，"你回家时一身野莓和茉莉花味就是因为跟她在外面鬼混吧？他妈的祖·玛珑香水。你这个浑蛋，我又不是傻子。"

"你喝醉了。"他说。这话对于喝醉了酒而且一肚子怨气的梅兰妮无疑是火上浇油。

她一边尖叫，一边拿拳头狠命捶打着柜台，然后一阵吓人的冷静。

"我又不瞎，"她说，"你两眼一直往她的裙子里钻。"

他什么也没说。他无法否认他一晚上都盯着坐在对面的漂亮金发女郎，想伸手去抚摩她的脖子，把嘴唇贴在她的嘴唇上，就像昨晚一样。他恨自己竟然让梅兰妮逼着去了这个高尔夫慈善舞会。他明知道她也会去，跟她那獐头鼠目的丈夫一起。或许，他潜意识里的确是想去的，想拿她精致的美貌比一比梅兰妮正在迅速老去的容颜。但跟科里根警司坐在一起很尴尬，所以一直灌他白兰地。这帮醉鬼，他想。梅兰妮酒喝得最高，他早早拉着她逃了出来。

"我拿根撑篙都不会碰她。"他说。

"你裤裆里那玩意儿急着往外跑吧。去你妈的虚情假意！"她抓起一瓶解百纳。

他以为她要拿酒瓶砸他。但她却打开酒瓶，动作比清醒时还要敏捷，从酒柜里拿出一个玻璃杯，光着脚走出厨房，进了客厅，却立刻就倒在一张巨大的扶手椅上睡着了。

他在寒冷的房间里一动不动地站着，心里回想到底哪里出了差错。

他恨她。

那一刻他可以掐死她。

第四十八章

洛蒂登录了脸书。

她听着冰箱的嗡嗡声，还有肖恩和克洛伊在客厅里看的电视节目声。凯蒂又出去了，很可能还是和杰森·瑞卡德一起。

她坐在厨房的扶手椅里，手里端着一杯水，屏幕上蹦出一条收到好友添加申请。她懒洋洋地点开，是乔神父的头像。她放下水杯，松开双腿，赶紧点了接受，对话框跳了出来。他在线。

* * *

嘿。

你在哪儿？

罗马。

在那儿干什么？你是凶杀嫌疑人啊。

真好笑。

科里根警司会发怒的。你们主教也会大发雷霆的。

在这两位发现之前我大概就会回去的。

你怎么糊弄？

我说我母亲病了，要回韦克斯福德看她。

不过，你在罗马干什么？

当业余侦探啊。

你真搞笑。你知道我们又发现了一具尸体吗？

新闻上听说了。

你知道是谁吗？

不知道。

安杰洛提神父。

* * *

他好一会儿没有回，但软件显示他处于活跃状态。然后他回了。

* * *

太可怕了。我搞不懂啊。

我也搞不懂。你能不能问问罗马那边有人知道他为什么来这里吗？

我会问问的。洛蒂。

什么？

记得你问过我能不能查到圣安吉拉档案的线索吗？

记得。

我查了档案数据，但网上什么都没有。档案都是纸质文本的。

在哪儿？

通常这样的档案都由各教区自己保存。我多方查证，以为圣安吉拉的档案或许会被送往都柏林大主教区保管，这也是正常程序。

然后呢？

我问了那里的档案保管员。他说他们保存过一段时间。但圣安吉拉的档案被转到罗马了。

谁转的？为什么转？这不正常，对吧？

确实不正常。我不知道是谁要求转的文档，我以前没遇到过这种情况，不过我会尽我所能打听清楚。

什么时候转的呢？

不知道。我会查的。

希望你别惹上麻烦。

不会的。我希望能发现点有意思的事儿。

谢谢。

我也会问问有没有人知道安杰洛提神父的事。

谢谢你，乔神父。

乔。

好吧，乔，晚安。

意大利语说 Ciao.

* * *

两个人都下了线。

罗马。洛蒂不明白到底是怎么回事。为什么违反常规，把圣安吉拉的档案转移到罗马？她从肖恩的书包里拿出一本 A4 便笺簿和一支笔，在厨房的台子上写下了她迄今掌握的所有细节。说不通啊。她看着那些名字，想搞清楚他们之间是否有关联，或者只是一团巧合的乱麻？

前门开了又关上。

凯蒂慢悠悠进了厨房，脱下湿漉漉的外套。"这么晚从哪儿回来的啊？"洛蒂问。

"你在写什么？"凯蒂看着一桌子的纸问。

"工作。"洛蒂说。

"我知道是工作。为什么上面还写了杰森爸爸的名字？"

"所以现在我算认识这小子了？"洛蒂仔细端详大女儿。她的眼睛虽然画了一圈又粗又黑的眼线，却难掩清澈。

"杰森说你早上去他家了。"

"你当时在哪儿啊？"

"在他房间里。我必须得待在他房间里，因为当时楼下在开一个商务会议。"

那小崽子果然撒了谎。

"会议都有谁啊？"洛蒂问。

"我怎么知道？我被关在兵营里呢，爸爸以前每次叫我去房间待着都这么说。"凯蒂打开冰箱门，扫了一眼里边为数不多的东西。"你去干吗了？"

"我想查清楚你们吸大麻的事。这事很严肃，凯蒂。"

"母亲！我又不是小孩子。"

"你是我的孩子，我可不能看着你哪天死在哪个门口，胳膊上还插着根针管。而且，我还可以跟你保证，杰森·瑞卡德什么时候要是对你没兴趣了，就会离你十万八千里。"

"管他呢！我睡觉去了。"她撕开一包芝士条的包装。

"你今天吃饭了吗？"

凯蒂晃了晃刚从冰箱里拿出来的芝士，便出了门，省得她母亲再说她。

她坐在桌边，琢磨起汤姆·瑞卡德的事，好奇还有谁去开会了。他为什么非得在家开这个会？他在镇中心有那么大一个办公室啊。

是在商量什么秘事吧？

她把纸都收了起来，放进包里，然后坐进扶手椅里，双腿盘起。她闭上眼，陷入断断续续的睡眠，梦见一群黑乌鸦绕着一个流血女人的雕像转，那雕像脖子上紧套着蓝色的尼龙绳。其中一只乌鸦俯冲下来，满身羽毛的躯体撞进一个婴儿床，又高高飞起，嘴巴里叼着一个拼命哭喊的婴儿。

洛蒂猛然惊醒，一阵冷汗在胸口汇聚成河。

* * *

1975 年 1 月 2 日

莎莉听着汽车离她而去的声音，跟着修女上楼，穿过门。她看见坐在窗子上的男孩。

过道很冷，地板上散发出一股上光蜡的气味。那修女抱着孩子消失在过道尽头，她一阵惊恐。门咣当一声响，她赶紧追着声音跑过去。

她听见一个婴儿的哭声。她不晓得还能不能认出她自己孩子的声音。她一步一步往前挪，地板上的图案从木纹变成五颜六色的拼图。她在一个门前停下，转动门把手。她的短裤湿透了，鲜血顺着双腿往下流，染红了白色的长袜。她小小的乳房酸胀，奶水往外渗。她想蜷缩在自己的床上死去。

她拧了把手，打开门。

里边有三排装着防护铁条的婴儿床，每排五个，每张床里都躺着一个婴儿。那修女站在屋子正中央，转过身来，双臂空空。莎莉不知道哪个婴儿床里装着她的孩子。他们一个个都跟布娃娃似的。关在笼子里的布娃娃。

"这些都是魔鬼的勾当，罪恶的孩子，撒旦的种。"修女嚷嚷道。

莎莉觉得膝盖一软，血又从双腿间渗出。

那黑色的袍子沙沙响着向她走过来，那股气味像她已故外婆的衣柜抽屉。她学校里的大多数修女都穿短一些的裙子，有些甚至还露出几缕头发来。这位修女全身裹着老式的袍子，腰上还系着一件脏兮兮的白棉布围裙，身材高大，皮肤通透，一张疲倦而苍白的脸，阴沉可怖。

"我的孩子呢？"莎莉焦急地看着一排小床，伸着脖子往修女身后瞧。孩子们这会儿都安静下来了，有些睡了，有些醒着，一双双小眼睛可怜兮兮地盯着开裂的天花板。

"现在不是你的孩子了，"修女说，"他们现在都属于魔鬼。"

恐惧让莎莉变得不顾一切，她使出全身力气，推开修女，冲到屋子那头，又冲回来，泪水模糊了她的双眼。她疯狂地寻找她的孩子。但哪个才是啊？

"我的孩子在哪儿？"她哭喊着，"告诉我。"

屋子开始在她眼前打转，尿布的臭味和牛奶的酸腐味塞满她的鼻孔，孩子们被她的尖叫吓得大哭。

她摔倒在地的那一刻，看见屋子那头的蓝白雕像。圣母马利亚，臃肿的肚子上缠着一条蛇，想让圣婴窒息而死，防止他出生。

第六天

2015 年 1 月 4 日

第四十九章

早晨六点钟的会简直是宿醉人士专场。

科里根警司宿醉，博伊德宿醉，柯比宿醉。洛蒂和玛利亚·林奇两位女士无辜地坐在几位醉汉中间。

洛蒂昨天晚上逼着自己从厨房扶手椅里起身去上床睡觉，但噩梦不断。她早晨五点就醒了，浑身湿了个透。早晨六点赶来开通报会，她反倒乐意，因为有事情让她分心，忘掉昨夜的惊悚。

她总结了一下案情现状，希望今天案情能有所进展，猪都可能会飞呢。她看了一眼科里根，心里发虚。

"我今天去找汤姆·瑞卡德聊聊。"她说。

"聊聊？"科里根吼道。旋即又皱着眉沉下声音，"聊什么？"

"我想多打探打探圣安吉拉项目开发的事。目前就这条线索，或许是条死胡同，但我们得试试。"

"别到处钻什么狗屁胡同，跟公牛闯瓷器店似的。他是我的熟人，昨晚还一起聊天来着，人很好。我可不想他再打电话冲我吼，说你骚扰他。尤其是今天。"他摸了摸光头，越发显得光亮。

"当然。"洛蒂没心情跟他吵。

当班警长脑袋探进门来。

"我们昨晚带回来一个醉鬼，现在清醒了，大喊大叫的。我觉得你该听听他说什么，督察。"

"我正在讨论案件呢。"

"他说他认识苏珊·莎莉文。"

"好，"洛蒂说着便开始收拾纸张文件，"带他去问询室，我马上来。"

"他又脏又臭啊。"警长提醒说。

"谁不是呢。"柯比说。

屋子里所有的眼睛都看着他，柯比垂下头。

"我就来。"洛蒂说。

* * *

空气中弥漫着一股腐烂的洋葱味儿。

洛蒂胃里一阵恶心，她强压住一股涌上来的胆汁。博伊德坐在她边上，她知道他很想点根烟。她瞄了瞄坐在对面的醉汉，又瞅了瞅起诉单上的名字。

帕特里克·奥马利的模样让人不忍直视。他那张脸简直就是一张鲜活的粉刺地图，臃肿的舌头不停舔着开裂的嘴唇上的疱疹。双手不停颤抖，扭曲变形的长指甲里塞满食物的残渣，手上戴着一副无指手套。身上一件旧羊毛外套，至少有两顶褪色的连衣帽挂在外面。洛蒂想起她父亲原来也穿过这样的羊毛外套。她心想，这个人把一辈子的辛酸都穿在身上，也藏在眼神里。

"奥马利先生，"她说，"感谢你接受问询，你知道你的权利，这次问询会被录音。"

他眼神闪开，渴望地往门口看了看，又垂下头。

"你要喝杯茶吗？"她问。

他缓缓抬起黏糊糊的眼皮。她意识到他颤抖不仅是酒精使然，他还惧怕权威。

"不用了，长官。"奥马利终于开了口。他的声音低沉沙哑，"我很好。"

"你确定不用？"

"对。"

"昨晚很难熬吧？"

"确实。"他说着偷眼看了一圈这个小房间。

"我近来晚上也不好过。"洛蒂说。

奥马利哑着嗓子大笑起来。

洛蒂觉得他已经放松了一些，现在可以问问他在拘留所里到底在喊什么。

"你跟我同事说你认识苏珊·莎莉文。你有事想告诉我？"

"差不多，"他说，"但也说不准。"

洛蒂吞下一声叹息。她希望这次问询不会又因为受询人醉了酒胡说八道，搞得神神道道的。说不定问询没结束他就忍不住吐她一身。她想知道博伊德这会儿还行不行，但不敢瞧他。

"我不就是在凯里电器铺门口躺着，想取个暖嘛。这种鬼天，我就这么一件旧外套，再垫上几片纸板，难熬啊。不过你肯定不用想这些吧，督察？"

洛蒂摇摇头。

"估计也是。像你这样滋润的女人，晚上肯定有男人帮你取暖啊。"奥马利嘿嘿笑起来，却立刻引起一阵剧烈的咳嗽，身子蜷成一团，唇边挂着黄痰。

"你还好吗？"洛蒂四处看，找纸巾，发现身后有一盒，便拿给他。他拽了一沓，深深地揣进口袋里，并没有擦嘴。

"我给你弄点水。"博伊德说着就逃出去取水了。

"我感冒，你知道吧，一直都好不了。"他顿了顿。他的肺在胸腔里拉着风箱。

博伊德端来两个塑料水杯，递了一杯给奥马利。他一口喝干，很渴的样子。

"来，这杯也喝了吧。"博伊德把水推过去。

"谢谢你，先生。"奥马利说着低下头。

"继续吧，奥马利先生，"洛蒂说，"你不是有事情要告诉我吗？"

"我刚说到哪儿了？"

他看看洛蒂，又看看博伊德，好像不光忘了自己刚才说到哪儿了，而且也记不清自己现在身在何处。洛蒂尽量保持耐心。

"你在凯里电器铺门口。"她说。

"喝点小酒，然后你们的人就把我拖到这里来了，我又没惹谁。你知道，我并不是一直酗酒，无家可归，是吧。不过，或许我还真是呢。"他皱着脸说。

我真想亲手掐死他，洛蒂心里骂。但她脸上还是很温和地笑着，诱导他往下说。

"我在商店橱窗的电视上看到了新闻，前几天，你知道，是吧。听不见，只看见画面。她的照片也在电视上。"

"谁的照片？"洛蒂追问。

"我认识她。"

"谁？"

"莎莉以前晚上都会送汤来，给我们睡大街的所有人送汤。对我好的没几个，她算一个。"

他停了下来，闭上眼睛，低下头，下巴搭在胸脯上。

莎莉？他是说苏珊吗？如果是，送汤这事算新线索。洛蒂记了下来。

"救济厨房？说说。'

奥马利咳得喘不过气来。过了一会儿，他说："没什么好说的，她跟一个老年妇女，每天晚上。"他泛黄的眼角闪着泪花。

"这个老年妇女是谁？"

奥马利耸了耸肩，没说话。

"你说的这个莎莉是苏珊·莎莉文吧？"洛蒂说。

"以前叫莎莉，后来才改叫苏珊，"奥马利说，"你知道，我以前就认识她。她送汤来的头一晚，我看着她的眼睛，就认出了那眼神。"他用脏指甲在桌子上抓挠，"恐惧的眼神，我们以前都有，还是孩子的时候，不到十二岁，在圣安吉拉。"

洛蒂立刻和博伊德交换了眼神。圣安吉拉！

* * *

1975 年 1 月 2 日

那天晚上喝茶时他看见那女孩。

食堂里又吵又臭。她和伊玛·库拉塔修女还有另外两个男孩坐一张桌子。帕特里克想多知道点她的事儿。他在两排椅子间蹦跳着往前，到了他们身后就停了下来。

"坐，帕特里克。你搞得我紧张兮兮的。"伊玛·库拉塔修女说。

"这是莎莉，她会在这儿待一段时间，你要好好待她。"

"我他妈的恨那个家。"莎莉说着脸颊上滚下两行泪来。

"我的上帝啊，我们这里不允许说这种脏话，你会被惩罚的。但你得先吃饭。"伊玛·库拉塔修女说着用一只干瘦的手拿起她的叉子。

帕特里克看了看盘子里的炒鸡蛋，还有一片硬皮有两寸宽的面包。他用手够玻璃杯，却碰倒了杯子，牛奶流到盘子上，面包泡湿了，炒蛋也成了蛋汤。

伊玛·库拉塔修女抽回胳膊，往他脑门上敲了一下。

莎莉跳了起来。

"你吃我的吧，"她说，"我不喜欢鸡蛋。"她把自己的盘子推给他。

"你个蠢孩子。"修女尖声吼道。

他傻笑一声，一脸粗蛮，眼里闪着邪光。他转身对莎莉一笑，莎莉只是张大着嘴，圆睁着眼看他。

修女又敲了他一下。

特丽莎修女赶紧从两排桌子中间跑过来，抓着帕特里克的手把他拖走了。

他一边向屋外走，一边还回头看，眼睛一路盯着莎莉。

* * *

"莎莉来之前，没人真待我好，"奥马利说，"她不跟其他人混在一起，所以跟我成了朋友。然后，这么多年过去了，她又来给我送汤，还跟我聊家常。"他开裂的嘴唇抿成一条线，"我其实什么都不该说的。"

"你可以告诉我，"洛蒂催他，"请继续。"

"估计可以吧。现在两个人都死了，说不说都一样。"

"哪两个？你说的是谁？"

"她告诉我她和詹姆斯·布朗是同事。现在他也死了。"

"你认识他？"

"认识。他以前也在圣安吉拉。"

洛蒂盯着他，又看了看博伊德。博伊德早已直起了身子。这条信息有价值。这就是他们一直在找的苏珊和詹姆斯之间的关联。

"詹姆斯也在圣安吉拉待过？"她简直不敢相信。

"我来就是告诉你这个的。"

"真是意外啊。"洛蒂觉得下巴都快掉了。她想起受害人腿上的文身。"詹姆斯和苏珊大腿内侧有类似的文身，很粗糙的那种。你了解情况吗？"

奥马利什么也没说。

"这跟圣安吉拉有关系吗？"

"可以这么说吧。"他终于承认了。

"那文身是什么意思？"洛蒂追问。

"我不知道。"他蹙着脸说。

"他们是在圣安吉拉的时候文的身吗？"

"是的。"

洛蒂想了一会儿："你有吗？"

奥马利盯着她，好像在犹豫要不要告诉她。他说："我有，督察，我有。"

"文身到底是怎么回事？"

他舔了舔嘴唇，又摇摇头："不记得了。"

他在撒谎，但洛蒂不想戳破，怕他彻底闭上嘴。她想听他多说说圣安吉拉。

"跟我说说苏珊和詹姆斯吧。"

"我们老在一起玩，我们三个，在圣安吉拉的时候。"他微微一笑。

"我们还有一个哥们，不记得他的名字了。他们很多人出来后，都改了名字，你知道吗？我懒得改，詹姆斯也懒得改，我猜。"

"苏珊在里边待了多久？"她问。

他一脸困惑。

"在圣安吉拉。"她补了一句。

"我不知道，可能一年，也有可能久一点或短一点。其实说实话，我连自己在里边待了多久都不知道。"

"你们在圣安吉拉一天到晚都干什么？"洛蒂一边问一边潦草地记笔记。

"我们早上弥撒过后上学，秋天捡苹果。"

"苹果？"洛蒂下巴一沉，抬起眼睛。

"修女们做苹果酱。"

"自己吃？"

"卖，"奥马利说，"里边有个果园，我们捡掉在地上的苹果。要是做错事受罚，就得把烂苹果里的蛆和苍蝇挑出来，你要是怕蛆，就算倒霉了，"奥马利短促地大笑一声。洛蒂注意到他的眼神却是极为严肃。

"苹果酱。"洛蒂若有所思地说。她想起早餐桌上她妈妈面前摆的那些玻璃罐，上面蒙着布当盖子，扎着橡皮筋。

"是的，督察，"奥马利说，"我记得莎莉来的那年苹果大丰收，但对我们来说不是好事。"

* * *

1975 年 8 月

"布朗，挑一挑那筐苹果。"高个子神父指着一堆烂苹果说。

"求你了，神父，我不喜欢虫子，不要逼我干这个。"詹姆斯说。

神父站直了身子。男孩身子一缩，似乎等着挨一巴掌。

"别惹他。"莎莉说。

帕特里克挨着莎莉站着，旁边还有一个叫布莱恩的男孩子。她手里拿着一个苹果，又黑又烂。帕特里克以为她会拿苹果砸神父。杂种，说的就是科神父。他们都知道，也都怕他。

科神父走到詹姆斯跟前，把手伸到篮子里，拿出一个苹果，仔细看了看，又扔回去，重又拿一只。这只几乎烂透了，有只蛆趴在上面。他把苹果塞到男孩面前。詹姆斯颤抖的胳膊只是紧贴着身子。

"吃！"神父喊着，又把苹果推到男孩嘴边，"吃！"

"不要逼他。"莎莉哭喊道。

"你闭嘴。"神父说。

帕特里克抓住莎莉的胳膊。没必要惹得大伙一起受罚。

"我叫你吃！"

詹姆斯伸出手，几乎拿不稳苹果。他的手指苍白。他突然扔下苹果，转身就跑。

"这可就是你的不对了。"神父揪住了莎莉的头发。

她尖叫起来。帕特里克的脚似乎粘在地上动弹不得。詹姆斯跑到果园那头，靠着砖墙缩着。

神父抓住布莱恩的胳膊："你替他受罚。"

然后他把莎莉往布莱恩身边拽。

"小姑娘，去拿苹果，叫布莱恩吃，一口都不能剩下。"他恶毒地低声说，"我就在这儿盯着。"

帕特里克不晓得神父眼神里有什么，但莎莉被吓得不敢说话。她把苹果递到布莱恩嘴边，布莱恩尖叫起来。

"求你了。"莎莉恳求着布莱恩，眼泪顺着脸颊往下流。

"不！"布莱恩尖声叫道。

她把那苹果塞进他张开的嘴。

神父把她头发拽得更紧了。詹姆斯又向他们跑回来，帕特里克还是一动不动。

"再吃，"科神父说，"再吃。"

莎莉把苹果往男孩嘴里塞，一只黑虫在他嘴角蠕动。她双眼圆睁，惊惧无比，松开手，苹果卡在布莱恩嘴里，他叫喊不出。

莎莉转向帕特里克，他还是一动不动。

莎莉恳求他。

他依然无法动弹。

* * *

奥马利闭上眼睛，陷入回忆。

"太可怕了。"洛蒂说。他刚才描述的场景让她起了一身鸡皮疙瘩，她紧握着拳头，"这个科神父是谁？"她看了看他刚记下的名字。

"就是一个蠢货，"奥马利愤怒地睁大了眼睛，"他妈的祸害，瘟疫。"他顿了顿，"不好意思，讲粗话了，督察。"

"你知道他的全名吗？"

"只知道他叫科神父。"

"这个布莱恩是你之前提到的朋友吗？"

奥马利大笑起来："布莱恩可不是我们的朋友，督察。"

"你也不知道他的全名？"

"不，不知道。"他沉默了一会儿，又开口说话，沙哑的声音充满了痛苦。天啊，洛蒂心里想，他难道还有线索？

"莎莉和詹姆斯，"奥马利说，"注意啊，他俩可不是最先遇害的。"

洛蒂和他四目对视，又听他从内心深处挖出一段痛苦的记忆。

* * *

1975 年 8 月

帕特里克先是听到特丽莎修女一声尖叫，然后又听见一阵嘈杂。修女们在过道里跑来跑去，孩子们也都冲出房间，每个人都在疑惑到底发生了什么事。育婴室里丢了一个婴儿。谁的婴儿？

帕特里克感到一阵恐惧在他胸口打了个结，他希望不是莎莉那个八个月大的孩子。其实莎莉也不能进育婴室去看孩子，修女们看得很严。

大家都忙活着找孩子，大人小孩一起找，找了好几个小时，直到在一个篮子里发现了孩子。在一棵苹果树下，旁边落满了新鲜红润的苹果，孩子的脖子上紧紧缠着一条男孩宽松短裤上的细绳。

孩子们挤在一起，特丽莎修女哭着，把浑身惨白、布娃娃似的婴儿紧紧抱在胸口。她抱着孩子慢慢走，大家一声不吭，慢慢分开一条路，像红海为摩西让路似的。

他们看着修女一步一步走上台阶。帕特里克抓着莎莉一只手，詹姆斯抓着另一只。

"太吓人了。"詹姆斯说。

"太胡搞了。"帕特里克说。

"是我的孩子吗？"莎莉问。

没人让她看一眼孩子的尸体，也没人告诉她任何事。

帕特里克捏着她的手，她也捏着他的手。两个男孩领着她进了屋子。

* * *

"有报警吗？"洛蒂问奥马利。

"你疯了吗？"他说。他的舌头伸来伸去，似乎在找疱疹，"我们全都被赶到大厅里，跟牲口似的。他们告诉我们说这是一件意外悲剧。那帮骗子。我们也都很害怕，没人说什么。"

"后来呢？"洛蒂声音忽然大起来，她简直不敢相信。

"他们把孩子埋了，埋在一棵苹果树下。"

"莎莉呢？"

"她不停地告诉自己孩子已经被人领养走了。但没人说是，也没人说不是。她只能这么想，不然就疯了。"

"那时候，你知道是谁干的吗？"

"我怎么会知道呢，督察，"奥马利说，"或许是神父，或许是布莱恩那小子。因为毕竟是莎莉把苹果塞到他嘴里的。反正我不知道。糟糕的是，他们却把这事儿怪到另一个男孩身上。一个红头发小流氓，比我们年纪小点。"

"他是谁？"

"不记得了。我喝了酒脑袋有点蒙，你知道的。"

他指了指自己眼睛下方的一块皮肤。

"但我记得他有一回拿叉子戳我脸，差点把我弄瞎了。但阴错阳差，我们还成了朋友。不是真正的那种朋友，只是互相尊重，或许。说不清楚。"奥马利盯着洛蒂脑袋上方墙面的一个地方，"可怜的杂种。"

洛蒂的脑袋里挤满了各种新线索。

"他们也把他给杀了。"奥马利的声音在一片寂静中显得柔和。

"你什么意思？谁杀了谁？什么时候？"洛蒂问。各种疑惑已经让她无法清晰思考。

"啊，几个月后，冬天，冷得要命。被打成了肉酱，就埋在果园里，婴儿旁边。"奥马利的脑袋耷拉在胸口上。

洛蒂心想他是不是在胡编乱造，但她觉得这个人既然惨到这个地步，肯定不会有心思编故事。那个地方到底发生了什么事？是谁杀害了婴儿？又是谁杀害了那个无名男孩？那孩子是谁的？是苏珊的吗？一连串的问题挤在她嘴边，却没有问出来。

她看着奥马利。他的眼睛都快把墙盯出一个洞来。她知道他该说的都说完了。他动了动脑袋，看着她。她觉得那双深邃的褐色眼睛直抵她的后脑勺。

"我们以前把那晚叫作月黑之夜。"他说。

"黑月？"博伊德说，"我听说过啊。"

"我可以告诉你，在那男孩被杀之前，我们或许是有些害怕，但跟之后的恐惧比起来，简直算不上什么。"

"你确实不知道那男孩是谁？"洛蒂又问了一次。

他摇摇头："肯定是被我脑子给屏蔽了。"

"要是你想起来，告诉我。"又到猜谜时间了。她瞧了瞧博伊德，他看上去也一脸茫然。

奥马利疲倦地朝她点点头。

她低头看了看刚在本子上记下的名字。

"你知道这个科神父现在在哪儿吗？"

"我希望他死了。"

"布莱恩呢，你知道他后来怎么样了吗？"

"我从来没喜欢过他，我也一直怀疑是他对孩子下的手。所以，我也希望他死了。"

* * *

洛蒂和博伊德并肩站在警局门外，目送着奥马利驼着背、拖着脚在积雪的街道上离去。

博伊德点了一根烟，却被洛蒂抢了过去。他又点上一根。

"简直是人间地狱啊。"她说。

"圣安吉拉？"

"对啊，天啊，毁了多少人啊？"

"看看帕特里克·奥马利就知道了。可怜的家伙。"

"还得有多少像他这种情况的啊？"洛蒂问，"我觉得苏珊·莎莉文一辈子都逃不掉那些噩梦，布朗估计也是。不过，现在我认为，这个案子不光是规划审批的事。"

"你确定这案子跟他们的过去有关系？"博伊德问。

"当然有关。"洛蒂斩钉截铁。但她知道博伊德还有保留意见。

他说："那两起虽然明显是谋杀，却是四十年前的事，我看不出来和今天的案子有什么关系。"

"我也看不出来，目前看不出来。"洛蒂踩灭了烟头。

"我好奇这个科神父是谁，现在在哪儿？"博伊德说。

"能在监狱就算他走运了。"

"我会在警用数据库里查查他的名字，看看能查到什么。"博伊德说。

"没有全名啊，我不抱太大希望。"

"也查查那个救济厨房。"洛蒂说。

"奥马利算不算嫌疑人？"

"老天爷可怜可怜他吧。但他跟案子肯定也有一定的关系，只是不知是什么。他跟布朗和莎莉文有共同的过去，我们最好盯着他点儿。"

"看他的样子，醉多醒少的，估计也杀不了人。"博伊德想吹烟圈，但烟圈一出来就散了。

"他身上掉的皮能把全国法医化验室都塞满了。"洛蒂看了看大教堂。钟声突然响起，她一惊。一共响了十下。

"我得去看看我们那位开发商朋友，汤姆·瑞卡德。"她说。

"摇一摇他这棵树，看能掉下什么来。"博伊德在雪地把烟头弄灭。

"我也得查查科纳主教跟案子有什么关系。"

"等你找到你那位神父时问问他。"

"谁？"

"别跟我装，洛蒂·帕克，我觉得你对乔神父有点意思。"

"你想象力太丰富了，博伊德。"

洛蒂拉上外套，匆匆走上街道，幸好博伊德没看见她脸颊上那抹红晕。

第五十章

汤姆·瑞卡德装出一副很忙的样子，一会儿把抽屉拽得咔嗒响，一会儿摆弄摆弄眼前的文档，一会儿又在键盘上一阵乱敲。

他眉头紧锁，一脸不悦。

"不要总来打扰我。"他说着脱掉西装外套，有条不紊地把袖子慢慢卷到胳膊肘。

这是做好了战斗准备啊，洛蒂想。

"你为什么买下圣安吉拉？"她直奔主题。

她是在他办公室门口截住他的。她以为他会跟早晨那几个一样还没醒酒。他不喜欢被人堵在门口，很不情愿地同意抽出几分钟宝贵时间。

"这跟你没关系。"瑞卡德不再忙活不停了。

"我有两个遇害人，两个都经手过你从科纳主教手里买下那块地产的规划申请。还有一个神父也死了。你竟说这跟我没关系？"

"很简单，"他说，"我买下圣安吉拉，是因为我认为那个地段适合地产开发。我在里边投了很多钱，将来也准备靠它来挣钱。我不喜欢你插手我生意上的事。"他又重重地关上抽屉，抱起双臂。

"只要能帮我找到凶手，就关我的事。"洛蒂故意顿了顿，看对方的反应，"那你告诉我，为什么詹姆斯·布朗在苏珊·莎莉文遇害后联系了你？"

"你聋了吗？我告诉过你我没跟他通话。"

"通话时长三十七秒，"洛蒂不松口，"三十七秒能说很多话。"

"我没跟他通话。"瑞卡德说。他的声音缓慢而坚定，脸上一副假模假样。

"或许在语音邮箱里？你查了吗？"

"我没有跟他通话。"他大声道，嘴角上扬。

"你花多少钱买的圣安吉拉？"洛蒂换了一个策略。

"这跟你没有半毛钱关系。"瑞卡德摊开手臂，用手使劲敲桌子。

洛蒂笑了。摇树策略见效了。

"瑞卡德先生，我查清楚了，你买圣安吉拉花的钱不到市值一半。"这条消息是碧·沃尔什提供的。

"梵蒂冈教廷管财务的估计会对这个感兴趣吧？我听说他们资金还挺紧的。你觉得呢？"

"我觉得你管得有点过头了，督察。我花了多少钱买这块地产跟任何人都没有关系。"他的鼻孔放大，像头愤怒的公牛，"我不明白这跟你的调查有什么关系。"他的脸越来越红。

"我表示不同意啊，"洛蒂很冷静地说，"这个教区财务负担这么重，媒体肯定会对你这笔交易感兴趣的。"

"那你最好去跟科纳主教谈。"

"正有此意。"

洛蒂感觉这有点像一场拳击赛。瑞卡德擅长偷奸耍诈，而她则喜欢直击要害。

"我认为你买圣安吉拉是带了附加条件的。"她说。

"你爱怎么想怎么想。"

"昨天早晨来你家开会的都有谁？"

"我完全不知道你在说什么。"

"你否认有开会这回事？"

"我没必要证实或否认这样的事。"他又拽开一个抽屉，然后狠狠关上。

"你在圣安吉拉待过吗？"

"那是我的地产，我当然去过。"

"我的意思是，你孩童时期，少年时期。大概……70 年代，你在里边待过吗？"

"什么？"瑞卡德鼓着腮帮子，脸往上一扬，双手也跟着扬起，面色由红变紫。

"待过吗？"洛蒂注意到他腋下湿了两块。

房间里开始散出一股汗味。

"没有。以前从来没有，对这块地产感兴趣之后才去过。"

"嗯。"洛蒂并不信。但她没法证明，至少目前没法证明。

"你随便嗯就是了。"他语带讥讽。

洛蒂无比甜蜜地笑了笑，问："还有一件事，你知道你儿子吸毒吧？"她绝不让他全身而退。

"我儿子干什么不干什么跟你没关系。"

"正好相反，跟我关系大了。这事我虽然觉得硌硬，但还是要说。瑞卡德先生恰巧在跟我女儿谈恋爱。"

她紧盯着瑞卡德。他张着嘴巴要说什么，但半道停下来，好像才明白过来她在说什么。他疲倦的眼角露出一丝不知所措，紧绷的嘴唇也松懈下来。她终于打了他一个措手不及。

"你女儿？"

"是的，我女儿凯蒂。"

瑞卡德转过身来面对她。他身后的冬日映出他肚子的轮廓，没了背心的保护，那个部位显得圆滚滚的。遥远的车流声从街上传来。

"我儿子做什么不做什么不关你的事。你听清楚了，帕克督察，那几宗凶杀跟我毫无关系。你要是继续骚扰我，我就举报你。"

要举报我的又不止你一个，洛蒂心里说。她不想再跟汤姆·瑞卡德纠缠下去了，站起身要走。

"我希望你不要怀疑我的职业素养。我可以向你保证，瑞卡德先生，这个案子我会公平透明地一查到底。我可不会像你做生意那样办案。"

"你……到底想说什么？"

"你很清楚我想说什么。塞钱，行贿，在市政厅过道里说悄悄话。我不管你怎么想，但我警告你，不要低估我。"

洛蒂抓起椅背上的外套，转身离去。瑞卡德望着豪华办公室的窗外，听着脚底下上午的车流。

她差点要跳着进电梯里去了。她感觉很好。不，不是很好，是棒极了。

* * *

洛蒂匆匆走过拥挤的接待区，一头撞上博伊德。他抓住她的胳膊，又把她拽出门。

"什么情况？"洛蒂差点没摔倒。

"科里根。他刚接了汤姆·瑞卡德的电话，说你威胁他的家人。"

"真是胡说八道。"她说着把胳膊挣脱开来。她把博伊德扭过来面对自己，"全是狗屁。"

"或许，但现在惹恼科里根没有好处啊。"

他又擒住她的胳膊，她只好乖乖就范，跟着他往车子的方向走。

"去哪儿？"她一边系上安全带一边问。

"救济厨房。"

"一家新开的餐馆。"她冷冷地问。

博伊德一边倒车一边说："你明知道我说的是苏珊·莎莉文做慈善的地方。"

洛蒂平静下来。博伊德打开收音机，车里立刻充斥着响亮的说唱音乐。她想起肖恩。

"我这个母亲是不是当得很糟糕？"

"不是啊，为什么这么说？"

"亚当去世后，家里就一直一团糟。我一心扑在工作上，把孩子们扔在家里自生自灭。天知道克洛伊和肖恩一天到晚在干什么，凯蒂竟然在跟一个富二代瘾君子约会，我觉得快要失控了，博伊德。"

"情况还好啦。"他兑。

"咋说？"

"凯蒂如果约会的只是个瘾君子，连富二代都不是呢？"

第五十一章

二人驱车很快便来到芳醇街道。这是一个地方政府经营的住宅区，共有两百一十套劣质住房。

博伊德把车停在 202 号屋外。房子在街尾，灰泥卵石的墙面，边上伸出一间小平房。一个小男孩跑到车子保险杠前，盯着两个探员看。男孩顶多五岁，一脑袋脏兮兮的金发，头上顶着一个曼联棒球帽。

"你们找谁？"男孩问。

"别管闲事。"博伊德说。

博伊德推开生锈的栅栏门。

"滚开，你个瘦长条抱怨鬼。"男孩大吼了一嗓子。

洛蒂和博伊德转身看了看他，又互看一眼，大笑起来。

墙外停着一辆淡绿色 1992 款菲亚特朋多。台阶上趴着两只黑猫和一条德国牧羊犬。

开门的女人身体跟门框一样宽。一头灰白色卷发，贴在粉胖的脸颊上。一件羊毛开衫纽扣胡乱扣着，里边一条黑色涤纶中长裙。臃肿的腿上套了弹力袜，脚上一双很旧的格子呢布拖鞋。

"琼·穆塔夫太太?"洛蒂问,"我们几分钟前给你打过电话。"

"是吗?"女人看了看两人的证件,便请他们进门,"我经常记性不好。"她说着,嘘了一下道上那条狗。狗伸了伸懒腰,便走开了,温暖的爪子在雪地里留下一串足印。

洛蒂闻了闻屋里烘焙的香味。她走进厨房,一眼看到置物架上的黑面包。

"想来点吗?"穆塔夫太太注意到洛蒂的视线所在。

她二话没讲,撕下一条面包,放在盘子上,又打开黄油碟的盖子。一根木头拐棍挂在桌边。拐棍并没有派上用场,她行走竟然很敏捷。洛蒂觉得她大概跟自己母亲年纪相仿。

"全吃了吧。"穆塔夫太太说。她把水壶里的开水倒进茶壶,"你们两个看着都像没吃饱饭的样子。"

"谢谢。"洛蒂拿起面包沾了黄油,咬了一口。"好吃,来点。"她对博伊德说。

"我节食呢。"他边说边掏出笔记本和笔。

穆塔夫太太爽朗地大笑起来。

"节食个鬼啊。"她说。她看着洛蒂说,"女人干警察,很危险啊。"她把茶壶往桌子上一放,顺势坐下。

洛蒂摸了摸还挂着伤的鼻子:"我喜欢干这行。"

"我猜你肯定也干得不错。"穆塔夫太太倒了三杯红茶。

"你跟苏珊·莎莉文第一次见面是什么时候?"博伊德一边问一边摸摸索索找牛奶。

"你们得忍着我点啊。我现在老忘事儿,医生觉得我是早期老年痴呆。我想想啊,得有五六个月以前。"穆塔夫太太啃着面包,唇角的汗毛上沾着面包屑，"苏珊听人说我给流浪汉搞慈善。我当时在筹资盖一个庇护所，想把我房子边上伸出去的那个小平房改建一下。你们来时看见了吧？可怜的内德，我过世的丈夫，亲手盖的，上帝爱他。当时那里很不像样子。"

洛蒂点点头。

穆塔夫太太继续说："市政厅不让我搞，说跟小区其他房子不一致。我知道邻居们抱怨，他们联合起来阻止我，真的。不过也无所谓，反正我那时候没有那么多钱。"

"苏珊做了什么？"洛蒂问。

"她来找我，说想帮忙，直接塞给我一万欧元，现金啊。我二话没说。人家送你一匹马，你总不好意思扒开马嘴看牙口，对吧？我就把那地方改建了，装了餐馆样式的厨灶，照着最好的装，真的。然后我们就有了自己的救济厨房了。"穆塔夫太太呷了口茶，脸上闪着骄傲的光，"我领你们参观了吗？"

"稍后吧，"洛蒂说，"你们怎么运作呢？"

穆塔夫太太不解地扬起眉毛。"救济厨房。"洛蒂解释说。

"噢，我们做好肉汤，装进瓶子，然后开着车到处转，碰见潦倒的就施舍些。有些就睡街上，还有些住在工业园区那边。你知道吧，运河旁边，火车站后面。"

洛蒂当然知道。上次被打劫后到现在她的肋骨还痛呢。

"苏珊有说她为什么要做这个吗？"洛蒂在第二块面包上涂黄油。博伊德不吃，那是他的损失。

"她想帮那些无路可走的人，她怕孩子们睡觉条件太差。全国人民的耻辱啊，现在发生的这些事，真是。那么多房子被封着不用，穷人们却睡大马路。"

穆塔夫太太拿拳头狠狠捶桌子，眼冒怒火。洛蒂被她的豪情吓了一跳。要是多一点像她这样的人就好了，洛蒂想。

"苏珊一直喋喋不休抱怨开发商盖的那些'鬼宅'。说市政厅竟然让他们这么搞下去，简直是犯罪。"穆塔夫太太说。

洛蒂看了看博伊德，博伊德也会意地看了看她。

"但她在市政厅上班啊。"洛蒂说。

"我知道。但她没有决定权。她是这么告诉我的。"

"她有提过汤姆·瑞卡德吗？一个开发商。"

"我又不傻，我只是健忘。我知道这人是谁。他老婆目中无人，儿子吸毒，看我们这些人都是居高临下的。我告诉你，我心中的财富，可比汤姆·瑞卡德银行里的钱多多了，多蒂探长。"她说着，啪的一声把黄油碟的盖子放回去。

"你跟他发生过冲突？"博伊德问。

穆塔夫太太把她名字念错时，洛蒂注意到博伊德在一旁嘿嘿一笑，假装没看见。

"个人倒没有，但我知道这类人，"穆塔夫太太说，"苏珊也没太多时间理他。"

"为什么没有？"洛蒂问。

"好像跟他买下了圣安吉拉有关，就是那个空荡荡的大孤儿院。她有一回提到说他的开发规划是一路买通的。我虽然不知道是什么意思，但也能猜个八九不离十。"

洛蒂喝干了茶，穆塔夫太太开始往几个杯子续茶。

"救济厨房现在有多少人？"博伊德表示不喝了。

"现在苏珊不在了，就只剩我一个人了。我不晓得还能撑多久，没有钱进账啊。"

洛蒂觉得穆塔夫太太不管有钱没钱，都会坚持把救济厨房一直办下去，直到她死那天。

"你知不知道为什么有人会想杀害苏珊？"博伊德问。

"我不知道。"她伤心地摇摇头，"苏珊是个好人啊，一心助人。我实在想不通。"她抹了一把眼泪，"如今这世道很多事都让我想不通。"

"她肯定有跟你提过她生活上的事吧。她有什么担心或挂念吗？"

"她跟我说她要死了。我没见过有人能像她那样坦然接受死亡的，她是认命了。"

"她有说过钱是哪里来的吗？"

"钱？"穆塔夫太太沉默着想了一会儿，"有，她说是人家欠她的，很久以前欠下的。苏珊说'欠债总有一天是要还的'。苏珊说的。奇怪啊，这些事儿我能记得，别的事儿却都想不起来了。你知道吧，我总觉得好像有个啥事儿得告诉你，但拼了命也想不起来。"

洛蒂在脑子里默默消化着这些信息。

"有人跟她有过节吗？"博伊德不耐烦地轻轻敲着笔记本。

"苏珊生性安静，一心为别人，我不明白为什么会有人想害她。"

"她有男朋友或者生活伙伴吗？"洛蒂问。

"据我所知，没有。"

"你知道她小时候在圣安吉拉待过吗？"

穆塔夫太太沉默了一会儿，自顾自地点头。

"她说那个地方很可怕。哪个妈妈也不会把孩子扔那里，像她自己所遭遇的那样。说她还算是幸运了。留下一辈子的伤疤算哪门子幸运啊。天主教教会在这个国家干了很多没天良的事。"她疲惫地摇摇头。

"她跟你说过找孩子的事情吗？"洛蒂问。

"他们抢走她的孩子，她心都碎了。一辈子都不知道孩子到底怎么样了。"

"她一直也没找到孩子？"

"她什么途径都试过，没有结果。最大的障碍是教堂。她甚至去找了主教，真是没吃到什么好果子。"老太太眼中又燃起怒火。

"她去找了科纳主教？"洛蒂戳了戳博伊德的胳膊肘。主教说不认识苏珊，现在看来是认识啊。

"对，去找过。我想想。"穆塔夫太太闭上眼，然后说，"之后她回到这里时，很沮丧。所以我就不懂，她为什么又跑回去找他一趟。"

"又去了一趟？什么时候？为什么？"洛蒂现在心里直痒痒，想再跟科纳主教对质一番。

"我不知道。我叫她不要再去，但她认准了主教知道情况。"穆塔夫太太垂下眼，"可怜的人。那个人说她就是个荡妇，说这就是为什么她当年被扔进圣安吉拉。他就是个浑蛋。上帝宽恕我吧。"穆塔夫太太又在身上画起了十字。

洛蒂在琢磨这番话。科纳主教为什么要撒谎？

"第二次见面是什么时候，穆塔夫太太？"

"圣诞节！对，圣诞节前。"

"知道具体是什么时候吗。"

"苏珊当时休年假。圣诞夜，是圣诞夜！我们当时灶上在煮三锅汤。我给你们看过灶具没？对了，没有。记得走前提醒我带你们看看。通常最多做一两锅。奇怪，好多事儿都忘了，就记得这个了。当时雪下得大极了，气象员说气温要降到零下 12 摄氏度或是多少度，反正很吓人。所以，对，我很确定是圣诞夜。"

博伊德做了笔记。

"第二次会面如何？"洛蒂又咬了一口面包。她没想到自己这么饿。

"我好像没问她。她回来后，我们就把汤装好抬到车上，然后就冒着大雪出门了。"

"她情绪有变化吗？"

"什么意思？"

"她见了主教回来之后，有没有忧虑或者难过？"

"我觉得她一直都那样。忧虑，非常忧虑。"

洛蒂想了想科纳主教的样子，对苏珊·莎莉文越发同情了。这个女人受了一辈子委屈。洛蒂越了解她的过去，就越发下定决心要还苏珊一个公道，虽然来得有点晚。

"你最后一次见苏珊是什么时候？"博伊德问。

"她遇害前一晚。"穆塔夫太太又擦了擦眼角的泪水，"我们圣诞节前后那几天每晚都出去送汤。"

"她没上班，"洛蒂问，"那白天做什么呢？"

"我不知道，苏珊不怎么跟人交流。"

"她住在镇那头。但她的车子好像几个星期都没用过。她去哪儿都是走着去吗？"

"她喜欢走。耳朵里一天到晚都塞着一个听音乐的什么玩意儿。叫什么来着？"

"iPod。"

"她很喜欢听音乐。"穆塔夫太太忧伤地说。

"还有别的事儿要告诉我们吗？"洛蒂问。

"两杯全麦面粉，一汤匙发酵粉，一汤匙黄油，一撮盐，放烤箱里烤二十分钟。"

"我恐怕不会烘焙啊，"洛蒂说，"即便做，我也肯定做不出这么好吃的来。"

她不知道老太太是不是在转移话题。她一想到她母亲以后得老年痴呆症就很害怕。不过或许是个好事呢。罗丝·菲茨帕特里克的事儿很难讲。

"你真会挑好听的说。我找点锡纸，你把剩下的面包都带回家吧。"

洛蒂嘴上虽说不要，但又终究抵挡不住诱惑。

穆塔夫太太一边把面包包起来一边说："还有你啊，小伙子，你也带一两片吧。"

博伊德笑了笑，没说话。

洛蒂回到话题。

"我现在觉得圣安吉拉是个很残忍的地方。苏珊有告诉你什么没有？"

"她有一回跟我说了件事，说她没告诉过第二个人。当年那里有一个婴儿被杀了，还有一个男孩被活活打死。"穆塔夫太太认真、缓慢地在额头、胸口和肩膀上画了好几个十字，"她说那地方是个婴儿监狱，一个个婴儿像小虫子似的，放在有铁护栏的小床里。她也不知道当年被杀的婴儿是不是她的孩子，但她一直告诉自己说不是。"她顿了顿，泪水又湿润了脸颊，"不知道是不是，这是最折磨人的。她内心受了多大折磨啊，你知道她每天都买报纸，看上面的照片吗？她觉得她能认出自己的孩子，虽然现在已经长大了。"

"我们看见她家里的报纸了。"博伊德说。

"她魔怔了。她只是见过孩子很小时候的样子，真以为现在还能认出来啊。我劝她，但她说只要是看见照片就能认出来。"

洛蒂没接这个话茬儿，却反问她："帕特里克·奥马利，你听说过这个人吗？"

"当然。那人有点精神错乱，也是我们救济厨房的常客，"穆塔夫太太说，"苏珊对他很好，但从没跟我谈起他。探长，我认识苏珊总共也就是她在世最后六个月的时间，但我感觉我跟她认识了一辈子。太伤心了。这些事怎么总会发生在好人身上呢，那些坏种们咋就没事呢？"

洛蒂和博伊德没说话。他们也没什么好说的。

老太太站起来，收起三个杯子，放进水槽，打开自来水冲洗。洗完后放在滴水板上晾干。她拿起拐棍，指了指侧门。

"来吧，我给你们看看救济厨房，我俩以前可为这个骄傲了。"

* * *

四个车胎完好无损，骂人的小孩也不见了。

"救济厨房条件很不错啊。"博伊德发动了车子。

"苏珊从哪儿弄的钱先不管，她这些钱似乎都投到救济厨房上了。"洛蒂把面包放在脚下，"我只是希望，穆塔夫太太忘掉的不是很重要的细节。"

　　"我们得再翻一遍苏珊的通话记录。"

　　"当然。"

　　"下一站去哪儿？"博伊德问，"要不我猜猜？"

　　"特伦斯·科纳主教，"洛蒂说，"看他这回怎么解释。"

第五十二章

"这回带了护卫啊，督察。"

科纳主教朝桌前的两把椅子示意了一下，洛蒂和博伊德双双坐下。

"你们什么时候把安杰洛提的尸体还回来？"他问。

"那得看病理专家的了，"洛蒂问，"关于他遇害的事，你还有什么要说的吗？"

"我非常难过，"他说，"他到这里才几个星期，就遭遇这样的惨案。"

"他为什么会去詹姆斯·布朗家？"

"我不知道。"

"他有跟你提过詹姆斯·布朗和苏珊·莎莉文吗？"洛蒂开始进逼。

"他什么都没提过，督察。他几乎都不跟我交流。"

"他有车可以用吗？"

"我相信他要是需要车肯定能搞到一辆。"

"但布朗家附近没有车，他是怎么去的呢？"

科纳犹豫了一下，眼睛稍微转了一下，难以觉察，但洛蒂注意到了。

"出租车？"他说，"你可以问问本地的出租车公司。"

"正在调查中。"洛蒂说，同时脑子里提醒自己去跟进这件事。

"你上次告诉我你不认识苏珊·莎莉文。是这样吗？"她装模作样地翻了翻笔记本。那双唬人的绿眼睛这会儿满是狐疑地看着他。

"我认为是这样的。"他学洛蒂的话说。

"你需要仔细想想。"她强调说，"我有证据证明你跟莎莉文女士至少见过两次面。"这话虽然只是听来的，但他并不知道。

"那是什么证据啊？"主教瞪大了眼睛。洛蒂让博伊德继续说，胡说八道他更擅长。

"我们有电话记录，证明苏珊·莎莉文给你打过电话。她电脑上的日记也记录了会面的详情。"博伊德大言不惭地说。

"你们不是找不到她的电话吗？"科纳主教微笑着往后一靠。

"你怎么知道我们找到还是没找到？"洛蒂问。

"我的消息来源很可靠啊。"

"你的消息来源说得不对。还有，你对我撒谎了。"

"我不认识苏珊·莎莉文，但我承认我见过她。认识一个人跟见过这个人是有区别的。"他用手指在光滑的皮肤上摩挲着。

"你这是含糊其词，我可以因为你妨碍公务拘捕你。"浑蛋，洛蒂心里骂道。

"我不认为我有什么信息可以帮到你。"主教说。

"这得由我来判断。你们为什么见面？"她受够了兜圈子。

"私人事宜。我不需要告诉你任何细节。"

"科纳主教，你认识我们三个受害人中的两个。其中一个，苏珊·莎莉文，我们现在知道跟你见过面。另一个，安杰洛提神父，是由你负责照管的。现在你竟然说你不需要告诉我任何细节？"洛蒂的声音洪亮，挑战意味十足，"你越跟我耍把戏，我就越觉得你在这里边有事儿。相信我，如果我发现你在跟我们绕圈子，你会体验到什么是人间地狱。"她身子往前探，呼吸急促。

"你这是在威胁我吗，督察？"主教也毫不示弱地瞪着她。

博伊德打破了对峙。

"我们没有在威胁你，科纳主教。我们只是在实话实说，我们希望知道你为什么否认见过苏珊·莎莉文。你必须承认这很可疑。"

科纳主教吸了一口气，往舒服的椅子上一靠。洛蒂仍然探着身子，绷得紧紧的，一副随时会跳上桌子的样子。博伊德用手按住她的胳膊，她僵持着不后退。这次绝不让科纳轻易逃脱。

"别跟我打警司牌，"她说，"我他妈不管你跟科里根警司一起打过多少球，或者在十九洞喝过多少威士忌，或者进了多少小鸟球、老鹰球还是鹈鹕球什么的。我不管这些，我只要答案。逼急了我就把你那不干净的屁股拖到局里去。不管怎么着，你必须跟我讲实话。"

科纳主教笑了，洛蒂火更大了。

博伊德说："请允许我将一将现在的情况。安杰洛提神父十二月一号从罗马到这里。圣诞夜你跟苏珊·莎莉文第二次见面，第一次见面是今年早些时候。我们估计安杰洛提神父是圣诞夜遇害的。所以我觉得，你该说实话了。"

"我现在很忙……如果你们不介意……"他一边指了指门一边

掏出了手机。

"你找科里根警官纯属浪费时间。"洛蒂说着气鼓鼓地出了门。

"你们找我也纯属浪费时间。"

他关上了门。

* * *

两人坐进车。洛蒂说:"我简直想亲手宰了那畜生。"

"我也是。"博伊德说,"你怎么这么懂高尔夫?"

"肖恩玩游戏机有一段时间特别迷罗伊·麦克罗伊。"

博伊德点点头,好像懂了似的。

"科纳有猫腻。"洛蒂说。

"我得喝一杯。"博伊德说。

洛蒂往窗外看了看湖面,湖水的涟漪在月光下泛着银光。"快七点了,我得回家看看。"

博伊德专心开车。

"喝一杯就喝一杯。为啥不?"她说着把椅子往后放了放,把脚跷在仪表板上,闭上眼睛。

他还是没说话。

她喜欢他这份沉默。瑞卡德和科纳一直在跟她兜圈子,而现在她坚信这两人在藏猫腻。不过是什么呢?她几乎确信跟圣安吉拉有关。她不晓得是跟过去有关,还是跟现在有关。不过,无论如何,她决心查个水落石出。这是受害人应得的公道。

第五十三章

　　他离开办公室，说一小时后回。他需要新鲜空气，即使外面大雪纷飞。

　　街上没有什么人。一对年轻的恋人匆匆走过，互相依偎着有说有笑。一阵风掀开男孩脖子上的围巾，女孩顺势把围巾往自己脖子上拽。黑色的文身在飘扬的白雪中格外醒目。女孩把男孩拽向自己，两人亲吻了一下。那人在橱窗前闲看。他能看到女孩苍白的手在男孩的大腿上抚摩，一路往上，摩挲到脖子。

　　他尽量控制呼吸。他呼吸得太重，简直觉得那两人能听得见。

　　这对恋人继续往前走，进了丹尼酒吧。

　　他需要触摸那肌肤。

　　越快越好。

　　洛蒂和博伊德到丹尼酒吧时，拉里·柯比和玛利亚·林奇两位探员已经在了，二人坐在靠火的位置。

　　柯比身边的圆桌上放着两杯黑啤，他的头发比平常还要狂乱。林奇喝的是热威士忌。酒吧里人声嘈杂，一群小年轻围成半圆坐在一个晦暗的角落，一个个苍白的皮肤上不是穿孔就是文身，桌上放了一壶茶，摆了数不清的杯碟。动物园开茶会啊，洛蒂心里说。她在两个探员中间慢慢坐下，不再注意那帮小孩。博伊德去点喝的。

　　"你喝两份的，柯比？"洛蒂问。

　　"我心里在想着第二杯呢。"他脱掉外套，做好开会准备。他衬衫口袋里露出一沓纸和三支全被他咬过的笔。

　　"那第一杯呢？"

　　"第一杯下肚速度会快到我都不记得。"

　　他拿起酒杯，向身边两位女士举了举，三大口就干完。他用粗糙的手背擦了擦嘴，把空杯子放回桌子上。

　　"爽。"他说。

　　洛蒂冲林奇一笑。博伊德拿来一杯红葡萄酒、一杯白葡萄酒，红的他自己喝，白的是给洛蒂的。

"我还以为你已经戒酒了。"柯比说。他上嘴唇还沾着黑啤的白沫。

"特殊时期啊，"洛蒂说，"我跟你一样，急需干下第一杯。"

"无比同意。"柯比说着又干了一大口，打了个响亮的嗝，脸上却不见一丝尴尬。

四位侦探靠着火喝酒，一会儿身体就热乎起来了。

"别往那边看，督察。"林奇往洛蒂身后点了点头，马尾辫跟着一甩，"你女儿坐在角落呢。"

洛蒂立刻回头看。凯蒂！她的头慵懒地靠在杰森·瑞卡德的肩膀上，眼睛疲倦地眯着，红嘴唇噘着，嘴角挂着傻笑。那张脸上涂了太多粉底，显得过于苍白，洛蒂看着心里起火。

"别动。"博伊德说。

"我没准备动。我都跟人呛了一天了，够了。"

洛蒂喝了一小口本不该喝的酒。她真想一口闷下，像柯比那样。她没这个胆子，而且等下要走路回家。凯蒂这事儿可以再等等。但让她恼火的是，她的家丑竟让玛利亚·林奇看在眼里。她回过头来，跟几位同事介绍她和博伊德的调查进展。

"把那个主教交到我手上，五分钟就让他开口。"柯比舔了舔嘴唇说。

"你今天进展如何？"洛蒂问。她努力不去想背后那几个小孩。

"今天有收获，"柯比说，"我翻了布朗的通话记录，发现有些电话是打给一个移动电话号码的，而这个号码的主人不是旁人，正是安杰洛提神父。"

"詹姆斯·布朗认得安杰洛提神父？"洛蒂一口干掉杯中的酒，"所以，现在我们有确凿证据证明詹姆斯·布朗和遇害神父之间有关联。"她把空杯子放回桌子，"什么时候打的？哪一天？"

"哪几天，"柯比纠正了她，"有几次电话。第一次是 11 月中旬。等下。"

他从衬衣口袋里摸出一沓纸，打开看。纸上用黄色荧光笔圈了若干个号码。

"在这儿，"柯比用粗短的手指点了点，"11 月 23 日，下午六点十五分。还有两个，12 月 2 日和 12 月 24 日。"

"12 月 24 日那次是几点钟打的？"洛蒂很激动。

"早上十点半，还有晚上七点半。"柯比说着，拿笔在纸上又圈了一行数字。

"病理专家猜测，安杰洛提神父是圣诞夜遇害的。"洛蒂说。

"苏珊·莎莉文是在圣诞夜去见的主教。不过那个装腔作势的杂种不愿意告诉我们见面的详情。"

"这几件事之间的关联是什么？"林奇问。

"圣安吉拉还有开发商汤姆·瑞卡德。"洛蒂又瞧了一眼瑞卡德的儿子，他正拿鼻子拱她女儿的脖子。她转过头，恶心地皱着鼻子。

"这里有安杰洛提神父什么事吗？"博伊德问。

"我现在还不知道，但我们可以假设，布朗早上十点半打电话给他约见面，然后又打电话说不能按时回来，"洛蒂说，"这就是他的情人德里克·哈特上回说的约会。"

"但安杰洛提神父已经到了，"博伊德说，"而且还有别人。"

"看来如此，"洛蒂说，"是谁呢？"

酒吧服务员过来往火上倒了一桶炭。火焰立刻弱了下来，然后顺着烟筒往上蹿，点点火星落在壁炉上。柯比又点了一轮酒水，四个人陷入沉默。他们身后爆发出一阵笑声。

洛蒂努力把注意力集中在柯比提供的线索上，但又忍不住想看看她女儿在干什么。她瞅了瞅眼前的空杯子，盼着服务生来添酒。她注意到自己衬衫袖子边缘起了毛。如果亚当还在世，她经济上会宽裕些。凯蒂是不是看上瑞卡德儿子的钱了？

酒上来了，博伊德分给大家，柯比付了钱。洛蒂又听背后传来笑声。她扭头去看。凯蒂装着没看见她。凯蒂张着嘴笑，舌头上的穿孔在火光下发亮。她什么时候搞了这个？杰森搂着凯蒂的肩膀，手指头摩挲着她的锁骨。她感到博伊德在拽她胳膊，这才意识到自己已经站起身来。

"别管她，"他说，"小孩爱玩而已。"

"你知道个什么？"洛蒂愤愤地甩开博伊德的手。

"不多，我同意。但我知道，不能当着你女儿朋友的面让她难堪。坐下。"

洛蒂坐下了。博伊德说的肯定没错。她叹了口气，就由着酒精让脑子麻木一些吧。

"那个，你另一个女儿，克洛伊是吧？刚进来。"林奇说。

"天啊！"洛蒂扭着身子去看。克洛伊一边招手一边走过来。

"你好啊，母亲，"克洛伊说着，向其他几个侦探点点头，"你一天到晚忙这个啊？"

"挖苦不是你的菜，"洛蒂说，"肖恩呢？"

"嗯，他没跟我一起。"

"这不是废话嘛。"洛蒂说。克洛伊喜欢这么说。

"他在家待着。我们中午吃的方便面。"克洛伊说。她待在她母亲椅子背后不肯走。

"咦。"博伊德做出很难吃的表情。

"你来这儿干吗？"洛蒂说。她觉得女儿是来给她送内疚的。"你还未成年。"

"这不是废话嘛，母亲。"克洛伊一边说一边拽着白色厚背心里边那件粉色连帽衫上的带子。她看着像十二，不像十六。"我找凯蒂，现在找到啦。"

"你快回家吧。"洛蒂说。他们这会儿成了酒吧里无声关注的焦点。"到外面等我，我一会儿就来。"

克洛伊转身大步往外走，一头金发在脑袋上跳跃。

"别担心他们，"林奇说，"会好起来的。"

"什么时候？"洛蒂问，"我想知道什么时候。只会越来越糟的。"林奇嘴角是在笑吗？她得好好盯着林奇。她不敢信任她。

洛蒂丢下没喝完的酒，披上外套。"明早六点见。谢谢你们的酒。欠你们的。"

"要车送吗？"博伊德问。他还在座位上。

"我们走路回。我想清醒一下脑子。不过，还是感谢。"

"当心那个抢劫犯。"柯比说。

洛蒂走到凯蒂和她朋友们面前时停了一下，没说话，又继续走。

博伊德、柯比还有林奇也没什么话说。三个人喝着酒，听着火苗噼里啪啦地响。

洛蒂走出酒吧，戴上帽子。她心里嘀咕，抵挡天气容易，但抵挡内心的风暴却难很多。克洛伊挽着母亲的胳膊，让洛蒂觉得很温暖。

* * *

那人躲在黑暗的角落，一个众人看不到的地方，一直等到几位侦探喝完第二轮酒离开。他确定自己没被发现。但如今他已经不在乎了。那个脖子上有文身的男孩进酒吧时，他也跟着进来了。

"请你喝杯酒？"他先给自己点了一杯。

"不用了，谢谢。我跟朋友一起来的。"

"确定？"他摇了摇一张五十的。

"滚开行不行？"

男人瞅了一会儿那双黑眼睛，然后付了自己那杯酒的钱，把找零揣进兜里。他走开时，用手从上到下摸了一把年轻男孩的脊梁，故意做出不经意的样子。他感受到了棉衬衫下面的椎骨。

"哦，对不起，"他说，"今晚有点挤。"

"滚开，你个变态。"

男人回到角落。他的手指兴奋得颤抖，身体也越来越硬。这种向往太难熬了，他必须得采取行动了。

第五十五章

汤姆·瑞卡德坐在床沿上系鞋带。

"我有告诉过你你有多么美吗？"

"过去一小时，你也就是每五秒钟说一次。"女人说。一头长发垂在脸颊两侧，"汤姆，我不知道我还能坚持多久。"

他叹了口气，把她身上的床单往上一直拉到脖子。床单紧贴在湿润的身体上，显出凸凹有致的线条。一条银项链从汗津津的肩膀上垂下来。

"别这么说。"他转身探过去粗暴地吻她的嘴唇。

她挣扎着坐起身来。床单掉下来，露出温暖诱人的身体。他又想要她。时间还来得及吗？

"找借口越来越难了，"她说，"再说，我们这么来来往往总有一天会被人看见的。"她顿了顿，"汤姆，你在听我说话吗？你瞧瞧这地方。我们还能坚持多久？我恨这里。"

他犹豫着没说话，从狭小的木头椅子上拿起外套，披在皱巴巴的紫衬衫上。他四下看了看房间，角落里放着一个电热器，只有两根管子，潮湿的房顶上油漆剥落了，不时往下掉，两人经常割破脚。他因为欲望炽热，只把这里当爱的天堂，可那吱吱叫的破床上躺着的美人不应该只配这么一间老旧的宿舍。但他们两人都是有头有脸的，去宾馆约会风险太大，尤其是现在，梅兰妮盯他盯得很紧。

"我们下次再说这个好吗？"他靠着床沿坐着。

"不要把我当低级员工似的跟我说话。你不能有空了才找我速战速决，完事又滚回范思哲·瑞卡德太太身边啊。我们本不该在这里，不管我们来这里是做什么。"她倒在潮湿的枕头上，闭起了眼睛。

"再给我点时间。我会搞定的。真的。我们能做到的。"

"那你打算怎么个解决法？现实点吧，汤姆。你真可怜。"

"你想退出吗？"他问。他很害怕她会说是。

"不。是。我不晓得。这样不行。"她紧闭着双眼。

"快了，非常快。差不多快搞定了。别急着做决定。再等等。给我点时间。"

她眼睛忽地睁开盯着他看，他浑身一阵发毛。她放过了他。

"亲我一下，我就穿衣服。我们一起走。在这鬼地方待着，我的血都是冷的。"

他探过身去，舌头沿着她肩膀一路往上吻，吸了吸脖弯处的项链，嘴巴紧紧盖住她的嘴巴，一阵狂吻。突然从她嘴巴里逃出一声尖叫，他才意识到他用力过猛吸出了血。

"你干吗这样？"她把他推开，跳下床，穿上内裤。她的肌肤散发出性的气味，有股麝香味，像昨天的香水，"我有时候真搞不懂你。"她啐了一口，一脸的恶心。

"对不起。"他说。昨天晚上在舞会上不能碰她，令他百爪挠心。他对她的渴望永无止尽。"对不起。"他又说一遍。

"我怎么会沦落到这么一个龌龊的处境。"她拉上裙子，"我简直都不想再跟你这么下去了。"

"别这么说，我爱你，我们生来属于彼此的。"他恳求她。

"你看，我说的就是这个。"她扣上羊毛衫，又扣上外套，"你太不成熟了。我以前可见过你这样的，有的男人被婚外情压垮了。你现在越来越像那些人了。"

他看着她系上外套上的腰带。她的嘲笑像刀子一样刺穿他的心。他站在那里，张口结舌。

"行了，行了。你还真以为我是第一次遇到这种事啊。成熟点。"她又大笑起来，拿起手提包，挎上肩膀，"你得重新找个地方。我是绝对不会再来这个破地方了。"

她咣当一声关上门，震得窗户直响。他的心缩成一团。他坐在弄脏的床单上，直摇头。先是梅兰妮发飙，现在他的情人也失控了。如果圣安吉拉项目失败，他还会陷入巨大的财务危机。还有洛蒂·帕克督察像猎狗似的一天到晚盯着他。他不晓得事情还会糟糕到什么程度。

然后他突然开始大笑起来。

他以前遭遇过更大的困难，不也熬过来了吗。这次也一样。他是个解决问题的能手，这次的问题他也同样能处理好。

第五十六章

　　两人往家走，雪下得正猛。寒冷的空气稀释了洛蒂血液中的酒精。母女二人一路无话。她没心思说话，因为得时不时回头看看，确保没有人跟踪。她并不想这样，但确实担心上次那个袭击者会再来。

　　二人终于到家。洛蒂把外套挂到楼梯的扶手上，克洛伊走进客厅。肖恩躺在沙发上，不停随意切换着电视频道。克洛伊扑通一下坐到沙发对面的椅子上，抱着胳膊。房间里很暖和，气氛却是冷冰冰的。

　　"对不起，"洛蒂说，"我应该下了班直接回家。但我上了一天班很累，需要先放松一下。"她靠着门，望着孩子们。她为什么要解释呢？是因为内疚吗？

　　克洛伊冲出椅子奔向母亲。

　　"不，是我该说对不起，"她说着双手抱住洛蒂，"我是担心你会酗酒。我去酒吧找你就是因为这个。"

　　原来女儿是关心自己，洛蒂感到很欣慰。

　　"你不要担心我，"她说，"我只喝了一两杯，以后不会经常喝。"

"我不会来抱你的，"肖恩回头笑着说，"我需要一台新游戏机。"

"才买了两年。出了什么问题？"洛蒂把克洛伊从身上放下来。

"老死机。尼尔看了下，说差不多要寿终正寝了，修不好了，"肖恩说，"再说，买了四年了，不是两年。爸爸去世前很久就买了。"

"尼尔是专家？"

洛蒂知道尼尔是肖恩最好的哥们，很擅长拆装东西。她希望尼尔看错了。寿终正寝？什么鬼话？她的预算可不够买台新游戏机。

"是专家啊。啥时候买新的啊？"肖恩恳求道。他这会儿像个小小孩，完全没有大小伙子的神气。"我银行里有钱呢。"

"你那个钱不能动。你知道的，那笔信托基金得等到你满二十一岁才能动。"她把亚当留下的那一小笔人寿保险都给孩子们存进了专用账户。

"我知道啊。但我自己账户里有几百块呢。"肖恩一脸不高兴。

"我再想想办法吧。你过几天就要上学了，所以要开始学习了。"她语气中带着希望，"到时候就没时间玩游戏机了。"

"没有 FIFA 和侠盗猎车手我会死的。电视上什么都没得看。"

洛蒂叹了口气。她说不定得退订天空电视台了。

"来吧，克洛伊，我们看看厨房里除了方便面还有啥。"

肖恩又开始乱调电视节目了，最终锁定一集重播的《绝命巫师》。

洛蒂觉得十三岁的孩子看这个电视剧有点不合适，但也顾不上管了。

第五十七章

迈克·奥布莱恩把瑞卡德的贷款账户发送给总部后离开了银行。他的心情很糟糕，他知道可能会出纰漏。迟早的，只是目前还没有。他尽力对数字做了美化处理。他现在只能一边等一边希望这个账户会消失在茫茫的虚拟海洋中。回家路上的消遣也不能令他释怀。

他在家中坐着，他那只黄条纹的猫坐在他腿上。大多数晚上他都是这么度过的。古典音乐填满了整个屋子。古典音乐通常会使他轻松，但今晚却不起作用。

他一边咬手指甲，一边用另一只手摸着咕噜叫的猫。他人生大多数日子是在孤独中度过的，他喜欢这种生活方式。在他而言，孤独和独处携手并行。他从来不爱交朋友，更不会找情人。他在健身房有几个熟人，包括博伊德探员。但他俩不算朋友。他性机能不全，因而难有归属感，他已经习惯了。也找到一些弥补的方式，虽然品位不雅，但他也能将就过得下去。还有几个月，曲棍球赛季又会重新开始了。他喜欢教那些小男孩。有个事儿做，不然那些春天的夜晚很难熬。

门铃响了，那铃声刺穿了他的幻想。

奥布莱恩猛然把猫扔到地上，疯狂地四下看。总部就已经派来了犯罪调查组？瑞卡德贷款的事这么快就东窗事发了？太疯狂了。现在是晚上九点钟了啊。

他关掉音乐，拉开窗帘往外瞧。住在郊区本来就有诸多不便，他家恰恰处于瑞卡德一处"鬼宅"的中央，更是不用说了。原先的计划是建二十五栋房子，用高墙围着。但只完成一半，而且装对讲机的门也没有按计划建好。剩下的一半房子只有生锈的脚手架做伴，这些没有窗户的混凝土中只有风的呼啸，奥布莱恩听着头皮发麻。

他从窗前退回来，镜子里只有他孤独的影子。他放下窗帘，抹了抹上面的褶皱。

门铃又响了。

他嘴里骂着，只好去开门。

* * *

科纳主教一脸愁容。

"快让我进来，不然会被人看见。"他推开奥布莱恩进了屋。

"出了什么事？"奥布莱恩的笑容僵住了。他左右看了看，确定外面没有人，才关上门。

"我讨厌猫。"科纳主教瞧了瞧安妮皇后椅下蹲着的那只黄条纹的猫，径直走进客厅。

奥布莱恩捏紧了拳头。这可是他的家。

"外套给我吧。"他说着把科纳扔在沙发背上的衣服拾了起来。衣服肩部粘了一根猫毛，奥布莱恩摘掉猫毛，把衣服挂在过道里。

他回到客厅，发现科纳手里拿着一个瓷偶男孩。

"你的家装品位该换换了。"科纳说着把瓷偶放回架子上。

"我觉得挺好，没必要花那个冤枉钱。"

"啊，是了。连银行经理都这么说。"

"喝点？"奥布莱恩问。

他往两个玻璃杯里倒了好几指深的威士忌，递了一杯给科纳。两人碰了碰杯，站着喝了一口。

"那个爱管闲事的督察洛蒂·帕克到处伸鼻子闻。"科纳说。

"那是她的工作。"

"她现在知道我跟那个叫莎莉文的女人见过面，而且还跟我打听安杰洛提神父的事。"

"那事儿跟你无关，对吧？"奥布莱恩说。

"我不想让她搞清楚更多来龙去脉。"

"你那个朋友呢，科里根警司？不能帮上忙吗？"

"我觉得他那边现在帮不上什么忙了。"

"坐下说？"奥布莱恩指了指一把椅子。那只猫正一脸怒容地蹲在椅子下面。

"我站着吧。"科纳说。他立在屋子的正中央。

奥布莱恩的腿有点虚，想坐下，但还是坚持站着。"你需要我做什么？"

"不要让她再来缠着我。我们需要把她的注意力转移到别处去。"

"那你打算怎么做？"奥布莱恩陷入一种深深的无助感。他觉得喉咙有点紧，于是又咽了一口威士忌。洛蒂·帕克昨天竟然就在他的办公室羞辱他。他当然希望她付出代价。但他能做什么呢？

"汤姆·瑞卡德呢？他怎么说？"

"我在跟你说话，不是瑞卡德。"科纳的声音冷漠而坚硬。

主教的存在使得房间显得有些小。奥布莱恩情不自禁冒出汗来，手里的杯子竟有些滑。他把杯子放在壁炉台上。

"你跟我都知道，让那些秘密永不见天日有多么重要。"科纳往奥布莱恩跟前迈了一步，掸了掸他肩膀上的头皮屑，"既然是秘密，就不该泄露。"

奥布莱恩往后退了一步，他的脚踝碰上了炉栏，已经无处可退。两个男人四目相对地站着。威士忌的酸味在他的胃里翻腾着。科纳的脖子上没有戴罗马领，他喉咙上颈动脉的跳动清晰可见。他看着那喉咙一张一缩，看得入了神，想象着血液从那里被输送到主教的心脏。如果他还有心的话。奥布莱恩屏住呼吸。

"你是什么意思？"奥布莱恩终于问。

"我得跟你明说吗？"

"不，不，不需要。"

科纳的眼神暗了下来。他把酒杯放在瓷偶旁，两只手按住奥布莱恩的肩膀。

"好。这次交易我不能有损失，"科纳说，"你就是负责财务的，你得保证我的收支还有……其他一切，不能被人查出来。"

这番话的每个字都响彻整个屋子。他迅速握了握奥布莱恩的手，拿起威士忌，一饮而尽，又放回架子上，转身离开。奥布莱恩这一口气才舒出来。

科纳走进过道，又扔下一句："我太讨厌猫了。"奥布莱恩没作声。他也没法作声。刚才主教口中的气息差点让他窒息，他靠着壁炉才站得稳。

科纳穿上外套。

"不用送。"他说。

直到躲在椅子下的猫跑过来蹭他的腿，他才能动弹。

＊＊＊

能爬到郡长的位子，除了人要勤快、脑子好使，还得有敏锐的商业嗅觉。如果你父亲也干过郡长，当然是有帮助的。格里·邓恩不傻，知道他的成功离不开父亲私底下的运作。但现在他有些后悔。这份工作给他惹来太多麻烦，都要他最后拍板。他不喜欢做两难的抉择，尤其是那些他要负责到底的。

今天他下班早，但又回办公室再查一次文件。他一边翻阅着圣安吉拉的规划申请文件，一边默默地诅咒他父亲。幸亏詹姆斯·布朗死前把文件交给了他作最后的决断。他把文件放进桌子抽屉，锁上。这个项目并没有按照开发规划做，却并没有惹出太多争议。汤姆·瑞卡德想要再多一些保险，所以愿意多花钱。邓恩自然不会拒绝。他希望这事儿能很快就过去，他好继续安然当他的郡长，瑞卡德也不会再来烦他。他看着窗外的落雪，不知道要到哪里去搞盐，这一周还有几天才结束呢。

他拿起外套，关上灯，回家。他这辈子从未感受过这么大的压力。

＊＊＊

迈克·奥布莱恩把花洒调到最大，任凭热水冲击着肌肤。他站在淋浴间，觉得自己很渺小。

他满身伤疤的表皮下面好似有魔鬼在抓挠，他痛苦不堪。他尽量不去想。他不愿意去回想过去，那永久封存的往事，绝不能允许有人再把它们挖出来。任何人都不行。他更加用力地刮擦，指甲在胳膊和胸口留下一道道红通通的印痕。他尽力去压抑心中涌起的愤怒。

他需要逃脱这份精神折磨，他的脑子快承受不住了。他关了水，让裸露的身体在浴室的空气中冷却。

唯有如此才能平抑内心的折磨。

他穿上衣服，喂了猫，走出家门，消失在夜色中。

* * *

特伦斯·科纳主教开车转了一会儿，然后停下，在车里坐了很久，心里一遍遍回想跟奥布莱恩的对话。

他担心是不是把他逼得太急了。他有点太绝望了。罐头里的虫子全都在往外爬，他得赶紧把盖子盖上，钉紧。不能再多一个鲁莽行事的人。他还要确保汤姆·瑞卡德不食言呢。他们都在一条船上，特殊时期就要用特殊手段。他不知道这伙人是否能共渡难关。

他在车里坐了良久，目光透过雨雪，越过冻湖，想象一个晴天白日，在圣安吉拉那片新开发的高尔夫球场上挥杆击球。对，他想，美好的未来就在眼前。

第五十八章

"我们的主教朋友来找过我。"奥布莱恩说着坐进一把扶手椅。

"这个讨厌的王八蛋又要干吗?"瑞卡德给奥布莱恩递了一杯酒。

奥布莱恩摇摇头。

"我等下要开车,而且今天已经喝了几杯。"

"随你。"瑞卡德给自己倒了酒,"你好像很紧张啊。"

"对啊。唉,他每次都能把我吓出屎来。"

汤姆·瑞卡德放声大笑:"行了,别这么软蛋。他要干吗?"

"他不希望警方,尤其是帕克督察,到处打探我们的事情。"

"现在为时过晚了。两个受害人都和项目有关联,虽然关联不强。但我们没什么好躲躲藏藏的啊。"瑞卡德仔细盯着奥布莱恩看,"你说是吧?"

"没……没有……我想没有吧。"

"你想没有?"瑞卡德高高耸立在奥布莱恩的头顶,"你最好确定没有。"

"只是……那些贷款。你要是不赶紧还上,我就麻烦大了。"

"那事儿跟科纳没关系。"

"这笔交易就是靠你的贷款啊。"

"我的生意我知道怎么做。"瑞卡德绕过白色真皮沙发，"科纳主教最好少管闲事。"

"还有别的事儿啊……"

"你说什么？"

"我……我不能说。但如果这些事儿被曝光……"

"我的老天啊，快说。"

"你不用知道。"

"我告诉你，如果警方查出什么我不知情的东西，这桩交易就算歇菜。你听见没？歇！菜！"

瑞卡德把杯子重重放到桌子上，威士忌溅到沙发的扶手上。今晚真是诸事不顺。

"你说真的？"奥布莱恩眼睛睁得大大的，简直不敢相信。

"我当然说真的。你跟科纳如果背着我搞什么勾当，我就退出。"瑞卡德抱着胳膊说，"那你俩到底怎么说？"

"我……我……我……"奥布莱恩站起身来，双手在空中乱挥。

"我不喜欢你，奥布莱恩。但你知道吗，我也不用喜欢你。"

"为什么？"

"你知道我的，我是实话实说，你就是一坨等着被人铲的屎。你给我确保钱没问题，然后别来烦我。"瑞卡德转身打开了门，"现在从我家滚出去。"

"我……我现在就走。"

"你知道吗，奥布莱恩？"

"什么？"

"你穿得人模人样的，袖口镶钻，名牌西服，但你也就是个冒牌货。"

"你侮辱我。"奥布莱恩说。洛蒂·帕克不也这么说他吗？这两人有什么权利这么对他？

他垂着头。

"出去，"瑞卡德吼道，"你再不走，我就不光是侮辱你了。"

奥布莱恩赶紧出了门。

瑞卡德又倒了一杯酒，走到窗前。

"臭狗屎！"他骂道。

他挑开窗帘，看见奥布莱恩车子的尾灯在路尽头消失，又拉上窗帘。他一口干掉威士忌，又去酒桌前添酒。他不喜欢别人有事瞒着他。听奥布莱恩的意思，似乎有点什么他不知道的事儿。那个马屁精最怕的就是主教。科纳捏了奥布莱恩什么把柄吗？但他觉得奥布莱恩有一件事儿说对了，就是不能让洛蒂·帕克这么搅和项目。事情有点失控。

他又倒了两指深的威士忌，贪婪地喝着。门开了，杰森跟凯蒂·帕克手牵手晃悠悠地走进来。梅兰妮跟在两人身后。瑞卡德盯着那姑娘瞧，满眼都是她母亲的样子。

"小姑娘，你该回家了。"他用酒杯指了指。

"为什么？"杰森搂着凯蒂问。

"因为她母亲是个他妈的督察。"

"这算什么理由？"杰森说，"你喝醉了。"

"你竟敢质问我。"瑞卡德吼着往前跨了一步。

"呃，那你也别质问我。"杰森说着把凯蒂搂得更紧。

汤姆·瑞卡德捏紧拳头，一拳打在儿子面颊上。另一只手里的酒杯掉落在地，摔得粉碎。他又打了杰森一拳，正中下巴，杰森应声倒地。

凯蒂尖叫着转身逃出去。

第五十九章

洛蒂把晚餐的盘子堆进洗碗机里，扫了地，又往洗衣机里塞了第二堆衣服。衣服洗完了，搭在楼下散热器上烘干。她调高了锅炉的温度。屋子里很热，四处弥漫着织物柔顺剂的气味。

她忍了个哈欠，伸了个懒腰，心里琢磨这会儿还能干点啥。她四处打量了一下厨房，在自家房子里的感觉真好。虽然不是什么琼楼玉宇，却是她的港湾。这里是她和孩子们的家。她真希望能永远不用离开家。这当然不现实。或许该请她母亲来帮忙做些家务。要不，还是算了吧，她不愿往那里多想。但她也清楚，日子总要过下去，迟早要跟罗丝言归于好。毕竟她是母亲，不管罗丝过去做了些什么，血毕竟浓于水。若能弄清事情的真相就好了，又是一桩事。她又回想了一遍她跟罗丝关于苏珊·莎莉文的谈话。或许这几桩凶杀跟苏珊找孩子有关系？

前门开了，咣当一声又关上，楼梯上响起重重的脚步声。

"凯蒂？"洛蒂喊了一声。

没人应。她跟了上去，发现女儿正抱着枕头哭。她在床沿坐下，把手放在凯蒂的肩膀上。

"身上全湿了。是走着回家的吗？"她掸了掸女儿头发上的雪花。

"都是你的错，"凯蒂抽着鼻子说，"都因为你那个破工作。我的一切都被你毁了。总是这样。"

"你在说什么？"

洛蒂知道这姑娘在丹尼酒吧时很可能就抽大麻抽晕乎了，但现在眼里却全是愤怒。睫毛膏在雪白的脸颊上画了好多条黑道道。她曾经宝贝的那个孩子如今已荡然无存。她不晓得该怎么处理凯蒂吸大麻这个事儿，她倒是擅长给抓到局里那些吸毒小孩的母亲们提建议。这事儿她不能马虎。她还是得去找瑞卡德家那孩子，让他跟他的毒品离女儿远一点。博伊德会搭把手。

"督察女士，"凯蒂啐了一口，"你跟你那几个走狗们在酒吧喝着酒，是不是觉得自己很了不起啊，觉得自个儿又厉害又伟岸吧。你知道吗？你就是个醉鬼。就是个醉鬼。醉鬼。你毁了我的人生！"她把脸埋在枕头里，闷着声哭。

洛蒂跳了起来。这些话一字一字刺痛她的肌肤，犹如过敏反应一般。她说不出话。她拧着手，强忍着这份羞辱。她开始数墙上的海报，数梳妆台上眼影的小格子，数床边摆着的鞋。她疯狂地四处找东西数。惊恐与伤心的眼泪在眼角打转。她想安慰女儿，却不知道该怎么做。

凯蒂抬起头。

"今晚杰森爸爸打了他。"她呜咽道。她熟悉并爱着的那个小女孩又回来了，"我走了好几里地，才打上车。下着大雪，天很黑，我吓得要死。"

"天啊！你该打电话给我啊。来，我帮你把湿衣服脱掉，然后你就睡觉。"

"他为什么要打杰森？"凯蒂坐起来，挣扎着脱掉湿漉漉的外套。

"我不明白为什么有人会这么做，"洛蒂说，"我真不明白。"

她脑子里想的只是她发了狂的女儿在黑咕隆咚的冬夜里一个人沿着湖边走。简·多尔的停尸房里还躺着三具尸体呢。

她难道没教过女儿安全常识吗？

第六十章

杰森冲出家门后，汤姆·瑞卡德见梅兰妮也转身走开，脸上的表情既惊恐又鄙夷。

他哆嗦着手又倒了一杯威士忌。他这辈子没有动过儿子一根手指头。他这是着了什么魔怔？不管生意场上多不顺，不该拿儿子撒气啊。

还是继续喝酒吧。

他松了松领带，把杯中的琥珀色液体一口喝干。

他想要的答案就象落在窗上的雪片，还没来得及去抓，就已化了。

* * *

他恨他父亲。

从他父亲一拳击中他下巴的那一刻起，杰森就开始无比憎恨他了。

他跑出家门，冲过他的车子，手塞进牛仔裤口袋，沿着小路大步往前走。他走上了大路，却不知道要往哪里去。他只是想逃开。他希望凯蒂没事。他竟然让她一个人走回家，天那么黑。他停下脚步。他该打电话给她。天啊！他把手机丢在家里过道的桌子上了，还有钥匙。

他连外套也没穿。雪已经浸透了他的衬衫、他的身体，他的皮肤上像是又长出一层皮似的。他还晕乎着呢，但他知道没有手机不行啊。

他转身往家走，这时身后亮起车灯。他知道自己在逆行，便走进路边的沟里，让车先过。车子在他身边停下来，车窗摇了下来。

"要捎你一截儿吗，孩子？"车里的男人身子探过副驾驶座问。杰森觉得好像在哪儿见过这个人。他父亲的朋友？酒吧里那男的？他脑子很晕，一时想不出来。但他决定要搭车。

"谢谢。不过我不晓得我要去哪儿。"

"不用多想，"那男人说，"我也不知道要去哪儿。"

杰森打开车门，坐进温暖的车里。那人笑了，挂上挡，开走了。雨刮器唰唰地来回摇摆，那人打开广播，把那枯燥的噪声盖住了。

两人一路行驶，只有安德烈·波切利的男高音装点着夜的寂静。雪花飘落，消逝，此时降了严霜，一轮皓月从云层身后跃出。盲人歌唱家萦绕不绝的高音让杰森浑身发颤，他熟悉那种感觉。

第六十一章

穆塔夫太太停下她那辆菲亚特朋多，把旅行包背上肩。大烧瓶还有塑料杯从包的顶部斜着突出来，她背得有些吃力。她挂着拐棍，一步一摇，心里嘀咕，苏珊不在，一个人难多了。

她思念苏珊。她为什么会遇害呢？希望这事儿跟那些喝汤的顾客没有干系。都是些绝望的可怜人。在白天，拉格穆林的居民们对他们视而不见，毫不在意，只把他们当作砖块和灰泥一样的背景。到了夜晚，他们便成了一道街景。

气温迅速降到了零度以下。她的呼吸悬在空中，清晰可见，领着她在冰冻的人行道上艰难地往凯里电器铺走。她把烧瓶卸到地上。帕特里克·奥马利平常就在这儿，有时候醉卧，有时候睡觉。

她四下张望，不见踪影。她又看看表，是跟平常一样的时间啊。按固定时间来是苏珊的主意。她说让这些人觉得至少有一件事能靠得住。

穆塔夫太太深深叹口气。她拾起烧瓶，沿着街继续走，去找下一位可怜人。愿帕特里克别冻死在什么地方。

她估摸他十有八九是醉得不省人事了。

第六十二章

整栋楼黑乎乎的，窗户空空地陷着，在水泥墙上镶了一排排黑洞。

"我们来这里干什么？"杰森眼睛睁得老大。他刚才竟然睡着了。

"找个地方让你过夜啊。"汽车挂上了空挡。

"那不行，送我回家，我要拿手机。我得问问我女朋友有没有事。"

"我相信她没事。她是谁啊？"

"凯蒂。她妈是侦探。"

"真的？"那人沉默了一会儿，"真有意思。"

"我得回家了。"杰森说。他全身冻得发抖。

"我还以为你们年轻人都喜欢冒险呢。我想带你转转，给你上堂历史课。"

"现在太晚了。再说，我痛恨历史。"杰森说。那人娴熟地挪车、停车、熄灯。杰森坐得笔直。他看不清楚那人的面孔，但觉得很眼熟。

"啊，不过这堂课会很有趣哦。"那人很坚持。他关掉引擎。

"很黑啊。"杰森说。他尽量不露怯。

"来吧。"那人说着下了车。

杰森也下了车，把湿牛仔裤拽过腰。

那人打开手机上的手电筒，拾阶而上，走向一扇结实的大门。杰森站在最下面的台阶上，犹豫不决。他不想一个人被丢在外面，只好跟着。

那人用肩膀推门，门吱呀一声开了，他快步走了进去。他用灯光在大理石过道里四下晃了晃，喊道："亲爱的，我回来了。"

他大笑起来。那声音响亮却难听，在屋里回响。他往楼梯走。木质扶手似乎让他陷入了某种回忆。他的手指在木头上摩挲着，又把脸颊贴上去，似乎在感受那份光滑。

杰森很想冲下台阶跑回家，但他父亲太浑蛋了，他的下巴被那拳打得到现在还一阵阵疼呢。他渴望有人陪伴。该死，要是凯蒂在身边，他俩会一起嘲笑这个亲吻楼梯的白痴。

"上来。"那人一边说一边往上走，把杰森一个人留在黑暗中。

他们的头顶回响起一阵尖叫声。

"什么东西？"杰森一猫腰。

那人吃吃地笑。

"只是风刮过老旧过道的声音，"他说，"或者是鸟叫，不知道是哪个。来吧，我让你看点东西。"

杰森虽然身上又湿又冷，但心里痒痒地想知道楼上有什么东西。对他父亲的愤怒也令他不管不顾。他踩着脚上了楼。

能把他怎样呢？

第六十三章

夜里十二点差一刻，洛蒂的电话响了。

她正在翻阅案件笔记，心里暗骂自己竟把穆塔夫太太的面包丢在博伊德车上了。手机屏幕显示是科里根警司。她没理会。这么晚了还来教训人。电话铃停了。但随即又响了起来。她知道科里根会一直打，于是看都没看，就拿起了电话。

"你好，长官？"

"称呼得这么正式啊？"

洛蒂笑了，把手里的笔记折了起来。

"乔神父，你好啊。"

"调查得如何了？"

"说进展慢都算是收着说。"

"来罗马找我吧，天气好极了。天冷，但天很蓝。"

"听上去很棒啊。但……"

"你在想我为什么这么晚给你打电话，对吧？"

"你会读心啊。"

他大笑："你怎么样？"

"我还好。"洛蒂撒了谎。

她一点都不好。她把凯蒂哄睡了才回到厨房，脑子里回响着女儿的话。醉鬼？姑娘说得对吗？亚当死后她可不是变成醉鬼了吗？大多数时候她控制得不错，但还是偶然失控，而且越来越依赖药物。她可真是孩子们的好榜样。她叹了口气。

"你不好，我从你的声音里能听出来，"他说，"来罗马吧。我有你感兴趣的信息，你要亲自来看。"

"你也找到了达·芬奇密码？"洛蒂开玩笑说。

"不算是。我找到了圣安吉拉的档案。存放的地方很隐秘，都是纸质的。拍照、传真、电子邮件都不可行，要花太多时间。我要是被逮住，会被革出教门。真的，你要自己来看。你能跟科里根警司商量商量吗？"

"不可能，"洛蒂说，"我最近踩了你们主教脚指头了。他估计又打我小报告了。"

"你只是在做你的工作。"

"他可是科里根警司的高尔夫球友。"

"我要是你，我会踩得更狠。信不信由你，他在外面装好人，实际上可不是什么好鸟。"

"你确定你发现的线索有用？"

"我不知道。但至少会让你了解一些背景信息，或许能补全一些线索。"

"科纳主教肯定隐瞒了不少情况。"洛蒂说。

"我一点都不意外，我看到了一些文件。"

"我现在有点兴趣了。有安杰洛提神父的信息吗？"

"我遇到他一个朋友。他说安杰洛提神父或许是被派来监视科纳主教的，而不是让科纳主教照管他，跟我们原来想的不一样。"

"安杰洛提神父于是就来了，结果遇害了。"

乔神父的话让她产生了兴趣，她现在很想知道他到底找到了什么。她也想见他。

"洛蒂，根据我看到的这些资料，安杰洛提神父来拉格穆林或许还有别的原因。"

"告诉我。"

"我不想在电话上说这个。"乔神父小声说。

"你还在床上？"洛蒂问。

"看看咱俩现在谁会读心啊？"他大笑着说，"我得挂了，我听到室友上楼来了。"

"没有自己的房间？"

"我又不想在这儿久留，要自己的住处干什么，"他说，"我在爱尔兰学院凑合住几晚。洛蒂，问问科里根怎么说，好吗？"

"行。这个电话能找到你？"她看了看电话屏幕上的那串数字。

"如果我没接，就留信息。我说不定是在做弥撒。"

洛蒂能想象到他在笑。

"晚安，洛蒂。"

她也道了晚安，挂了电话。

她整理完最后一批笔记，上楼去看凯蒂。睡得很熟。她轻轻在姑娘头发上亲了一下，起身去关台灯，瞄到储物柜上有张照片，四边镶着贝壳。她拿起来仔细看，一家五口人，在兰萨罗特岛，四年前。那是最后一次全家一起去度假。她摩挲着落了灰尘的玻璃。照片里大家都在笑，幸福地笑。当时他们一家人开吉普车上蒂曼法亚火山，照片是出发时拍的。

她跌坐在床上，凯蒂在睡梦中叹了口气。

照片里的时光多么美好。一切井然有序，一家人无忧无虑，相亲相爱。她内心酸甜苦辣俱全，思绪在美好的过去和不明朗的未来之间飘摇不定。三年了，她还是无法放下亚当。她竟然想着要飞去罗马见一个认识刚一星期的神父，或许，她这驾马车的轮子真的是要掉了。

* * *

1976 年 1 月 30 日

莎莉从梦中哭醒了。

她冥冥中希望母亲就站在床边。却是帕特里克。他把手指放在唇边，示意莎莉不要说话。她坐起身来，不知道他怎么跑到女宿舍来了。她四下看看黑乎乎的房间，只听到轻柔的睡眠声。

"跟我来，"帕特里克一边小声说，一边拉开她身上的毯子，"我要给你看样东西。"

她蹑手蹑脚下了床，把饰有花卉图案的绒布睡衣紧紧压在胸前。他没给她时间穿睡袍。

"去哪儿？"她问。

"嘘。"他抓住她的手。

两人来到宿舍外面，楼梯上挂着一盏灯，布满灰尘的灯罩下方逃出一丝静谧的光缕。值班修女的房间在走廊正对面，帕特里克拉着莎莉下到二楼。两人偷偷摸摸来到走廊尽头，穿过一道门。她以前没来过这里。两人在黑暗中匆忙地走着。他又打开一道门，然后是一截短短的通道。月光从三个窗户照进来，照亮两人的脸，惨白如尸体。她面前出现一道拱门。

她停下脚步。

"我有点怕，帕特里克。"

他转过身，手里还拉着她的手。"我说真的，莎莉。求你了，你得看看。"

她叹了口气，只得任由帕特里克拉着自己走过拱门，走下一段狭窄的石阶。她双脚冰凉，忘了穿拖鞋。来到最下面一个台阶，帕特里克停下脚步。原来是个小教堂。她转身看他，他摇摇头，示意她不要说话。她是第一次来这里。

她眼前是一个祭坛，点着蜡烛，能闻到油脂的味道。然后她看见了科神父。她紧紧捏住帕特里克的手。神父跪在祭坛的台阶上，全身裹着一件厚厚的淡黄带金色的披风，他祈福时穿的那件。他双手伸向前方壁龛中怀抱圣婴耶稣的圣母马利亚拼花图案。他的衣服整齐地叠放在台阶上，上面摆着他的长皮带。

莎莉往帕特里克身边挪，靠着他。空气很冷，他也只穿着薄薄的睡衣，但莎莉还是能感觉到他身上在冒热气。

"帕特里克，这是在干什么？"她低声问。

他摇摇头，耸耸肩，拉着她沿着最后一排跪凳往右走。他把她拽到一个木质忏悔室后的角落。角落里竟然还有人，有两个人。她差点叫起来。帕特里克盯着她，眼冒怒火。她屏住呼吸，努力把那声叫喊闷在肚子里。

她眼睛适应了烛光的影子，认出了角落的两个男孩，詹姆斯和菲茨。帕特里克把她往两人旁边一撩，几个人挤在一起。她有成千上万个问题，但这会儿只能默默地看。帕特里克仍旧拉着她的手。她很欣慰。

祭坛边的低吟渐行渐强，然后又沉了下来。她睁大眼睛，舌头咬在牙间，强忍住不出声。

神父低下头又抬起，反复几次，口中念念有词。祭坛边垂下的一道帘子打开了，布莱恩立在一旁，全身一丝不挂，一身横七竖八鲜红的鞭痕。她不敢看，又忍不住去看，把帕特里克的手捏得更紧，生怕他把自己甩下。神父站起来，招手让布莱恩上前去。布莱恩慢慢往前蹭，双臂紧贴着身子。他肯定冻得要死，莎莉想。

神父把布莱恩一把摁下跪倒在地，用披风盖住了他。她再也忍不住了，尖叫起来。

帕特里克一把捂住她的嘴巴。科神父猛地转过身，赤裸的身体暴露在烛光下。他眼睛漆黑，莎莉见状无比惊恐。她当然也知道他们现在麻烦大了。

"快跑！"帕特里克叫了一声，拖着莎莉就走。

她开始跑，菲茨紧跟着，詹姆斯殿后。他们一边往楼梯上跑，莎莉的脑子里还一边想着布莱恩的样子，赤身裸体，嘴巴张着，眼神死寂。

几人逃到有两扇门的房间，停下来喘口气。莎莉哭了起来。菲茨一只手抱着她肩膀安慰她。詹姆斯站在帕特里克边上，嘴里不停地说："太吓人了，太吓人了。"

"他在对布莱恩做什么？"莎莉问。其实她知道。科神父无数次逼着她做过同样的事情。她无法从脑海中抹去那男孩的样子，张着嘴，唇边粘着白色的东西。

"他就是堆臭狗屎，臭狗屎。"帕特里克说。

"我真想拿根蜡烛烧死那浑蛋，烧烂他的蛋蛋。"菲茨说。他的声音在墙壁间回响。

莎莉几乎能感觉到几个人一呼一吸间夹着恐惧，连皮肉间都渗出恐惧的气味。恐惧如此清晰地显现在面前，能看得见，能摸得着。她听着门口的动静，祈祷神父不要追上来。她不喜欢黑暗。

"我们得做点什么。"她低声说。

"对，"帕特里克说，"做什么呢？"

"我说真的，不是开玩笑。我们能做点什么？"莎莉忍着泪呜咽着。

楼梯上传来光脚走路的啪啪声。她转过身，看见男孩们的眼白在月光下闪闪放光。他们恐惧得动弹不得。

"伙计们，我们怎么办？"她哭喊道。

詹姆斯开始抽泣。

第七天

2015 年 1 月 5 日

第六十四章

拉里·柯比探长把电脑上打印出来的照片钉到专案室的案情分析板上。洛蒂来了。这会儿才刚过早晨五点半。她昨晚上没睡好，一肚子脾气没处发。

"你起得够早啊。"她把温热的咖啡放到窗台上，脱掉外套。

她前一晚把车留在警局，但走路来上班并没有让她心情更舒畅一些。她站在柯比身旁。柯比的衣服上有一股雪茄味，跟她洗衣筐底的脏袜子有的一拼。她很欣慰昨晚把衣服全洗了。少了一件家务。

"昨晚压根儿就没上床，所以也不用起床了。"他一边说一边笨手笨脚地把图钉按进照片。他那被烟熏黄的手指太过粗大，把握不住小小的钢钉，一颗钉子掉到了地上，地上已经落了一堆钢钉。

"你在干吗？"

"我想把案情分析板重新布置下，已经一星期了。"

"别提醒我这事儿。你要我帮忙吗？"

柯比摇摇头。

洛蒂耸了耸肩，拿起咖啡，在他身后坐下。

"跟我说说你钉的是啥。"她或许该给柯比带杯咖啡，他看上去一副随时都能睡着的样子。

"我们这部大戏几位主角的照片啊。"他说。

她扫了一眼案情分析板。帕特里克·奥马利、德里克·哈特、汤姆·瑞卡德、格里·邓恩几个人的照片歪歪扭扭地排列在板上。柯比这会儿正一手拿着主教的照片，一手捏着图钉。

"我劝你不要挂他的照片。"她说。

他看着她。他那长着灰毛的肚皮从皱巴巴的米色衬衫上开了一粒扣子的缝里露出来，一条带斑点的领带从外套口袋里探出头。

"为什么不挂？自打你昨天闹了那一出之后，他可算是这出戏的男一号了。"

"科里根警司会有话讲的，"洛蒂说，"毕竟，两人是高尔夫球友。"

她昨晚一直没回科里根的电话，一会儿肯定没她好果子吃。希望科里根太太早晨把她老公喂饱了伺候好了才送他出的门。

"管他的。"柯比不由分说不偏不倚地照着主教的脖子摁进去一颗钉子，好像不愿意再多费三颗钉子。他往后退了一步，欣赏自己的杰作。他疲倦地咧嘴一笑，牵动了一双布满血丝的眼睛，像浮在黑啤上的一层沫子。

"他们也不真算嫌疑人。"洛蒂说。

"好歹算条线索。"

他瘫坐进椅子里，两人在清晨的寂静中相对而坐。她把自己的咖啡递给他。他接过去，碰杯似的举了举，喝了一口。

"我们嫌疑人的范围太窄了。"他看着那些歪歪斜斜的照片说。

"我们还可以把穆塔夫太太、碧·沃尔什，还有银行经理迈克·奥布莱恩放上去，"她说，"这样我们所了解到的所有认识受害人的人就齐全了。天啊，布朗和莎莉文就好像住在与外界隔绝的修道院似的。"

"靠，我把奥布莱恩的照片放哪儿了？"柯比在椅子上的一堆纸里翻了翻，找到了照片，钉到板上。

"乔神父呢？"博伊德边走进来边说。他早晨刚洗过澡，一头短发在荧光灯下发亮。

"他怎么着？"洛蒂问。她情绪有些激动，皮肤上都起了鸡皮疙瘩。

"除了清洁工加文太太，他是第一个到犯罪现场的。"博伊德说着，在柯比身边坐下。他手里端着一杯咖啡。洛蒂拿过来便喝。

"那我们最好把加文太太的照片也挂上去吧。"她挖苦道。

"大家都严肃点行不行？"柯比说。

洛蒂知道柯比不愿别人把他的劳动成果不当回事。他太疲劳了。

柯比指着德里克·哈特的相片。

"此人说不定是一时妒火中烧杀了安杰洛提神父，"他说，"然后被布朗发现了，又干脆杀了布朗。"

"那为什么要杀莎莉文？"博伊德问。

柯比瞪着他："我不知道……"

"现在不知道。"洛蒂插话道。

"接下来是汤姆·瑞卡德，卓越的地产开发商，"柯比说，"没花几毛钱就拿下了圣安吉拉。然后竟然让议会通过了规划变更，很可能是花钱买通了关系，这样他就能在这块地上为所欲为，想盖什么盖什么。只要他的朋友格里·邓恩批准了规划申请就万事大吉了。"他又指着受害人的照片，"这两个市政厅雇员说不定是想阻止他，或者是想敲他一笔，因此才有大笔钱转到他们的银行账户，莎莉文还把其中一些钱藏在冰箱里。布朗死前还打了电话给汤姆·瑞卡德。清除掉莎莉文和布朗后，他就谁都不用顾忌了。"柯比用粗壮的食指戳了戳瑞卡德的照片。

"我们暂时先假设你说的是对的，那安杰洛提神父是怎么回事？"博伊德问。

"那我就完全搞不懂了。"柯比挠了挠刚硬的头发。

"说到钱……迈克·奥布莱恩，"柯比端详了一会儿此人的照片，"他知道是谁把钱汇入受害人账号的。他是中间人吗？我不晓得。或许我们得多盯一盯这个人。然后还有咱们共同的朋友，科纳主教。"

他故意顿了顿，然后接着说，"他把圣安吉拉按照低于市值的价格卖掉了。天晓得他有没有从瑞卡德那里捞了一笔肥的？我们也该去翻翻他的冰箱。'他被自己的笑话逗得哈哈大笑，然后一阵咳嗽，"再说安杰洛提神父。他为啥要来？我才不信什么'寻找自我'那套狗屁说辞。他来肯定是有由头的。"

洛蒂什么都没说。她在回想昨天深夜跟乔神父的对话。她往外看着冻雨敲打着窗户，降霜早不见了踪影。跑一趟艳阳高照的罗马或许是个不错的主意。

"我还是认为乔·伯克神父的相片也应该挂上去。"博伊德仍然耿耿于怀。

"那就挂上去吧。"洛蒂话中带刺。

"今早火气不小啊，督察。"博伊德说。

“你俩少来这个啊。”柯比眼皮耷拉着说。

“我错过什么精彩内容没？”玛利亚·林奇走进房间，马尾辫一甩一甩的，手里还拿着一袋牛角面包。

三双眼睛齐望着她。

“没有。”几个人异口同声。

科里根警司随林奇之后走了进来，话还没从嘴里出来呢，吐沫先朝几个人喷了过来。

“帕克督察！”

他背着双手叉开腿站着，脸色跟柯比一样通红。看来早晨上班前她老婆没把他伺候好。

“长官？”洛蒂说。

“来我办公室。”

洛蒂把咖啡递还给博伊德，跟着科里根进了他办公室。她的脑子里已经琢磨好一会儿该怎么说了。

“长官，你先听我说。”她想先发制人。

“你打住，帕克督察。”他一扬手，打断了她。他坐进皮椅，压得椅子里的空气咝咝往外跑。

“还我先听你说呢，别再他妈给我找什么借口。我不想听。清楚吗？”

洛蒂点点头，不敢再开口，生怕说错话。

“你怎么又跑去惹科纳主教？”

“要我回答吗，长官？”她管不住嘴巴。

科里根的眼镜从汗津津的鼻头往下滑了一截，眼睛瞪得圆鼓鼓的，脑门活像一颗大水煮蛋，等人拿勺子敲碎。

"你解释一下。不然我上报总警司停你的职。"

"停我职？"事情搞大了啊。妈的。"什么理由？"

"我会有办法的。"他的声音似乎把房间变小了。

她先是屏住呼吸，然后脱口而出："我想去罗马。"一步到位也好，她想。

"罗……罗马？"科里根都结巴了，"你他妈难道还想去羞辱教皇吗？"他把眼镜揍了上去。

洛蒂紧闭着嘴巴不吭气。

"坐下，坐下吧，真要命。你站在那儿活像一头动物园里迷了路的长颈鹿。"

洛蒂坐下。

"你蠢啊？"科里根绝望地扬着手说，"发什么神经？"

"我需要去罗马，"洛蒂不放弃，"我认为安杰洛提神父跟莎莉文和布朗的案子有关联，具体情况要去罗马找。"她这番话说得不是很有底气，因为她也不知道乔神父到底发现了什么。她趁热打铁地说，"我需要看看圣安吉拉的档案。大概四十年前，有两个孩子在里边遇害，我们这两位遇害人当时就住在那里。这些档案本该由天主教都柏林总教区保管，但不知道为什么，被转移去了罗马。所以我需要去罗马一趟。"

"你要么醉了，要么疯了，"科里根说，"我闻不到酒精味，所以你肯定是疯了。"

"意思是不行吗？"

"当然不行。"

"我能解释一下这里边的来龙去脉吗？"

"你连你要干什么都解释不清。"科里根吼道。

"不过，我倒要向你解释点事情，帕克督察。"他站起来，围着她转圈，"调查已经过了一星期了，到目前为止你啥都没调查清楚。我却每天都要开记者招待会，承受各种压力，就因为你、博伊德、柯比、林奇，还有你那个马戏团里其他小丑们天天只顾忙着钉照片这些屁事儿，什么正事儿都不干。拉格穆林的老百姓现在吓得屎都不敢拉。凶手一直逍遥法外，嘲笑我们，你倒好，想着去他妈的什么罗马。哈！"

他不再转圈子，坐了回去，又一阵咝咝声。洛蒂怀疑这次声音是从他屁股里出来的。

"这里有符合逻辑的解释，我有个直觉……"她见科里根双颊发紫，话说一半就闭嘴了。

"我不要听什么女人的直觉这种屁话，明白没？"

"是的，长官。"

"别再去骚扰科纳主教。我手机上要再显出他的名字，我电话都不用接，直接让你停职。明白吗，督察？"

"明白，长官。"洛蒂差点脱口说科纳搞不好是打电话找你打高尔夫呢。

"还有，也别去惹汤姆·瑞卡德。"

"是的，长官。"

"现在滚去干正事，你要是还明白什么是正事的话。"

科里根警司拿下眼镜，揉了揉眼睛，再戴上时，洛蒂已经一只脚踏在门外了。她听到他在后面咕哝。

"罗马你个蛋蛋。"

第六十五章

汤姆·瑞卡德在大口吃早饭。

"杰森昨晚一直没回家。"梅兰妮说。

"我知道。"瑞卡德往嘴里塞了一根香肠。

"我很担心。"她拿起一把红色酷彩茶壶往杯子里续茶。

"他晚上经常不回家,但因为昨天晚上的事情,你知道……"
她的声音跟他手里拿着的餐刀一样锋利。

瑞卡德抬起头,舌头在牙齿缝里舔到一块鸡蛋,吞了下去。

"他很快就会回来的。"

"你从未打过他,小时候都没有,一个巴掌都没打过。你到底
是怎么了?还当着他女朋友的面。你真是太可恶了。"

瑞卡德的舌头还在牙齿上转悠。他举起叉子,吃完最后一口早
饭,又往茶里搅了三汤匙糖,很响亮地几口吞下。

他说:"他一天到晚跟一帮狐朋狗友混,我今天就把这事儿了
结了。"

"你很清楚现在外面还有个杀人犯没落网,而我们的儿子却不
知道在哪儿。"

"别傻了，"他说，"他说不定昨晚跟那个小妞一起混了。"

"跟你一样？你昨晚那么晚去哪儿了？"

"别再整那出了，梅兰妮。"瑞卡德从叉子缝里看着她。

"你打完儿子，然后自己又玩消失，"梅兰妮冷笑道，"你是找你那位香水美人去了吧？"她往空中嗅了嗅，似乎能从他身上闻到那女人的气息。

瑞卡德又续了一杯。他心里在想，要是把这茶壶砸墙上，会碎成多少片。要是砸她脑袋上呢？

过道上的电话响了。瑞卡德一边起身去接，一边暗自庆幸电话响了，要不然自己说不定又干傻事。

* * *

凯蒂·帕克醒了，头痛欲裂。她从枕头下掏出手机，没有未接来电，也没有短信。

她输入杰森的号码。他爸爸为什么那么生气呢？

却是语音信箱。语音信息里杰森一直在笑。"伙计，我现在接不了电话，别留言哈哈哈。"

凯蒂笑了。

"亲爱的，希望你没事，醒了打电话给我。爱你。"

她挂了电话，然后又在短信里发了两行高兴的表情。

她又把头埋进枕头，想起昨晚的一些事情，后悔得直哼哼。

她竟然说她母亲是个醉鬼。

她把头埋进被子里叹息。

* * *

汤姆·瑞卡德盯着手里的电话，这是他儿子的手机。他这才想起来，杰森昨晚出门时没带手机。电话在响，他看见上面显示的是凯蒂的名字，然后语言信箱图标闪了闪。

他听了一下女孩的留言，才知道杰森昨晚没跟她在一起。他又看了看手里儿子的手机。杰森不会不带手机出门的，他在哪儿呢？

瑞卡德回到餐桌旁。他觉得自己应该把小兔崽子打得再重一些。

* * *

杰森·瑞卡德被脑袋上方的抓挠声吵醒了。他想起身，却不能。他的手脚被绳子绑住了，胸口和脖子上都缠着绳子。他全身一阵颤抖。什么情况？他努力回想，脑子却是一片空白。

他动了动脖子，想四下看看。什么都看不见，漆黑一片。他转了转脑袋。脖子上的绳子更紧了。脑袋一阵生疼，好像有个甲壳虫从他耳朵钻进了脑子似的。他这才反应过来，他跟一只圣诞火鸡似的，被人五花大绑了。

这可不是恶作剧。

这下可糟了。

他放松身体，躺回地板上。他想喊，却大声哭了出来。

他想要他母亲。

他想要凯蒂。

他想杀了他爹那个杂碎。

第六十六章

洛蒂跟着博伊德走进咖啡间，他煮了一壶咖啡。

"科里根以为他是谁啊？"她嘘了一声，紧咬着牙，在临时搭建的台子上重重捶了一拳。

"他是老大啊。"博伊德说。他找到两个干净的咖啡杯，用勺子往里放咖啡。

洛蒂靠墙站着，抱着双臂，一副压着火的样子。"我装出一副言听计从的样子，他都不买账，不愿听我说。"

"换我我也不听，"他说，"你得从他的角度看问题。我们到现在为止一个可靠线索都没找到。现在莎莉文流动厨房的事儿传开了，名字又上了头版头条。科里根必须得向上负责，还得对公众有交代。现在老百姓觉得我们屁事儿都没干。"

"天啊，你口气怎么跟他一样。"洛蒂说。她做了几个深呼吸，"罗马说不定有一条很有用的线索，但他不想知道。"

"你说什么？"

她说了乔神父的事情，博伊德面无表情。她希望他有些情绪，怒气也行。

"别不切实际了，洛蒂。"他说，"现在技术这么发达，你那位神父能想到办法把信息传过来的。"水烧开了，他把开水倒进杯子。"没奶了。"

"我不要牛奶，我要答案。这可能是条线索，我却撞了南墙。"她拿起杯子，抿了一口咖啡，不说话，让思绪平静下来，"或许你说得对。"她又说。

"哪方面？"

"或许我该再联系一下乔神父，看他能不能想到什么办法把东西传过来。"

"这就对了。"博伊德说。

电话响了，她看了看屏幕。

"凯蒂。又有问题了。"

"这我可就帮不上忙了。我懂个啥啊。"

博伊德漫不经心地从她身边走过，蹭了她一下。他低头作出道歉的样子。

她假装没注意，心里却很温暖。

"凯蒂，你还好吗？"

"……他到现在还没联系我。"凯蒂说。

"再说一遍。我刚才没在听。"洛蒂说。

"真是的，妈！杰森。我不知道他现在人在哪儿。他妈妈用他手机打了电话给我。他昨晚没回家。"

洛蒂看了看时间。

"刚七点啊。他说不定在朋友家过了夜。"

"妈！他没带手机哪儿都不会去的。瑞卡德太太说我走后他紧接着就走了。就在他爸爸打了他之后。我很担心。"

"好吧，没什么好担心的，相信我。说不定在哪儿独自伤心呢。他爸爸打他是不对，但杰森自己的问题需要他自己解决。他想明白了，就自然会回家。他十九岁，又不是九岁。"

"希望你是对的，"凯蒂说，"另外，对不起。"

"什么对不起？"

"说你是醉鬼，我不是成心的。真的。你是最棒的妈妈。"凯蒂的声音里满是泪水。

"谢谢你，"洛蒂无比宽慰，激动得手里的杯子都拿不稳了，"好了，我得挂了。回头再跟你说，战马科里根给我发警告了。吃点早饭，如果联系上杰森告诉我一声。"

洛蒂回到专案室。她瞄了一眼案情分析板，柯比已经把乔·伯克神父的照片钉上去了。

第六十七章

迈克·奥布莱恩没心思工作。

办公室外，他的助手玛丽·凯丽俯身在办公桌上忙活，屁股扭来扭去。门没有关，他打量了一会儿她的身材，但提不起兴趣。他脑子里思绪万千。昨晚科纳主教搞得他很惊恐，汤姆·瑞卡德又搞得他很生气。这么多人和事堆在一起，使他应接不暇。

他在键盘上敲数字时，手指禁不住发抖。都是些枯燥的行话术语。他需要新鲜空气。冬日冰冷的空气。他关上电脑，穿上外套。

"玛丽，我得出去一趟，有人找我就记下留言。我很快就回来。"他扣上外套的纽扣。

"要是总部打电话问你昨天发过去的数字，我说什么？"

"告诉他们去死。"奥布莱恩径直走了出去。

* * *

科纳主教开了车锁，坐进淡黄色的皮椅。他昨晚是不是对奥布莱恩太狠了？或许他不该提督察的事儿，那只会让她更起疑。谁知道奥布莱恩会干出啥来，他要是崩溃了，啥事儿都干得出来。他是这桌牌里最弱的一张，但不能缺了经手钱的人啊，他想。

　　已经做了的事就不能回头。他一旦认准了什么，不会走回头路。至少现在安杰洛提神父不再碍事了。好事。要坏他事的人绝不在少数。项目会继续做。一座新宾馆，一个高尔夫球场，终身会员，尽情享受。

　　情况进展良好。终于。

　　他打开录音机，一边开车，一边跟着音乐哼曲儿。

* * *

　　车流在结冰的路面缓慢爬行。

　　格里·邓恩想早点到办公室，现在看是不行了。他需要再去看一遍那个文件。这时他的电话响了，是碧·沃尔什打来的。他没理会。她真爱多管闲事，昨天还一直想告诉他圣安吉拉那份文件找不到了。他含蓄地告诉她文件还在。还在？再过一天，文件就交出去了，他就脱钩了，换回一沓厚厚的欧元来。不知道她妻子黑泽尔愿不愿意再去阳光沙滩上度上一个礼拜假。

　　缅因街和监狱街十字路口的车流正在等信号灯变绿。他从后视镜里看见迈克·奥布莱恩的车冲了出来，一路急奔，直接闯过红灯。这家伙怎么这么狂躁？邓恩十分希望这件事尽快过去。

　　一礼拜的阳光假期？越想越期待。

第六十八章

"你干什么呢？"博伊德在她身后瞄。

"我在看去罗马的航班。"她说着骂起瑞安航空来，竟然有这么多框框要打钩。

"你是疯了吗？谁出钱？"

"我。"

"咦，这倒是新鲜事。我一辈子没听说哪个侦探出差办事自己花钱买票。"

他拖了把椅子在洛荨旁边坐下。

"你别看我啊，不然你就要帮着撒谎了。"她一边敲键盘一边说。

"我之前跟你讲的你一个字都没听进去吧？你干这事儿太疯狂了。"

"这话你说过了，别说车轱辘话。"

"这事儿我不掺和。"博伊德说着站起身来。

"谁叫你掺和了。"

柯比抬眼看看两个人，直摇头。

"你去干点有用的行不行？"洛蒂咕哝道。

"比如啥？"博伊德问。

"去跟布朗的情人德里克·哈特再聊聊啊，看看还能套出点啥。他没跟我们交底儿。去跟一跟主教屋里那个年轻的神父——欧因神父啊。是这名字吧？去找帕特里克·奥马利问问啊，查清楚那个神秘的科神父是谁。要我给你列个单子吗？"他们一直都查不到那个科神父的底细。她知道他们有太多事需要弄明白。

博伊德一脚把椅子踢了回去，椅子咣当一下撞上了电暖气，他抓起外套就出门去了，并用力带上门。

下午一点半有航班。她看了看钟，如果赶紧走，还有时间赶到机场。含税一共七十九欧元。还行。她其实没这个钱。当权的不会给她报销，除非她事先申请得到批准，但她没那个时间，只能是她自己花钱。但她需要这么做。打钩。

"去他妈的。"她骂了一句。

"什么情况？"柯比脑袋从屏幕上抬了起来。

"没事。"

她想在抽屉里找一片药稳一稳情绪，但找不到。她关抽屉时，又瞄到那份旧文件，夹在一堆乱七八糟的东西里。她难道要坐着等答案吗？罗马的那些旧文档能不能给她答案？如果能，这一切都值得。

"单程七十九欧元，第二天早晨返程，又要五十五欧元。"她说。柯比假装没在听。

肯定花不起啊。她在钱包里找信用卡。账单已经到期了。她咬着下嘴唇，脑子里又把所有事过了一遍。乔神父找到的东西真有用吗？要是自己看错了他呢？万一是他杀了莎莉文和布朗，甚至安杰洛提神父呢？真相到底是什么？但她知道，她不管信用卡上欠了多少钱，她欠受害人一个真相。

她又伸手到抽屉里，拿出失踪男孩的那份文件。这份文件一直像个阴魂不散的鬼魂缠着她。她把文件放在键盘边上，打开，又拿出男孩的照片看，用手指摩挲男孩脸上的雀斑。她下定了决心。如果科里根要停她的职，那就索性给他个充分的理由。她输入信用卡信息，完成交易，打印出登记牌。一口气搞定，生怕自己后悔。

"靠。"她双手紧紧挠着头发。

"又是啥情况？"柯比问。

"我得找个人帮我看孩子。"

柯比摇摇头，继续干活："这绝对不是我的专长。"

洛蒂用指甲掐着头皮，只得放下面子，给她母亲打了电话。

第六十九章

他再睁开眼时，能看到微薄的一丝光亮。他肯定是又睡过去了。

那人正站在门口。杰森眨了眨眼，看不清楚。

"你想干什么？"他哑着嗓子问。

"我不知道啊，完全不知道，我一时兴起才捎上了你，以前没干过这个。这么年轻的小嫩娃坐在我身边，我一路上都好激动啊。"

"你这个变态。"

"傻孩子，敢骂人。没你好果子吃的。"

"你对我干了什么？你要是碰了我，我向天发誓，我爸爸会宰了你。"

"听你昨晚说的那些话的意思，你爸爸估计是指望不上了。"

"你有没有……"杰森的声音在颤抖。

"我有没有什么？"

杰森知道他在故意学自己。

"我有没有碰你？没，还没呢。我只是想了想。使劲想，想了很久。"他大笑起来，用手在腰上搓了搓。

杰森的身体一阵痉挛。

"你给我吃药了？"

"给你喂了一片，让你好睡觉。不能叫你反抗啊，那样就干不成了啊。"

"干不成什么？"

"我不是说了吗，还没想明白。你饿了吗？"

"我很渴，拜托你松开我。"

那人哼了一声，屋里一阵回响。

"我下次或许会带点食物和水。"

他转身离开。

"求你放我出去，我想回家。"杰森说。他的呼吸在冰冷的空气中化作一道白雾。

"我叫你做什么，你就乖乖做什么。"那声音升起，又逝去，夹着威胁。

门哐啷一声关上了，钥匙在锁里转动。

杰森等着，竖起耳朵听。上面的天花板有刮擦的声音，远处还有一只鸟在哇哇地叫。

他只听到这些声音。除此之外，死一般寂静。

第七十章

博伊德尽管做出无数次抗议，但终于还是同意为她打掩护。

"就到明早。"洛蒂说。

"我不该……"

"谢谢你，博伊德。我就知道你会帮我。"她在他胳膊上拧了一把，"头儿要是问你，就说我在遇害人家里搜集证据，跟踪一些线索，找嫌疑人谈话。"

"什么嫌疑人？什么线索？"

"这里是不是有回声啊？"洛蒂用双手罩住耳朵，"你会有办法的。"

如果乔神父发现的东西确实有用，她还能得个清白，但科里根如果发现她公然违抗他的命令，很可能无论如何都会停她职。但他也没说绝对不行啊。说了吗？

洛蒂回到家，把肖恩的背包清空，把里边的书全堆在干燥机上，然后跑上楼去找干净的衣服。她着急忙慌地从衣架上扯衬衫毛衣等，床上很快就堆起一座摇摇欲坠的小山。

"你这是在干吗？"克洛伊站在门口问。她还穿着睡衣。

“我要去趟罗马，办案子。我打电话给你外婆了，她会来住一晚。”

“什么？哦，不要。”

“我知道，我知道，”洛蒂说，“但我得确保你们安全。”她拿起一件红缎子衬衫往胸口比画，用眼睛问克洛伊行不行。

姑娘皱着鼻子摇摇头。

“我来看看，”她说，“你需要什么样的？”

“好看点的，干净点的。”

克洛伊从那堆衣服里拽出一件淡黄色绸子衬衫，扣子小小的，一件吊带上衣，还有一条暗褐色牛仔裤。

“你觉得呢？”克洛伊问，“跟你的雪地靴很配。”

“很好，”洛蒂说，“帮我把衣服叠起来放包里吧，你知道我的。”

她又在衣服里一通翻找，寻出一件海军蓝长袖 T 恤，当下就换上。又低头看了看身上的牛仔裤，觉得还行，就这样了。

“哪天我得把你这些衬衫一把火全烧了。”

“很舒服啊。但上衣我就不太确定了。”

“很好看啊。你再多努力，说不定能找到个如意郎君。”克洛伊说。

洛蒂盯着姑娘，扬起眉。

“突然说这个干吗？”

“你需要去些浪漫的地方，多认识些人啊。你现在还年轻，总不能一辈子守寡啊。我相信爸爸也会希望你再找个人过日子的。”克洛伊从梳妆台上拿起一小盒保湿霜，“我帮你找个保鲜袋，机场安检时用得上。”

洛蒂目送女儿出了房间。她以前从没想过孩子们会希望她再找个人。亚当病了之后，一家人经历了不少挫折，但孩子们一直不断地给她惊喜。

她坐在床上，瞧着惨遭她蹂躏的衣柜。她看到上面那层挂着一件厚针织衫，便跃起身子，一把拽下来。这是亚当钓鱼时穿的。她把衣服凑在鼻前闻，但那熟悉的气息已被洗涤得荡然无存。粘在他衣服上的独特气息，是她仅存的一份实实在在的念想，没承想去年夏天罗丝·菲茨帕特里克说长了蛾子，扔洗衣机里了。母女二人之间的龃龉那天终于爆发了。洛蒂冲着母亲大发雷霆，把她赶出屋子，抱着一堆湿漉漉的衣服失声痛哭。她其实知道，这不是母亲的错，但她实在觉得很委屈。打那儿以后她的心一直空落落的，无处安放。

她把这份记忆紧紧贴在胸口，好一会儿才叠起来，又塞回柜子里。她得早点跟母亲讲和。

克洛伊拿来一个透明的塑料袋，把保湿霜放进去，放到背包上头。

"你带换洗内衣了吗？"克洛伊问。

洛蒂又在抽屉里翻了翻，拿出一条胸罩和短衬裤，塞进包里。

"要是没有你，我该咋办啊，克洛伊·帕克？"

"我还真是不晓得呢，母亲。"克洛伊摇头晃脑地大笑。

"外婆很快就来的。"

"忍她一个晚上应该没问题吧。"

"对了，看好凯蒂。她昨晚受刺激了。还有，别吵架。"

克洛伊翻了翻眼。

"总是凯蒂凯蒂的，我和肖恩你就不管了吗？"

"我知道你最靠谱，拜托了。"

"当然，"姑娘说。"我保证不杀了凯蒂，至少你回来前不会。你要当心那些意大利种马啊。"

洛蒂拧了克洛伊一下，又在她额头上亲了亲，便去和另两个娃道别。

"杰森有消息了吗？"她问凯蒂。

"没有，"她说，'我等下去他几个朋友家试试，看能不能找到他。"

"别太担心，"洛蒂说，"估摸着他是抽多了大麻抽晕了。"

"妈！"

"等我回来咱俩谈谈园艺。"

"什么？"

"除草。"

凯蒂笑了，洛蒂抱了抱她。

肖恩站在门口。

"什么时候买新游戏机啊？"

＊ ＊ ＊

洛蒂带上门，这会儿刚十一点。博伊德倚着车身站着，他从她肩上接过包。

"我来开车。"他钻进了车。

"别跟我说教啊。"洛蒂说着坐到副驾驶位子上。

"我真是不明白你到底怎么了，"他一边说一边倒车，"行，我一句都不说。你吃饭了吗？"

她摇摇头。他探身从杂物箱里拿出一条巧克力，扔到她腿上。

博伊德聚精会神地在冰冻的路面上开车，两个人都不说话，五十分钟便到了机场。他在候机厅外送站坪上停下车，她忙拿起包放在膝盖上准备下车。

"我这次就算白忙活了也无所谓，为了受害人，我得尽我所能。"

"你这是职业自杀，你懂的。你真不该去。"他说。

"偏要去。"她说。

洛蒂直着腰板子走进玻璃门，大步往前迈，心里却有些忐忑，因为她根本不知道此去结果会如何。

＊　＊　＊

博伊德开车回到拉格穆林，怒气未消。他在洛蒂的桌前坐下，心里嘀咕这次的麻烦她要怎么脱身。再特立独行，这次玩得也有点过。

她不在，办公室显得空荡荡的，像他的心。他拿起她的咖啡杯，真邋遢。他站起身，却碰到桌上那份旧文件。她像守卫国宝似的守卫着这份文件。他以前没太在意，但这次十分有兴致，伸手打开看。

照片里的男孩嘴唇淘气地斜着，好像在琢磨接下来玩什么把戏。博伊德迅速浏览。这男孩当时被关在圣安吉拉，学校通知男孩母亲他逃跑了，于是他的母亲报了警。他看了看那男孩的姓名，立马就明白这份文件，还有这个男孩，对洛蒂为什么如此重要。为什么她一直不告诉他呢？他俩的友情难道不值这点信任吗？

博伊德继续看。读完后，他有些怀疑自己这些年压根儿就不了解洛蒂·帕克是个什么样的人。

第七十一章

洛蒂从罗马中心火车站机场直达列车上下来时，满心期待，浑身激动。夜色温婉，天上飘落着小雨。她把手表调快了一小时。

她走上铺着鹅卵石的街道，穿过马路。她以前没来过罗马，但在火车上研究了一下地图，记住了宾馆的位置。一直往前，左转，就到了。

洛蒂站在面朝马杰奥尔圣母堂的一个小广场上。圣母堂恢宏的气势让她停下了脚步。钟声敲了六下，广场开始复苏，在碎石上啄食面包屑的鸽子飞向灰色的天空。

洛蒂走进宾馆大厅，大理石的地面和墙壁光彩夺目。前台的男接待员问候她。

"女士，早上好。"

洛蒂喜欢他的口音，真希望自己能用意大利语跟他对话。接待员确认了预定信息，给了她一把钥匙。

"这间是豪华房，女士。请乘坐电梯上四楼。"

"谢谢。"洛蒂说。她至少会用意大利语说"谢谢"。

她的房间位于白色大理石走廊的尽头。房间有些紧凑，但干净、温馨。她心里感谢乔神父这么短的时间就能找到这样的房间，她到了都柏林机场时才发短信告诉他自己要来。而且神父坚持自己付了房费，说是从教区基金里出。她也没争。

她打开窗户，罗马这座城市的声音席卷而来，冲进房间。楼下咖啡吧的香味飘了上来。一排排屋顶映入眼帘，看得她激动。她真希望能到处看看风景，但这次不行。

淋浴间花洒的水流毫无劲道，温吞吞的也不够热。她坚持不懈地洗，洗完后感觉神清气爽。她穿上暗褐色牛仔裤，米黄色长袖丝绸衬衫，对着镜子照了照，又解开上面两粒纽扣，领子松松地耷拉着。她觉得这样好些，但又扣上了。她看了看表，乔神父应该已经在等她了。

* * *

狭窄蜿蜒的街道把她往罗马老城的中心领。那里有喧闹的汽车喇叭声，有疾驰而过的摩托，还有呜呜呜叫的汽笛声。小雨停了。她也终于走出了碎石路的迷宫，隔着台伯河遥遥地看见圣彼得大教堂在街灯的光华中熠熠生辉。她过了一座桥，进入梵蒂冈。她又对着短信上提示的方向，看了看街道，转过一个街角，便看见了他。

"帕克督察，欢迎来到罗马。"

"见到你真高兴。"她伸出一只手。她很惊讶自己竟然能这么顺利地就找到他。

他不由分说给了她一个拥抱。洛蒂觉得双颊涌上一股热流。

他放开她，往后退了一步。

"你比我上次见你时又瘦了些，工作太卖力了吧。脸上的瘀青好像严重了。"

洛蒂咧嘴笑了笑："别傻了，你前几天才见的我。"

"你能来我很高兴，"他说，"我带你把罗马逛个遍，你会很喜欢的。"

"我来有公务在身啊，"她说，"只能待几个小时。"

"既然来了就好好享受一下，"他说，"去大教堂看看吧，趁现在还没关门？"

她知道应该立马投入工作，但她也确实想看看这座大教堂。

"好吧，但要速战速决。"

两人并肩行走。他一边向她介绍教堂外部的建筑特色，一边领着她拾阶而上，过了安检往里走。

"哇。"她喘着气惊叹道。

教堂内部跟外面一样富丽堂皇，空气中弥漫着香味。两人在令人惊叹的过道中迅速穿梭。洛蒂的目光被米开朗琪罗的圣母怜子像吸引了。石像有一层保护玻璃，光滑的石头在聚光灯下闪烁。圣母怀中抱着死去的儿子，表情悲伤而无奈。洛蒂想起了亚当，想起他也是在自己的怀抱中渐渐冷去。她希望此生不会用这样的姿势抱着儿子。这时，乔神父一只手搭在洛蒂肩上，她惊讶万分。

"真美。"她低声叹道。

"太棒了。"他应声附和。

两人离开大教堂，信步在狭窄的巷子里，十分钟后来到一扇十五尺高的木门前。乔神父一路拒绝回答她的问题，只说是带她去自己那些发现的源头。他按了一下对讲机的按钮，一个粗哑的声音用意大利语应了一声，门吱的一声开了。

两人面前出现一个狭窄的门厅，正中央有一个喷泉，四周围着神气的石雕小天使。有无数个楼梯弯弯曲曲地通向各个房间，这让洛蒂想起电影《罗马假日》里格利高里·派克住的地方。她恍惚间觉得奥黛丽·赫本会从某个楼梯上探出脑袋来。

离地两层楼上开了一扇门，一个身高五尺左右的矮胖的男人，一身飘逸的黑袍，疾步走下楼梯，嘴里还冒着一串意大利语，唱歌似的。

"约瑟夫，约瑟夫！"他一边叫一边抱住乔神父。

"翁贝托神父，这是洛蒂·帕克督察，"乔神父抽出身子，介绍道，"就是我跟你提过的爱尔兰来的侦探。"

小个子男人踮起脚，把脸凑上去蹭了蹭洛蒂的面颊。

"翁贝托，"他说，"叫我翁贝托。"

"你可以叫我洛蒂。"

翁贝托神父拉着乔神父的手上了楼梯，像母亲领着刚放学的儿子回家。洛蒂跟在后面。顶楼有一扇门大开着，洛蒂挤了进去，惊讶地发现屋里随处摆着很多书。小个子神父忙乱地挥着双手，到处拾捡。

"抱歉，我收拾，没时间。"他英语说得很不连贯。他的眼镜像是粘在了鼻子上，似乎是由于他脸变太胖的缘故。洛蒂在一张堆满纸张文件的红木书桌前坐下。

两位神父用意大利语交谈。乔神父看了看洛蒂。

"我们说英语吧。"他说。

"好。"意大利人说。

"翁贝托，麻烦你告诉督察……告诉洛蒂安杰洛提神父为什么去爱尔兰。"乔神父说。

翁贝托蓦然安静了下来，没了先前的奔放。

"他死了。太……怎么说……太可怕。"他在胸前画了个十字，垂下头。一阵咕咕哝哝的祈祷之后，他用眼睛扫视四周，"我知道……糟糕，我知道。"

"你的意思是？"洛蒂问。一阵教堂的钟声响起，她吓了一跳。钟声就像是在这个房间里敲响似的。

"我觉得……他掩盖。掩盖错误。"翁贝托突然在地上坐了下来。房间里没有别处可以坐。

"翁贝托神父是管爱尔兰神父档案的，"乔神父解释道，"也就是说，爱尔兰各地主教寄给教皇的文档或信件，都由他来编目、存档。近期也存放了一些爱尔兰教区寄来的档案。他的直接上级就是安杰洛提神父。"

翁贝托摘下眼镜，开始号啕大哭，真是个性情中人。洛蒂盯着一扇小小的窗户，不看他。她不喜欢多愁善感的男人。

"我对不起。很难过。安杰洛提，他我朋友。"

乔神父问："要我给你弄点水吗？"

"不，我好。我不敢相信我的好朋友不能回家了。我伤心。"他的肩膀起起伏伏，又一阵呜咽。

洛蒂迷惑地看着乔神父，乔神父扭头躲开她的目光。

"你能帮我们吗？"她恳求道。

"我帮，对。"他站起身来，把眼镜贴到脸上。

"没人能伤害我，对？"他擦干眼泪，恢复了一些平静。

"安杰洛提神父为什么去爱尔兰？"洛蒂希望他立刻提供一些有用的线索。时间正在一分一秒地飞逝，她的工作眼看就要不保。

"他收到信……所以去。"

"你有这封信的复件吗？"她问。

"没有。一条短信。在他手机上。"

"但你肯定知道一些情况啊。"她追问。

神父叹了口气，看了看乔神父，又看着洛蒂："我不记得时间。夏天也许。他收到一个人的电话。詹姆斯·布朗。他请求调查。圣安吉拉。说卖的钱少。他说，安杰洛提神父还要找领养的婴儿。你懂吗？我英语差。"

洛蒂说："我懂。"

"安杰洛提神父，花很久，看账本。我知道他和这个詹姆斯还有通信。12 月，安杰洛提神父，告诉我他要去。他说犯大错。他说他要跟人说。把事情搞好。"

"什么错？"洛蒂问。

"他说弄错号，就说这么多。他叫我别问，我没问。"

"我能让帕克督察看看那些档案吗？"乔神父问。

神父点点头。

"我好朋友，死了。"他顿了顿，然后说，"我出去。我不看见，就不撒谎。"他穿上外套，一言不发地走进夜色，把二人留在屋里。

乔神父站起身来。

"科纳主教下令把老圣安吉拉所有档案都从爱尔兰送到这里来，是两年前的事。我不知道为什么。这些档案现在都存放在地下室。来吧。"他说着，打开一扇门，洛蒂还以为是浴室，里边竟又藏着曲折的楼梯。

"这些档案不是应该放在更安全隐蔽的地方？"洛蒂问。

　　"这里就很安全隐蔽。在罗马有很多这样的办公室，散在各处。知道的人很少。"

　　二人下了三段楼梯，到了底。

　　一扇厚厚的木门敞开着，锁里插着一把铁钥匙。洛蒂看了看乔神父，走了进去。

第七十二章

"这地方太神奇了。"洛蒂说。

一架又一架满满当当的皮质档案。历史把自己托付给了罗马的大街小巷。

乔神父打开桌子上的一份档案。"这份是圣安吉拉的。"他说。

洛蒂深深吸了一口气，她才意识到自己刚刚一直是屏住呼吸的。他小心翼翼地翻着泛黄的页面，一直翻到他要找的那个年份：1975 年。她看了他一眼，便埋头去仔细研究这段尘封了几十年的往事。

名单。姓名、年龄、日期、性别。都是女孩。

"这是什么？"她问。其实她大约猜到了是什么。

"这些都是 1975 年送到圣安吉拉的女孩的资料，"他说，"我看了一遍，没找到苏珊·莎莉文。"

洛蒂坐下来，一页一页看名单。

"在这里，"她说，"莎莉·斯坦尼斯，后来改的名字。"她指着一行说。

"难怪我找不到她。"他说。

"这些都是编号，"她说，"这个，莎莉名字旁边这个，AA113，是什么意思？"

"指存放在别处的一份档案，"他说，"我还没找到呢。但你先看这个。"他递过来一本小一点的册子。

"天啊，"她低声叹道，"难以置信。出生日期。死亡日期。乔，这些可都只是婴儿和小孩子啊。"洛蒂一页一页翻着，被震惊得简直无法呼吸。

"我知道。"他轻声说。

"死亡原因——麻疹、腹绞痛，不明，"她读出声来，"我的天啊！"

"这些孩子都埋在哪儿？"

"我不知道。"

"井然有序到令人心寒啊，"她说，"都是活生生的孩子啊。"

"这跟你的调查好像没有什么关系。你说的这个编号，我看不出来。"他说着，脑袋凑到她肩膀上方。

洛蒂尽量控制颤抖的身体。她又想起那些头条新闻里报道的化粪池里的死婴，令人震惊。那是几年前的国际新闻，现在她手里竟然也握着类似的资料。

这是不是这些册子被转移地点的原因？她又回头去看第一份档案。

"这份档案，"她说，"只列了收容女孩的名录，圣安吉拉也有男孩的。"她想起锁在她抽屉里的失踪男孩的档案，那也是圣安吉拉的秘密。她希望这些的档案能帮她弄清真相。

"在另一份文档里，我会继续找。那些年这所学校收了很多孩子。"他指了指架子上的一排排黑色书脊。

"那根本不是什么学校，"她捶着桌子，压抑不住心中的怒火，"就是一个福利机构，躲开公众视线的福利机构。"

"一直躲到现在。"他的声音毫无波澜，没有愤怒。

"在每页上签名的这个科尼利厄斯神父是谁？"洛蒂的目光从刚才那一页页的悲剧上移开。是不是奥马利嘴里一直说的科神父？肯定是了，她想。乔神父从架子上又拽下一册档案。

"你得先看这个，"他翻到他标记好的一页，"这些记录像是追踪器，"他解释说，"列出了神父的名录，还有他们在哪儿任过职。"

洛蒂拿起小册子，双手颤抖着将其放在一堆档案上。那一页的抬头处用墨水工整地写着——科尼利厄斯·莫汉神父。下面的几行写明了他曾经服务过的教区及主教区，没有注明调离的原因。

"大多数神父一辈子也就在三个，顶多四个教区服务过。"乔神父说。

"但这里至少列了二三十个教区啊。"她用手指一路往下数，翻了一页，又赫然列着更多教区。她一直数下去。

"他在全国四十二个教区工作过。"她摇摇头。

"这说明有问题啊。"他说。他在狭小的空间踱着步。

"他到处跑来跑去是不是因为有虐待行为？"她问。

"没说，但神父一般不会这样在各教区之间调来调去。我相信记录对他的指控的档案肯定少不了，肯定就存在什么地方。"

"我的天，他最后的地址是巴利纳克洛，离拉格穆林不远啊，"洛蒂说，"他还活着吗？"

"要是死了，我肯定会听说的，退休也一样。"乔神父点点头，耷拉着肩膀，"肯定得有八十多岁了。"

"你认识他吗？见过没？"

"不认识。我发现这件事时也很震惊。"

"这些册子都是专门有人手写的？"

"肯定不能存电脑里。你会希望有人能在电脑上查到吗？天主教教会肯定不想，肯定希望封存起来，知道的人越少越好。"

"我能拍吗？"

"这个不允许。"

洛蒂看了他一会儿，他的眼睛告诉了她答案。她伸手到口袋里摸手机。

"你刚才不是说要上厕所吗？"她问。

"别撕坏了纸。"他说。他知道她要干吗。

"谢谢。"

"我信任你。"

洛蒂听见乔神父慢慢上了楼梯，那脚步声被教会的罪孽压得无比沉重。

那一行行的手抄笔迹令她浑身不舒服，看不下去。她迅速地用手机相机一张一张地拍。那是本大册子，她尽量多拍。她一边在脑子里画时间地图，一边按顺序拍，等回去在电脑上再一点点拼贴。这一切都要公之于众，她暗暗发誓。那一页一页用墨水记下的名字冷冰冰的，无法跟活生生的人联系起来，她要一个一个慢慢读。每一个名字背后都有一个故事，都有一个心跳，也都有一场心碎。她相信这里牵涉了拉格穆林的谋杀案。詹姆斯·布朗和苏珊·莎莉文在圣安吉拉共度过一段时光。她相信两人遇害的秘密就埋藏在这个档案地牢里。

她拍完照片，又转而去看那些档案架，浏览写在布满灰尘的书脊上的日期，从 20 世纪初期一直到 20 世纪 80 年代都有。她回身取了一本薄薄的 20 世纪 70 年代的档案，编号 A100 到 AA500。她找到她认为相关的若干页，来不及细读，抓紧拍下，又放回原处。她又找男孩的档案，在最底下一层找到了，翻到 1975 年，拍下每一页，又放回原处。1976 年上半年的部分也如法炮制。她现在是无法一页一页细读的。不过，她有点不明白，为什么乔神父不能像她这样拍下来，通过电子邮件发给她？

门开了。乔神父立在门口，双手深深地插在口袋里。

"你昨晚说，"洛蒂说，"这些都和科纳主教有关，不过我没看到证据啊。"

"你看看那个神父每一行调离信息下面的签名。"他说。

她看了看。是一个又细又长的草书签名，但无疑能看出来是谁的名字。特伦斯·科纳。

"我得打电话给博伊德。"她说。

"为什么？"

"我要让他去找找这个科尼利厄斯·莫汉神父。他在拉格穆林教区当过神父，被派在圣安吉拉待了三年。"她看了看手机，没信号。

"我们出去透透气吧。"她说。

刚才看的那些内容，让她感到一阵恶心。她从乔神父身边挤过去，三步并作两步往外走，好像死神从那些档案里钻出来，在她屁股后头追。

到了外面，她绕着一个街灯转圈子。那些高大的建筑往内侧倾，似乎是在抓着影子往她周围扔。

"你能不能继续帮我查档案？"她问，"看还能找到什么。我相信这些跟圣安吉拉都有关联。"

"当然会，"乔神父说，"不过你怎么能确定呢？"

"肯定是在掩盖真相。安杰洛提神父犯的错肯定和编号有关。"洛蒂在按手机，"我开始慢慢有些明白了。"

她看了看信号，发通了博伊德的电话。

第七十三章

健身房快关门了。砰砰的音乐声毫无着落地响着,已经有人在开开关关地拨弄灯光了。博伊德做完了放松运动,关掉跑步机,匆忙赶去更衣室。

迈克·奥布莱恩正在扣衬衫脖子处的纽扣,手臂在袖口里拧着,脸涨得通红。博伊德的电话响了。

博伊德看了看来电显示,骂了一句,接通。

"博伊德。"他说完,听洛蒂说。

"科尼利厄斯·莫汉神父,"他一边重复一边在健身包里找,"找不到笔,等下。"

奥布莱恩从上衣口袋掫出一支圆珠笔递了过来。博伊德接过来,点头表示感谢。

"说吧,对,有了,巴利纳克洛。很好。对,马上。"

他还有很多事想要问洛蒂,但她却挂了。

"我也爱你。"他对着手机自嘲。

他把笔递还给奥布莱恩,没多说一句,拿起包径自离开。

* * *

巴利纳克洛是个小村庄，住着两百号人，或两百号罪人——取决于你怎么看。离拉格穆林十五公里，在老阿斯隆路上。

科尼利厄斯·莫汉神父正在院子里把泥煤往篮子里装，干裂的嘴唇上叼着一根烟。他为自己年纪不小但身手还算矫健而自豪，不过这场大雪却让他很无助。他害怕摔跤，落下髋部骨折。

他正要转身进屋，灯却暗下来。只见一个人站在门口，挡住了灯光。老神父抬起头，直直地看着那双乌黑的眼睛。他感到一阵疼痛揪住心脏，呼吸变得困难起来。装泥煤的篮子摔在地上，香烟从嘴里掉落在雪地上，吱吱作响，不一会儿红烟蒂便暗了下去，直至灭掉。

"还记得我吧？"一阵风吹来，那人的声音在风中回荡。

老神父看着那张被黑连衣帽遮去一半的脸。脸是老相了一些，但那双眼睛和以前一样冰冷。他硬生生地把自己打造成了一个无情动物。老神父知道这一天终究会来。

他转身踢掉篮子撒腿便跑，但老胳膊老腿，快不起来。

"滚开，"他叫喊道，"别惹我！"

"所以你还真记得我。"

一只手突然抓住了他的肩膀。神父用力甩开，一瘸一拐往房子的角落跑，却被放在排水管上面的铁烤架绊了一下，仰面摔倒。那人一个箭步跃到他身上，把他死死按在地上。

"你要干什么？"老神父粗哑着嗓子问。

"你偷了我的东西。"那人凶狠地说。

"我一辈子没偷过人东西。"

"你偷了我的人生。"

"你的人生本来就什么都不是,"老神父怒道,"你该谢谢我把你从魔鬼手上救回来。"

"是你把我介绍给魔鬼的,你这个混账老疯子。我这辈子就等着这一刻,现在我终于可以送你去受那永火之刑了。"

"去死吧。"

绳子在科尼利厄斯的脖子上勒紧,他喘不过气。他好像听到钟声在响,随后他的世界便沉入一片黑暗。

* * *

博伊德手指一直按在门铃上。屋里很亮堂,他能看见院子里亮着灯。

没人开门。

"走。"他招呼林奇,两人绕到院子侧面。

院子里只有孤零零一盏灯泡照明,瓦数太低,只能照亮近处。月亮低低地挂在天上,为院子里的树画出轻柔的剪影。

林奇蹑手蹑脚地跟在他身后。博伊德很庆幸叫了林奇一起来,他需要有人陪着。

院子后方有一个人影一动不动地躺在地上。博伊德伸出手臂,示意林奇停步。

"什么?"她差点撞到他身上。

博伊德回头看看她,把手指竖到嘴上,仔细听动静。

"你在这里等。"他低声说,然后一步一步往人影的方向挪,小心翼翼地避开任何可能会成为证据的东西。

他蹲下身子去看白发苍苍的神父,伸出两根手指在他喉咙处试了试。其实当他看见脖子上缠着的那根绳子时，就知道试也是白试了。那张脸在昏暗的光下泛着蓝，舌头伸在外头，两眼直愣愣地瞪着，似乎能看透他的身体。空气中弥漫开一股粪便的恶臭，排挤了别的气味。博伊德站起身子，借着微弱的灯光，扫视四周。

"林奇？"

"什么？"

"灌木丛……在那边。我好像看见点什么。"

"我什么也看不见。"

"那儿！你能看见吗？"博伊德开始在黑暗的花园中疾跑。

"等等，"林奇喊道，"你去哪儿？"

他跃过树篱，打开手机上的手电筒。手机铃开始响，他不理会，全神贯注追前面小道上奔跑的黑影。

"博伊德，你个白痴，"林奇在后面喊，"等等！"

他脚下虽然滑，但跑得很快，紧跟着目标。不料脸撞到树枝上，湿漉漉的叶子又弹回来，狠狠地抽在他身上，一个荆棘球撕裂了他的鼻孔，脑袋也被一根树枝划破了。但他需要抓住目标。那人是凶手，他很肯定。他双腿灌满了肾上腺素，心底暗暗庆幸在健身房的挥汗如雨终于派上了用场。

月光很亮，但脚下的方石板太滑，跑得很艰难。他呼哧呼哧喘着气。一个大垃圾桶被搬倒在路上，黑影加快速度沿着一条小巷跑。小巷尽头是一堵墙。博伊德一气呵成地翻身而过，跟着那个幽灵奔入茫茫黑夜。

在他前方出现一片田野，在黑暗中延展开去。他停下脚步喘气。那人往哪个方向跑了呢？博伊德看不见目标了。他无比沮丧，骂起了脏话。

他突然感到有什么东西缠住了他的脖子。他挥舞起双手一通乱抓，心里直骂自己愚蠢。他虽然很强壮，但被打了个措手不及，处于下风。洛蒂肯定会笑话他的，他内心狂乱。他用肘子击打身后，但那人死活不松手。

他往后踢，一脚踹到了骨头上。很好。绳子却更紧了。糟糕。他眼前开始发黑，冰凉的空气环伺在他身旁。他的喉咙在收紧，他的双手在乱挥，绳子越勒越紧。他拼命地抗争，但他的膝盖越来越软，冰冷的雪渗入骨髓。

他什么也看不见，但能感觉到那人的身子压了过来。一把刀子割破他的衣服，刺入他的身体，他感到侧身一股钻心的疼痛，但他只能发出咯咯的叫喊。手机在旷野中响了起来。他要是就这么死了，洛蒂肯定会很生气的。那人的膝盖顶住他的后脊梁，他发不出声音来。有那么一瞬间，月光照亮了大地上的影子，但很快沉沉的黑暗便迅速降下，像寡妇面上的黑纱。

黑暗。

第七十四章

乔神父挽着洛蒂的胳膊，领着她在这座围城里穿梭，走过庇护街，又穿过台伯河。

"希望那些档案对你有用，"他说，"调查总体进展如何？"

"别问。"

"你不想谈？"

"不想跟你谈，乔。你仍是个嫌疑人。"她的声音里有一丝不安。

他大笑起来："哈，你真是恩将仇报啊。我都说了，我给你看那些东西，可能会被逐出教会的。"

"抱歉，谢谢你。"

"不客气。"

"我还是不明白安杰洛提神父为什么去拉格穆林，"她说，"他就凭着跟詹姆斯·布朗的一番通信就决定去吗？不太可信。"

"我不知道。"他说着又往她身上凑了凑。

"你不知道什么？"

"他为什么去拉格穆林。"

两人回头望台伯河对岸的圣彼得大教堂。乔神父挠了挠头说：

"洛蒂，我心里倒是有些话，不吐不快。"

"你说。"她说。

"过去几个世纪以来，天主教教会一直丑闻不断。近几十年，更是有传言说教会牵涉不正当经济事务，还有可耻的儿童性虐待事件。"他闭上眼停了一会儿，"我觉得，或许安杰洛提神父去的目的是为了掩盖什么事，防止暴露。我会尽量弄明白是谁派他去的，但他有可能是自己要去的。"

"虐待事件发生过很多起啊。比如蒂厄姆虐婴案，玛德琳洗衣工场案。为什么是现在去呢？为什么要杀他呢？说不通啊。"

"这件案子有点像多层立交桥，"她隔着外套感觉到他的手指，"看着哪儿都通，但又哪儿都到不了。没有线索，什么都没有。把那些档案挪到罗马，这事很不寻常。"

"没有什么不寻常的，只是天主教教会一贯的作风，掩盖真相。"他又迈开步子，"我明天早晨会再去找翁贝托，看看别的档案。"

"你做的这一切，我都很感激，你知道的。"

"但我还是个嫌疑人，对吧？"他问。

洛蒂什么都没说，两人在沉默中走完了余下的路。

他们走到宾馆外的人行道上。洛蒂问："你现在去哪儿？"

"我不知道，说真的。"

她的额头上感到轻柔的雨滴。

"你要不要进来喝杯咖啡？"她也不想一个人待着想档案里那些乱七八糟的事，她也觉得乔可以做朋友。

"或许我还真要进去呢。"他跟着她进了温暖的大厅。

"糟糕。"她说。

"怎么了？"

"吧台关门了。"

"我应该给你找一间更高档的宾馆啊。"他开玩笑说。

洛蒂想了一会儿："说起来有点不太合适，不过，你想到房间去吗？房间里有咖啡壶和杯子。"

"帕克督察，这个提议太不合适了，"他脸上绽出一片光辉，"但我接受啊。"

在电梯里，洛蒂刻意跟他保持距离。她把包抱在胸口，叹了口气。她这是要干什么呢？她喜欢乔神父。不过，是把他当弟弟那种喜欢，还是不止于此？她真是搞不清楚。

房间还是她离开时的样子。窗帘在微风中飘舞，新鲜雨水的气味栖息在窗台上。她转过身，却发现他就紧贴着她身后站着。房间突然间显得太小。

"抱歉。"她从他身边溜过，去拿咖啡壶。

她去卫生间接了水，回来时，他正坐在桌边窄窄的木椅上，外套扔在床头。自打两人从大厅上来，他就没说过一句话。她拨开开关，然后忙着撕小得可怜的咖啡包，把细小的咖啡粒倒进杯子里。

她感到浑身肌肉一阵酸痛，便用手揉脖颈。他站起来走到她身后。

"嘘。"他用手去按她刚才按的位置。

她浑身从头到脚一阵颤抖，如同被闪电击中一般。天啊，她心里说。我真是太俗套了。他可是个神父！没事。他只是在帮我揉酸痛的脖子。

她感到他毛衣的袖子在她丝绸衬衫上蹭着。她能闻到他身上那股轻微的肥皂气息。她站着不动，像是被他的抚摸定住了似的。她心里嘀咕，自己渴望这样的接触，是不是为了忘却过去这几小时，过去这几天，过去这几年所经历的种种恐惧，还有即将揭开面纱的可怕之事？

"好了，乔。"她紧张地大笑起来，身子一扭，闪开了。她开始忙活着摆弄咖啡壶。"喝咖啡吧。"

"当然。"他说着在椅子里坐下。

她递给他一杯，说："希望我没发出什么错误信号哈。我喜欢作为朋友的你，仅此而已。我的人生已经够复杂了。"

他大笑起来，屋里的紧张气氛似乎一下子从舞动的窗帘间溜了出去。

"天啊，希望刚才不算行为不当哈，我只是在帮你的脖子舒压。你今天够累的。"

她双颊腾地一下红了，原来是她自作多情。她放下杯子，转过身去。

他站起身来，把双手放在她的肩膀上，把她的身子掰过来看着她。

"你是个好女人，洛蒂·帕克。我希望你知道我会一直是你的朋友，我也会尽我所能帮你破案。"他伸出手说，"朋友？"

"嗯。"洛蒂握了握他的手。他把她的手紧握在自己的手里。

然后他便离开了，没多说一句话。

洛蒂靠着门，听着大理石走廊里远去的脚步声。她在等自己的呼吸恢复平静。她在等马焦雷教堂的钟声响起。

她回过神来后，给博伊德打电话，她只是想听听一个熟悉的声音。

　　没人接。

　　她往外俯瞰这座城市，默默数着尖塔的剪影，数着汽车的鸣笛声和警笛声。她等身体渐渐放松下来，便打开了电脑。她需要立马回家。今晚就回。她找到一趟两小时后起飞的航班，订票，然后慌乱地把东西往包里塞　离开宾馆，一路跑着去赶接驳列车。

　　她又给博伊德打电话。

　　没人接。

第七十五章

杰森耳中响起一阵叮当的铃声，一束灯光在他头顶闪了几下。他睁开眼，慢慢转过头，想看清那个暗影掩护下的人。

"仪式开始了，助祭男孩。"

那人低声吟唱起来。灯光暗下，又闪烁起来。

"你想要什么？"杰森哑着嗓子问。

"你能给我的远远不够。"

"我父亲……"

"这事他也有错，所以你怪他好了。"

"你什么……什么意思？"

"那你就不用管了。"

杰森紧闭双眼，不让眼泪流出来。一双手帮他解开绳索，把他拖起来站着。一根手指顺着他的脊椎骨往下摩挲。那人响亮地叹了一声，把他推出门外，穿过一道走廊，走下台阶。

他们来到一个小教堂。那人手里提着一个铃铛，不时敲一下，似乎在和着某种神秘的节拍。

木头长椅一点都不舒服，杰森被迫站着，眼前的一切使他恍惚。

那人身穿一袭白袍，从脖子到下摆扣得严严实实，口中唱着疯狂的调子，声音时高时低，似乎是在和着微风吹拂下轻柔闪烁的烛焰。

"我今天杀了一个人。"那人似乎是在唱着说。

杰森觉得寒冷，身上却在冒汗。他本来就被喂了药，闪烁的烛火，再加上那人口中不停的吟唱，这一切让他觉得眩晕。

"我说不定杀了两个呢。"歇斯底里的狂笑在石厅里回响。

一只乌鸦在梁柱之间盘旋，飞进一扇肮脏的玻璃窗，抛下一根羽毛在空中飘舞。杰森双眼一阵迷蒙，摔倒在大理石上。他躺在那根黑色的羽毛边，不省人事。

第七十六章

　　洛蒂靠在椭圆形的机窗上。她闭上眼，回想在罗马度过的几个小时，那些旧档案在脑中晃来晃去，一个个编号在她眼前滚动。苏珊·莎莉文只是个编号。她的孩子也只是个编号。她突然笔直地坐起身子，惊醒了邻座的女人。

　　"抱歉，"洛蒂说，"还有一小时才到。"

　　那女人把下巴往胸口埋了埋，又睡了过去。

　　洛蒂愣愣地盯着她前面的座位。她现在手上有什么呢？一条线索。她亲眼见证了，只是还没有梳理。证据会有的，她知道会有的，那些照片都在她的手机上，等她回头上传后仔细研究，她相信会找到关联的。

　　身边的女人发出轻微的鼾声，令她有些嫉妒。她没法放松下来。她得找人谈谈，她需要博伊德，她需要抓紧回去干活，她也需要睡眠。

　　飞机高高地越过黑暗的云层，她的心却在往下沉。她犯下的罪孽，还有那些她几近犯下的罪孽，都令她不安。

　　她以后还能安然入眠吗？

第七十七章

那男孩看上去像尊未完成的雕塑，那人心想。就像自己一样，虚弱、支离破碎、不完整。在这里——圣安吉拉——这个地方是他的克星。

他在这个与世隔绝的地方度过了悲惨的童年，像水泥墙裂缝里的常春藤，野蛮地生长，没有拘束。他一天比一天更收缩进自己的世界，他的灵魂也一天比一天更加黑暗。他饱受虐待、欺骗，但随着年月的消逝，他学会了把邪恶深藏起来，每天假装像正常人一样生活。

而现在，圣安吉拉再次唤醒了魔鬼，释放了黑暗，把他送上最后一段旅程。

他又回到了原点。

他也知道一切会在这里终结。

他踢了一脚躺在地上的男孩，男孩呻吟了一下，他把他拽起身来站住，推搡着他上了台阶，回到房间。他把男孩推倒在发霉的地板上，咣当一声带上门，上了锁。他靠着老旧的木头，沉重地呼吸。

他放过了男孩。

挡住了魔鬼。

但能挡多久呢?

* * *

1976 年 1 月 30 日

四个人并没有跑,却缩着拥在一起。门被推开了,布莱恩站在门口,身上披着白袍。他细瘦的胳膊往墙上摸,啪地打开灯。莎莉用手挡住光。

"你还好吗?"她问。

"不好,"布莱恩说,"我不好。你们也不好。你们都得到下面的小教堂去,科神父命令你们去。"

"你疯了吗?"帕特里克一步跨到莎莉前面。她想告诉他她有勇气为自己撑腰,但却说不出口。

"你们都得跟我来。"布莱恩的声音和眼神一样毫无生气。

莎莉觉得站在门口的布莱恩老了很多。她一只手搭在他的胳膊上,摸到了皮下的骨头。他跳了起来,好像被她拧痛了似的。他抓住她的手,往门外拽。她尖声叫了起来,菲茨猛然从恍惚中惊醒,赶紧把她拽回房间,布莱恩也不撒手。

莎莉摔倒了,在孩子们的光脚下蜷缩成一团,全身不停颤抖。

"求求你了,布莱恩,"她恳求道,"我们都回去睡觉,忘了这一切吧。"

"你们最好跟我来。他在等着呢。"布莱恩刚说完,就被人一把推进了房间。

科神父就站在身后,双眼乌黑如夜。他探下身子,一把拽起莎莉，拖着她出了门。下楼梯。莎莉尖声大叫，她听见男孩们拖着脚跟在后面。

来到祭坛边，科神父瞪着她，她也瞪着科神父。她熟悉他脸上的每一个线条，他的每一根眉毛，他的每一根胡须，他嘴里的每一颗牙，她恨透了他。

"坏丫头。"他张嘴咆哮，牙齿咬着下嘴唇，手指紧捏她的胳膊。

"是你把我变坏的。"莎莉说。

她这点勇气是装出来的，因为有男孩们站在身后，像一队勇士，虽然手无寸铁。

其中一个男孩喊道："莎莉，你告诉他。"可能是帕特里克，她想。

神父伸手一把抓住离他最近的男孩，菲茨。他的红头发在烛光下闪着微光。她能看清他鼻梁上大大的雀斑。她看见他眼中的火焰。

"我不怕你，你这个恶人。"菲茨端直了肩膀说。莎莉希望他闭上嘴巴不要说话。他还太小，不该这么有种，还是他只是傻？

神父看着他，像盯着一条鲜美的鱼。

莎莉拼命地摇头。他们得离开这里，找人帮忙。但谁会帮忙呢？修女们肯定不会。大家都怕科神父，他是这里的老大。她不知道该怎么办。她看着帕特里克，他跟她一样六神无主。然后，在祭坛后面闪烁的光影里，她看见那个眼睛长得很丑的年轻神父。他就站在黑乎乎的凹室里，袖手旁观，双手在一头粗黑的头发间揉搓着，似乎也不晓得该如何是好。他不动声色地沉默，和抓住菲茨的那个疯子一样可怖。他们该怎么办呢？

菲茨尖叫一声。她回头看，科神父把菲茨的胳膊扭到了身后。

"我来教你怎么尊敬长辈。你从进来第一天起就不停地捣乱，到你离开那天也学不会规矩。"他说。

"你狗屁都不是。"菲茨勇敢地说。他看上去很渺小。

神父用一只手把菲茨擒得更牢，另一只手从祭坛上拔下一根蜡烛，凑到菲茨脸前。火焰跳跃着，舞动着，把他的红头发烤成了黑色。那股气味让莎莉感到窒息。

"说对不起。你就是个小坏崽子，你妈妈就是个婊子。"菲茨扭来扭去，无法脱身。

莎莉眼看着菲茨的身体在无助地痉挛，她多么希望他们能做点什么，什么都行。他们和墙上的那些雕像一样无能为力。另一个神父为什么不上来阻止啊？她看了一眼，他还是站在那里，一动不动。

科神父把蜡烛扔到地上，一脚踢开叠在地上的衣服，捡起那根长长的皮带。

"布莱恩，用你袍子上的绳子把这个小杀人犯的手绑到身后。"

莎莉看见布莱恩额头蒙着一层汗珠。她看看帕特里克，又看看詹姆斯，满眼困惑。到底是怎么回事？几个人都使劲地摇头。

菲茨拼命用脚踢，用手打，用嘴咬。神父丝毫没有松手。布莱恩照着吩咐把菲茨绑了起来。科神父把菲茨推倒跪在祭坛前。

"是你杀的婴儿，对吧？"神父叫喊道，"苹果树下的那个。"

菲茨啐了一大口痰："我没有，你这个浑蛋骗子。"

神父一边把皮带扯紧，一边抽出手，用皮带头抽菲茨的脸。

铜扣割伤了他的脸颊，伤口血流如注。神父一次又一次地反复抽打。莎莉用手捂住脸，闭着眼，又忍不住从指缝间看。她终于忍无可忍，尖声大叫着，鼓足所有勇气，冲向科神父。他转身用皮带抽她。帕特里克拽开她，把她顺着过道往外拖。她想冲回去，但知道没有用。她抓住詹姆斯的手，三个人一边跌跌撞撞爬上台阶，一边叫喊着救命。

莎莉回头去看，只见布莱恩抓住菲茨的肩膀，那个疯子一次又一次抡起皮带。她这辈子也不会忘记皮带抽打在皮肉上的声音，还有菲茨无助的哭喊。那个头发乌黑、面相丑陋的年轻神父就站在角落里看着，一动不动。

三人正往走廊跑时，莎莉听见身后传来一个响亮而清晰的声音。

"站住！"

三个人不约而同地回过身，对面正是那个年轻神父，全身笼罩在从下面照上来的光晕中，那光像撒旦之火。

他走上前来。莎莉靠着两个男孩站着。三个孩子只剩下一个影子。

"安静点，我们不想把大家都吵醒，对吧？"神父诡谲一笑，脸却比冰还冷，眼睛比炭还黑，话音锋利，如一片剃刀。

"你们不要管刚才看见的，我会处理的。这件事对谁都不要提。任何人！听见没？"他压着嗓子说，声音缓慢而严厉。

三个孩子像木偶一样使劲点头，好像有一根看不见的线在控制他们。

"我要是听人提起这件事……嗯，你们看见那个男孩的下场了吧。我不会警告你们第二次。现在回去睡觉。"

他说完又缓缓退下楼梯。莎莉和两个男孩面面相觑，眼睛睁得大大的，眼泪汪汪。

"菲茨怎么办？"莎莉低声问。

"他刚才说的你也听见了。我们管不了他了。"帕特里克说。

"他真是个倒霉蛋。"詹姆斯说。他跌坐在地板上，背靠着铁片散热器，双手抱着膝盖，颤抖着不停地哭泣。

莎莉和帕特里克也一起坐了下来，三人共同为菲茨哭泣。

第八天

2015 年 1 月 6 日

第七十八章

时间是凌晨五点。洛蒂站在都柏林机场到达大厅门外，却没有车回家。她一边骂娘，一边打开手机。

有五个未接来电，都是柯比打的。博伊德还是没有消息。她先拨博伊德的电话，没人接。她又拨柯比的电话。

"我的头儿啊，我这几小时一直打电话找你。"他喘着气说。

"出了什么事儿？我的孩子们！他们没事吧？"

"你家孩子们没事。"

"谢天谢地。博伊德一直没接我电话，我需要有人来接我下。"

"他在医院里。"

"什么？出了什么事？他还好吗？快告诉我他没事，柯比。"

"他有事。被人捅了，而且还差点被勒死，动手术呢。你最好赶紧回来。"

"到底发生什么事？"

"你让他去找的那个神父死了，被害的。博伊德追凶手，自己也差点被杀了。"

"我的天啊。他不会有事吧？"

"我不知道。"

"我一小时内赶到。"

"头儿？"

"怎么？"

"科里根警司在找你。"

洛蒂挂了电话，跑到出租车停靠站，跳上第一辆车。她看着车窗外灰蒙蒙的天空逐渐变亮，满脑子想的就一个人。

博伊德。

＊＊＊

医院狭长的过道两边摆满了空病床和储物柜，有几个穿着绿色手术服的，不晓得是医生还是护士，往来穿梭，一边走一边低头看病人资料。他们匆忙出入于重症监护室的转门，随身携来一阵阵呼呼的风，搅动着医院里沉闷的空气。洛蒂很想推门进去看看博伊德情况到底如何，但忍住了。林奇正在重症监护室隔离区对面的塑料椅子上打瞌睡，旁边还有两把空椅子，柯比在一旁懒懒地待着。

"他从手术室出来多久了？"洛蒂问。

"半小时，"柯比直起身子说，"现在还没消息。"

洛蒂踱着步，然后坐下。

"喝杯咖啡吧。"林奇伸着懒腰说。

"不要。"洛蒂气冲冲地说。

"冷静点。"柯比说。

"告诉我到底怎么回事儿。"

林奇便把事情经过说了一遍。

"科尼利厄斯神父……我认为这起谋杀跟其他几个案子手法

一样。”

“对，也是勒死的。几个小伙子正在查数据库，看他跟其他几个遇害人之间有没有关联。”

“我在罗马发现了关联，所以才打电话叫博伊德去找那个神父。”洛蒂说。

“你发现了什么？”

“帕特里克·奥马利在问询中提到过一个科神父。我查明了，科尼利厄斯·莫汉神父就是跟莎莉文和布朗同时期在圣安吉拉待过的神父。之后，他就跟旋转木马似的一直不停地换教区和福利机构。他肯定是个连环儿童虐待狂。”

“但谋杀的动机是什么呢？”柯比问，“这个恋童癖神父是怎么牵涉其中的呢？”

“确实有牵涉，具体就不知道了。”

洛蒂抱着头，忍着头痛。

“博伊德千万不要有事。”她说。三人陷入沉默。

一名医生从重症监护室冲出来。洛蒂从椅子里跳起来，大步迎上去。

“我是帕克督察，我需要见博伊德探长。”

“我不在乎你是谁，在他病情稳定之前，谁都不能进。”

“大概要等多久？”

“需要多久就多久。”

“拜托了，医生。”

“他的脾被刺穿了，但我还是保住了它。他很走运，我没看到其他内伤。他今天一天都得在重症监护室里待着。我建议你们都先回家，晚点再来。"

转门里冲出来的穿堂风让洛蒂晃了一晃，医生跟她擦身而过。

"行，"她说，"我们去把这个伤害博伊德的王八蛋揪出来，为博伊德报仇。现在算是私人恩怨了。"

第七十九章

　　柯比送洛蒂回家取车。她的母亲正忙着在厨房里拖地。

　　"你有听说过一个叫科尼利厄斯·莫汉神父的吗？"洛蒂感谢罗丝照顾了孩子，之后问。

　　"听说过啊，住在巴利纳克洛，很早就退休了。"

　　天啊，果然没有她母亲不认识的人。"还有呢？"

　　"他以前在拉格穆林教区当助理神父，70年代的时候。"

　　"你还知道他什么情况吗？"洛蒂盯着母亲的脸看。

　　罗丝·菲茨帕特里克也盯着她瞧。

　　"为什么问这个？"她拧干拖把上的水。

　　"需要背景信息。"

　　"我记得，他在圣安吉拉当过一段时间神父。"

　　"真的吗？"洛蒂知道她母亲在挑着说。

　　"行了，洛蒂。我跟苏珊·莎莉文谈话的事都跟你说了，我知道你很想问我点别的。"

　　"他有什么丑闻吗？特别是在圣安吉拉的时候。"

　　罗丝转过身，把拖把和桶放进杂物间，拿起外套，开始扣扣子。她把帽子拽下来盖住耳朵，走到门口又停住了。

"我清楚得很，洛蒂·帕克，你已经知道答案了。"

"你也清楚得很，爸爸去世后，你就把艾迪扔到那儿去了。"洛蒂冷冷地说。这是她第一次控诉母亲。

罗丝的手松开了门把手。她朝着洛蒂走了一步，眼中含着泪水。

"你我都知道，你那宝贝父亲是自己害死自己的，他可不仅仅是去世而已。"她喉咙里发出一声呜咽，"我也没把谁扔到哪儿去。"

"对不起。"洛蒂耸了耸肩，伸出一只手搭在母亲的肩膀上。她等着她甩开，却没有。

"不，是我该说对不起。你当时太小了，什么都不懂，跟你说不清楚。他俩的事，我一直都很悲痛。你是知道的，没有丈夫，一个女人独立支撑家庭是何种感受。我尽我所能，补偿你。什么都做了。"

洛蒂知道。但她人生的那个洞，却无时无刻不裂在那里，她无法逃避。她现在想要知道真相。

"我想知道到底发生了什么事，为什么。你至少欠我这点真相。"

罗丝摆开洛蒂的手，沉下了声音。

"我为你和你的孩子们做了这么多，我不觉得我还欠你什么。"

"爸爸为什么自杀？"洛蒂坚持追问。

"我不知道。"

"行吧，这个我就算能接受。但我哥哥艾迪呢？你把他送到那种地方去，把他丢在那里自生自灭。我无法接受。"

"你根本不知道那时候是什么情况，自杀在人们眼里是怎样的污点。我一个寡妇，带两个这么小的孩子。还有，艾迪，他……我简直管不了他。我别无选择。"

　　"什么事都是有选择的，母亲。你只是选择错了。"

　　"洛蒂，不许你这样评判我。"

　　"那你告诉我你为什么把艾迪送去那里。"

　　"只有那里才能管得了他。"

　　洛蒂冷笑了一声："他们也管不了，对吧？他跑了，是吗？他在里边过的是什么日子啊？"她一想到 70 年代福利机构里的种种恐怖，就不寒而栗。

　　罗丝穿上外套，往门口走："我自己做的事情我也后悔，没有一天不如此。我要走了，我来这里不是听你质询和控诉的。再见。"

　　母亲离开后很久，洛蒂仍然怒气未消。她绞着手指，数橱柜顶上的蜘蛛网。又试着深呼吸，想让自己平静下来。罗丝怎么会有本事把每一个别人问她的问题都掉转方向变成控诉呢？只有她母亲能让她如此难过。

＊ ＊ ＊

　　洛蒂去看了看凯蒂、克洛伊和肖恩。她受了母亲的刺激，没有得到魂牵梦萦的答案，精神有些恍惚。她换了一身衣服，冲了个澡，便开车回警局。她一直没有合眼，完全靠肾上腺素支撑着。

　　洛蒂给柯比和林奇派了活儿干。为了暂时忘掉博伊德病危的事，几个人都需要忙起来，搜寻确凿的破案证据。她坚信科尼利厄斯和安杰洛提两位神父的死跟苏珊·莎莉文和詹姆斯有关系，而把他们几个串起来的就是圣安吉拉。

　　洛蒂把手机里的档案照片上传到电脑上，然后眯着眼一条一条看显在屏幕上的信息。每一条都是一个不为人知的故事，每一个名字都代表了一个人的心痛。她需要进入那栋楼，去设身处地地感受一下，去看看能否找到一些答案。

"把这些照片打印出来，按照时间顺序拼起来。"洛蒂吩咐完林奇之后，便去咖啡间。她烧开半壶水，手里拿着杯子，一回头，却发现科里根就堵在门口。偏偏这会儿来烦我，洛蒂心里说。

"早上好，长官。"洛蒂若无其事地抿着咖啡。

"你看上去很糟糕啊，帕克。"他抱着胳膊说。

跑不了，他堵住了门口。她挺了挺疲倦的身子，站直了，想表现得勇敢一些。

"谢谢你。"她挤出一个笑。

"我不傻。"科里根冷静地说。太冷静了。她做好迎战准备。

"我知道。"她说。还能说什么呢？

"别跟我要聪明。"他伸下胳膊，往她身后探过来。她忍不住躲了一下，却发现他只是把水壶开关打开，但仍旧堵着门。

"你跑去罗马了。"他低声吼道。

"是的，长官。"没必要否认了。

"你公然违抗我的命令。我可以停你的职。"

"是的，长官。"洛蒂扯着袖子，任由他说什么也不回嘴。

"我希望你没有白跑，为你自己，也为所有人。"他边倒水边说。

"我觉得没白跑。"洛蒂抽着鼻子递给他一个硬纸盒，里边的牛奶快要变质了，气味怪怪的。

"继续说。"他把杯子放在台子上，又抱起了胳膊。

"好的，长官。就我看来，这些凶杀案都跟 70 年代发生在圣安吉拉的事情有关。可能是当时的一起谋杀，或许两起。我承认我确实去了罗马，我是去跟踪一条线索。"

"什么线索？"

"伯克神父发现了一些档案，里边有一些有用的信息。他叫我去看，因为没法发送给我。"

"继续。"

"我看到那些档案了，里边详细记载了当时收容在圣安吉拉的儿童的信息。日期、姓名、收养情况、死亡情况。我还没来得及分析，所以不知道这些信息到底有多重要，但一些页面上的签名却意义重大。"

"怎么着？"

"科尼利厄斯·莫汉神父。"

"就是巴利纳克洛昨晚遇害的那个？"科里根又放下了胳膊，端起咖啡，却洒了一些在衬衫的袖子上。

"是的，"她说，"在另一册档案里，还列了他的工作调动细节，在圣安吉拉也待过。前后一共调了四十多个教区。很说明问题，对吧？"

"这个人却一直住在拉格穆林边上十五英里的地方，而且旁边就是一所小学。太荒唐了。"

"所有这些调动都是科纳主教批准的。科纳主教还恰恰安排人把这些档案送去罗马保管。"洛蒂盯着科里根的脸，看他的反应。她又接着说，"我昨晚联系博伊德，就是让他去巴利纳克洛找科尼利厄斯·莫汉，因为他或许认识之前的受害人。"

科里根的嘴唇搁在杯沿上。"我不相信什么巧合，"他说，"凶手怎么会在博伊德之前找到莫汉的呢？有人给他通风报信吗？"

"不清楚，但确实太巧，"洛蒂说，"我需要查清楚谁要害这个神父。肯定是因为他知道一些情况。"

科里根鼓起腮帮子说："我暂时不处分你。博伊德倒下了，你得继续干活儿。但这事儿完了之后，你很可能会被控违纪，要接受总警司问询。但眼下，回去干活儿。还有，帕克。"他俯身冲着洛蒂的脸说。

"是的，长官？"

"我会盯着你的一言一行。"

那双逼视的眼眸烙在洛蒂的瞳孔上，洛蒂被瞪得眼球都快掉出来了。然后科里根便摇着头走开了。

洛蒂叹了口气。她现在脑袋上顶着违纪处分的警告。但她至少还没丢工作，算是茫茫黑暗中的一丝光明吧。

第八十章

　　玛利亚·林奇探员把一沓文件扔在桌上。洛蒂拿起来看，眼前是一堆名字，她突然想起点什么。当时她拍完照，打电话给博伊德时，乔神父也在旁边。她的心往下一沉。他是唯一知道自己和博伊德通话内容的人。不。难道是他派人去杀的那个老神父？不可能。可能吗？她内心煎熬无比。他为什么要她去罗马，让她看那些记录，却又出卖了她？他是她的朋友啊。是朋友吗？说不通啊。不然的话，还有什么解释呢？怎么说都说不通啊。她跳了起来，好像被灼伤了似的。

　　"柯比。"她大声喊道。

　　柯比抬眼瞧她："你怎么了，头儿？"

　　"医院有消息吗？"

　　"还没。"

　　"我们有没有查过乔·伯克的背景？"她努力让自己的声音听起来正常一些。

　　"一级谋杀案现场第二个证人，乔·伯克？"

　　"我没心情开玩笑。"

"我打出来给你吧。"

他很大声地在电脑上敲着。噼里啪啦。噼里啪啦。

洛蒂用手在脖后颈上揉着。她不晓得这是因为潜意识里想起了乔神父的动作，还是为了压住怒气。

正当柯比在电脑上敲着，洛蒂听见了汤姆·瑞卡德的声音。瑞卡德在走廊里很大声地骂人，那声音就像十级大风里棚顶的铁皮。人未到，声先到。科里根警司跟在他身后。

洛蒂转身去看，迎面而来的是瑞卡德那双充满愤怒的黑眼睛。暴风瞬间升级为飓风。

他冲到洛蒂桌前："督察。"

"早上好，瑞卡德先生。"洛蒂用自己最甜美的声音问候他。

她把博伊德的椅子推过来，瑞卡德只把屁股搭在椅子边缘坐着。洛蒂向科里根点头表示她能搞定，科里根便逃了出去。

"你是为了圣安吉拉来的吗？"洛蒂找了一个笔记本，拿起一支笔。

"圣安吉拉跟其他事没有半毛钱关系，"瑞卡德说着，掏出一条白手帕擦额头。他的额头不停地搏动，"是我儿子，杰森。他失踪了。"

洛蒂在笔记本上写，头也不抬。凯蒂昨天告诉她找不到杰森，她应该问仔细点。她这会儿也觉得有点不同寻常。杰森至少是会联系凯蒂的吧？肯定出了什么事。

"失踪？凯蒂说，你和杰森之间发生了点口角。那是什么时候的事儿？"

瑞卡德似乎要抗议的样子，却只是说："对。前天晚上。他一生气跑出去了，打那儿起就没回过家。"

"你问过他的朋友们？找过平时他去的地方？"

"对。全镇都搜过了，包括湖边，"他说，"我们俩吵了一架后，他就跑了。"瑞卡德两只脚稳稳地杵在地上，头却不停地晃来晃去。

"我理解你现在有多担心，但杰森都过了十八岁了，是成年人了。你认不认为他的失踪跟你的圣安吉拉项目有关系？"她故意强调了下圣安吉拉这个名字。

瑞卡德从椅子里蹦起来，洛蒂不由自主地缩了一下。

"你真是个无情的婊子。"他说。

"坐下，瑞卡德先生。"她一边说一边在纸上写，给他时间冷静下来，"有没有收到索要赎金的电话？"

"什么？"瑞卡德捏紧拳头，"太荒唐了。"

"那就是没人要赎金咯。"她又写了几笔，抬起头，"瑞卡德先生，我得问几个可能会让你觉得不太舒服的问题。你是个有钱的商人，要考虑绑架的可能。自杀或离家出走，也是可能。如果你要我们调查，就得配合。"她说的都是废话，但这可能是唯一从他嘴里套话的机会了，她不能就这么放过去。

"生意上的事跟杰森能有什么关系？"

"或许没关系。就我来看，可能的情况是，你打了你儿子，他一气之下跑了，这会儿躲在什么地方消气，等到他想通了怎么面对你，再回家。"

"那他为什么没跟你的女儿在一起？为什么一个人都没联系过？他的手机还在家里，而他的朋友们都有手机、脸书，还有推特什么的。他至少会跟他的女朋友联系吧？她怎么跟你说的？"

"凯蒂那天晚上回家后很害怕。她说你打了你儿子，自那儿之后，他就没联系过凯蒂了。但瑞卡德先生，杰森是成年人。通常情况下，我会建议你回家，握着你妻子的手，等我们的调查结果。"

一股热血冲到瑞卡德脸上。他没说话。

"但是，你也知道，"洛蒂继续说，"拉格穆林眼下不太平，好几个人遇害了，所以你的担心也不无道理。"她也真为杰森担心，但她忍不住犯几句贱。她需要弄清楚瑞卡德知道些什么。

他还是一动不动。只是下嘴唇有些抽动，似乎想说点什么，却开不了口。

"因为他是成年人，所以按照正常程序，我们应该再等一等，但我还是会打一个失踪人员报告，发个公告。"她说。

"就这样？一个失踪人员报告就完了？"

"就这都算不符合程序了。"

"程序个屁。科里根在哪儿？"瑞卡德站起身来。

"跟我说说圣安吉拉。"洛蒂说，头也没抬。

"圣安吉拉的事跟杰森没有任何关系。"他又坐下了。

洛蒂咬着笔，在电脑上敲了一下，唤醒系统，摁了几个键。她点开苏珊·莎莉文的病理报告，往下拖到照片，放大到死者的喉部，转过屏幕让瑞卡德看。反正给他看无所谓。

"你玩什么把戏？"他又掏出了手帕。

"这是第一个遇害人。"

她这么做很不地道，但因为他现在处于情绪低谷，或许能引他提供一些信息。

"拜托了……督察，别这样，"他说，"你难道真以为这跟我有关系吗……这种惨无人道的事？"他鼓着腮帮子，摇着头。

洛蒂关掉文件，又打开一个。

"詹姆斯·布朗。"他瞅着瑞卡德说，"他死前不久打电话给你了。所以，告诉我，到底有什么事？"

瑞卡德咬着腮帮子不说话。

她知道他正在苦思对策。她紧接着又说："想想你的儿子。你难不成想我过几天在这里翻你儿子的尸检照片给你的妻子看吗？"

他大声地吞咽着吐沫，往她身前靠了靠。她等着。

"这跟圣安吉拉没有任何关系，"他咬着牙说，"我是个商人，我做规划、签合同、开发地产项目，然后盈利挣钱。有时候输，但大多数时候都赢。圣安吉拉只是个适合开发的项目，我在'鬼宅'项目上赔了钱，想在这个项目上挣回来。我都想好了，计划得非常好。我要盖一栋漂亮的宾馆，建一个超棒的高尔夫球场，这会给镇上招徕生意，创造工作机会。"他直起腰，"这一切跟我儿子的失踪没有任何关系。"

"你就忽悠我吧。"洛蒂说。

"你真是够轴啊。"

"没错。"

她知道瑞卡德在掂量她，在酝酿着说点她爱听的。她直直地坐着，面无表情。瑞卡德四下打量了一下房间，又回头盯着她，似乎下定了决心。

"首先，我希望你明白，我没有杀害这些人，也没有安排任何人去杀这些人。我跟这些犯罪没有任何关系。我可能有很多缺点，督察，但我绝不会杀人。"

"继续。"洛蒂说。

"我要把我的律师找来吗？"

"那得看你有没有干过什么需要律师在场的事了。"

瑞卡德吐了一口气："詹姆斯·布朗确实打电话给我了，就是他遇害的那天晚上。"

"继续。"洛蒂又说。这件事他们已经知道了。他们有证据。

"我是因为规划申请的事认识了布朗和苏珊·莎莉文。他告诉我苏珊·莎莉文死了，可能是遇害了，说想见我。那次电话的内容基本就是这样。"

"他为什么要联系你呢？"洛蒂问。

"我不知道。他说他有事情想要告诉我，很紧急。"

"你见他了吗？"

"没有。我告诉他我很忙，就挂了。几小时后他就遇害了。"

"有人去见了他，然后可能就杀了他。你接了詹姆斯的电话之后，有跟谁联系过？"

"没有。"

"得了吧，瑞卡德先生，我们能看到你的通话记录。"

"我只是打了电话给我的合作伙伴，告诉他们莎莉文遇害了，还有布朗打电话给我的事。"

"你的合作伙伴？"

"你没必要知道他们是谁。"

这事她以后会有办法让他说出来。"那他们有没有动机杀害莎莉文和布朗？"

"我怎么知道？"

"你肯定知道点情况。受害人死前想干什么？"

"布朗和莎莉文，这两个人真是一对好搭档，"他说，"他们知道我为了推圣安吉拉开发计划，改了市政规划方案，两个人便给我来了一手，合伙敲诈我，说什么要补偿过去的罪恶这些鬼扯的话。我完全不知道他们在扯什么。布朗第一次打电话来……敲诈时，当时是七月，我就告诉他去死。"

洛蒂想起遇害人银行账号里的汇款，还有苏珊·莎莉文冰箱里的现金。

"但你还是给了。"

"我没给。"他敲了一下桌子，"这种勒索我从不放在眼里的，督察，我没这么屄。"

"那你是怎么做的？他们可是在勒索你啊。"

"我找合作伙伴碰头开了个会，告诉他们被敲诈的事，大家决定不理会。布朗和莎莉文对我们的开发计划没有什么威胁，他们没有确凿证据证明我们违法。说实在的，也确实没有什么违法行为，我们只是加快了规划审批的进程而已。"

"怎么做到的呢？"

"给一些市议员塞了点钱啊，这不算什么大事儿吧？"

洛蒂决定不管他操控规划审批的事。她管不过来。她决定换一个套路："你以前在圣安吉拉待过吗，瑞卡德先生，你小的时候？"

"没待过，我也不知道这跟其他事有什么关系。"

洛蒂不确定这是不是实话，但要他亲口说出来。

"你这个项目里还有谁？"她问。她感觉他讲的是实话，如果确实如此，那么是谁往遇害人账户里打的钱呢？

"你知道我的合作伙伴是谁跟我儿子失踪有什么关系？"

"你怎么知道没关系？我需要知道他们是谁。"

"那你帮我找回我儿子？"

"我尽全力。"洛蒂说。

"活着找回来？"瑞卡德说。跟进门时比，他这会儿显得渺小了些。

她没说话。她无法做出这样的承诺，无论她多么相信他儿子多半是在躲他霸道的父亲。她真希望情况是她设想的这样。她想到了上次失踪的安杰洛提神父。

他告诉了她几个名字。格里·邓恩、迈克·奥布莱恩以及特伦斯·科纳主教。

"你需要跟我说清楚整件事情的来龙去脉。"她说。

"没有什么所谓来龙去脉，督察，只是几个人一起合伙挣个快钱。科纳主教把那块地低于市价卖给我，我盖了新高尔夫球场后给他终身会员。迈克·奥布莱恩美化一些银行数字，这样我能拿到贷款。格里·邓恩的角色是确保项目规划获得审批。事情就是这样。我们没有什么大阴谋，没到非得要杀人的地步。我建议你去查查别的，否则你只是在浪费本可以用来找杰森的宝贵时间。"瑞卡德的手在口袋里掏什么东西。

"看来你好像对圣安吉拉很着迷，这个给你，"他说着把一串钥匙拍在桌子上，"你自己去看。就是一栋需要翻新的旧楼，除了砖头、石灰，啥都没有。让你满足一下好奇心。然后，看在老天的分儿上，赶紧去找我的儿子。"

洛蒂赶紧伸手护住钥匙拽过来，生怕他变卦。

"多谢，"她说，"回家去吧，要是有杰森的消息了，第一时间告诉我。我有消息也会第一时间告诉你。"

她示意交谈结束。

瑞卡德站起身来，话不多说一句，头也不回，脚步坚定地走出办公室。他那身高档西装皱巴巴的，一如那张脸，写满风霜。

洛蒂打开最下面一层抽屉，拿出那份泛黄的牛皮纸文件夹，端详照片里的男孩。她知道亲人失踪是种什么感受。她真心希望杰森·瑞卡德只是因伤了自尊躲起来了。如果情况并非如此，那整件事的性质可就变了。

第八十一章

肖恩·帕克听着凯蒂在隔壁卧室抽鼻子。他想起父亲死后，母亲常常在夜里独自一个人哭。只是他的母亲虽然每天早上红着眼起床，但装作没事，照常上班干活。他曾经想冲母亲叫喊，告诉她，她哭得他夜里睡不着觉，但终究没说什么。他为母亲心碎，也为两个姐姐，还有他自己，心碎。

凯蒂的哭不同，他心里替她难过。自从杰森让他抽过一口大麻，他便一直敬仰他。他抽了几口，便看到整个起居室里似乎有无数种形状和颜色游来游去。然后他吐了整整二十分钟。吐的事他没跟杰森说过。

他按了一下迷彩色控制器，屏幕上的士兵定了格。他希望母亲在家时间能多些。任她要工作，忙着调查谋杀案。大家都说现在他爸爸不在了，他便是家里的男子汉。那作为家里的男子汉，他要做什么呢？

他想关掉游戏，但卡住了，没法开，也没法关。

他需要一个新控制台。急需，最好现在就换。

他有些存款。他在柜子里找银行卡，手指碰到了冰冷的钢，抓住了一把瑞士军刀，这是他爸爸好多年前买给他的。他喜欢一把一把弹开那些形状各异的刀片，假装自己是侠盗车手里的一个角色。他从未带这把刀出过家门，但今天他出门要带上，毕竟镇上有杀人犯在逃。你永远不知道什么时候需要用到瑞士军刀，他爸爸以前跟他说过这话。他看了看手机上的时间，刚过十一点半。他速去速回，午饭前可以赶回来。

　　他把银行卡和瑞士军刀揣进口袋，把两个连衣的帽子一齐套在头上，出门的时候，刚好听见克洛伊说凯蒂是戏精。

第八十二章

洛蒂踢掉了靴子，用一只手揉了揉脚，另一只手抓着圣安吉拉的钥匙。她见柯比从电脑屏幕上方往她这边瞄。

"什么？"她问。

"没事。"他赶紧又盯回电脑屏幕。

"柯比，你一辈子能不能有一回心里想什么嘴里就说什么。"

她把钥匙揣进口袋，在地上跺了跺脚，又忍着疼把脚塞进靴子。她一边捋了捋一头软发，一边把手机从静音调回正常模式。没有短信，没有未接来电。她希望博伊德情况还好。她抬头找柯比，发现他已站在身边，手里拿着一张纸。他捏了一把她的肩膀。

"你叫我查的伯克神父的资料。"他说完又回到自己的办公桌。

洛蒂看了看乔神父那张护照尺寸大小的照片，额前的短发带着孩子气，蓝色的眼睛，热情开朗的笑。她迅速往下读，眼睛落在一篇韦克斯福德的新闻报道。

"你读了这个吗？"她问。

"读了，"柯比说，"这哥们儿有女人缘啊。"纸上的字堆在了一起。是缺咖啡因，还是太缺觉了？她有点想吐。她想集中注意力，但脑子无法理解眼前的东西。这篇报道里提到韦克斯福德镇当地一个女人，称乔·伯克神父曾经追求过她，想要跟她建立关系。她一开始没理会他，但他穷追不舍，便举报了他，但当地警方坐视不管。洛蒂简直不敢相信这种新闻也能见报。然后她想起了那个记者卡舍尔·莫罗纳，还有他的秘密消息源。她还是得查清楚到底是谁泄露了消息。

她抬头看柯比。

"追求女信徒，"他说，"只在天主教会里是个罪名，教会有独身誓言之类的。你要是问我——"

她被乔神父的外貌和魅力欺骗了。他是不是一直想勾引她，而她想要的只是友谊？他本可以把一些相关档案拍照发给他，但却一直坚持叫她去罗马，是不是有所图谋？

她推开椅子，抓起手机，只把一只胳膊伸进了外套，便出了门，也不听柯比在说什么。

* * *

她要去圣安吉拉看看，但在警局车队撞见了玛利亚·林奇。

"我正要去巴利纳克洛，"林奇说，"你要一起吗？"

"对，我来开车吧。"洛蒂当下改变了主意。去圣安吉拉的事可以再等等，说不定在老神父家可以发现点什么线索。

科尼利厄斯·莫汉神父生前住在一个小教堂左侧的一处平房。屋子右侧有 20 世纪早期建的四栋小别墅，一字排开，后面蜿蜒着一条用树篱围成的窄巷。几栋房子和教堂之间立着一座五年级制小学。燃料罐上画着托马斯火车头。学校四周绕着一个操场。过去十年，这所学校的隔壁就住着一个恋童癖神父。而这一切正是科纳主教本人安排的。洛蒂摇头不解。

　　守在平房门口的警察掀起警戒线，让二人进去。林奇跟后院的现场调查员攀谈起来。洛蒂戴上橡胶手套，打开正门进了屋子。她瞧了瞧凌乱而昏暗的过道，走进天花板很高的厨房。厨房里的器皿物件尽是暗褐色的，空气中散发着一股烟臭味——泥煤和香烟的气息。餐桌上摆着一个塞得满满的烟灰缸，旁边一个掉了瓷的水杯，装着早已污浊的茶水。炉子的门开着，里边是冰冷的灰烬，一如遇害的神父。

　　她推开另一扇门。薄薄的窗帘下面漏进来窄窄的一条晌午的日光。她把帘子拉开，一束光亮冲进来，那光亮中飘浮着波浪似的灰尘。屋里还有一张凌乱的单人床，一个储物柜，一个五斗橱，一个独立的双门衣柜。

　　洛蒂掀开一床朴素的蓝色毯子，在枕头底下轻轻摸，找到一个鼓囊囊的钱包，里边都是五十、一百面值的欧元。还有一张五百面值的欧元折叠在一张塑封卡片后面，卡片上画着圣安东尼抱着圣婴。她数了一下，一共一千六百二十欧元。所以杀害科尼利厄斯的人行凶动机绝非抢劫。很明显，很长时间以来，这间屋子就只有老神父进出过。

　　她打开抽屉，又打开衣柜，里边衣物很少，都是黑色的，有一股陈腐的樟脑丸气息。她又跪下往床底下看。两双黑色的鞋并排放着，鞋后面摆着一个褐色手提箱。她把箱子拽出来，上面铺了一层尘垢，打开锁，里边是发黄的剪报、文件夹，还有笔记本。

　　洛蒂拿起一本黑色硬壳笔记本，打开。上面挤满了短短的铅笔笔画，尽是一列列的数字，末尾写着合计。她猜是家庭账本。她又拿起另一本。一样。好了，莫汉，来点线索，她心里暗暗希望。

她蹲在布满灰尘的木地板上，翻了六个笔记本，都是数字。她把笔记本摆在一边，接着打开下一本，这回不是数字，是手写的字迹。她屏住呼吸。还是铅笔字，一笔一画训练有素，井井有条，结构均匀。

她读着读着，纸上的字开始叠在一起或跳来跳去。这些逐渐模糊的铅笔字记载的俨然是一部虐待史。那些字母，那些单词，一个一个在她眼前飘，那些句子如同被烟雾缭绕着，显得那么不真切。她心想，此人伤害无辜不说，竟然还要记于笔端。藏在蓝色硬壳笔记本里，又锁在褐色皮箱里的这些秘密，直击洛蒂的灵魂。她心碎了，却也变硬了。

她读不下去了，便把笔记本放入塑料证据袋，塞进外套内侧的口袋里。她知道，无论她放在哪里，也永远无法抹去这个恶魔笔下的恐怖。他肯定没想到自己死后这些笔记本会落到何处，否则他肯定会销毁的。除非他一直在凭这些笔记本来重温他的罪行。这畜生真是变态啊。

她打电话给林奇，跟现场调查队说了一声，便把手提箱带出来，准备放到车里。她逃离那屋子，心中却无法摆脱那些无辜的孩子跟在她身后的轻轻的脚步声。

小教堂的钟敲响了，空洞的钟声在村子里回响。

第八十三章

银行取款机外的排队等待时间似乎没有尽头。

他前面的女人怀里抱着一个不停哭闹的婴儿，手下还要艰难地管着一个蹒跚学步的小孩，最后终于取到了钱。他输入 PIN 码，取了两百欧元。他觉得应该够了，不过他知道卡里没剩多少钱了。他可以把旧游戏机卖了，填补点亏空。

他心里嘀咕杰森会在哪里呢。他决定要问问自己的朋友，看有谁见过他。倒不是说他的朋友会跟杰森·瑞卡德这样的富家子弟有什么交集，不过万一有人知道呢。他把钱揣进裤子口袋，走出取款机房间门。

* * *

那人看着男孩。

他的手在西装裤上上下摸索，眼睛瞄着四周，确保没人注意他。

他认识这个男孩，帕克督察唯一的儿子。他走到一个宣传页架子后面。他裤子里的动静太剧烈，不得不把两只手塞进裤兜，按住那越来越坚硬的物事。

太危险了。他手里已经有了一个男孩。不过，他要是真想重获那种体验，他得需要两个男孩，不是吗？

那男孩按了下内侧安检门上的绿色按钮，那人迅速排到他身后。门打开后，他走进那狭小的空间，对男孩笑了笑。男孩也对他咧了咧嘴。

第八十四章

正午的天空暗沉沉的，更像是傍晚。天又下起了雪。

洛蒂离开巴利纳克洛村时，又看了下手机上有没有医院的消息。没有。她陪林奇一道护送手提箱进了警局。他们清点了物品，洛蒂又翻了一下那个旧笔记本，忍着惊惧，放进证据袋。

"我出去一趟。"她说。

她取了自己的车，着急回家冲个热水澡。她又想去看看博伊德。但她既然手里有了钥匙，第一站得去圣安吉拉。

* * *

洛蒂感觉喉咙有点痛，咳了两嗓子，更痛了。她立在车边，抬头看那栋老楼。为了放松下大脑，她数了数楼上的窗户，数了两遍。她一边往新落了一层雪的台阶上走，一边照顾脚下，生怕滑倒。

来到门前，她手里拿着钥匙，内心却莫名生出恐惧，这一点也不像她。她恐惧是为了她自己，她的过去、她的决定、她的态度、她的悲伤，以及她正在变成什么样的人。那一刻，她多希望博伊德在身边嘲弄她。她想他了。

她把冻麻木了的手上套上乳胶手套，把钥匙在老旧的锁孔里转动一下，推开了门。她很惊讶门竟然朝里开得那么容易。

门厅比她想象的要小一些。迎面袭来一阵彻骨的寒意，里边比外面还冷。她本以为墙壁上的水管已经破裂，会有水流出来。她面前是一段宽大的楼梯，两侧的红木扶手一路曲折往上，中间夹着宽宽的水泥台阶，楼梯上方是昏暗的走廊。她没有打开灯，说不定没有电，但她也不想试试。有时候留个念想反而更好，不然就真的觉得自己身处黑暗之中。她就这样想着来安慰自己。

她侧耳听了一会儿。楼里很安静，只有楼外的风夹着雪把窗户砸得直响。一阵穿堂风卷起脚下枯死的叶子，发出沙沙的响声。她关上大门，把粘在靴子上的雪踢掉。她决定去楼上看看。

洛蒂上了第一层楼梯，走廊向两边延伸，一侧有门，另一侧是窗户。她下意识又数了数窗子，她忍不住要数，在脑子里记下了数字。她又折回身去，走另一段走廊，数窗子。窗框吱吱作了一阵响，安静下来。她又上了一层楼，同样数了窗子。她心里合计了一下，好像数字对不上。

她跑下楼，又数了一遍。只有十三个窗户，可是外面有十六个窗户。走廊的两端用混凝土封住了。她用手在墙上摸，不停地敲，觉得哪里可能会有中空，但好像很结实。或许汤姆·瑞卡德知道怎么回事。她觉得好奇，但不晓得这事到底意味着什么。

一只鸟在她头顶尖叫，翅膀撞在木梁上，然后便消失了。她要不是喉咙疼，也会跟着大叫起来。她靠着墙，感受过去的苍凉。奥马利的故事还在她脑海中回荡。孩子们在走廊里喧闹地跑来跑去，修女跟在后面大声叫喊，揪他们的头发，干枯的巴掌掴在小脸蛋上，孩子们大声哭喊。那幅景象太过形象，她一伸手似乎就能触碰到。这些被遗弃的孩子们该有多么苦闷和孤独啊。没有梦想，没有希望，有的只是失落与绝望。

她抽屉里那份泛黄的文件又闪现在她的脑海中。是失踪了，还是死了？那个红头发的男孩？他真的被杀害了吗？还是昏头昏脑的奥马利瞎编的故事？她回想那本蓝色硬壳笔记本里的记录，还有罗马的档案，既有真相，也充斥着谎言。她感到整个身心被一股无助的绝望占领。

那只黑鸟在屋檐上落了脚，安静了下来。洛蒂又沿原路走，去数走廊另一侧老旧的、褐色的门。那么多年，有那么多只老老少少的手拧过、转过，门把手上的铜生了暗锈，下面的漆也剥落了。自从被荒废之后，这栋楼已然死去了。

她需要打开那些门，那些通往过去的门。或许苏珊和詹姆斯曾想要打开。看看他们的下场吧。她的直觉告诉她这栋楼里就藏着整个谜局的答案。她打开几扇门看了看又关上，里边空空的，很荒凉。她猜这些房间曾经是宿舍。她又打开一扇，走了进去。

这间屋子跟其他的没什么两样，只是窗子用黑色塑料袋包着，整个房间黑乎乎的。她摸着墙往前走，打开一个开关。一盏低瓦数的灯泡，悬在一根布满灰尘的电线上，微弱地照亮着狭促的空间。洛蒂四下看了看。

一张铁床，靠着墙，铺着白色的床单。洛蒂踩着凹凸不平的地板往里走了几步。她皱了皱鼻子，棉布料上有一股洗衣粉的气息。她翻起枕头，掀起床垫看，什么都没有。

她突然听到叮当一声响，捏着床单的手停了下来。一片沉寂。她竖起耳朵，只听到风夹着雪花扫过窗户的声音，还有垃圾袋在窗框的缝隙里发出的沙沙声。她仔细打量着这个房间。一张床，其中一个角落蹲着一个燃气加热器，另一个角落里放着一张木椅，此外没有别的了。天花板上的漆已剥落，轻轻摇晃的灯泡，发出颤抖的黄光，投下深沉的影子。

她转身要走，却瞄见床腿边有一片银色的金属。她的手指扫过灰尘，触摸到那件东西。她捡起来，握在冰冷的手指间，对着灯光看。银色的吊坠在乳胶手套里闪着微光。她立刻意识到这个吊坠的主人是谁。

* * *

杰森扭了扭头，他肯定听到有人在墙上敲。他的胳膊和腿被绑得紧紧的，只能在地上躺着，嘴巴里塞着东西，无法呼喊。

有人在找他。他内心一阵狂喜，他努力想挣开绳子，但绑得太紧了。

他一阵绝望，又倒回地上。要是他们在主楼，会不会搜到这里来呢？他们说不定都不知道这里别有洞天。他希望他们不要轻易放弃，他现在越来越虚弱。他再次努着耳朵听，希望听到声音，哪怕再渺茫。

他的希望破碎了，胃里翻腾着绝望。伴着高高的房梁上几只鸟的叫声，他吐了自己一身。

第八十五章

"你好，是肖恩·帕克吧？"

在游戏机商店外，肖恩转身往后看。

"为什么这么问？"他靠着商店的橱窗说。

"我只是认出你了，没别的意思。"

"那，你要干吗？"肖恩冲着街对面一个朋友挥挥手。

"我跟你姐姐还有杰森很熟。你知道他失踪了吗？"

肖恩往后缩了缩，却无处可退。

"我知道。"

"我说了你可能会觉得很奇怪，但是他其实没失踪。我知道他在哪儿。"

"那你为什么不去警局？"

"杰森不希望有警察介入，说是家庭纠纷什么的。"

"行，不过跟我没关系。"肖恩往商店门口挪了挪。

那人摇摇头，往后退了一步。

"那好吧，不好意思打扰你了。"他转身走开。

肖恩咬了咬嘴唇，打量了一下这个人。他看着像好人，穿着干净，体面。不过这么冷的天，下着这么大的雪，他竟然没穿外套。奇怪。他看着眼熟，在哪儿见过吗？

他记不起来。看着不像坏人，不过是个认识她姐姐的老头儿。

肖恩问："他在哪儿？"

那人转过身来："我不能泄密，但我可以带你去找他。那样的话，你就可以说是你自己碰巧找到了他藏身的地方。"

"行。"

"跟我来吧。"

第八十六章

洛蒂捶打着方向盘，她的车发动不起来。地上雪积得很厚，但还没上冻。暂时没有。

她不停地转动钥匙，车子只是咔嗒咔嗒地响几声。吊坠就在她口袋的塑料袋里。她知道吊坠是谁的，也大概能想到吊坠是怎么落到那里的。她得去找瑞卡德问问窗户的事情，这件怪事让她无法释怀，不得安宁。

手机屏幕上亮起简·多尔的号码。

"你好，简。"

"我做完了莫汉神父的尸检。"

"你真是忙啊，还很高效，"洛蒂说，"跟那几个一样吗？"

"不一样，"病理专家说，"这次力道小些，不过受害人年纪大了。"

"你觉得可能是模仿杀人吗？"

"我觉得不是。科尼利厄斯·莫汉同苏珊·莎莉文和詹姆斯·布朗有一样的文身。"

洛蒂屏住呼吸。老神父也有文身？那接下来会如何呢？

"跟那几个一样，也有年头了，但却更清晰。我把图案扫描进电脑，放大了看，"简说，"其他几个遇害人身上的文身都褪色了，看着只是一圈一圈的线条，但这个遇害人的文身能看出是什么图案。"

"你接着说。"洛蒂希望是个含意明确的图案。

"像圣母子像，一般教堂里都供着雕塑。维基百科上说的。"

洛蒂看了看眼前这栋建筑的楼顶。前几天晚上她跟博伊德一起在夜里模模糊糊看不清楚的雕塑，原来是圣母马利亚怀里抱着圣婴耶稣。

"你讲的可能没错，"她说，"但我还是不明白苏珊和詹姆斯为什么有这个文身。"她想起来帕特里克·奥马利也有。

"如果有什么含意，你最好查清楚。否则说不定会有更多尸体送我这儿来。"

洛蒂一边听着手机响，一边想着得找奥马利再谈谈，他现在变得越来越重要。他要么是几十年前一场凶杀案的证人，要么，他也参与其中了？如果参与了，是以何种方式参与的？不管真相如何，他都可能握有重要线索。她得想办法让他记起来。来电打断了她的思绪。

"督察，我是碧·沃尔什，市政厅的。"

"你好，碧，最近还好吗？"

"我只是想告诉你，圣安吉拉的规划方案今天通过审批了。"

"那两个人不在了果然就顺利了，"洛蒂说，"这么说，瑞卡德可以盖宾馆了？"

"还没定下来。还有个民意征集过程，需要等一段时间，不过我觉得不会有太多反对，这个项目会解决不少就业。"

"谢谢你告诉我。"

"还有，督察，上次说的那个文件没有丢，一直在郡长格里·邓恩手里。"

洛蒂琢磨了一会儿这两通电话，想把信息拼到一起。不过她一想到车子发动不了，还不知道要花多少钱修就心烦意乱。

她渴望来根香烟，或者随便什么能提神的东西。她看了看白雪皑皑的大地，视线落在围墙内的一块地上，一路伸到圣安吉拉的背面。一排覆着白雪的树谨慎地伸到石墙的上方。是果园。她脑子里猛然现出一个画面。少年的苏珊和詹姆斯、奥马利。还有那个饱受科神父折磨的布莱恩·莫蒂默，只是不知道这人是谁，现在在哪儿。

如今，这几个人里至少有三个已经不在人世了。

第八十七章

"你真知道杰森在哪儿？"肖恩一边问一边坐进车子。

"知道啊。"

"有点太巧了，对吧？"

"什么太巧了？"

"你认识我，还认识杰森，"肖恩说，"能打开暖气吗？"

"当然可以。"那人把车开出来，汇入车流，打开了暖气。"一会儿就热乎了，小伙子。"

肖恩问："你怎么知道我是谁？"

"我也认识你母亲，你跟她一个模子刻出来似的。我一英里之外都能认出你是她儿子。"

"大家都说我像我爸爸。"

"我不认识你爸爸啊。"那人说。他在等交通灯变绿。

"他去世了。"

"抱歉。"

"那你是怎么认识我姐姐和杰森的？"

"我是杰森父亲的朋友，也可以说，我们是生意伙伴。"

　　肖恩不说话了。那人谨慎地开着车穿街过市，飞舞的白雪拖慢了他们的速度。杰森如果能回家，凯蒂一定很开心。她就欠自己的，一辈子。肖恩得意地笑起来。

　　"你笑什么？"那人问。

　　"没什么。"肖恩说。他的嘴巴还在咧着。

＊＊＊

　　"去哪儿？"柯比嘴上叼着根没点着的雪茄。

　　"这车味儿太重了。"洛蒂一边系安全带一边抱怨。

　　陈腐的烟草味从座位里蹿出来，钻进她的衣服。她丢下了自己的车，因为得有跨接引线才能发动起来，柯比没有。

　　"我要找汤姆·瑞卡德谈谈，得先去看看博伊德。"

　　"他们不会让你接近的。"柯比说。

　　"我不管，"洛蒂说，"注意路上的冰。"柯比一个急拐，她紧紧抓住仪表板，差点撞上迎面来的一辆车。"想抽雪茄就抽吧。"

　　"如你所愿。"打火机啪的一声，柯比点上一根雪茄。

　　"我在圣安吉拉找到这个。"洛蒂举起一个小塑料证据袋，里边装着银吊坠。

　　柯比斜眼看了看："不错。那么老旧的地方怎么会有这玩意儿？"

　　"所以我得查啊。"

　　"你知道这东西是谁的？"

　　"知道，"洛蒂说，"我那车修好得多少钱？"

　　柯比说："一杯啤酒的钱就能搞定。"

　　"一杯啤酒我能出得起，两杯就超出我预算了啊。"

　　"这么惨啊？"柯比哼了一声。

洛蒂点点头："那你会不会修游戏机啊？"

* * *

"蠢货。"那人一边骂一边扶正了方向盘。

他下了主路，开上一条岔道，从后门进了圣安吉拉。

"我们去哪儿？"肖恩问。

"你问题真多啊。"那人咬着牙说。

"只是好奇。"

那人把车缓缓停到小教堂后面，熄火。

肖恩的手在口袋里摸着那块冰冷的金属，他很欣慰自己带了护身符。突然有种莫名其妙的直觉告诉他赶紧逃命，能跑多远跑多远。他还没来得及有什么反应，那人便紧紧抓住他的胳膊肘，把他朝着拱形木门推，门上挂着一把闪亮的新锁。

肖恩虽然还不到十四岁，个头却很高，但在那人开锁的当口，他感觉自己很渺小。他不知道是因为那人眉宇间表情吓人，还是因为他把他的胳膊抓得太紧。但他很庆幸身上带了刀。

那人关上门，从里边上了门闩。

"为什么上门闩？"

"安全啊，这边来。"

肖恩站着不动。

"如果门从外面上了锁，"他说，"那杰森怎么可能是自愿待在里边的？"

那人下巴收紧。肖恩往后退，靠门立着。

"我说了带你去见杰森，你就乖乖地跟我走就是了。"

"他根本不在这里，"肖恩尖叫起来，"你是谁？"

他紧抓着口袋里的军刀，希望那人没注意。他真蠢，怎么会被这人领到这里来。该怎么办？是跟着这人去看杰森到底在不在这里，还是直接逃跑？如果他用刀子护着，说不定能逃出门。但万一真丢下了杰森呢？他母亲遇到这种情况会怎么做？他得迅速思考，不然麻烦可就大了。

"别老问东问西了。跟我来。"

肖恩下定决心，跟着这人走下昏暗狭窄的楼梯。他的手一直紧紧攥着军刀。

第八十八章

　　柯比站在护士站前，对洛蒂说："至少他现在出了重症监护室了。"

　　洛蒂翻了翻白眼。柯比真是招人烦，嘴巴一刻不停，不说点什么浑身不舒服。她深吸一口气，想平复一下心情。

　　"你在罗马怎么样？"柯比问。

　　"你刚才是不是冲我眨眼了？"洛蒂迈步上前，盯住他眼睛问。

　　他往后退了一步。

　　"不是故意的，碰巧眨了眼。"柯比摸了摸胡子拉碴的下巴。

　　"别学博伊德，不适合你。"

　　"你看望病人的时间只有五分钟，不能多待。他现在很虚弱，但神志清醒。"一个身穿蓝制服的蓝眼睛年轻护士推开门。

　　"你俩只能进一个人。"她举起手掌挡住二人。

　　"你去吧。"柯比让洛蒂过去。

＊　＊　＊

　　博伊德在床上靠着，身上接着很多线，连着围在床边看着像机器人的监视器。护士在一条管子上按了一下，仔细看里边流动的液体。

然后她转身对洛蒂说。

"五分钟。"说完便离开了。

洛蒂拉过一把椅子，紧靠博伊德的头边坐下。他眨了眨眼睛，算是问候，淡褐色的眼睛黯淡无光。他想笑，却没笑出来。

"对不起，"洛蒂低声说，"我不该自己跑去罗马，把你一个丢下来，出了这么大的事。"

博伊德虚弱地咧了咧嘴，洛蒂笑了笑。

"我知道你不该说话，不过你还能记起袭击你的人是什么样子吗？"

"直奔主题？"博伊德嗓音粗哑。

"柯比告诉我时，我吓死了，"洛蒂说，"我以为你会死，但我逼自己不要多想。你知道我的——一个上午都把自己埋在工作里。"

她拉住他的手，感觉到博伊德的手指在使劲。她俯身在他破了皮的额头上亲了一下。

"不要哭。"博伊德低声说。

"我也不想。"洛蒂说。

"我看见凶手的背影了……好熟悉……但不确定……我想不起来。"

"有没有可能是奥马利？"

"不知道。"

洛蒂在储物柜上找到纸巾，把他嘴角的口水擦掉。

"不要紧，我会抓住这浑蛋的。被我抓到会有他好果子吃的。"

"小心点。"博伊德说。他的声音里多了些力气，"没必要也被送到这里来。这里说不定有双人床。"

"还在耍嘴皮子。"洛蒂说,"我搞不懂,为什么正好你去找神父时,凶手就出动了呢?你除了林奇之外还告诉谁了?"

"没……没有。"

她想了一会儿。她知道林奇不会搞鬼,如果博伊德谁都没告诉,那唯一知情的就只有乔神父了。她注意到博伊德很累,现在不适宜把自己心中的怀疑告诉他。他闭上了眼睛。

"赶紧归队,你不在,我很乱。"她又在他额头轻吻了一下。护士回来了。

洛蒂回头看看已经睡着的博伊德,离开了房间。她暗暗发誓一定要将凶手缉拿归案。

第八十九章

"我没有你儿子的新消息，瑞卡德太太，但我需要找你丈夫谈谈。"

洛蒂靠着瑞卡德家房子的门柱。梅兰妮往里走，她跟着进去。汤姆·瑞卡德从扶手椅里站起来，一脸期待。她摇摇头，他的脸立刻沉了下去。

"我刚跟你太太说了，没有你儿子下落的进一步消息。我们已经发了一则新闻公报。现在已经上了社交媒体，我们还会往电视上放。"

"督察，我担心得要命。"瑞卡德说。

"能做的我们都在做。"

他指了指对面的椅子，洛蒂坐下。瑞卡德身上的西装皱皱的，眼圈红通通的。屋里生了炉火，很暖和。

"茶？咖啡？"梅兰妮·瑞卡德问。

"茶，谢谢。"洛蒂说。她感到梅兰妮和瑞卡德之间的气氛怪怪的。冷冰冰的？梅兰妮钻进了厨房。

"圣安吉拉……"她开口说。

"我现在更担心的是我儿子的安危。"他说。

"还有谁有那栋楼的钥匙？"

瑞卡德耸耸肩："我的合作伙伴。我的那套钥匙在你那儿。"

"他们为什么会有钥匙？"

"他们的钥匙是我好多年前给的，为了万一他们要去看那地方。我也没再要回来。我不知道他们有没有用过。"瑞卡德说，"这里头有什么关系吗？"

"说实在的，我不知道，"洛蒂说。她举起装着吊坠的证据袋，"这个你认识吗？"

瑞卡德转过头去："不认识。我该认识吗？"

"我以为你会认识。你确定吗？"

"他娘的，你这个女人真是的，你到底有没有在找我儿子？"

她起身就要走。炉火烤得人太舒服了，不适合久留。

"还有，你有没有圣安吉拉的原始楼层平面图？我需要看楼层设计。"

瑞卡德耸耸肩，叹了口气，不情不愿地从椅子里站起来，像是一头冬眠醒来的熊。他从墙角一张桌子里抽出一份卷起来的文件，递给洛蒂。

"你留着吧，我现在对项目一点兴趣都没有了。"他说完回到椅子边站着。

"你不是拿到项目规划的审批了吗？"

"现在我儿子更重要。你看完了可以烧掉，随你处置。我只要你找到我儿子，这是头等大事。我求求你。"

瑞卡德转身面对炉火，盯着橙色的火焰在燃烧的木头上跳跃。

洛蒂起身离开。梅兰妮端来一个托盘，她把盘子放在桌子上，将一只手搁在洛蒂的胳膊上，虽然嘴唇没有动，但眼里满是恳求。

洛蒂点点头。她能感受到这个女人内心的焦虑。

她出门离去，留下这对夫妇独自绝望。

第九十章

"瞧瞧这个，柯比，"洛蒂指着专案室桌子上摊开的楼层平面图，"我猜对了。"

"什么猜对了？"

她把袖子卷到胳膊肘，用黄色高亮笔在纸上画了一个圈。

"平面图上显示第二层的走廊有十六个窗户。楼里边我数了只有十三个窗户，外面却有十六个。"

"到底是什么意思呢？"柯比一边问一边在口袋里掏。

她用笔敲了敲图纸。

"意思是，墙后面有三个窗户，也就是说还有一个房间，或者有房间被封住了。"

"那又如何？"他大着胆子说。

"究竟是为什么啊？"洛蒂问，"为什么堵住？谁干的？什么时候干的？我想知道这个。这又意味着什么？"

"这跟谋杀案有什么关系？"

"我不知道，但我们也没有别的线索，我需要查清楚这个。我们有没有奥马利的地址？"

"他住大街的。"

"去找他。"

她用眼睛扫了一圈办公室，林奇正在研究案情分析板。

"有点不对头。"林奇说。

"什么意思？"

"德里克·哈特，布朗的情人，我又看了一遍他的供词，觉得有点不对头。他要么撒了谎，要么没全说实话。我没查到哪所学校有登记他是老师。"

"赶紧查。"

洛蒂现在没时间处理这个，她有任务在身。"我觉得穆塔夫太太，就是办救济厨房的那个女的，说不定知道奥马利在哪儿。柯比，车钥匙给我。"

* * *

"我好几天没见到他。"穆塔夫太太边把洛蒂带进屋，边把狗轰走。

"他一般在哪儿转悠？"洛蒂问。

"帕特里克·奥马利什么地方都跑，督察。晚上，他一般就在缅因街上睡。有时候在火车站后面也能找到他，要么在车厢里，要么在哪个房子里，你知道的，就是屋顶塌了的那排房子。但这几天晚上我在哪儿都没见着他。"

洛蒂叹了口气："我会安排人去找他。"

穆塔夫太太倒了茶，两人一起喝。

"你那个瘦搭档今天怎么没来，多蒂督察？"

"我叫洛蒂，博伊德探长昨晚受伤了，现在在医院里。"

"太可怕了，我会为他祷告的。出了什么事？"

"这个就不用你操心了。"洛蒂看了看手机上的时间，"我得走了，谢谢你的茶。"

"你刚才提醒了我，我现在想起来你们上次来的时候我忘了什么事儿。"

"什么提醒了你？"

穆塔夫太太摆弄着盘子里的面包屑："手机啊。"

"手机怎么了？"

"不是你的手机。"老妇人犹豫了一下，说，"苏珊·莎莉文的手机在我这里。"

"什么？"洛蒂脸上的笑容立马消失，拳头攥得紧紧的。

"在哪儿？这可能对我们的调查至关重要啊。你怎么之前不给我啊？"

"我之前忘了在我这里了，现在我还不一定愿意给你呢。"穆塔夫太太气呼呼地抱着胳膊说。

"我能告你妨碍谋杀案调查的。你早给我们，说不定还能避免一桩凶杀啊。手机上说不定有非常重要的信息。"

洛蒂知道自己有些不讲理，他们其实已经从运营商那里拿到了所有信息。她看到老太太脸上困惑的表情，声音柔和了下来。

"没事，别担心，只要你把手机交给我，就没事了。"

"手机不一定能用了。"

"那个不重要。"洛蒂紧握着拳头，咬着牙问，"你怎么会有她的手机？"

"我刚才想起来。当时苏珊的手机掉汤里了，毁了一锅汤，我们还得重做一锅，真是够折腾的。"

"什么时候的事儿？"

"就是她被杀害前一晚。我把手机放在饭碗里，然后放在热压机里，苏珊说要这么做。"

"她怎么不自己带着？"

"我们都很忙，送完汤回来就忘了手机的事儿。然后这可怜的女人就被杀了。"

"你就把手机留着了？"

"她第二天就被杀了。"穆塔夫太太泪眼汪汪地解释道。

"你该早些给我的。"

"我忘了在我这儿了。"她端起茶壶要续茶。

洛蒂用手盖住茶杯，表示不用了。

"苏珊死了，但她的秘密或许能帮我们破案。你能现在就把手机拿给我吗？拜托。"

穆塔夫太太缓缓起身去门厅。洛蒂听到碗柜开关的声音。

"手机进了汤水，不晓得还能看到多少里边的东西了。"老太太把手机递给洛蒂。

看不到什么了，洛蒂心里嘀咕。她把手机放进证据袋，塞到手提包里。

"还有个事儿……"穆塔夫太太揉着脑门说。

"圣安吉拉。苏珊说当时里边有两个神父来着。"

"你继续说。"

"她跟科纳主教见面后，情绪很糟糕。她去见他是想问问能不能给她看档案，好找到她的孩子。我觉得她是见了鬼了。我跟你说过没？她竟然告诉我说那个主教当年在拉格穆林当过神父。"

"什么？"

"我只是把她告诉我的说给你听。"

洛蒂脑子有点蒙，她努力琢磨这件事意味着什么。苏珊刚回拉格穆林没多久，在跟主教见面之前，肯定没见过他。这是否意味着科纳主教也认识这两个受害人呢？他可没提过啊。不过，说不定也不是他。这条线索得让柯比钉到案情分析板上去。

"多年来苏珊和詹姆斯互相照顾。现在他们走了，你也得照顾好他们啊。"穆塔夫太太说。

洛蒂站起来，极力压制住心中的怒气。

老太太把黑面包用锡纸包起来，一边递给洛蒂，一边说："很遗憾。"

"我也觉得遗憾，"洛蒂说着，又把面包放回桌子上，"你要是见到帕特里克·奥马利，马上跟我联系。"不然你又忘了，她心里嘀咕。"我需要找他谈谈。"

穆塔夫太太似乎突然间苍老了一些。她抓住拐棍弯曲的把手，送洛蒂到门口。

洛蒂坐进柯比雪茄味熏人的车子，连再见都没说一句。

第九十一章

肖恩睁开眼。头痛欲裂。

他想从冰凉的地板上坐起身来，却发现自己的脖子和手脚被绑了个结结实实。他努力回想自己现在身在何处，发生了什么事。他一动不动地躺着，竖着耳朵仔细听动静。没有一点声音。他拼命回忆，脑子里闪过一些片段。那人推着他进了门，从身后把他打晕了。然后……然后就没了。

他扭动身子，想看清点什么，什么都行，四周却是漆黑一片。他睁大眼使劲瞧，还是一团黑，这是他长这么大见过的最黑暗的地方。他害怕得胃里直翻腾，恐惧渗透了他全身每一个汗毛孔。

他口袋里的手机开始震动，手碰不到，不过晓得那浑蛋没拿走他的手机。或许他的刀也还在，虽然感觉不到。他的眼角含着眼泪，不过也无所谓了。现在的他无能为力，突然变成了一个小男孩！一想到自己身陷绝境，英雄气概早跑得无影无踪了。

他哭了起来，像个孩子。

第九十二章

洛蒂在狭促的办公室里踱着步。她刚把苏珊的手机交给技术人员处理。

她把穆塔夫太太说苏珊认出科纳主教的事告诉了柯比。

"我早说过叫你让我去踹死那个撒谎的混账玩意儿。"柯比说。

"跟你说句话？"林奇碰了碰洛蒂的胳膊肘。

"稍等两分钟，我得给家里打个电话。"

她打电话给克洛伊："家里情况还好吧？"

"还好。肖恩去了一趟市中心。"

洛蒂问："为什么去啊？"

"他这几天一直嚷嚷游戏机的事，或许是看新游戏机去了？"

"让他接电话。"

"还没回来呢，估摸着又跑去尼尔家了。我发了短信问他午饭想吃什么，还没回我。"

"很可能是话费信用额度不够了。"

"他总这样。"克洛伊大笑起来。

"发脸书信息给他。"

"我咋没想到呢，母亲？"克洛伊装出一副挖苦的口气。

"凯蒂呢？"

"还是那么傻乎乎的。有杰森的消息吗？"

"还在调查，"洛蒂说，"肖恩回家就告诉我。"

"好。"

她挂了电话，问林奇："你有事要说？"

"我想跟你说说德里克·哈特的事。现在方便吗？"

"我反正需要点什么事让我分心，说吧。"

林奇抱起双臂，怀里夹着一份文件："我重过了一遍所有的书面文档，看了他的供词，然后又查了一下他的信息。"

"说。"

"我觉得我们犯了个错，督察，大错。"

"靠。"

洛蒂把两把椅子拖到咝咝作响的散热器旁，两人坐下。林奇翻开摊在腿上的文件。

"哈特说他在阿斯隆一家学校工作，我们就想当然以为他是教师。"

"但他不是？"洛蒂盯着林奇，"我的天啊！"

"查不到他在任何地方注册为教师，他只是做一些零工。最近一次干活的地方是阿斯隆的圣西蒙中学。他在工作申请上提供了虚假信息，写的地址也是都柏林的。我在警用数据库搜了一下，查到他了。"

"有犯过法吗？"

"绑架、性侵未成年人，被判八年，服刑五年。十一个月前从阿伯山监狱放出来的。"

　　洛蒂暗自掂量这则信息的分量。这是谁的错呢？她自己的呗，她是高级调查警官，所有的事都得她扛。她肯定会被拽到总警司，甚至可能是警察总长跟前训话。科里根知道了会暴怒的，林奇肯定又是毫发无损。靠！至于雇人的学校，他们肯定也没查过他的底细。难道都不用警方出具无犯罪记录证明吗？真是一团糟。

　　"我的老天，"她叫喊道，"怎么早几天没发现啊？简直太不称职了。而且，当时我还同情这个假装伤心的兔崽子来着。要被我逮住，我非亲手宰了他不可。"

　　"我查了他给我们提供的地址。他租了一间小套房。"林奇把德里克·哈特进局子时的照片给洛蒂看。

　　他看上去跟上次那个发现詹姆斯·布朗尸体后悲伤欲绝的男人判若两人。胡子拉碴，一头长发，黑色的眼睛，毫无神采。

　　兔崽子。他现在直接飙升为头号嫌疑人。

　　"有好消息吗？"洛蒂扔下照片，扯了扯破损的衣袖，突然觉得胸口有点闷。她开始咳嗽。

　　"你没事吧？"林奇问。

　　洛蒂想说话，但说不出来。林奇拿了一个纸杯，从饮水机里倒了点水。

　　"怎么了？"她把杯子递给洛蒂。

　　洛蒂喝了一口，觉得缓过来一些。

　　"你太累了。"林奇说。

　　她不想要林奇的同情。

　　"只是感冒。找到哈特，你跟柯比去把他抓回来。一定要在科里根警司听到什么风声之前搞定。"

"马上就去办。"

"把他的情况打印出来，我需要知道我们要对付的是个什么货色。"

林奇一溜烟出了门，马尾辫在肩膀上蹦跶。

洛蒂看了看窗外，马路对过的大教堂威严地耸立在下午深褐色的雾中，街灯越来越亮。整个场景有些虚幻。正当她觉得已经把案情脉络捋得差不多时，又砸过来一个弧线球。

她还得去找她的医生一趟，除了感冒，还有点别的事。她打开抽屉，拿起在圣安吉拉发现的银吊坠，揣进口袋，哐当关上抽屉。

第九十三章

安娜贝尔·奥谢依旧那么光彩夺目。完美无瑕的蓝色裙装，纯丝料的白衬衫，隐约可见的红色文胸。这是在发表宣言嘛，洛蒂想。她在冰冻的路面上走了五分钟，来到医生所在的山顶诊所，浑身是汗。

"我没时间预约。"

"你看着糟糕透顶啊，快坐下。"安娜贝尔给了洛蒂一张椅子，然后屁股搭在她那张真皮面儿的桌子上，"你的处方我已经开好了。"

"我没时间去药店。能不能给我一些药片？暂时对付着。"

"什么情况？"安娜贝尔问。她朝身后的柜子倾了倾身子，取出几个盒子，看了看标签，递给她。

洛蒂见有苯二氮，很开心，便揣进了口袋。她又从口袋里拿出那个小塑料袋，放在桌子上。

"这东西是你的，"她指着袋子里的银坠子说，"你解释下我怎么会在圣安吉拉的一张床底下找到它的？"

安娜贝尔看了一眼坠子，脸上没有表情。洛蒂能想象她这位朋友的脑子正在高速运转，为了编一个令人满意的回答。

"这不是我的。"安娜贝尔说着，把东西推开。

洛蒂大笑起来，却紧跟着一阵咳嗽。

"其他人说不定就信你了，安娜贝尔·奥谢，不过我不信。"

医生又把吊坠拿起来："我相信很多人都有这样的坠子。"

"我没时间跟你玩把戏，也没心情。"洛蒂说。

安娜贝尔把吊坠扔到桌子上，站起身来，紧走几小步到门口："你东西也拿到了，请回吧。"

洛蒂在椅子里没挪窝，把塑料袋在手里捏来捏去。

"告诉我，安娜贝尔，我想知道。"

"就算是我的，跟你有什么关系？"

"因为我的凶杀案调查牵涉到圣安吉拉。"

"跟我没关系。"

"行了吧，安娜贝尔。快告诉我。"

"好吧，你别激动。"

安娜贝尔坐了下来，洛蒂也坐了下来。

"我时不常去那儿，跟我的情人一起。"安娜贝尔说。

"你的情人是谁？"洛蒂很大声地擤了擤鼻子。

"这个你无须知道。"

"我需要知道。"

安娜贝尔顿了顿，说："汤姆·瑞卡德。"

"什么？"

"他说等我们有足够的钱一起过时，"安娜贝尔说，"他就会离开他老婆。他一天到晚玩这些把戏。"她顿了顿，闭上眼睛，又睁开，睁得圆圆的，"实话告诉你，我已经开始厌倦他了。"

洛蒂不屑地哼了哼："你一直都这样，越得不到的越想要。折腾个没完。"

"不是每个人都能有你那样的婚姻。"

"那奇安……你的孩子们怎么办？"

"什么怎么办，洛蒂，什么怎么办？你以为就我一个人婚内乱搞吗？"

"你真是贱啊。"洛蒂把身子往桌子上探了探。

"你了解我。我想要什么就要什么，我当时就是想要汤姆·瑞卡德。"

"莎莉文和布朗遇害当日，你俩在一起吗？"

"很可能。那是哪天？"

"你很清楚那是 12 月 30 日啊。"

"嗯……我想想。"她查了查电脑上的日记，"对，我们那天是在一起。他取消了个什么会，我也没上班，所以就约了。"

这算是又为洛蒂拼上几块拼图："难怪他不能提供不在场证明，他是不想把你暴露出来。"

"他是不想被他老婆发现。"

"我们当时谈苏珊·莎莉文时你就该告诉我。"

"你也没问。"

"真圆滑。"洛蒂说。她也是受够了安娜贝尔，不愿再听她的秘密和谎言，起身往门口走，"有时候你是聪明反被聪明误。"

安娜贝尔没吭声。

"你最后一次见他是什么时候？"洛蒂问。

“两天前吧。”她耸耸肩。

“也在圣安吉拉？”

“当然。”

“我真是同情你，安娜贝尔。你有脑子，有钱，有个好家庭，却像个被宠坏了的小崽子一样胡搞。再见吧。”

＊＊＊

洛蒂出了诊所，靠着墙，等呼吸平复下来。汤姆·瑞卡德要是一开始就老老实实提供不在场证明，她也能省下一大堆麻烦。她步行回办公室。

她穿过运河大桥时，听到火车站旁边响起警笛声。河水结了冰，冰面上落了一层薄雪，在虚弱的路灯下闪着微光。老旧火车厢的另一边有蓝光闪烁。她赶忙走下山坡，穿过镇上的街道。商店门口的圣诞节装饰灯还在落寞地闪烁，招徕着寥寥无几的顾客。寒冷侵入她的骨髓，使她内心麻木，对皮肉之苦已然不知不觉。

一只乌鸦立在警局台阶的落雪上，乌黑坚硬的喙，长长的爪子能把敌人的眼珠抠出来。洛蒂走上台阶时，觉得那乌鸦在盯着自己，她脊梁骨一阵发凉，有一股不祥的预感。

案情分析室里叽叽喳喳的，她一走进去，噪声便降了一个分贝。

“什么事？”她问。我的天啊，她心里直犯嘀咕，双手紧插在腰间。“博伊德？”

“不是。”柯比在椅子里扭了扭。

“你到底说不说啊？”

“不是，是老火车厢另一侧发现一具尸体，在那排破房子的其中一间发现的。"

"希望不是奥马利。"她站起身来，绕过桌子，"他有高度嫌疑。"

林奇说："尸体在那儿可能已经有些天了，脸都被虫子啃没了，少了一条胳膊，另一条上少了两根手指，脚指头也是。收了一袋骨头和破布。"她好像在说一件抽象的东西，不是一个人。这是在跟恐怖保持距离。

"千万不要是奥马利，"洛蒂不耐烦地说，"穆塔夫太太说，他也经常在那个区域活动。"她沮丧地捶了一下桌子，"有没有什么线索表明是否谋杀？"

"很可能是失温致死，"林奇说，"病理专家正在现场。我们要过去吗？"她抓起了外套。探员们重新忙活起来，房间里又开始嗡嗡响起来。

"你去，我留在这里。"洛蒂抓住椅背，希望手上别又添一件谋杀案。要是奥马利死了，谁来回答她的问题？圣安吉拉的邪恶将就此被永世埋没吗？她不希望如此。

"你找到德里克·哈特没有？"她问。

"查了两个地址，人都不在，手机也打不通。"林奇在门口说。

"一定要找到他。"洛蒂回到自己的办公桌前。

"帮我联系那个记者，卡舍尔·莫罗纳。"

第九十四章

肖恩琢磨着外面天肯定黑了,因为这会儿冷了很多。他希望他的母亲在找他。她知道自己失踪了吗?他希望如此。

他听到脚步声,便竖起了耳朵。门开了,一道光静静地泻了进来,把那人的身影印在门框里。

"我的小帅哥怎么样了?"那声音低沉而粗哑。

"你……你想怎么样?杰森在哪儿?"肖恩问。

"哈,没耐心啊,现在的年轻人怎么回事啊。"那人啧啧几下,进了屋子。

肖恩感到绳索松开了,他被拖起来站着。他趔趄了一下,站直了身子,但膝盖又一软。那人把手臂伸到肖恩胳膊下扶着,领着他出了屋子。就让这浑蛋误以为自己身上虚弱吧。

那人在另一扇门口停下,打开门。他在肖恩肋部推了一下,肖恩跌跌撞撞进了房间。屋里弥漫着呕吐物的臭味。屋里很暗,他眯缝起眼睛看。在水泥地上,杰森像婴儿一样躺着,双手捂着脑袋。胸部和脚都露在外面。牛仔裤的腰部也是敞开的。

"你想见杰森对吧,在那儿。"那人说着,步履蹒跚地走到杰森身旁。

杰森一动不动，肖恩心里嘀咕他是睡着了还是死了？什么情况？他该跑吗？在他找到出口逃出去的空儿，杰森说不定难逃一死。他的直觉告诉他，这个王八蛋会把他俩都干掉。

他鼓起一股劲儿，迅速跑回走廊，拉上门，转动门上的钥匙锁了门。他这算是把杰森扔下送死吧，但这是他逃命的机会，不能错过。

他靠着门，长出一口气，转身去找这栋楼的出口。他猛然停下脚步。那人就站在他面前，手里拿着绳子。

"你怎么……怎么……"肖恩结结巴巴地问，脚底板像粘在地上一样迈不开步。

那人一把抓住肖恩的胳膊，把绳子打了个结套在他的腰和手上。肖恩狠命踹了一脚，正中那人膝盖。他那脚本来是冲着大腿根去的，没踢中。他又转过身，扯住绳子，拼劲全力，想摆脱开。

"住手。"那人呼哧呼哧喘着气，抓住肖恩，又叠了一圈绳子套住他的腰，肖恩立马动不了了，跌在那人身上。

"你从哪儿过来的？你怎么……"

"你有没有听说有两道门的房间啊？"

那人转动钥匙，再次打开门，把肖恩推了进去。

"你俩好好聊聊，"那人说，"我一会儿再来。"

杰森一点动静也没有。肖恩的胳膊被绑着，只好往他身边爬。

"你还好吗，兄弟？"

杰森哼哼了一声，像头困在陷阱里的牲口。肖恩听过这样的声音，那是唯一一次他爸爸带他去打猎的时候。猎手如果被困住了，会怎么做？他脑子不停地转，又开始想他的电子游戏。或许他能在虚拟世界里找到方案——他总能赢。他闭上眼，把被捆住的手轻轻搁在杰森的肩膀上。

　　"我们会逃出去的。别担心。"他低声说。但他心里也没底。

第九十五章

"技术人员有没有在苏珊的手机上发现什么线索?"洛蒂问。

"还在查,"柯比说,"不过我觉得基本情况运营商那边都已经提供给我们了,电话也都是与工作相关的,她不怎么发短信。噢,汤姆·瑞卡德不停地打电话过来,五分钟一次。"

"我们要让杰森失踪的事上六点钟新闻。你有照片吗?"

"这张是从那孩子脸书上复制下来的,"柯比朝洛蒂晃着一张照片,"长得不错,就是文身太难看。你家凯蒂是在跟他约会吧?"

"应该是的。"洛蒂不想聊家常。同样的话换作博伊德说,至少会活跃下气氛。她思念他。她拿起手机给医院打电话。

科里根脑袋探进门里。

"卡舍尔·莫罗纳在前台找你。"他用手指着洛蒂不悦地说。

"没事,是我要找他。关于汤姆·瑞卡德儿子的事。"洛蒂放下手机。

卡舍尔·莫罗纳擦着科里根走进办公室。

"你怎么上来的?"洛蒂站起身问。

"我冲前台的帅小伙笑了啊。"莫罗纳说。

　　科里根退出办公室。柯比拾起一堆文件，跟在他屁股后头也出去了。莫罗纳自作主张地在博伊德的椅子上坐了下来。洛蒂想反对来着，但转念一想，觉得这时候不能得罪他。

　　"说是又发现一具尸体，怎么回事？"莫罗纳打开手机录音机，"我能让摄像机组去现场吗？"

　　"先等会儿。首先我需要你帮个忙，"洛蒂尽量保持礼貌，"还有，把你那玩意儿关掉。"

　　莫罗纳动作夸张地举起手机，然后放进外套内侧口袋："要我帮什么忙？"

　　她把杰森·瑞卡德的照片给他看了看。

　　"死了？"莫罗纳问。

　　"我希望没有。这孩子是瑞卡德建筑公司老板汤姆·瑞卡德的儿子。失踪了，我们需要你们帮忙找。你能不能在晚间新闻里插一条启事？"她把细节递了过去。

　　"这跟凶杀案有关吗？"

　　"还不知道。"

　　"上了脸书和推特吗？"

　　"上了。我们正在监控社交媒体上的反应。我希望电视台也能报道下。"洛蒂不得不对高瓦灯泡先生礼貌有加，心里却十分憋屈。

　　她又给他看另一张照片，"我们还要找这个人。"

　　"我认识他。"莫罗纳敲了敲照片，"但叫不出名字。这人以前留胡子吧？"

　　"德里克·哈特。"洛蒂说。

　　"就是六七年前在都柏林虐待儿童的那个浑蛋？不是关起来了吗？"

"已经放出来了。"

"一个被判了刑的性虐狂,一个失踪青少年。拜托,督察,当我三岁小孩啊?实话告诉我吧,为什么要把这张大头照放新闻上?"莫罗纳身子探在桌上,眼里闪着光。

洛蒂需要非常小心地接茬儿。她当然不能说是嫌疑人,会被告的。不能让记者搞清太多事情。

"我们是担心杰森·瑞卡德的安全,同时我们也需要找到德里克·哈特。你能帮忙吗?"她甜甜地对他笑。

"当然,"莫罗纳说,"你脸上的伤好了很多啊,督察。"

"你只要关心照片里这两个人的脸就好了,莫罗纳先生。"

* * *

洛蒂终于送走了莫罗纳,克洛伊和凯蒂却站在办公室门外。

克洛伊提着一个比萨包装盒,还有一瓶两升装的可乐。

"我们来给你加能量,你肯定一整天没吃饭了吧。"她说。

"跟你外婆简直一个样,"洛蒂说,"你说得没错,我还真没吃饭。"

凯蒂在博伊德的椅子上坐了下来。"妈,杰森到底会在哪儿?"

"我们在找他啊,别担心。"

克洛伊屁股搭着洛蒂的办公桌坐着:"估摸着是在哪儿聚众抽大麻呢,你是嫉妒他没带你去吧。"

"姑娘们,拜托了,我很累,别吵吵。"洛蒂把温暖的比萨放在桌子上,一片一片吃起来。她很饿,但并不想吃东西。不过,她还是吃了。

姑娘们都不说话,垂着眼睛。她想到那些把孩子扔到圣安吉拉的母亲，连她自己的母亲也抛弃了儿子艾迪。她自己是不是也这么糟糕？难道家族基因且遗传这个？

"肖恩在就好了。"克洛伊说。

"肖恩没事，"洛蒂说，"我现在打电话给他。"

"他要是不接，就留个语音信息。"克洛伊说。

"肖恩，赶紧回电话，要是没信用额度了，就在脸书上给你姐回信息，我给你五分钟时间。"

克洛伊说："母亲，你发起火来蛮吓人的。"

"我没发火啊。"洛蒂笑着说。

"先是杰森，现在又是肖恩。"凯蒂说。

"闭嘴。"克洛伊吧的一声盖上比萨盒子。

"别瞎想，凯蒂，才五点钟。"洛蒂在牛仔裤上擦了擦手，叫了个出租车送姑娘们回家。她该担心吗？

"你觉得……肖恩没事吧，妈妈？"凯蒂问，"我好担心杰森。"

"俩人都没事的，现在回家等。我会让外婆来家里待一会儿。"

"不要！"克洛伊叫道，"我俩自己在家可以的，你不也很快就回家了吗？"

"这会儿特别忙，不过我保证，一得空我就回家。"

"先是杰森，现在又是肖恩。"凯蒂重复了一遍，跟克洛伊一道出了门。

洛蒂双手上下不停地揉胳膊上的鸡皮疙瘩。两个姑娘到家时，肖恩最好已经到家了。她的手机响了，来电显示是乔神父。

"希望你有重要的事。"洛蒂的语气很唐突。

"我只是想问问你是否安全到家。"他说。

"我很忙，得挂了。"洛蒂挂了电话。她今天要蹚的雷区够复杂了，不想再节外生枝。

电话又响了，还是乔神父。她直接开启语音信箱。

"你这还不懂？"柯比拖着粗笨的身子进了门。

"少管闲事。"洛蒂说。

"我把苏珊·莎莉文的电话记录打出来了，跟服务商提供的一样。"

"所以，没有线索咯？"

"但我们取出了手机里的照片。"

"真的？是不是照片也没啥值得关注的？"

"只有一张，你看看。"柯比递过来一张打印纸。

苏珊·莎莉文家里一张照片都没有，但手机上却有一张。奇怪的女人，洛蒂心里嘀咕。

是一张婴儿彩色照，有些模糊。金发，瘦瘦的小脸，闭着眼睛。苏珊只剩下这张照片了吧？她对亲生骨肉的唯一念想？她这照片又是从哪儿来的呢？

洛蒂手里捏着照片，为这个女人，为她一生寻骨肉未果而心生悲凉。洛蒂希望自己至少能把杀害她的凶手绳之以法。

"有火车站尸体的消息吗？"洛蒂问。

"已经从现场移走了。"柯比说。

她的电话响了。

是博伊德。

"我想起点事儿。"他的声音又低又脆。

"你该休息的。"

"我现在躺床上，插着管子电线啥的，反正又不能跑。"

"很好。你要抓紧康复，迅速康复。"洛蒂不愿想象博伊德病恹恹的样子，"你想起什么了？"

"不多，不过我感觉袭击我的人似乎有什么地方让我感觉熟悉，我还是无法确定到底是什么。这人很强壮，我结实地踢了他一脚，也打中他下巴一拳。所以，不管他是谁，肯定一瘸一拐的，脸上肯定也有瘀伤。"

"我脸上也有瘀伤。"洛蒂说。她今天头一次感觉到身上的重压稍微卸下来一些。

"我觉得你的比他的好看些。"

"谢谢你，博伊德，你真是补品。"

"我需要补品啊。"

"我会注意找有瘀伤和瘸腿特征的人的。"

博伊德虚弱地大笑一声。

洛蒂看到手机上闪烁着未接来电提示，乔神父打的。"博伊德，你能记起来还有谁可能知道你要去找科神父吗？"

"我接你电话时，在健身房。"

"健身房？有人能听到你说话吗？"

"当然，周围有很多人。迈克·奥布莱恩甚至还把笔借我使了。"

"迈克·奥布莱恩？"

"是的，洛蒂，还有很多其他人。不要急着下结论，我知道你因为他掉头皮屑讨厌他。"

洛蒂胃里一阵翻腾。或许是吃多了比萨，或许是因为这条信息还了乔神父清白。那迈克·奥布莱恩呢？

"我得查查奥布莱恩健身结束后去了哪儿。"她说。

"真希望我能帮你。"

"我也希望。"洛蒂说完便挂了电话。

* * *

玛利亚·林奇从她身后赶上来。

"德里克·哈特的信息在这儿。"

洛蒂开始读。她注意到出生日期：1975 年，心里咯噔一下。

"我需要看看罗马那些档案的复印件。"

她吸着嘴唇，看着德里克·哈特的照片，还有照片下方的个人情况。

林奇摊开档案。洛蒂从罗马回来后就没时间仔细分析。她用手指一条一条指着看，然后在一个参考编号上停下来。她抬起头。

"什么？"林奇问。

"我不确定。"洛蒂又查了查档案上的出生日期。

"难道真是我想的那样？"林奇脑袋探在洛蒂的肩膀上，边看边问。

"我不知道到底是哪样。"洛蒂说着，闭上眼睛。

第九十六章

洛蒂一抬头，惊讶地发现简·多尔站在办公室里。

"嘿，简，出了什么问题？"洛蒂皱起眉。病理专家跑到警局来干什么？

"铁路那边的活儿忙完了，我觉得你可能急着知道结果。"

"多谢。"洛蒂说。她还是不明白简为什么来。

"我做完了初检，大腿内侧没看见文身。尸体情况很糟糕，所以只有等到尸检完成后才会确切知道。"

"什么？"洛蒂坐直了身子。她拼命回想奥马利是否说过自己有文身。她确定他说过。"我原先以为可能是帕特里克·奥马利。"

"不管是谁，我猜死因是失温致死，"简说，"我一般不猜的。"

洛蒂疲倦地大笑起来。

简也微微一笑，把自己的手机递给洛蒂。

"什么东西？"洛蒂眯起眼看手机上黑乎乎的图像。是张照片。

"这是在尸体旁边发现的。"

"我看不出来是什么。"

"等等，我电邮发给你，"简从手机上发了邮件给洛蒂，"尸体所在区域是好几个流浪汉经常出没的地方。睡袋、木箱子、纸板、塑料瓶，什么都有。现场调查员在一个睡袋里找到这个。我觉得可能是条重要线索，马上拿过来给你看。"

洛蒂点开电子邮件，打开附件。几行手写的字迹，如电光石火般往她眼里飞。

"跟凶杀案有关系吗？"简一只手搭在洛蒂的肩上。

＊　＊　＊

"我不确定。或许跟很早以前的一桩旧案有关。"洛蒂说。她不想再听简多问，也不想简的手老搭她肩上，便说，"要来杯咖啡吗？"

"我得回停尸房了。我那里现在上人简直比圣诞夜的特易购还快。"

洛蒂想笑，却没笑出来。

"你太累了。"简说。

"是很累。"

洛蒂把图片打印出来，再抬头看时，简已经走了。

"上面写了什么？"林奇问。

洛蒂从打印机上拿起纸，开始读。

"亲爱的督察，那个被皮带抽死的红发男孩名字叫菲茨。你需要找到布莱恩……"笔迹越往后越细，似乎是笔尖坏了，或是写字的人不愿意再写下去。页面皱巴巴的，字迹模糊，笔画凌乱。

洛蒂从抽屉里又拿出那份文件，把字条塞到男孩的照片下。男孩失踪近四十年了，照片里却依然穿着校服，笑眯眯的。她用手指摩挲着照片上那长着雀斑的鼻子，然后又把文件合起来。他就是菲茨吗？就是圣安吉拉那个被杀害的男孩吗？老天啊，她希望不是，若真是，那这可就成了个人恩怨了。

她想知道肖恩回家没有，又拨了他的电话。没人接。"肖恩·帕克，我真要宰了你。"洛蒂冲着手机发狠。杰森·瑞卡德的下落仍旧不明。

她得找到帕特里克·奥马利。

但他们先找到了德里克·哈特。

第九十七章

晚上，六点钟新闻播出一个半小时后，制服警察便把哈特带回了警局。莫罗纳的电视新闻一出来，电话便一个接一个涌进来，很快便找到了哈特，虽然也算是巧合。

洛蒂和柯比坐在温暖却黏糊糊的问询室。哈特同意录像，也放弃了找律师。

"哈特先生，1月6日晚，即今晚，19点13分，你企图进入已故的詹姆斯·布朗的房子时被捕。你能说说你这么做的理由和目的吗？"

洛蒂坐在桌子对面，瞄着哈特。她一想到此人干的那些丑陋行径，还入狱五年，便很难掩饰心中的厌恶之情。绑架虐待青少年。他那张脸一副沾沾自喜的样子，更让人难忍。他不停地搓手。洛蒂很想扇他几个耳光，叫他停下。她从牛仔裤口袋的盒子里掏出一片药丸塞进嘴里。她需要控制住自己的情绪。她要找杰森·瑞卡德，还要搞清楚她的儿子在干什么。她在椅子里不安地扭了扭。该叫林奇来跟柯比搭档做问询的，现在换来不及了。

哈特不说话，张大了鼻孔，急促地呼吸，一脸贼笑。

"我没时间跟你耍。"洛蒂把椅子往后一推，撞到墙上，身子往前探，一把抓住哈特的衣服往前拽。柯比跳起来，随时准备介入。哈特丑陋地龇着牙，咧着嘴。

洛蒂看到了摘了面具的哈特，一个残忍的施虐狂。这才是哈特真正的嘴脸。她把他抓得更紧，用指关节顶住他的喉咙，直到他的脸涨得通红。她不在乎是不是在录像。这人就是个渣滓。

"你这是施暴。"哈特气急败坏地说。这是他被捕后说的第一句话。"或许我该找律师。"

洛蒂更加用力地顶他的喉结，成心想伤害他，给他留点念想。博伊德如果在，这会儿肯定已经把她拉开了，之后两人会笑着说起这事。洛蒂又狠狠摇了摇哈特，才猛地把他推回椅子里。要是房间够大，她会来回踱步，而且柯比也会挡住路。她只得又拽过椅子坐下。

"那男孩在哪儿？"她咬着牙问。她很想掐死他。她要集中注意力。

"男孩？我不知道你在说什么。"他还是一脸讥笑。

"你不是喜欢男孩吗？未成年的那种。"洛蒂把杰森·瑞卡德的照片摆到桌子上。

哈特只瞅了一眼，便看着洛蒂说："我不认识他。"

"我怎么就不信你呢？"洛蒂收回照片，"詹姆斯·布朗家里那些海报，是你贴的吧？"

"无可奉告。"

"你怎么钻进他生活的？"

"跟你无关。"

"当然有关。我可以逮捕你，告你谋杀。"

"尽管逮捕。你们没有证据。"哈特用食指敲着桌子，咬着牙说，"因为我没杀人。"

"布朗不是你的菜啊，他又不是大男孩。你为什么找他啊？他是不是有什么东西是你想要的？钱？线索？"

"你说的什么屁话，我完全不知道你在说什么。"哈特抱起胳膊。

"为什么撒谎说自己是教师？"

"我可从没说过。"

洛蒂回想之前的问询，他说的可能没错，是她自己误解了他的话。

"那你告诉我，今晚为什么要闯布朗家？"洛蒂迅速改变话题。

"我那不是闯，我是要正常进去。我知道钥匙在哪儿，只是在那地方没找到。我还找了后门，还有窗户。我忘了你们这伙人可能拿走了钥匙，开启了警报系统。"

洛蒂仔细瞅着他。跟上次故作伤悲的样子比，他如今判若两人。她很气自己竟然中了他的圈套，还真把他当成老实人了。直觉不灵了，帕克，你现在越来越差劲了啊，她暗自责备自己。

"现在给你个机会悔过自新。"她说。

"督察，如果你不介意的话，我要找律师，否则我什么都不会说。"

"哈特先生，我至少能告你妨碍调查。我说到做到，这是你最后的机会。"

洛蒂只见哈特脸上闪过一连串表情，像是气象图上的等压线。他往椅子里一沉，似乎下了决心。

"行，但我有什么好处？"

"你先说，我再来决定。"

"我能先喝杯咖啡吗？"

洛蒂想说不行，不过她也不想老瞅着这个自以为是的家伙，哪怕能走开一小会儿。

"行，"她说，"暂停问询。"她关掉摄像设备。这人简直比蚊子还让洛蒂恼火，她得出去透透气。

* * *

洛蒂扯掉烟盒上的包装纸，用麻木的手指抽出一根烟。她靠着报刊亭的窗子，用打火机点着香烟，吸了一口。她脑子里在掂量哈特说的话。

商店门口的雨篷中央被积雪压得往下陷。街上车辆缓慢地爬行着，她数着红色的车子。雪花大片大片往下落。一群男孩在马路对面的一条巷子里闲逛，头上套着连衣帽，嘴里喝着罐头饮料，不时传来哈哈声。洛蒂又想起肖恩。她看了看手机，还是没消息，便打电话给克洛伊。

"没，还没回家，"克洛伊说，"凯蒂快把我逼疯了。"

"别理她。再打电话给尼尔试试，还有肖恩的其他朋友。"

"什么其他朋友？"

"叫你打就打，克洛伊。"

这可不像肖恩啊。洛蒂心里一阵恐惧，但奇怪的是，她却又有些超然。她怎么能这么淡定呢？她亲生儿子失踪了啊。是药片在起作用，还是她潜意识里不愿意相信儿子会出什么事？他当然不会有事。

洛蒂从沉思中回过神来。她知道这个城市腐败、糜烂，而且冰冻三尺非一日之寒。而腐败的旋涡正是圣安吉拉以及其不为人知的秘密。那些文身、档案，科神父、帕特里克·奥马利、苏珊、詹姆斯，甚至德里克·哈特。圣安吉拉就是罪恶之源。

她套上帽子，一眼瞄到商店橱窗里的那张脸。玻璃上映着一张幽灵一样的脸，也在望着她。她快步走回警局。下一个目标是哈特。她做好了对付他的准备。

* * *

洛蒂踱着步，一步一转身。洛蒂必须得干点什么，否则难以抑制揍人的冲动。

"所以，哈特先生，你有什么要说的？"

"对，"他说，"你们最好不要控告我什么，我不想再回监狱。"

她没应声，只等他继续说。她不想给这浑蛋任何承诺。

"我就把我知道的告诉你们吧。"他说。

洛蒂冲柯比点点头，让他确保录像运转正常。

"罗马的一个神父给我打电话，叫安杰洛提神父。"

洛蒂完全没料到这一点。她坐了下来。

"他说他有消息要告诉我。说我是被收养的，而且我的生母要见我。"他的目光在屋子里乱转。

"继续。"洛蒂说。

"我知道我是被收养的，但没多想。所以，他联系我时，我也很好奇。"他的眼睛一直不停转动。

"你婴儿时期在圣安吉拉待过。"洛蒂说。她之前在罗马的档案里看到他的名字，"你想让我相信你是苏珊·莎莉文的儿子？"

"难以置信，我知道。我自己也难以相信。但那个神父电话里说得很笃定，还说年底要来爱尔兰，给我看证据。"

"他是怎么找到你的?"

"他说有个女人在找孩子。他根据她给的日期信息,找到了收养记录什么的。反正他是这么说的。"

"听着挺假的。"洛蒂说。不过她又想到了她桌上的那些档案。她站起身来,又开始踱步。

"我只是把我知道的告诉你。我在监狱被关了五年,我的名字在新闻上也出现过。所以,在这个国家找个囚犯还是很容易的。"他嘿嘿一笑。

洛蒂有些难为情,安杰洛提神父的侦探工作都比她干得好。哈特受雇的学校为什么没查他底细呢?有人该倒霉了。

"他告诉了我这女人的名字,说自己很抱歉,说他其实不该说出来的。"

"那你跟这神父见过面吗?"

"没有,"哈特抬起头说,那双闪烁不定的眼睛显得空洞,"他告诉我他要来爱尔兰,问我愿不愿意见我生母。他想先征求我的同意,再跟她说。我自己是无所谓。"

"所以你见了安杰洛提神父?"

"没有,从未见过。"

"但我们却在詹姆斯·布朗家花园里发现他的尸体。奇怪啊,你不觉得吗?"

"我没见过那个神父,从没有,我也没杀他。所以我解释不了。"

"你恰好跟詹姆斯·布朗搞在一起,这事也很奇怪啊。"

"巧合。"

"我不信这世上有巧合。"洛蒂说。

她在端详哈特，对方似乎正权衡应对策略。

"好吧，"他说，"那神父刚联系我时，说是一个叫詹姆斯·布朗的人受这个女人之托问的。我自己也查了查，找到了他提的这个女人，苏珊·莎莉文，在拉格穆林市政厅工作。我上网搜了搜她的上班地点，还有同事，查到了几个人，之后恰巧在一个约会网站看到詹姆斯·布朗。不过，我俩确实都喜欢对方。他被人杀害，我真的很难过。"

"我半点儿都不信，"洛蒂说，"你为什么要杀你的情人？"

他大笑起来："我确实不是什么好人，督察，但我绝不会杀人。"

"你有试着联系苏珊吗？"

"没有，我等那个神父安排。"

洛蒂在他面前踱来踱去，这回试着两步一转身，感觉膝关节很累。她看了看柯比，问询没有实质进展。

"巧合，都是巧合。我不相信你说的话。"柯比开口说道。

"我知道我小时候在圣安吉拉待过。我相信你们能核实，我也没理由杀害谁。"

洛蒂知道这句话前半部分是真的。"那你今晚为什么要进布朗家？"

哈特吸了吸下巴。内心在斗争？这次最好给我说实话，洛蒂想。

"詹姆斯家里有钱，苏珊·莎莉文家里也藏着钱。"

洛蒂坐了下来："什么钱？"

"两个人在敲诈什么人。别问我是谁，因为詹姆斯从没告诉过我。他有一晚无意中说他们手里有现金，而且有人往他们账号里打钱。就说了这么多，然后还叫我不要问。"

"胡扯，"洛蒂说，"那你口口声声说的这钱在哪儿？"

"不知道，反正在房子里什么地方。"

洛蒂紧盯着他。

"好吧，"他放弃了，"在床上方悬挂的镜子上……钱就藏在那里。"

洛蒂看了看柯比。他们没找那里。

"那苏珊·莎莉文的钱呢？你知道在哪儿吗？"

"你不是拿到了吗？"

洛蒂看着他，心里嘀咕他会不会是那晚的抢劫犯。他垂下眼，眼神躲开洛蒂脸上的瘀伤。

"你是不是……"洛蒂从桌子上探身过去。哈特赶紧往后躲，挤靠着墙，椅子乱得地板吱吱响。

"别冲动，督察。我当时进不去。房子外面的警车里坐着一个警察。我见你从房子里出来，以为你拿到了钱，就跟着你。"

洛蒂冲出椅子，哈特跳起来往墙上躲。

她用手指狠狠地戳在他胸部。

"你个王八蛋……"她叫道。柯比连忙拉住她的胳膊。

"我没想把你伤成那样，但我知道你没事。"

"你怎么知道我孩子的事？"

"我猜的，"他说，"我想吓唬你，想误导你相信抢劫你的人就是杀人凶手。"

"那你猜猜我现在想干什么？"洛蒂一边吼一边猛捶他的胸口。

"我又没杀了你，我没杀任何人。"

洛蒂坐了下来。等哈特坐回椅子时，她又伸手抓住他的手使劲拧，哈特直哼哼。

"你这个变态施虐狂。"她咬牙切齿地说。

"随你怎么说，督察。"他又开始傲慢起来。他瞄了瞄天花板角落的摄像头，洛蒂松开了手。

柯比手脚不安，洛蒂知道他也想揍哈特。不过，如果他说的是实话，那就意味着，凶手另有其人。但她凭什么信他？

"杰森·瑞卡德，"洛蒂说，"他人在哪儿？"

"我不认识什么杰森·瑞卡德。"他一口咬定。

洛蒂重重叹了一口气，关掉录像设备，跟在柯比后面走了出去，把哈特一个人留在问询室。

第九十八章

专案室里，洛蒂、柯比和林奇三个人盯着案情分析板上的照片看。

"以私闯民宅的罪名逮捕他，还有抢劫。还有什么？快点，同志们，都帮我想想。"

"我们没有证据表明哈特杀了谁，所以，如果不是他，凶手会是谁呢？"柯比说。

"杰森·瑞卡德呢？被绑架了吗？如果是，为了什么呢？肖恩呢？"洛蒂心里嘀咕。肖恩最好现在已经在家了。她都快冻僵了，但并不理会，又跑去翻阅档案，浏览名字和日期，眼睛却虚着，没有真看。她又回想奥马利说的话。他有可能是主要嫌疑人吗？

"圣安吉拉多年前发生过一起凶杀案，"她又说，"我猜想，现在是有人要杀当年的目击证人，我目前只能想到这一种可能。但杰森·瑞卡德为什么会被牵涉进来呢？还有安杰洛提神父，他又因何被害？"

"刚收到制服警察的报告。他们找了所有计程车司机，没有一个人说在圣诞夜去过布朗家。"柯比说。

"他不可能步行那么远，"洛蒂说，"天气太恶劣了。所以肯定有人开车载他去的。"

"凶手吗？"柯比说。

"或许，很可能。"洛蒂说。

林奇在她身后说："为什么偏是现在呢？"

"我们还得去找一趟科纳主教，这人也是个撒谎的王八蛋。"洛蒂提起包，"另外还得找迈克·奥布莱恩。博伊德说他接我电话时，这家伙也在场。"

"有阴谋？"柯比问。

"我的车得有跨接引线才能开。"

"我会搞定。"

"我想先去看看最新的这具尸体是在哪儿找到的。"她把那份牛皮纸文件夹揣进包里。

"有肖恩的消息了吗？"林奇问。

洛蒂在门口停下脚步："几点了？"

"八点四十二分吧。"

她心里发慌："柯比，这是肖恩的电话号码，你能不能找技术人员问问能否用 GPS 定位出他在哪儿？"

"没问题，督察，马上去。"

"我真有点担心，"洛蒂说，"这完全不是肖恩的行事风格啊，我得去找他。"

"别着急，"林奇说，"我会请交警帮忙找，会找到的。你有他朋友的名单吗？"

洛蒂说："克洛伊已经试过了，不过再问一遍也好。克洛伊有他们的号码。"她急得眼泪都快掉下来了，"我们得查清楚迈克·奥布莱恩现在人在哪儿。"

她的手机响了。

乔神父打来的。

"现在不方便,"她说着便挂了电话,"或许我该在这里等,万一肖恩跑来找我呢?"

"他万一来,我立马联系你。"林奇说。

"好,"洛蒂不再坚持,"那我就去忙了。"

她的儿子到底在哪儿呢?她满心恐惧,身心俱疲,快要撑不住了。她伸手到包里找药片,却想起来,不久前才吃了一粒。她瞥见包里的银吊坠,便拿出来,扔在桌子上。

"那是什么?"柯比问。

"汤姆·瑞卡德的不在场证明,"洛蒂说,"快点,柯比,我们还有很多事要干。"

第九十九章

吉姆·麦格林和他的现场调查组还在火车站旁边一栋没有屋顶的房子里忙活。

洛蒂看了看那片地方，照明设备是临时搭建的，明晃晃的很耀眼。现场除了像蚂蚁一样迅速而高效地忙碌着的调查组，连个鬼影都见不着。她没有打扰他们，径自进了左手边一个旧车厢，打开手电筒。

"他肯定就在这附近什么地方啊。"洛蒂一边说一边翻开那些空睡袋，扬起一股恶臭。

"不在。"柯比离洛蒂远远地站着。

洛蒂听到一声叫喊。

"你是在找我吗？"

她转过身看，丢下手里从一个湿纸板箱上扯下来的一条肮脏蓬乱的织物。

帕特里克·奥马利站在警戒线外，双手深深地插在口袋里，人看上去比洛蒂上次见他时干净了许多。

"你去哪儿了？"她走上前去盘问。她无法想象他是凶手，但证据显示的却正好相反。

"努力拾回我破碎的人生啊。"他说。

洛蒂一猫腰钻出警戒线，抓住他胳膊肘，把他往山坡上的车子处领。她不想待在老化的木质车厢旁，这里气氛过于压抑，像是掐住了她的脖子，让她喘不过气来。她眼角的余光瞥到一块小小的东西在动，脑子里马上想到那啃食人脸的虫子，脚下不由加快了步子。

奥马利靠着车门站着。

"坐进去吧，外面冷。"两人一起坐进后排座位上。

柯比坐直了身子，嘴里叼着雪茄，从后视镜里观察。奥马利须发整洁，衣服是新的，身上也没了那股让人恶心的气味。

"你这几天去哪儿了？"她又问了一遍。

"帕特里克街上那个收容所，"他说，"他们收留了我。"

"那你以前怎么不去？"她扭过身子看着他问。

"我以前懒得去，就一直在外面飘着。但是……自从苏珊和詹姆斯……我想法有了些变化。"他顿了顿，"督察，我要振作起来，重新开始，就算是为了他俩。"

"奥马利先生，我应该把你带回警局去审讯的。"

"好啊，我没什么好隐瞒的。"

洛蒂盯着他看。他的脸上没有丝毫恐惧或内疚。

"那个字条，"她说，"睡袋里的那个字条，是你写的？"

"对啊，是我写的，"他说，"我写是写了，但没写完。我想重新开始生活，一直就没回来拿东西，其实也没什么东西好拿的。"

"那你现在怎么又回来了？"

"我晚上听说这里发现一具尸体，只是过来看看到底怎么回事。我估计是老特雷弗。冻死的，可怜的傻子。"

"跟我说说你写的是什么。"她说。

"就是上次在警局谈了之后，我慢慢想起一些事情来。我觉得可能下一个就会轮到我了。我不想死，所以就想振作起来，我不想连反抗都不反抗一下就被人整死。跟小菲茨似的。"

洛蒂从包里拿出那个旧档案，把照片里的男孩给他看。

"这个是菲茨吗？"

奥马利挠了挠下巴："我不确定，督察，隔太久了。"

"但你觉得有可能是吗？"

他又看了一会儿那男孩的脸："我刚才说了，不确定啊。"

"你说的那起谋杀，能想起来是什么时候的事吗？哪年的事？"

"我记不起那么多，这些年酒喝太多了。不过，我上次也说了，我们把那晚称作月黑之夜。1975年，也许1976年。当时是刚过圣诞节不久，所以可能是1月份。"

"黑月。"洛蒂重复了一遍。

"就是那个月天上会出现两轮新月。"柯比在前面插嘴说。

"魔鬼盯上了地球。"奥马利说。

洛蒂觉得后背一阵发冷。

"奥马利先生，你搞得我有点困惑。是你杀的苏珊和詹姆斯吗？甚至还杀了科神父？"

"我很震惊啊……你怎么……你竟然能这样看我。不过话说回来，我又是谁呢？对你而言，我屁都不算。"

"你没回答问题。"柯比说。

洛蒂耸了耸肩："我觉得这一切很显然都和圣安吉拉有关系。你也是。你当时认识苏珊和詹姆斯，还有科神父。现在他们都死了，只有你还活着。"

"别忘了还有布莱恩……"

"他怎么样？我们想查他底细，但他可能改了名字，甚至也可能死了。你能再说说他的情况吗？"

"那天之后我再也没见过他。"

洛蒂回想起穆塔夫太太说的话："奥马利先生……帕特里克，你见过科纳主教吗？"

他大笑起来，却猛地一阵咳嗽。

"我？我！你竟然觉得我会认识一个主教。我这么穷苦潦倒的人，家都没有。我要认识主教做什么啊？"

"那就是不认识。"

"当然，"他说，"还有……"

"还有什么，奥马利先生？"洛蒂厉声说道。她觉得他在绕圈子，已经失去耐心。

"你该怎么做怎么做吧，督察，"他说，"别把我扯进来就行了。"

* * *

"我的名单上第二个就是迈克·奥布莱恩。"

洛蒂看着奥马利软趴趴地往山坡上走，离火车站越来越远。她不觉得这个人有种杀人，但他过去的创伤太深，确实说不准。

"你就这么让奥马利走了？"柯比说。

"我又没证据，不能抓他啊，"洛蒂说，"再说，这人杀只小猫都费劲，别说三个人了。"

柯比启动车子掉头，她又打了电话给林奇。

"靠。"她挂了电话说。

"什么？"他边问边把雨刮器调到最大挡。

"还没找到肖恩。不过他们又在联系他的朋友和他们的父母。我得去找他。"

"等他们问完他朋友再说。"

"林奇也找不到奥布莱恩，"洛蒂说，"他不在家，也不在健身房。"

洛蒂看了看奥马利的去向。他穿过运河大桥，在夜晚街灯的黄光下消失了。他身形似乎矮小了些，好像压在他飘摇不定的人生上的负担，突然间重重地把他往河岸的泥泞里按。她不晓得他这辈子是否还能再自由地重新起航。

她默默地祝他好运，他需要运气。她自己也需要运气。

第一百章

天很黑。他母亲会说黑漆抹乌。肖恩的肩膀能感到杰森轻柔的呼吸。他浑身蜷缩着,很想撒尿。他不晓得那人走了有多久。杰森动了动。

"你醒了?"肖恩问。

"对。发生什么事?"

肖恩扭了扭,站了起来,想把手腕上的绳子解开。

"那个怪胎是谁?"

"我不清楚,但好像以前见过。唉,太疯狂了。"杰森依旧瘫在地上。

"加油,伙计。你得振作点,不然我俩什么也干不成。"

"我们还能干什么?什么都不能干。"

"我不会那么轻易放弃的,我们得逃出去。"

"没指望的。"杰森说。

肖恩不停地扭动,绳子终于松了,掉了下来。他在黑暗的屋子慢慢探,手摸到了门把手。他又拧、又拉、又推,门锁得很紧。他又摸着墙往前探,找到第二扇门,还是开不了。房间也没窗户。肖定能有什么办法逃出去。他的手探进作战裤的口袋里，掏出刀。他至少有武器。

"我有把刀。"他说。

"你用刀干什么？自杀？"

"别白痴了，振作点，两个人总比一个人强。我们得想办法。"

"我没力气想。"

肖恩摸着走过去踢了杰森一脚。

"我一个人干不成。"

"干什么？"

肖恩想了想。他们肯定能干点什么。

"那你至少得帮我，你有脑子啊。"

"我把自己弄到这步田地，有个屁脑子啊。"

肖恩在冰冷的地板上坐下，掏出手机，没电了。他用手指头摸着刀。他有种捅那家伙吗？他不太确定。

"拜托……赶紧想。我们需要个计划。"

杰森挣扎着坐了起来，肖恩割断了他身上的绳子。

"好吧，死也得战死。"

肖恩把刀递给杰森。

"瑞士军刀？"杰森摸着光滑的刀刃问。

"我一直到现在都没用过这刀。"肖恩把刀拿回来，把长短不一的刀刃一个一个拨开。"我们至少能把他弄伤。"他拽开最长的那把刀刃，把其他的都收了回去。

肖恩静静地坐着，又把刀揣进口袋。

"作战计划。"

第一百零一章

　　科纳主教看了一眼迈克·奥布莱恩。奥布莱恩坐在一张腿部镶有金属的椅子的边缘，神态疲惫，双眼萎靡，眼眶发黑。科纳主教感觉却很好。

　　"瑞卡德在哪儿？他应该在这里啊。"

　　"他不接电话。"奥布莱恩说。

　　"规划申请已经批准了，"主教说，"邓恩没有食言，我们现在要确保瑞卡德也兑现承诺。"

　　"为这事我可冒了很大风险啊。"

　　"汤姆·瑞卡德说话算话的。你会拿到你那份钱。"

　　"他的银行结存状况很糟糕。"迈克·奥布莱恩抬起头。

　　"什么意思？"科纳主教立刻绷直了身子。

　　"我这几个月一直给他美化数字，给总部发的利润额都是虚夸的。这也是之前跟瑞卡德说好的。我不知道这事还能瞒多久，但到时候一定会有人发现这里边的玄虚，逼他偿还巨额贷款。"

　　科纳主教愤怒地瞪了他一眼："那我的钱他也得给。他怎么还不来？有什么事比这个更重要？"

奥布莱恩耸了耸肩。

"瑞卡德公司要多久才会推倒那栋丑陋的建筑?"科纳主教急于摆脱那栋记忆的承载,这么多年来它给他惹了无数麻烦。

"还有个留给反对意见的等待期,大概一个月吧,也可能更久。"

"什么?还要一个月?"科纳主教气得脸通红。他拿起一杯水,一口喝下。

"制度规定啊,"奥布莱恩说,"而且这栋楼也不能拆,属于什么被保护建筑。"

"你懂我的意思,要是能把那栋楼拆个一干二净就好了。"

"想把秘密埋藏起来不容易,对吧?"奥布莱恩抬起沉甸甸的眼皮说。

"等那地方不在了,所有的问题也会烟消云散的。再说,那地方建成之后会很漂亮啊。"科纳主教说。一百二十个客房的宾馆。十八洞的高尔夫球场。终身会员。圣安吉拉的往事也会埋藏于地下。永远。

"那得看他有没有钱盖了。"奥布莱恩说。

"我希望你不是认真的。"

"我刚说了,瑞卡德的公司欠了一屁股债。只要有一家银行逼他还钱,整个计划就会泡汤,瑞卡德也会破产。"

科纳主教重重地按下手机上的重拨键。

"瑞卡德,我们需要你过来开会,有些事情要你解释下。"然后他把手机从脸上拿开看,五官愤怒地堆在一起,"他竟然挂我电话。"

"我只要我那份钱。"奥布莱恩起身要离开。

"你去哪里？我们还没说完呢。"科纳主教说。

"我说完了，"奥布莱恩说，"我真的说完了。"

第一百零二章

汤姆·瑞卡德挂了电话，见梅兰妮走下楼来，把一个行李箱放在门厅里。他默不作声，疑惑地看着妻子。

梅兰妮站在奇贵无比的意大利大理石地砖上，抱着胳膊，瞪着他。

"你去哪里？"他问。

"我哪儿都不去。"梅兰妮咬着牙说。她的衣服搭配和脸上的妆容都完美无瑕。

"但，梅……"

"别叫我梅。你每次出去混完回来，我都能闻到她的气味。现在我们的儿子失踪了，我受够了，汤姆，我受够了！"

瑞卡德叹了口气，扣上外套。

"那就这样了？"他说。

"你自己作的孽，你自己去受。"

"但杰森……我们得找回我们的儿子啊……"他双臂乱舞。

"是你把我的宝贝赶走了，你去找。"

她推开他，走进客厅，高跟鞋的回响振聋发聩。他环顾四周，看着自己多年苦心经营的一切，眼前却只有虚无。他失去了一切。他提起行李箱，轻轻把门在身后带上。

他开车离去，离开他的妻子，离开他的生活。他得去找回儿子。

* * *

迈克·奥布莱恩很厌恶主教刚才的嘴脸。他疯狂地开着车子在拉格穆林到处跑。他这是想因危险驾驶被逮捕吗？他不知道。他已经不知道自己是谁，或是什么了。他迷失了自我，比任何时候都更加迷失。这是在预示着什么吧。

汤姆·瑞卡德毁了他的一切。但他自己不也罪有应得吗？是他自己任由主教欺凌。他本该更坚强一些的，但他知道自己从来都不是一个坚强的人。他内心脆弱，易被人操控。就像那个他妈的洛蒂·帕克说的，他就是钻石的外表掩饰下的黑碳。等着瞧吧，他想到这里，下定了决心。

他把车子停在瑞卡德家门前。整栋房子灯火通明，灯光从所有的窗户喷射而出，照在屋外的地上，把白雪染黄。他要对瑞卡德说什么呢？说自己对不起他？为了自己已经干的和准备干的事？不！他绝不再对任何人说抱歉了。

他要直起身板，让人看得起他。他要走出阴影。

他猛地发动车子，决然离去。

他要留下自己的烙印。

* * *

特伦斯·科纳主教用手指挠着头发。这次会面证实了他的想法。瑞卡德会毁掉他。

他光着脚，大步流星地在长毛绒地毯上踱来踱去，留下深深的脚窝。他已经陷入太深，决不能就此撒手。他不能任由已经快到手的东西溜走，否则他会失去太多太多。圣安吉拉欠他的。

他穿上袜子和鞋子，披上外套。

一股寒气钻入骨髓，预示着这将是一个漫长而艰苦的夜晚。

他先热了车子，然后驶出自动大门，扎进漫天的大雪。

* * *

德里克·哈特感觉四面墙似乎要朝他倒下来。他挠着喉咙，迫切需要水。他也迫切需要离开这里。

他已经在监狱待了五年，一分钟也不愿意多待。他已经告别了那种生活，金属互相撞击，门开了又关，关了又开，钥匙在锁孔里咔嗒作响，有人笑，有人哭，有人喊，有人叫。他一生做了太多错误的选择。

首先是他那个婊子一样的母亲，不管她是谁。他倒希望是苏珊·莎莉文，因为她已死了，省得自己再去找出她是谁，再把她杀掉。

"放我出去，"他冲着墙叫喊，"让我出去……出去……出去。"

他在地上缩成一团，撕心裂肺地哭喊着命运的不公。

* * *

帕特里克·奥马利盯着运河寻思良久。河面上的冰，有的地方已经裂开了，有的地方仍然坚如磐石。街灯在飘雪中掺杂了绰绰的影子。

他想喝酒，哪怕就一口，一口而已。他两天没沾酒了，从没感觉这么糟糕过。不，不对。他人生中最糟糕的时刻是那个黑月之夜，他这辈子再没有那样恐惧过。那些记忆在他脑海中闪过，又暗淡下去。哭喊救命的菲茨，长着雀斑的鼻子，红色的头发。勇敢的男孩，小英雄。奥马利现在能清晰地看见那张脸，他脑子里闪过一个火花。他想起那个督察给他看的照片。照片里是菲茨吗？照片的那个男孩就是埋在苹果树下的那个男孩吗？他摇摇头，不能确定，只是觉得可能是。

运河亮晶晶的冰面上又闪现出一个画面。苏珊、詹姆斯，还有他自己，在窗口往外看，看着他那个被活活打死的朋友菲茨被扔进土坑里。他闭上眼睛。记忆像一帧一帧电影胶片在他脑海中放映着。两个男人拿着铲子在坚硬的地面上敲击，为那个年幼的灵魂探路。

他睁开眼，那个场景还在，栩栩如生。突然间，他看见冰面上映出那两个男人的脸来，他们终于从他的潜意识中浮了上来。一股恐惧，比以前更强烈的恐惧，再次占据了他的身心。

他急需喝一杯。

但首先，他决定把自己所知道的一切告诉那个女侦探。

第一百零三章

洛蒂一边打电话，一边在警局门口的台阶上不停地上下走动。

"我知道，克洛伊。我正在尽力。"她一边说一边扯自己的头发。她的儿子到底在哪儿？

"但母亲……妈妈……求你了……你得去找他，"克洛伊哭着说，"我只有这么一个弟弟。"

"我也只有这么一个儿子。"洛蒂强压着恐惧，"我会找到他的。"

她挂上电话，又打电话给她的母亲，让她去家里陪两个姑娘。

她站在最高一层台阶上，看见汤姆·瑞卡德倚着车站着。

"你儿子也失踪了？"瑞卡德走过来，抬头看着她。

"跟你没关系。"洛蒂转身就要进去。

他一把抓住她的袖子："现在你知道那是什么滋味了吧。"

洛蒂本能地挥舞起另一只手。他没有躲闪，一把抓住她的拳头，把脸凑上来。

"找我儿子。"他说，然后放开了她。

"我会找到他的。"

"赶紧去找，督察。"他走开了，步伐缓慢而稳健，他的声音在风中飘摇。"赶紧去找。"

她看着他坐进车里，看着他离去，一直目送着，直到车尾灯消失在远方。

一个冷战攫住她心脏的每一块肌肉，侵蚀她全部的身心。亚当死的那天早晨，她也有过这样的感觉，虽然那天早晨太阳在空中高悬。今夜却是天寒地冻，又一阵雪轻柔地落向大地。

"督察？"

洛蒂转身看见帕特里克·奥马利正沿着冰路艰难走来。

"我有事要告诉你。"他说。

于是，他便把那个黑月之夜发生的事情告诉了洛蒂。

第一百零四章

　　他又把车子停到小教堂后面，从侧面进去。他希望两个男孩睡了一觉，他有安排。

　　他手里提了一个塑料袋，装着炸薯片和软饮料。年轻人吃的都是垃圾。他用火把照亮走廊，影子往回跳。头顶上的鸟愤怒地拍打着翅膀。他渴望看到这个地方被夷为瓦砾。他希望这两个男孩能满足自己。他加快脚步，内心越来越激动。

　　他打开门锁进去。第一拳击中他脑袋侧面，他应声倒地，眼前闪过一片刀光。然后是一片黑暗。

＊　＊　＊

　　"现在怎么办？"肖恩尖叫着说。两人将那人拖进房间。

　　杰森光着脚朝着那人肋骨踢了一脚。

　　"靠，真疼。"他一瘸一拐地走开。

　　"别神经了。"肖恩嚷道。他真不懂凯蒂怎么会跟这么一个蠢货混在一起。"把他绑起来。"

　　他拿起原先绑在他们自己身上的绳子。他正用力拽时，突然感到肚子上挨了一下，整个人飞撞到墙上，手里的刀也掉落了。他两眼拼命眨巴，模糊间看见那人站了起来，转身一拳打中杰森的下巴，杰森倒在地上，不省人事。

肖恩靠着墙缩着。那人又一拳打在他脸上，随即弯腰捡起刀，架到他脖子上。

"自作聪明的东西。"他用刀子在肖恩的皮肤上划着，"自作聪明的小狗东西。"

那人把刀往下揶，在肖恩的肚子上划了一刀，又在那里踢了一脚。

肖恩痛得大叫，鲜血从衣服里渗了出来，流到牛仔裤上。他用手指摸了摸伤口，不深，但他觉得晕。他听到有声音在说话，但离自己很遥远。他强睁着眼，白色的星星在眼前浮来浮去。

"你和你这位白痴朋友该娱乐娱乐我了。"那人把刀子在肖恩的牛仔裤上擦了擦，合起来，放进口袋，"我等下回来。"

他站起身来，踢了一脚杰森，离开房间。走廊里传来柔软的脚步声。

肖恩越来越痛。他干呕了几下，鲜血从嘴角流出来，一股铜的味道令他感到窒息。

他一边流着泪，一边慢慢爬向地上的塑料袋。他扯开袋子，拿出一个罐头，用颤抖的双手打开，喝了起来，他疼痛的身体需要补充能量。他又把帽子摘下来，紧紧摁在伤口上，每一个动作都疼得他龇牙咧嘴。伤口没有他想象得那么深。为了止住血，他把帽子塞到裤腰里，然后把袖子绑在腰上。

他一边做一边哭，满心恐惧地大声抽泣。

没人会找到他们。

他们会死在这里。

他又倒在冰冷的地上。

第一百零五章

"你就不能开快点？"洛蒂问。

柯比一脚把油门踩到底，车子打了个滑。他扶正了方向盘，在嘴唇间塞了根雪茄。

"我们不能确保他一定在那儿。"

"根据奥马利说的，我确定杰森就在那里，我还知道是谁绑架了他。"

"有点太富于想象力了吧？"

"错了就错了，快点。"

她确信自己已经知道了布莱恩是谁。圣安吉拉开发的事，肯定让他受了什么刺激。为了报复瑞卡德，绑架了他儿子。她正待细思，电话响了。

"我们跟运营商周旋了好久，终于确定肖恩手机位置的三角区域。"林奇说。

"然后呢？"洛蒂紧抓着座位的边缘。求求老天爷，肖恩千万不要有事。

"嗯，区域挺大的。从医院到墓地，还包括镇子的后方，大概有四平方公里。"

"看看能不能让他们定位再细一些，多谢。"洛蒂挂了电话，"他这辈子别想再出门了。"她说。她难以掩饰声音里的恐惧。布莱恩有没有可能把肖恩也绑架了？

"他没事的。别太担心。很可能跟哥们喝了几杯。"柯比说。

"他只有十三岁，但这会儿我倒情愿是这样。"洛蒂说。

"刚才说的 GPS 定位区域……"

"什么，柯比？"洛蒂扭过身子看他。

"圣安吉拉也涵盖在内。"

洛蒂张着嘴，想说话，却说不出来。难道儿子出了什么事？

"柯……柯比……快点。"她无法自已地抽泣起来。她已经没了亚当，不能再失去儿子。

圣安吉拉从黑暗中显露出来。

柯比把车停在洛蒂扔下的车子旁。洛蒂迅速看了一眼那几排黑洞洞的窗子，很快注意到主楼侧面的小教堂。她记得奥马利告诉她的事，那个神父，几个孩子，蜡烛，还有鞭子。天啊。

她眨了眨眼。刚才其中一个窗户里闪了一道光？她坐直了身子。一闪，又一闪。有人拿着手电筒走路？

"看，柯比。上面，你看见光吗？"

他先她下了车，往台阶奔过去。她也跳下车，在冰面上滑跑，紧贴柯比身后停了下来。

"看着像是有人拿着火把。"他说。

"快点。"洛蒂跑上台阶。

她愤怒地从口袋里摸出钥匙，塞进钥匙孔。两人进了楼，她有一股强烈的不祥之感，多年前的莎莉·斯坦尼斯肯定也是这般感受。

＊＊＊

那人回来了，穿着一袭白袍。肖恩若不是一直疼痛难忍，简直要笑出声来。

"你这是干什么？"他哼哼道。只见那人在杰森腰间套了一根绳子，把他拽起来站着。

杰森歪歪倒倒的，但总算站住了，双眼毫无生气。那人又把肖恩拽了起来，他双脚在地上磨了一下，又把绳子套在他手腕上，拉紧。他也被绑住了，跟在杰森身后。

肖恩晕晕乎乎地东摇西摆。他突然觉得自己像个小男孩。他想回家，玩他的烂游戏机。他不要买新的了。他会告诉妈妈，旧游戏机也能玩。尼尔会修好的。他知道他的朋友能修好。对，他会给他打电话，叫他带着工具箱过来，他们会一起修好机子。他还会帮忙做家务，也不会抱怨。他会用洗碗机洗碗，用吸尘器拖地，会整理自己的房间。他向自己保证，这些他都会做，只要能逃出去，只要还能让妈妈的手指在自己的头发上挠一挠，把自己抱紧。他不想哭，不，但他终于忍不住。肖恩·帕克哭了，但他无所谓了。

"闭嘴，你个窝囊废。"那人吼道。他上下晃动火把，照着走廊的墙壁，拖着两人往前走。

"哦，不。"杰森咕哝道。

"什么？"肖恩边哭边低声问。他每走一步都疼痛钻心。

"哦不……"杰森的声音越来越细。

"什么哦不？"

"这次……次……他会杀……杀了我。"

"这次？"肖恩问，"你来过？"他一说话就疼，但很想知道杰森在说什么。

肖恩把杰森拽着转过身来，看见他眼中含着无比的恐惧，他的心也咯噔一下。

那人口中吟唱了起来，像是咒语，语调平缓但凶狠，领着两人走下石阶，进入小教堂。通明的烛火洒出光亮。祭坛上，一根绳子从梁上悬下，绳端打了个套结。

肖恩痛苦的哭泣声在冰冷的空气中回响。

情况不妙。

十分不妙。

* * *

"嘘。"洛蒂站在门厅的台阶上一动不动。

"我什么也没说啊。"柯比说。

"闭嘴，听。"

两人竖着耳朵听。

"我刚听见一声尖叫。"

"我什么也没听见啊。"柯比说。突然传来轰的一声响。

"只是门关上的声音。"

洛蒂三步并作两步往上跑。

"不是，是之前……我听到尖叫声，这里有人。"

"当然有人，看到刚才闪的光就知道了。"

"柯比？闭嘴。"

洛蒂来到台阶顶端，往走廊深处看。一片黑暗，什么也看不见。没有动静，没有声响。只有柯比呼哧呼哧地喘气。

"唱歌。我听到有人唱歌，或者吟唱什么的。"洛蒂低声说。

"我冒昧说一句啊，督察，我觉得你有点幻听。"柯比停下来喘气。

洛蒂狠狠瞪了他一眼，径自朝着声音传来的方向探过去。或许真是她想象出来的。或许不是。她得探个究竟，哪怕是她一个人去。

"等等我。"柯比的身子追不上他的声音。

洛蒂叹了口气，她多希望身后跟着的是博伊德。

＊　＊　＊

肖恩的手仍旧被捆着。

那个疯子松开了杰森，把他往祭坛方向搡。杰森一个踉跄，摔倒在地，脑袋撞上大理石，一阵眩晕。

肖恩被推到前排木凳间，他尽力不去想伤口的痛。他环顾四周，这里肯定有出口，有逃跑路线。他至少已经不再哭了，他要掌控自己。他妈妈谈起工作时就是这么说的，要掌控局势。

小教堂像个大杂院，挤满了壁龛和木质忏悔室，他找不到出口。他得把这人打倒，但自己双手被捆住了，根本无法制服他。想，快想，但他脑子一片空白。他呼吸急促，心中的恐惧越来越强烈。他脚步放缓、放匀，调整呼吸。他又试着数数，做不到。数字一个连着一个从他嘴巴滚出来，眼泪鼻涕也跟着一起流。

他大着胆子看了一眼祭坛，立刻就后悔不该看。他玩过那么多网络游戏，根本比不上眼前的场景吓人。一股胆汁涌上喉咙，他觉得很恶心。

那人直直地盯着他，嘴唇惨白，唇峰往上翘，眼里闪着烛光，一缕缕湿发贴在头皮上。他在不省人事的杰森的脖子上套上绳子，熟练地拉紧绳套。肖恩眼看着他从前排的木凳上解下绳头，用力拉，把杰森拽了起来。他嘴里又开始吟唱起来，声音低沉，一边拉一边费力地唱。肖恩把头扭开，强压住喉咙里涌起的东西。

出去。他必须要出去。

杰森的脚底板离地后，疯子把绳子又拴在凳子上，嘴里念得更加起劲。

* * *

洛蒂用手在走廊末端的墙上上下左右到处摸。柯比也到处摸。

"肯定有人在唱，就是从这里传出来的，但我看不见有门。"她说。

"没法穿过去啊。"柯比喘着气说。

"肯定有啊，我就是在这个位置看见光的。从窗户……"

她突然意识到她不可能在这个位置看见什么东西，这里是走廊的尽头。她又在脑子里回想窗户的数量，发狂地沿着走廊来回跑，一边跑一边数。她想起瑞卡德的设计图，以及上面顺序奇怪的窗子。

"有一间房子是被封起来的。"她说。

她试了试身边那道门，上了锁。柯比用肩膀一顶，撞开了门，她跨步进去。在她右手边有三扇窗户。她用手机手电筒照了一圈，看见了第二道门。

"就是这个。"她低声对柯比说。

她用手拧开门把手时，一股蜡烛的气味飘了出来。忽闪忽闪的火光照着一段石阶。洛蒂转向柯比，把一根手指搭在嘴唇上。她一边悄悄往前摸，一边从栏杆上往下偷瞧。

　　洛蒂差点叫出声来。柯比一只手搭在她的肩膀上。

　　"我们这是在看什么？"他低声说。

　　"疯狂。"洛蒂只见那人将一个绳结套在杰森·瑞卡德的脖子上。那人她果然认识。

　　然后她就看见了她的儿子。

第一百零六章

　　肖恩听见身后台阶上有响动，他一动不敢动。这里还有别人。他忍着不往后看，他不想轻举妄动，以免引起这个杀人狂魔的警觉。但他却本能地转过头，只见母亲也在惊恐地看着他，他没忍住，喉咙里逃出一声哭叫。那人也转过身，往上看。

　　他的母亲猛冲下台阶。肖恩知道机不可失，他顾不上还在渗血的伤口，跳出座位，往祭坛上冲。但因为手被捆着，一下失去平衡，摔倒在地。

　　那人见状，不但没有松开手里的绳子，反而越发用力拉紧。杰森开始窒息，双眼鼓出。

　　肖恩挣扎着站起来，肩膀对准那人的肚子顶过去，撞上的却是结实的肌肉，那人顺势用一只胳膊紧紧锁住了他的脖子。肖恩听见母亲吼叫着从过道冲过来，在一米开外处猛然停下。

* * *

　　洛蒂不敢向前，肖恩在那浑蛋手上。她强迫自己冷静下来。

　　她如果轻举妄动，可能会有致命的后果。她的心脏怦怦地大声跳着，耳朵都能听得见。

得专业点，她得专业点，不然天知道儿子会怎样。她胸口里像是有个老虎钳在猛拧，全身都起了鸡皮疙瘩，内心无比恐惧。她向她早已不信的上帝祈祷，她向亚当祈祷。她终于开口说话。

"放开孩子们，"她说，"布莱恩。"

她一点一点往前挪。迈克·奥布莱恩一惊，对方竟然知道他的本名。但他仍然一手抓二肖恩，一手拽紧绳子，一点一点耗尽杰森最后的生命。杰森的脑袋垂向一边，绳子依然紧绷着。

洛蒂看着儿子的眼睛，无声地说："儿子，再坚持一会儿。"

"很聪明啊，督察。我事儿还没办完呢，你想当观众吗？"奥布莱恩的声音一起一伏，像是在唱歌。

洛蒂的内心在激烈地斗争着。她必须要冷静、理智。她回头看了看柯比。柯比已经拔出了半自动手枪。对方手里控制着孩子，开枪太危险。她瞪了他一眼，他便把手枪塞回枪套。洛蒂见奥布莱恩的胳膊在肖恩的脖子上越勒越紧，心里感到一阵恶心。她想冲过去把儿子拽过来。

她凭借多年的训练，暗暗计算着她和奥布莱恩之间的距离。对方似乎没有武器，不过长袍里藏点什么都有可能。她强行用冷静的声音说话。

"你不用这么做，你知道吗，"她说，"你就是布莱恩。我知道你当年在这里受过什么罪，那是不对的，但你可以选择做正确的事。放了他俩。你就算伤害了他们，也无济于事。"

她又凑近了一点。

"督察，我做了我想做的事，我自己会觉得好过一些。你阻止不了我。"奥布莱恩说。他的声音尖锐，很不自然。洛蒂见他扣在肖恩脖子上的指关节因为用力而发白。

　　他很强壮，洛蒂提醒自己。她很想冲过去，把他那头刚硬的灰白头发从他脑袋上揪下来。"你怎么会感觉更好？你是个成年人，他们俩只是无助的孩子。"她语带恳求。

　　洛蒂用眼角的余光瞥见柯比绕到了右侧。

　　"我才无助，被人抛弃，没有一个人帮我！"奥布莱恩吼道。

　　"我会找人帮你，现在还不晚，你放他俩走。"

　　他大笑起来。冷酷的笑声在经声学设计的小教堂内回荡，听得洛蒂心里发毛。这时柯比已经站上了跟奥布莱恩几乎平行的台阶上。

　　奥布莱恩还在大笑，似乎无法停下来，这对洛蒂的耳膜简直是魔鬼般的折磨。她要他闭嘴。儿子满脸通红，眼泪不停地往下流。然后她看见血从他腹部渗出来。

　　洛蒂焦急万分。她想起帕特里克跟她说过的话。奥布莱恩真的杀过一个婴儿？菲茨的死他也有份儿吗？他为什么要杀莎莉文和布朗？这人的灵魂中究竟潜伏着怎样的疯狂？恐惧占据了她整个身心，令她心思狂乱。她拼命把思绪拉回眼前的紧急局面。

　　"放他们走？"奥布莱恩歇斯底里地质问，"或许我会放走一个，然后让你看着我摧毁剩下那个。你选哪个，洛蒂·帕克？谁是钻石，谁是黑炭？你会救你儿子，然后眼睁睁看着另一个死吗？你怎么说，督察女士？"

　　"我说你疯了！"

　　洛蒂终于忍无可忍，往前探了一步。奥布莱恩往后挪了一步，手中仍然紧扣着肖恩。排在祭坛台阶上的蜡烛被他的披风一扇，一小簇火焰蹿上了杰森的牛仔裤，开始冒烟。

"你不可能两个都杀得了。"她说。杰森说不定已经死了。他一动不动，脸呈紫色，舌头伸了出来。"放他们走，我保证，我以后会帮你。"

洛蒂凭多年的经验，尽量保持外表的冷静。

"我受过怎样的折磨，你根本不知道，"奥布莱恩尖叫道，"你根本无法想象。"

继续跟他说话，引开他的注意力，好让柯比行动。

"那苏珊和詹姆斯又是为了什么？为什么要杀他们？"她又往前进了一步。

"你觉得是我杀了他们？我为什么要杀他们？"

他尖锐的声音冲击着她的耳膜。她偷眼看柯比，柯比此时离奥布莱恩只有五米远，跟他站在同一层宽大的台阶上。

奥布莱恩往后挪，从祭坛上抓起一件东西，摆动间他的披风敞开了，露出了赤裸的身体，胸口上的旧伤疤纵横交错。他此时手里握着一把亮闪闪的刀。洛蒂瞥见他腿上的文身，又深又暗。

"他们几个也有那文身，到底是什么意思？"她得想办法拖住他，柯比越来越近了。

"万能的科尼利厄斯·莫汉说我们被魔鬼的血玷污了，得给我们留个一辈子的记号，这样就能挡开魔鬼。哈！"奥布莱恩凄厉地叫喊着。他的手勒得更紧了，洛蒂吓得身子一缩。

"他在我们的灵魂里植入了邪灵，通过这种方式控制我们。他就是魔鬼的化身。"奥布莱恩尖声哭诉。

他掐着肖恩的脖子把他身子拽直了。洛蒂能看见儿子的眼白翻动。

　　她一个箭步冲上去，柯比也同时出击。她去抢刀，但奥布莱恩的手往下一挥，刀刃划破了她的外套，划伤了她的上臂。洛蒂忍着痛，手底下没停，涌起的肾上腺素把她变得更加勇猛。她举起另一只胳膊，用肘子用力顶住对方的喉咙，直到对方松手放了他的儿子。肖恩瘫倒在地。柯比抬起穿着靴子的大脚结结实实踹在奥布莱恩的胸脯上。

　　奥布莱恩往后摔倒在地，一股火苗在他身后蹿了起来。洛蒂赶紧去拽肖恩，柯比也捡起刀，割断绳子，放下杰森。

　　奥布莱恩正要从火里站起来，洛蒂连环出脚往他身上踹去，他跌在蜡烛上，双臂在烛火上挥舞，披风上的火烧得更旺了。只听一阵噼里啪啦的皮肉响，奥布莱恩鬼哭狼嚎着，疯狂扑打火焰。他先是挣扎着跪了起来，又站了起来，全身上下裹在橘黄的火光里，拼命撕扯身上的袍子，手上也沾了火。他的皮肤吱吱作响，有液体开始慢慢往下流。他倒在了火海中。

　　洛蒂跪倒在地，忍着四周弥漫的烤焦的人皮味，手脚并用，把肖恩拖离火海。

　　"我没杀詹姆斯和苏珊，也没杀安杰洛提，我没杀。"奥布莱恩一边疯狂扭动，想扑灭皮肉上的火，一边尖声大喊，"科尼利厄斯·莫汉，是，那个狗娘养的是我杀的。"他在浓烟烈火中痛苦地尖叫。

　　柯比手里拿着手机，一边疯狂喊着指令，一边把已然了无生气的杰森扛到肩膀上。洛蒂把儿子抱在胸前，解开了绳子。柯比拼命地在杰森身上拍打，扑灭牛仔裤上的火。直到柯比拉她往楼梯处走，洛蒂才开始动。

"我们不能把他就这样扔在这里。"她看了一眼身后的奥布莱恩，他在狂舞乱跳，像着了火的首饰盒里上满发条的芭蕾舞玩偶。柯比抓紧了她的手。

"开枪杀了他。"她喊道。

"他不值得费颗子弹。快走。"他说，"赶紧！"

洛蒂跟着柯比，杰森被他牢牢扛在肩上，她也紧紧搂住肖恩的腰，拖着他一起上台阶。洛蒂站在台阶上，又回头看了一眼，奥布莱恩满身是火，身上的皮肉正在融成黏液。他倒了下去，叫喊声弱了，大火往木凳上蔓延，空气中弥漫着呛人的黑烟。

她的儿子没事了。洛蒂脑子里只在想这一件事。

她的儿子没事了。

她不再回头看。

她拖着肖恩穿过走廊，下了阶梯，走过门厅，出了楼。她跪倒在冰冻的台阶上，怀里抱着儿子。冰冷的空气让她欣慰，她咳出肺里的黑烟。她一动不动，像一尊雕塑。直到警笛的呼啸打破了夜晚的沉默。

* * *

1976 年 1 月 31 日

莎莉一整晚都圆睁着眼睛；黑月之夜，这是帕特里克的说法。

她听着夜晚的声响，听着寝室里其他女孩的呼吸声，听着踢脚板里和天花板上刮擦的声音。她想象着奇形怪状的东西在月夜下乱舞，皮带和蜡烛一会儿朝她晃过来，一会儿晃过去，像是什么下流的芭蕾舞。她听见婴儿室里孩子的哭声，却没有人敢过去抚慰。婴儿们无依无靠，她也无依无靠。这个夜晚太漫长了。

　　她不知道她的孩子到底怎么了。她不晓得菲茨怎么就死了。但她当时就发誓，迟早有一天，不管要等多久，她都会揭露真相。她永生不会忘记。

　　她看见黎明的第一缕亮光破窗而入，天上的月亮只剩下了一个影子。

第九天

2015 年 1 月 7 日

第一百零七章

医院墙外雪白的地平线上，黎明的第一缕橘黄色光线已经探出头来。护士在监视肖恩的生命体征，过去五小时，每二十分钟都要检查一次。护士认为病人情况稳定，向洛蒂点点头。

"医生一会儿就来，不过肖恩情况不错。"护士说完就离开了。

洛蒂吻了一下儿子的手和额头，又用手指在他眼睛上摩挲，一遍又一遍地说对不起。

她看着静脉注射管，数着将生命注入儿子身体的每一滴液体。一滴，两滴，三滴……

肖恩的眼帘动了动。洛蒂自顾自地心中愤怒，手指一直留在儿子眼睛上。她立马拿开手，像被灼伤似的。她不知道自己还会给孩子们带来多少痛苦。

门开了。博伊德立在门口，身上穿着蓝色棉睡袍，细腰上齐整地系着一条带子。他脸色依旧苍白，瘀青未退。洛蒂低下头，博伊德站到她身旁。

"你不该来。他们会赶你出去。"她说。

"赶就赶，"他轻轻地在她额头吻了下，"唉，一股烟味。"

"滚开，博伊德。"她哭着说。

"哭吧，没事。"他揉着她的肩膀。

"不，有事。我对不起他们。对不起我的儿子，我的家人。也对不起杰森。"

"可你救了肖恩啊。"

"是啊，"她语带嘲讽，"杰森呢？我该早点想到的。"

他没说话。她把他推开。

"你看上去状态很糟。"她说。

"你也是，"他指了指她胳膊上的伤，"凶手有没有瘀青，还有一瘸一拐？"

"现在有了。你赶紧走吧。"

"不过，我是要上去。"

"什么？"

"你手上还有很多事，我却在这里闲得跟二混子似的，整天看肥皂剧。你需要我。"

她没有反对。她确实需要博伊德，就算他现在看着像是从《行尸走肉》里跑出来似的。

博伊德把门带上后，洛蒂又把手轻轻放在儿子的脸上，一会儿护士跟着医生进来了，把她赶了出去。

* * *

科里根警司在走廊里踱着步，林奇和柯比跟在后面。博伊德不在。

"帕克督察。"科里根用一只手钳住洛蒂的肩膀说。

洛蒂不晓得该说什么，便什么也没说。

"那浑蛋现在命悬一线，需要送去都柏林烧伤科。不过得等暴风雪过了，救护机全都停飞了。"

"他还活着？"洛蒂简直不敢相信。

"预后很糟糕。烧伤面积百分之八十。"

"很好，"洛蒂说，"圣安吉拉呢？"她在躲避一个问题，但她知道她肯定要问。

"火势被控制在小教堂内。消防员忙完后，我们会将其封锁起来。"

"杰森呢？"她终于问出了口。

"你到得太晚了，你知道的。"科里根摇摇头，"真他妈不走运。"

洛蒂打了个趔趄。她其实已经知道杰森不行了，只是想确认下。

"但至少我们抓到凶手了。"科里根说。

"我不敢确定。"她犹豫着说。奥布莱恩不是说他没杀苏珊或詹姆斯，还有安杰洛提吗？他没理由撒谎的，他都已经承认杀了科尼利厄斯·莫汉神父。

只见瑞卡德夫妇从走廊另一头走过来，柯比扶了一把洛蒂。科里根走上前去。汤姆·瑞卡德眼神空空地看着洛蒂，接过科里根同情的手握了握。洛蒂跟着柯比往另一头走。

"能跟你说句话吗，头儿？"柯比说。

洛蒂靠着墙，点了点头。

"我知道现在不是时候，但我必须要告诉你……"他说。

"快说吧，柯比。"

"莫罗纳，就是那个记者……"

"继续。"她冥冥中已经知道他要说什么。

"他之前报道说詹姆斯·布朗是恋童癖，嗯，我可能漏嘴说了些不该说的。"

"啊，天啊，柯比。你说什么了？"

"莫罗纳听到有人谈论我们在布朗家的发现，就打电话给我确认。我们当时忙报告什么的忙得要死，所以我为了让他别再烦我，就随口认同他说的话了。"

洛蒂摇摇头。至少她现在知道了莫罗纳的消息是从哪儿来的了，她之前还怀疑可能是林奇呢。柯比很可能也是无心之过，她至少希望如此。她决定不追究，只说了句："以后别再让这种事发生了。"

柯比吐了口气，拍了拍口袋，找雪茄："谢谢头儿。"

"抓奥布莱恩时你干得很好。"这是她此时此地能说出口的最好的褒扬了。她目送柯比沿着走廊慢慢走开。林奇凑了过来。

"肖恩？怎么样了？"两人一边走，她一边问。

"会慢慢恢复的。"洛蒂说。

汤姆·瑞卡德的眼神。她以后再也不想见到那样的眼神。她找到了他的儿子，正如她当初承诺的，却又极大地辜负了他。

林奇说："孩子自有孩子的福气。"

"我们这些人又知道什么啊。"洛蒂咕哝着说。

她继续朝前走。

第一百零八章

洛蒂拐过弯，却撞上了乔神父，他在护士站旁站着。

"看到你真是很高兴啊。"他拨了拨额头上的一缕头发，笑了笑。但洛蒂在他的眼神里看到了悲伤。

欢迎来到我的世界，她心里嘀咕。

"乔。"他手里拿着一个鼓鼓囊囊的 A4 大小的信封，疲倦的脸像一片揉皱的亚麻布。"你回来干什么？"她问。

"肖恩怎么样了？"他没回答她的问题。

"挺好的，"她说，"不，不好，天啊，我不知道。"

"我很难过，洛蒂。"

"大家都很难过。难过有什么用？"

"我还会再来看看。"

"别来了，"她哭喊道，"我不想再见到你。我儿子差点死了，全是我的错。"

"这会儿我说什么都没用。"他垂下头。

"那你怎么还不走？"

他把信封递给她。

"我去了一趟安杰洛提神父的办公室，拿到了这个。"

"什么东西？"她把信封翻过来倒过去地看，心里还在恼怒。

"看看回信地址。"

"詹姆斯·布朗。是他把这个寄给安杰洛提神父的？"她注意到邮戳，"12月30日，正是他死的那天。"她满眼疑惑，"但安杰洛提神父那时候已经死了。"

"布朗肯定不知道。"

"我不明白。"

"我只知道安杰洛提神父的下属正准备寄回来，我就主动说要带回来。我赶了最早一趟航班回来的。"

他从外套的内口袋里掏出一沓纸，递给她。

洛蒂皱着眉："这些又是什么？"

"我回翁贝托神父那里，又去翻了档案，找到更多你可能感兴趣的信息。"

"我现在没时间看这个。"她靠着墙说。

"我知道。"他垂着肩膀。

他把手塞进口袋，转身沿着喧闹的走廊往外走，留她独自一人站在那里。

她目送他消失在电梯门内。她心中的怒气消散了，只是觉得无比孤独。

第一百零九章

"信封里是什么?"

博伊德靠在肖恩病房外的墙上。他穿戴整齐,俨然一具尸体。

"搞什么鬼?博伊德?你不是开玩笑吧?"

"你需要帮忙啊?我能帮你啊。"

"你差不多是半个死人啊,"洛蒂说,"赶紧回房间,我有其他人手。"

"信封?"他又问了一遍。

"我还没拆开看呢。"她翻了翻手里的信封,"詹姆斯·布朗寄给安杰洛提神父的,乔从罗马拿了回来。"

"乔,好温馨啊。"

"博伊德?"

"啥?"

"别来这套。"

"我很思念你啊,洛蒂。"博伊德说。

"我也思念你啊,你个笨蛋,我现在要进去看看肖恩。"

电梯里有声音传出来。凯蒂和克洛伊伸着胳膊泪流满面地飞奔过来，罗丝·菲茨帕特里克紧跟在两人身后。洛蒂疲倦地笑了笑，向母亲表示感谢。

她们一家人，虽有伤残，这一刻也算是团圆了。

＊ ＊ ＊

肖恩终于醒了，身体安适，两个姐姐一边一个握住他的手。洛蒂终于忍不住撕开信封，看詹姆斯·布朗到底写了什么。那些字在她脑海中跳跃，像《爱丽丝梦游仙境》中疯帽子茶会上的场景，然后又串联成一幅完整的画面。

现在她终于弄明白了整件事情的来龙去脉。那一行行新罗马字体的笔迹结结实实地烙进了她的脑海。

她得赶紧再去找帕特里克·奥马利，否则就太迟了。

第一百一十章

洛蒂很想留下来陪儿子和两个姑娘，但她母亲叫她该做什么赶紧去做，干完事情再回来。

洛蒂坐在办公桌边，心里很矛盾，但至少她的儿子安全了，还有姥姥照顾着。不过，她母亲这次来帮忙，她倒是很欣慰的。洛蒂知道她必须要了结这个案子。一切结束后，她会想办法花时间陪孩子们。肖恩需要她，凯蒂需要她，甚至连有些倔强的克洛伊也需要她。至于罗丝·菲茨帕特里克，洛蒂知道母亲很坚韧，有没有她这个女儿，她都一样会过下去。她头一次承认了母亲这辈子承受的悲痛与创伤。她该多不容易啊，但都挺了过来。她也得同样坚强。

柯比在她桌上扔了一个快乐套餐。

"午饭时间到了。"他说。

洛蒂看了看钟，确实。她打了个哈欠。她已经不记得上一次吃饭或睡觉是什么时候了。她一直凭着一股虚拟的能量撑着，就这么不吃不睡。

她读完了乔神父给她的那些复印件。

"博伊德，我现在知道詹姆斯·布朗的情人德里克·哈特是怎么牵扯进来的了。"

博伊德坐在她办公桌边上。她喜欢他这么不拘小节，但她也担心他会突然昏倒。

"行啊，神探，"他说，"说说吧。"

"他是个错号。"

"你这话不假。"

"认真点，博伊德，看看这个。"她指着一张档案复印页上的一个条目，"苏珊·莎莉文名字后面附的编号是AA113。"她又拿起另一张，"我们看看婴儿的档案，找下AA113。"

博伊德上下扫了一眼，找到了号码。"上面写着德里克·哈特。"

"但这个编号被人改过。"

"你怎么知道？"

"你仔细看，能看到墨迹被擦过，原来是5，改成了3。我认为是有人故意改的，因为不想让苏珊·莎莉文孩子的真正身份被人发现。"

"所以，哈特不是苏珊·莎莉文的孩子咯，"博伊德说，"我现在能明白安杰洛提神父是怎么犯的错了。但谁才是她的孩子呢？"

洛蒂指了指正确的编号，博伊德紧盯着瞅，下巴都快掉了。

"你说真的？"他问。

"除非有人改过别的编号。我很严肃的。"洛蒂伤感地摇摇头，"又要多一个伤心的人啊。"

"他知道吗？"博伊德问。

"应该不知道。"

博伊德用手揉了揉结了疤的脖子，说："这么说，这些人被害，就是为了不泄露这个秘密？"

"只是部分原因。"

"其他原因呢？"

洛蒂从她包里拽出那份旧文件，苦笑着拿起那个男孩的照片，长了雀斑的鼻子，歪歪扭扭的衬衫领子："这就是另外一个原因。"

"那个失踪的孩子？"博伊德问。

"是的。"

"你非得等我跪下来求你才告诉我答案？"

洛蒂笑了。她真的很思念博伊德。

"他母亲在 1976 年初报案说他失踪了，她是几个月之前把孩子送过去的。教会说他跑了，但从没有人找到过他。"博伊德暂且知道这些就够了，她想。

"詹姆斯·布朗的信息确认了什么呢？"

"詹姆斯·布朗还有其他几个人在圣安吉拉的小教堂内目击了一场凶杀，凶手是科尼利厄斯·莫汉神父，布莱恩是帮凶。当詹姆斯和苏珊威胁要揭露真相时，两人就被杀害了。"

"行，我来捋一捋。迈克·奥布莱恩原名叫布莱恩，大约四十年前，他被科神父胁迫参与某种变态仪式，并导致一个男孩死亡。"

"对。"洛蒂说。

"那照片里这个男孩是谁？"博伊德问。

"现在别问，博伊德。"

"洛蒂，我看过这份文件。"

"那你还问这种蠢问题？我们赶紧去找帕特里克·奥马利。"洛蒂合上文件，塞进包里。

"但我们已经知道了奥布莱恩是凶手啊。"博伊德又揉了揉喉咙上的伤疤。

"他只承认自己杀了科神父。"

"对，也差点杀了我。他没承认这个吧？"

"没有，但我相信杀害安杰洛提神父、苏珊·莎莉文和詹姆斯·布朗的另有他人。"

"我不懂啊，洛蒂。"

林奇冲进了办公室，散乱的头发在脸上乱舞。

"我们到处找了，找不到奥马利。"

"他不可能就这么消失了，"洛蒂说，"肯定在什么地方。"她又看着博伊德说，"想想，奥马利可能会去哪儿？过去的创伤又开始不断纠缠他，一个内心痛苦的人会去哪里？"

"回到痛苦的源头？"博伊德问。

洛蒂从椅子上蹦起来，抱住博伊德，在他脸上亲了亲："你说得对，赶紧的。"

"你说啥就是啥，"他咧着嘴说，"不过下次再抱我时，当心我的伤口。"

"下次？"她冲他眨了眨眼，"我来开车。"

洛蒂打电话给医院问母亲那边的情况。肖恩挺好。

她把快乐套餐扔进垃圾桶，跟着一队人马出了门。

第一百一十一章

白天的圣安吉拉藏起了凶险的模样，只是一座老建筑，门窗装饰都显得不合时宜。但洛蒂知道，在那些石块和混凝土的背后，藏着多少凶残而恐怖的秘密。那疯狂的旧事，她在科尼利厄斯·莫汉旧笔记本中读过，在詹姆斯·布朗塞在信封里的故事中也读过。她在罗马的档案里发现了刻意的掩饰，昨晚更是亲见了历史的重演。这一切都是为了什么？有多少人生被撕裂，有多少灵魂惨遭蹂躏。死去的人入了土，活着的人却背负着沉重。她前几天在亚当的墓前便心生此想。现在，她有了更深刻的体会，她的内心无比哀伤。

洛蒂深吸一口气，走向一棵疤痕累累、光秃秃的树，有一个人靠在树上。

"火灾控制得还不错，其他地方没烧到。"乔神父冲着眼前的建筑点点头。

现场几乎见不着一个人影。消防员已经卷起水管，收起云梯，开走了消防车。只有几个警员守着飘舞的警戒线。空气中还弥漫着焦味，但烟已经散了，只留下一些余烬。小教堂的墙壁被烤黑了，窗子碎了，房顶也塌了下去。但圣安吉拉的主楼还屹立着，毫发无损。

"可惜没把整栋楼都烧掉。"他又说。

"你在这里做什么？"洛蒂拽下帽子，仔细瞅他。

"听了那么多谎言，我想来看看。"

"乔……"她想要说什么。

"别，洛蒂，什么都别说。"

他推开她，从树旁走开。洛蒂一只手搭在他胳膊上。

"你有看见一个流浪汉吗？帕特里克·奥马利，我们要找他。"

"这里正适合流浪汉啊，"他说，"科纳主教也在到处查探。"

洛蒂示意博伊德过来。林奇和柯比跟在后面。

"科纳主教也在。"她说，"奥马利肯定也在，大家分头去找。你不要找，你看着像是马上要昏倒。"

"我没事。"他说，眼睛躲开洛蒂拉着神父衣袖的手。

洛蒂松开手，耸了耸肩，朝四面有围墙、覆盖着白雪的果园走过去。果园就在警戒区外面。博伊德艰难地跟在她身后，乔神父和他并肩走。林奇和柯比穿过上冻的草坪，奔左手边，绕过圣安吉拉的后面。

洛蒂第一次进入这个小果园。在万物寂寥的冬日，果园了无生气，树落光了叶子，地上纯白一片。她觉得这块土地上没有一样东西是纯洁的。墙壁上的每个缝隙，无名坟墓里的每一具尸体，邪恶无处不在。她抬头看了看那扇窗户，当年三双惊恐的眼睛正是从那里目击了那次暴行，那是幼小的心灵本不该见，也不会懂的残暴。

树底下散布着影子，在下午晦暗的天空中，太阳艰难地寻找一个落脚的地方。在果园最远端的角落里，洛蒂看见了他们。两个身形，像木偶的剪影，互相缠绕着，在雪地上留下道道印痕。

洛蒂把手指搭在唇上，慢慢往前挪。

树上有几只鸟受了惊扰飞走了，两人停了下来。

奥马利转过身子，看着她的眼睛。他的面颊流着血，脖子上套着一根蓝色尼龙绳。

特伦斯·科纳主教也慢慢转过身，丢下手里的绳子。

"一切都结束了，科纳主教。"洛蒂说。他竟敢在几米开外就有警察的地方杀人，肯定是疯了，洛蒂想。

"结束了？"科纳吼道，"结束了？没有。"他双臂伸向苍空，"我的上帝说结束，才算结束。"

"你完了。"乔神父上前一步，和洛蒂并排站着。

"你！"主教勃然大怒，用手指点着乔神父，"这一切都是因为你。"

"因为我？你疯了。"乔神父说。洛蒂心里也在说同样的话。"死了那么些人，为了什么？为了掩盖圣安吉拉邪恶的过去？"他张开手，手掌朝天，"你的上帝怎么能容忍这样的事情？"

"我的上帝？他也是你的上帝。"

"你错了。"乔神父从脖子上一把扯下神父领，扔到雪地里，让其融入一片白色。

"亵渎。我做这一切都是因为你。"科纳怒吼道。

奥马利开始朝科纳移动，洛蒂用眼神示意他离开。她站在乔神父身边没动，博伊德慢慢往前挪，越来越靠近奥马利。奥马利跪倒在雪地里，身上染着血，一动不动。

"她是你的母亲，你知道吧，"科纳主教说，脸上露出一个阴险的笑容，"苏珊·莎莉文。"

乔神父猛地往前冲，伸手去抓科纳的脖子。"你这个卑鄙无耻的小人。"他尖声叫道。

洛蒂一把抓住他的衣服，把他拽住。

"苏珊·莎莉文。"科纳主教往后退了一步，又说了一遍。

"是的，乔，你就是她的儿子。她临死都不知道。我先是改了档案，然后安排人送去了罗马。我留了个假线索，安杰洛提神父倒是帮了忙，不过他不知情。苏珊·莎莉文一开始四下打听，我就知道她不发现真相不会住手。我只是想保护你。"

"你骗人。"乔神父哭喊道。

洛蒂为他心碎。他这一生仅接触了母亲两次，一次是他出生时，一次是他母亲死的那天，他为躺在他脚下的母亲做了最后的祷告。

"你是个杂种，你父亲是个恋童癖神父，你母亲是个乳臭未干的小丫头片子。"

"骗子。"乔神父低声说，摇着头，似乎要挣脱那幅画面，但洛蒂知道他一辈子也不会忘记。

"我是不是领养的，我看我的出生证就知道了。"他已泣不成声。

"那时候，"科纳讥笑道，"修女、科神父，还有我，决定不浪费时间搞领养证。我们处理出去的孩子，他们出生证上的信息看着都是真实的，但我们把原始出生信息都记录在档案里了。"他想往前挪，但双脚却在雪里陷得更深。

"你篡改了编号，"洛蒂问，"为什么？"

"因为我能啊。也因为苏珊·莎莉文想知道她的私生子是谁，在哪里。我得保护他。"

"为什么杀安杰洛提神父？"洛蒂追问。

"因为安杰洛提发现错误后，想要揭出真相。他意识到记录被篡改了，所以就安排跟布朗见面，让他去跟苏珊说。我自然就主动开车带他去布朗家，看事情会如何进展。布朗没露面，我就下手了。我当时希望布朗能当替罪羊，可惜天公不作美。"

乔神父又摇了摇头："我简直无法相信这一切。"

"我说的是事实，我这辈子都算是为了你而活着。许多年前我放过了你，把你托付给了一个好人家，之后一辈子都在替教堂掩盖这件事。"

"还有那个男孩被打死的事，你也一直在掩盖。"

"我不得已那么做。"科纳主教的肩膀蓦然垂了下来。

洛蒂知道他失去了斗志。

"为什么杀苏珊和詹姆斯？"

"他们要挟我，想要曝光我瞒了一辈子的秘密，我必须阻止他们，我输不起。"他冷笑一声，"我要是早知道苏珊已经得了绝症，时日无多，或许这一切都没必要发生。"

洛蒂觉得眼前这个人简直就是个魔鬼。"你掩盖虐童事件，把科尼利厄斯·莫汉神父在教区间调来调去，让他有机会又作了很多案。那些死在这里的婴儿，被你们随随便便就埋了。你们把一个小男孩活活打死，也胡乱埋了。"她挥了挥手，"就埋在这附近。"

"你不能证明什么。"他挑衅地看着她。

洛蒂一直瞪着他，心里数到了十九，他才挪开眼神。林奇和柯比都毫无必要地拿着枪，在主教和奥马利身后的墙边站好了位置。

"不过是死了个男孩，你为什么如此在意，帕克督察？"

"每个人都很在意，"乔神父说，"尤其是你为了保密而杀害的人。"

洛蒂拽了拽他的袖子，叫他别说话。

"你简直有辱你戴的那个领子。"科纳主教啐了一口。

"不，我才不是，"乔神父说，"你才是。"他往前挪了一步，洛蒂又把他拽了回来。

奥马利猛地挣脱了博伊德，往前一蹿，扑在科纳的肩上，将他撞倒在雪地里。博伊德拽住了奥马利，洛蒂把科纳拖了起来。

"我是亲眼看见的，'奥马利嘴里溅着血说，"就从上面那几扇窗户里看见的。我、苏珊、詹姆斯，我们看见你把可怜的菲茨扔在一棵树下的洞里。"他发疯似的在果园里四下指了指，"你当时也在小教堂里，菲茨哭喊的时候，你就在一边看，什么都没做。布莱恩和科神父把他皮都打烂了，你干了什么？什么都没干。你本可以阻止他们的。"

博伊德把奥马利拖开了。

"你这个王八蛋杀人犯，"奥马利吼道，"但你没弄死我啊。"

洛蒂给科纳戴上手铐。他那不可一世的神情蓦地消失了，眼中只有死寂的黑暗。

"我哥哥，"她低声对科纳说，"艾迪·菲茨帕特里克，你们怎么处理的？"

"埋了。不然还能怎么处理？打得都没个人样了。"他对着果园摆了摆脑袋，"就埋在这里什么地方。"

洛蒂扇了他一个耳光。他没有动，只是他的眼神暗淡了，蒙上了一层昏暗的影子。"你家人抛弃了他，"他讥笑道，"你父亲吞枪自杀，你母亲把只有十岁的儿子扔在这里就走了。而你……你……"

"我只有四岁。"洛蒂咕哝道。

"你母亲为什么要那么干？为人正派可亲可爱的天主教徒罗丝·菲茨帕特里克。我告诉你为什么。因为你哥哥是个成天偷东西、一事无成的小流氓。你那个寡妇母亲不想背负更多恶名，就把他关到这里来了。"

"闭嘴！"洛蒂哭喊道。

"去问她，你去问她啊。"

洛蒂的眼泪湿润了脸颊，一簇飞舞的雪花轻柔地飘落在地上。科纳讲出了她家中从未有人讲过的话，讲出了她母亲从未告诉过她的话。她仍然不明白，自己是否找回了多年前失去的东西。

博伊德攥住了她的手。

尾声

2015 年 1 月 30 日

"夏洛蒂·勃朗特，照这个给你起的名字。"

"我知道，母亲，"洛蒂说，"说过无数遍了。"

她母亲以前无论如何都不愿意谈论她哥哥或她父亲，现在却停不下来。罗丝告诉洛蒂，当年她父亲自杀后，她哥哥艾迪十分难管，她绝望至极。后来听了教区神父的建议，把他送去圣安吉拉待六个月。然后他就消失了。

"可怜的艾迪，他的名字是照着……"

"照着爱德华·罗切斯特起的。《简·爱》，"洛蒂说，"我知道。"但她也就知道这么多。

挖掘机操作员抬手关掉了机子。天快黑了，洛蒂不知道他是找到了什么，还是打算歇工了。

她丢下母亲跟克洛伊，往那边走。凯蒂在家照看肖恩，两个人都很不好。瑞卡德夫妇在杰森死后五天便把儿子下葬了，办的是私人葬礼，洛蒂一家没有人去。瑞卡德夫妇不愿意见凯蒂。凯蒂不明白，但洛蒂能理解。博伊德给肖恩买了新一代游戏机，到现在还在盒子里，没有打开。她也给他买了新的曲棍球设备，他也只是扔在床底下。

洛蒂想尽量照顾好家人。父亲去世后，孩子们更加需要她。对她，他们是儿子和女儿，对他们自己，则是姐妹和弟弟。洛蒂知道，做母亲的一个不小心，便会坏了家庭的氛围，她不想犯任何错，不想让孩子们受伤。

天空由灰变黑，白天过早地离去，夜晚降临了。洛蒂很感慨。

聚光灯把一束光射在一个三尺深的洞里。她知道是时候了。

新月在黑暗中闪耀着光。

黑月。

或许是个不好的兆头。或许不是。

她立在深渊的边缘，想走开，却迈不开腿。但洛蒂·帕克绝不会走开。她注意到乔神父靠着墙，站在拱门边。牛仔裤，高翻领羊毛衫，外面罩着厚大的外套。他在休假。他才知道自己这辈子就是一个谎言，如今他为自己的生母之死而悲痛。他有些迷失，满眼忧伤。洛蒂挥了挥手，他走开了。为了别人的秘密而承受痛苦。

她想起在这起案件中才被揭开的自家的秘密。抽屉里她哥哥那份泛黄的失踪人员档案，她再也不能否认了。他为哥哥当年的英勇感到骄傲。奥马利跟她讲了当年的事，浓墨重彩地描述了她哥哥菲茨当年在圣安吉拉的样子。她母亲哭了好几天。

洛蒂感到博伊德站到了身边，把手轻柔地放在她的后腰上，给她安慰。

"只有骨头了。你真实不用看的，洛蒂。"

她抬眼看了看那些黑洞洞的窗户，迈步走向光秃秃的苹果树下那个无名之墓，新月的光辉照在墓地上。

"我要看，"洛蒂的眼睛越过那堆土，"我要看。"

致谢

写一部小说就像一次旅行，若一路上没有很多人的支撑和鼓励，我定不能顺利抵达终点。

我首先要感谢你们，我的读者。感谢你们百忙中抽空阅读这本书。没有你们，我的写作之旅便是徒劳之举。

感谢 Bookouture 出版社的团队，尤其感谢编辑莉迪亚，是她当初告诉我她喜欢我的小说，对我提携有加。感谢你相信我。

感谢我的经纪人，图书局的葛·妮可，与我签约。葛发邮件告诉我她读了一半书稿，迫不及待地想看结局。这番话给了我自信，让我相信我行，我也能成为一名出版作家！

爱尔兰作家中心真是个宝库。那里的课程和指导老师都很棒，我也交到了可以维系一生的好友。艾琳·亨特、科纳·考斯迪克和路易斯·菲利普的课在拓展潜力和技巧方面均给予了我莫大的帮助。还有传送带作家退修会（Carousel Writers' Retreat）的卡罗兰·科普兰，爱尔兰犯罪小说协会的每个人，以及 Writing.ie 杂志的瓦妮莎·奥洛林。感谢你们。

感谢妮娅姆·布伦南在本书写作过程中抽空审读书稿，并提出独到的宝贵建议。在我热情衰减时，又不厌其烦地给我发短信和电邮鼓励我。我非常仰赖您的意见。

感谢杰姬·沃尔什陪我参加犯罪写作主题的节日和假日。妮娅姆和杰姬都成了我的挚友兼写作伙伴，为我书中的情节发展出谋划策，也给了我信心。

感谢特蕾莎·多兰、利亚姆·曼宁还有帕德里克·麦戈文在我们每周《写作1》(Write 1) 课上，耐心听我朗读了小说的前几稿。

感谢塔拉·斯帕杯审读了书稿。

感谢阿兰·穆雷和约翰·奎恩在警察事务方面给了我诸多建议，若有什么不当之处，过错皆在我自己。为了故事的流畅性，我在不少警方程序上做了自作主张的发挥。

感谢安托万内特和乔，一直陪伴支持我。你们都是我最好的朋友。

感谢玛丽，一直不离不弃地呵护我，帮我渡过难关。

感谢卡西和吉拉德，家人比天大。

感谢我的母亲凯特琳·沃德和我的父亲威廉·沃德始终如一地相信我，帮助我，尤其在我最困难的时候。

感谢我的婆婆，莉莉·吉布尼和她的家人。

感谢我的三个孩子，艾丝琳、奥拉和卡舍尔。我的生命因你们有了意义。我无比爱你们。还要感谢我们家族的最新成员，我的孙女黛西小宝宝，给我们的生活带来惊喜。

感谢艾登，我挚爱的丈夫，我无比思念的亲人，是他鼓励我追求梦想。他若在世，一定会为我骄傲。我多希望他能分享我此时此刻的愉悦。爱你。你永远在我心中。

给读者的信

亲爱的读者：

　　我真诚感谢你们阅读我的第一部小说——《回不去的我们》。

　　我感激你们愿意慷慨地花费你们宝贵的时间与洛蒂·帕克做伴。我希望你们喜欢，也希望你们能继续读完这个小说系列。

　　我的丈夫艾登患病不久便离世。为了度过我人生中那段最黑暗的日子，我开始写这本小说。我在笔记本上写下了一行又一行的话，我把它们当作一种治疗。但我越往下写，就越是认识到，如果努努力，或许能把这些话变成一本书。我也确实这么做了。这不是一件轻松的事情，但我越来越接近目标。

　　小说中的所有人物都是虚构的，拉格穆林这个地名也是虚构的，不过我人生的经历对我的写作影响颇深。我希望你们喜欢读这本书。我有个不情之请，如果诸位喜欢，恳请你们不吝发表评论。我会从中获益良多。

　　大家也可以通过我的博客联系我，我尽量及时更新，或通过脸书亦可。

　　再次感谢。希望大家继续关注，并阅读本系列小说的第二本：
《不受欢迎的人》。可以预购。

　　爱你们。

帕特里夏